PROMESSAS VAZIAS

PROMESSAS VAZIAS

LEXI RYAN

Tradução
Débora Isidoro

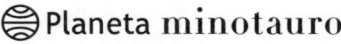

Copyright © Lexi Ryan, 2021
Copyright © Editora Planeta do Brasil, 2022
Copyright da tradução © Débora Isidoro
Todos os direitos reservados.
Título original: *These Hollow Vows*

Preparação: Ligia Alves
Revisão: Renato Ritto e Tamiris Sene
Projeto gráfico e diagramação: Márcia Matos
Capa: Andrea Miller
Adaptação de capa: Beatriz Borges
Ilustração de capa: Luisa J. Preissler
Imagens de miolo: Freepik, Aaron Stratten (mapa)

Dados Internacionais de Catalogação na Publicação (CIP)
Angélica Ilacqua CRB-8/7057

> Ryan, Lexi
>   Promessas vazias / Lexi Ryan; tradução de Débora Isidoro. - São Paulo: Planeta do Brasil, 2022.
>   336 p. : il.
>
> ISBN 978-85-422-1940-1
> Título original: These Hollow Vows
>
> 1. Ficção norte-americana 2. Literatura fantástica I. Título II. Isidoro, Débora
>
> 22-5137   CDD 813

Índice para catálogo sistemático:
1. Ficção norte-americana

 Ao escolher este livro, você está apoiando o manejo responsável das florestas do mundo

2022
Todos os direitos desta edição reservados à
EDITORA PLANETA DO BRASIL LTDA.
Rua Bela Cintra, 986 – 4º andar
01415-002 – Consolação
São Paulo-SP
www.planetadelivros.com.br
faleconosco@editoraplaneta.com.br

Para Brian
– são todos para você

 # Capítulo 1

SOMBRAS FRIAS SE ESPALHAM sobre minha pele suada, me acolhem, me disfarçam. Eu poderia me sentir bem na escuridão – deitar feliz sob as estrelas e deixar o ar noturno desmanchar os nós dos meus músculos tensos, fatigados –, mas não vou desperdiçar esta noite descansando ou me entregando a prazeres passageiros. Estas são as horas dos espiões e ladrões. São as minhas horas.

Introduzo dois grampos de cabelo na fechadura, meus dedos rachados dançando em torno deles como se tocassem as cordas de uma viola. Esta é uma canção que ensaiei milhares de vezes, um hino que toquei em meus momentos mais desesperados. Melhor rezar para dedos habilidosos, para sombras e camuflagem, do que para os velhos deuses. Melhor roubar que passar fome.

Sapos coaxam ao longe, e esse coral quase encobre o clique gratificante da fechadura destravando. A porta de serviço da mansão Creighton Gorst se abre.

Esta noite Gorst está cuidando de seus assuntos em outro lugar. Tomei providências para isso. Mesmo assim, estudo o ambiente em busca de qualquer sinal dele ou da criadagem. A maioria dos ricos mantém guardas sempre a postos, mas alguns, como Gorst, são tão paranoicos que não confiam nem nas pessoas dos círculos mais próximos desacompanhadas perto de seus cofres. Espero por uma noite como esta há meses.

Desço a escada de pedra até o porão. A temperatura cai a cada passo, mas minha pele está quente por conta da adrenalina e da escalada dos muros da propriedade, e o frio que acaricia meu corpo é agradável.

No fim da escada, um sensor de movimento capta minha presença e acende uma luz, que se espalha fraca pelo chão. Eu a desconecto com um golpe de faca no centro sensível, devolvendo ao espaço uma escuridão tão completa que quase não enxergo minha mão na frente do rosto. *Bom*. Eu me sinto mais confortável no escuro mesmo.

Acompanho as paredes em torno do perímetro do porão deslizando as mãos nelas, até encontrar o aço frio da porta do cofre. Eu as examino às cegas com a ponta dos dedos. Três fechaduras, mas nenhuma é muito complexa. Elas cedem à minha lâmina e aos grampos. Em menos de cinco minutos a porta está aberta e já consigo sentir o alívio relaxando meus músculos. Vamos conseguir o dinheiro do mês. Dessa vez Madame Vivias não vai ter como impor mais penalidades.

Meu sorriso de triunfo dura pouco, só até perceber os símbolos riscados no batente. E é assim, rapidamente, que a euforia do meu sucesso desaparece.

O cofre de Gorst é protegido por magia.

Claro que é.

Um homem rico, paranoico o suficiente para dispensar guardas, ficaria pobre muito rapidamente se não empregasse um pouco de magia para proteger sua riqueza.

A missão dessa noite é perigosa, e não posso correr o risco de me esquecer disso nem por um momento. Só roubo daqueles que têm mais do que precisam, mas com a riqueza vem o poder – o poder de mandar executar ladras como eu, quando são pegas.

Desvio das marcas e tiro da minha bolsa uma larva de pirilampo. Sua pele molhada e sedosa escorrega entre meus dedos, mas eu a aproximo do pulso, contendo um arrepio quando ela gruda. A criatura extrai um fio de sangue das minhas veias e sua pele brilha, iluminando o chão na minha frente. Odeio perder a escuridão, mas preciso ver os símbolos. Abaixada, sento sobre os calcanhares e acompanho o traçado de cada linha e curva, confirmando suas formas e intenções. *Magia inteligente, de fato.*

Essas runas não me impediriam de entrar no cofre. Elas me deixariam entrar e me trancariam lá dentro, me manteriam prisioneira até o dono da mansão poder resolver o problema comigo. Uma ladra comum informada apenas sobre runas de proteção poderia cometer o erro de pensar que a magia havia falhado ao passar por ela. Uma ladra comum acabaria trancada lá dentro. Que bom que eu sou tudo menos comum.

Penso um pouco, fazendo um esforço para achar um contrafeitiço apropriado. Não sou maga. Talvez quisesse ser, se meu destino fosse diferente e eu não passasse os dias ocupada esfregando o chão e limpando a bagunça das minhas primas mimadas. Não tenho tempo ou dinheiro para investir em treinamento, por isso nunca terei magia à minha disposição com encantamentos, poções e rituais. Tenho sorte por contar com um amigo que me ensina o que pode. E tenho sorte por saber como sair deste cofre depois de pegar aquilo de que preciso.

Tiro a faca da cintura e mordo a boca por dentro enquanto deslizo a lâmina na palma da outra mão, onde não tem uma larva. A dor aguda me deixa tonta e expulsa todos os pensamentos da minha cabeça. Por alguns momentos meu corpo balança, implorando para se entregar ao alívio da inconsciência.

Respire, Abriella. Você precisa respirar. Não pode trocar oxigênio por coragem.

A lembrança da voz da minha mãe me faz levar ar aos pulmões. O que está acontecendo comigo hoje? Normalmente não me incomodo com sangue ou dor. Mas estou exausta e com fome, depois de trabalhar o dia todo sem descanso. Estou desidratada.

Estou ficando sem tempo.

Mergulho o dedo no sangue que brota na palma da minha mão e, com cuidado, desenho as runas do contrafeitiço sobre aquelas riscadas na pedra. Limpo a mão ensanguentada na calça e estudo meu trabalho atentamente antes de levantar.

Não me permito parar de respirar quando atravesso a soleira, vou e volto imediatamente passando pelos símbolos nas duas direções para ter certeza de que minhas runas estão funcionando. Quando entro no cofre, projeto a luz da larva de pirilampo no interior e deixo escapar uma exclamação de espanto.

O cofre de Creighton Gorst é maior que o meu quarto. As prateleiras que cobrem as paredes são ocupadas por sacos de moedas de raqon, joias e armas brilhantes. Minhas mãos coçam para pegar tudo o que eu puder carregar, mas não vou fazer isso. Se eu me deixar dominar pelo desespero, ele vai saber que alguém esteve aqui. Talvez saiba de qualquer jeito. Talvez eu tenha subestimado a capacidade daquele bêbado de contabilizar a riqueza que acumulou negociando prazer e carne, mas, se eu tiver sorte, ele nunca vai saber que alguém rompeu a barreira de seus símbolos mágicos.

Eu sabia que Gorst era rico, só não esperava esse tipo de riqueza. Prostituição e bebida enriquecem os homens, mas *tanto assim*? Examino as prateleiras e, instintivamente, toco uma delas ao ver a única explicação possível. Aproximo a mão de uma pilha de atos vitais, mas a afasto ao sentir o calor mágico que emana dela.

Se eu tivesse nascido com uma vida diferente, adoraria me tornar uma maga poderosa só por contratos como esses. Eu desfaria a magia que prende essas vidas a homens maus como Gorst. Reuniria meus recursos e libertaria tantas garotas quanto pudesse, antes de ser capturada e executada. Sabendo que não tenho a habilidade de desfazer a magia nesses documentos, eu os deixo onde estão. Tudo em mim grita que eu deveria tentar, pelo menos.

Você não pode salvá-las.

Relutante, me afasto. Escolho uma prateleira bem cheia onde o sumiço de um saco de moedas pode passar despercebido, e procuro runas. Nenhuma. Talvez Gorst devesse me pagar para ensinar a ele como realmente proteger seu tesouro. Pego uma bolsinha e espio dentro dela para ver o que tem ali – uma quantia em raqon mais que suficiente para o nosso pagamento. Talvez dê para o mês que vem também.

Ele tem toda essa riqueza. Vai perceber se eu levar mais?

Examino as prateleiras e escolho com cuidado mais duas bolsas encaixadas atrás de pilhas desorganizadas de tesouros. Eu sabia que Gorst era desprezível, mas esse é o tipo de riqueza que as pessoas de Fairscape só conhecem se negociarem com feéricos. Sabendo disso, cada um daqueles contratos mágicos assume um novo significado. Já é bem ruim ele ter poder para obrigar aquelas pessoas a cumprir suas ordens, bem ruim que elas tenham que passar a vida pagando uma dívida impossível de saldar, mas, se Gorst tem negócios com os feéricos, ele está contrabandeando humanos para outro reino e eles vão passar a vida como escravos. *Ou coisa pior.*

São três pilhas de contratos. Não posso correr o risco de tocar neles, mas me esforço para olhar para cada pilha. Um dia vou comprar minha liberdade e, assim que minha irmã não depender mais de mim, vou voltar aqui. Um dia encontro um jeito.

Olho para a pilha mais próxima da porta do cofre e para o nome no topo dela. Releio o nome e a data do vencimento para o pagamento total. Uma vez. Duas. Três vezes. Meu peito fica mais apertado cada vez que releio os dados. Não acredito nos velhos deuses, mesmo assim faço uma prece ao ver aquele nome, aquela caligrafia de criança. A data de amanhã destacada com um traço do sangue dela.

Ouço passos lá em cima, o retumbar de botas masculinas, e escuto uma voz profunda. Não consigo compreender as palavras, mas não preciso entender o que ele diz para saber que preciso correr.

Minha bolsa pesa com os bens roubados, e eu a seguro contra um lado do corpo para impedir que faça barulho ao bater contra meu quadril, quando corro para fora do cofre. Tiro a larva de pirilampo do pulso, sufocando um gemido quando ela resiste, tentando tirar mais sangue.

— Paciência — sussurro, e a coloco no chão. A criatura rasteja pela soleira, limpando meu sangue com a língua pequenina.

Mais passos lá em cima. Risadas e o tilintar de copos. Ele não está sozinho, mas, se eu tiver sorte, todos estarão bêbados demais para me ver saindo.

— Depressa, depressa — cochicho para a larva de pirilampo. Preciso fechar o cofre, mas, se deixar meu sangue para trás, corro o risco de Gorst saber que alguém esteve aqui. Ou pior: ele pode levar uma amostra para um mago e me rastrear.

As vozes se aproximam, os passos soam na escada.

Não tenho escolha. Arranco a larva do banquete sangrento e a enfio na bolsa. Jogo água do meu cantil nas pedras, antes de fechar a porta do cofre.

— Vou pegar outra garrafa — Gorst grita do alto da escada do porão, onde também fica a adega. Conheço muito bem essa voz. Eu limpava o bordel dele. Varria o chão e lavava os banheiros até um mês atrás, quando ele tentou me coagir a trabalhar em outra função.

Passei os últimos nove anos vivendo de acordo com duas regras: não roubo de quem me dá trabalho honesto e não trabalho para quem rouba de mim. Naquela noite acrescentei uma nova regra à lista: não trabalho para quem me chantageia e tenta me prostituir.

Cada passo das botas o traz para mais perto, mas meus movimentos continuam suaves e firmes.

Fecho uma tranca. *Clique.*

Passo, passo.

A segunda tranca. *Clique.*

Passo, passo.

A terceira...

— Que merda é essa?

Clique.

— Essas pedras de luz são imprestáveis – ele resmunga do alto da escada.

Minha respiração é rasa, e mantenho o corpo colado à parede, onde é mais escuro.

— Você vem ou não? — Uma voz feminina no topo da escada. Risadinhas. — Encontramos a outra garrafa, Creighton. Vem!

— Estou indo.

Conto seus passos de volta e me aproximo lentamente da escada, enquanto ele sobe cambaleando. Está bêbado. Talvez a sorte esteja do meu lado esta noite.

Ouvindo com atenção, rastreio os movimentos deles pela mansão até não haver mais barulho nas dependências de serviço sobre mim, e todos os sons se concentrarem na frente da casa. Não posso correr o risco de abrir o cofre de novo para remover o que sobrou do meu sangue. Não hoje.

Subo a escada com passos silenciosos, refazendo o caminho que me trouxe até aqui.

Não registro a intensidade da tensão que trava meus músculos até estar do lado de fora da casa e o nervosismo desaparecer de repente. Sob o céu da noite fria, sou invadida por uma onda de exaustão. Não vou parar agora, mas exigi demais de mim esta semana e não posso mais abusar do meu corpo.

Preciso dormir. Comer. E de manhã talvez até tenha alguns minutos para relaxar vendo o treino de Sebastian no pátio atrás da casa de Madame Vivias. Isso pode ser melhor que dormir ou comer.

Pensar nisso é como uma injeção de adrenalina no meu organismo, me empurrando para terminar o que ainda preciso fazer. As sombras me guiam para fora da mansão – um caminho sinuoso entre as árvores e os arbustos, me esquivando da lua como se fosse um jogo.

Os portões da frente estão abertos, e, embora meus músculos exaustos implorem por aquela saída mais fácil, não posso correr esse risco. Tiro a corda da bolsa e a arremesso por cima do muro da propriedade de Gorst. As fibras esfolam minhas mãos rachadas, e meus braços gritam a cada movimento de puxar o corpo para cima.

Pulo para o outro lado e caio com os joelhos flexionados. Minha irmã diz que pareço um gato, por causa do jeito como sempre pulei de árvores e telhados sem me machucar. Eu me considero mais uma sombra, despercebida e mais útil do que as pessoas se incomodam em notar.

Estou a uma caminhada de dez minutos de casa, e quase mancando com o peso do que roubei. Seria fácil entregar a Madame Vivias os pagamentos atrasados, ir para a cama e dormir por doze horas.

Mas não posso. Não depois do que vi em cima daquela pilha de contratos.

Desisto de ir para casa e desço a rua da loja de vestidos onde minha irmã Jas trabalha. Viro a esquina antes do bar de Gorst, passo por trás de uma lata de lixo transbordando e entro na "moradia comunitária" da cidade. Que piada. O prédio de quatro andares tem doze unidades de dois quartos, além de um banheiro e uma cozinha compartilhados em cada andar. É um abrigo, é melhor do que muita gente tem, mas, depois de ver a enorme propriedade de Gorst, a desigualdade me enoja.

A porta de minha amiga Nik está encostada, e escuto soluços lá dentro. Pela fresta, vejo a filha dela, Fawn, encolhida contra a parede, balançando o corpo, os ombros tremendo. Fawn tem a mesma pele escura e o mesmo cabelo enrolado da mãe. Uma vez Nik me contou que tudo mudou para ela quando a filha nasceu, que daquele momento em diante tudo que importava para ela era ser a melhor mãe que pudesse, mesmo que para isso tivesse que ultrapassar limites que nunca ia querer que a filha ultrapassasse.

Empurro a porta e entro, e Fawn se assusta.

— *Shh*. Sou eu, meu bem — sussurro, e me abaixo. — Cadê sua mãe?

Ela levanta a cabeça e lágrimas correm pelo seu rosto. Os soluços ficam mais altos e mais constantes, todo o corpo dela treme e balança, como se tentasse resistir aos ventos de uma tempestade invisível.

— Meu tempo acabou — Fawn me diz.

Não pergunto o que isso significa. Eu já sei. Ouço passos, me viro e vejo Nik em pé atrás de mim, de braços cruzados, o horror estampado no rosto.

— Ela fez isso para me salvar — diz com a voz rouca, como se tivesse chorado, mas contivesse as lágrimas por pura força de vontade. — Ela pegou dinheiro do Gorst para comprar remédio do curandeiro para mim.

— Você estava morrendo — Fawn justifica, enxugando as lágrimas com raiva. Ela olha para mim. — Eu não tinha opção.

— Tinha. Podia ter falado comigo. Eu não teria deixado você assinar aquele contrato.

Seguro a mão de minha amiga e a afago. O problema com o desespero é que ele rouba a escolha certa da nossa lista de opções. Nik sabe disso tão bem quanto qualquer pessoa.

— Vou me entregar no seu lugar, Fawny. Entendeu? — Há uma determinação quieta na expressão de minha amiga que parte meu coração.

— E o que vai acontecer comigo depois disso? — pergunta Fawn.

Queria que ela não tivesse idade suficiente para entender que, oferecendo-se para ir no lugar dela, a mãe a estaria condenando a um destino que poderia ser ainda pior. Ninguém em Fairscape quer mais uma boca para alimentar. As únicas pessoas que podem fazer caridade são gananciosas demais para se importar.

— Pode ficar com ela, Brie? — pergunta Nik. — Você sabe que eu não pediria se tivesse alternativa. Fique com ela.

Balanço a cabeça. Eu queria, mas, se Madame Vivias descobrisse Fawn morando no sótão com a gente, as consequências seriam terríveis, e não só para Jas e para mim. Para Fawn também.

— Deve ter outra pessoa.

— Não tem, e você sabe disso — Nik responde, mas não há rancor em suas palavras, só resignação.

— Quanto ela deve?

Nik desvia o olhar.

— Muito.

— Quanto?

— Oito mil raqon.

O número me faz encolher por dentro. Essa quantia significa dois meses de pagamento para Madame Vivias, incluindo até mesmo todas as "multas". Não sei quanto tirei do cofre de Gorst hoje, mas é bem possível que eu tenha o suficiente na bolsa para cobrir esse valor.

Fawn olha para mim com seus olhos grandes, implorando que eu a salve. Se eu não fizer nada, esse vai ser o fim da vida de Nik e, possivelmente, o fim da vida de Fawn. Na melhor das hipóteses, Fawn vai se tornar criada de alguma aristocrata rica. E na pior? Não tenho nem coragem de pensar.

Nik queria mais para a filha. Uma oportunidade para ser melhor, ter mais. Se eu atrasar o próximo pagamento de Madame V, vai ser só mais do mesmo para mim. Nossa dívida é muito grande, nossa vida é muito entrelaçada à da bruxa a que ficamos presas quando tio Devlin morreu. O que tem dentro desta bolsa não pode salvar Jas e eu, mas pode salvar Fawn e Nik.

Abro a bolsa e tiro as duas bolsas menores de dentro dela.

— Pegue.

Nik arregala os olhos.

— Onde conseguiu isso?

— Não importa. Pegue.

De olhos arregalados e queixo caído, Nik espia dentro das bolsas antes de balançar a cabeça.

— Brie, você não pode...

— Posso e vou.

Nik me encara por um longo instante, e vejo nos olhos dela o desespero travando uma batalha contra o medo por mim. Finalmente, ela me abraça com força.

— Eu vou devolver. Um dia. De algum jeito. Juro.

— Você não me deve nada. — Saio do abraço, ansiosa para ir para casa e me limpar. Desesperada para dormir. — Você faria o mesmo por mim e por Jas, se pudesse.

Os olhos dela se enchem de lágrimas, e vejo uma delas transbordar e correr pelo rosto, manchando a maquiagem. Sua gratidão se transforma em preocupação quando ela vê minha mão suja de sangue.

— O que aconteceu?

Cerro o punho para esconder a palma cortada.

— Não é nada. É só um corte.

— Só um corte? É uma infecção a caminho. — E acena com a cabeça na direção do quarto dela. — Venha comigo. Eu posso ajudar.

Eu sei que ela não vai desistir sem uma boa briga, por isso a sigo até o quartinho onde ficam uma cômoda velha e a cama que ela e a filha dividem. Sento na beirada da cama e a vejo fechar a porta e reunir o material.

Nik se abaixa na minha frente e pinta o corte com um líquido.

— Você se machucou pegando o dinheiro. — Não é uma pergunta, por isso não me dou ao trabalho de mentir. — Está tudo bem?

Tento me controlar quando o líquido penetra minha pele. A carne arde e coça onde está cicatrizando.

— Estou bem. Só preciso comer e dar uma cochilada.

Olhos escuros e incrédulos buscam os meus.

— Uma *cochilada*? Brie, você está tão esgotada que acho que só um coma pode renovar suas forças.

Dou risada... ou tento. O barulho parece mais um miado patético. *Muito cansada.*

— Atrasou outro pagamento para sua tia?

— Vence amanhã. — Engulo em seco quando penso nisso. Tenho dezessete anos, mas estou presa por magia a um contrato que, nesse ritmo, vai me manter em dívida com Madame Vivias pelo resto da vida. Quando minha irmã e eu nos comprometemos com o serviço há nove anos, tio Devlin tinha acabado de morrer, e mamãe tinha nos abandonado. Os pagamentos que Madame V exigia na época pareciam razoáveis – e muito melhores que o destino incerto de uma órfã –, mas éramos meninas que não entendiam coisas como juros sobre juros ou a armadilha insidiosa das multas que ela cobrava. Assim como Fawn não entendia realmente o contrato que tinha assinado com Gorst.

— E, graças a nós — diz Nik, pegando um pedaço de gaze —, vai atrasar de novo.

— Por uma boa causa — sussurro.

Nik fecha os olhos com força.

— Este mundo é muito ferrado.

Fawn não consegue ouvir esta conversa, a menos que esteja escutando atrás da porta, mas Nik baixa o tom de voz mesmo assim.

— Tenho um amigo que pode te arranjar trabalho.

Fico intrigada.

— Que tipo de trabalho? — Não há nenhum que possa me render o dinheiro de que preciso. Nenhum, exceto... — Se for para fazer aquilo, posso trabalhar para Creighton Gorst.

— Creighton ficaria com metade do seu dinheiro. — Nik envolve minha mão com o curativo e olha para mim com um sorriso triste. — Alguns feéricos pagam caro pela companhia de uma humana bonita, e mais ainda se você se vincular a eles. Muito mais do que Creighton pode oferecer.

— Feéricos? — Balanço a cabeça. Prefiro aguentar as mãos bobas dos clientes do Creighton a me entregar para um feérico. Meu povo acreditava que os feéricos eram nossos guardiões. Antes de dividirem o céu e abrirem os portais, os feéricos apareciam durante o crepúsculo em suas formas espirituais – só uma sombra ou um contorno nas árvores, que lembrava algo vivo.

Meu povo os chamava de anjos. As pessoas ajoelhavam e rezavam para os anjos continuarem perto delas, protegerem-nas, cuidarem de seus filhos doentes. Mas, quando os portais se abriram e os anjos finalmente vieram, eles não protegeram a gente de jeito nenhum.

Porque os feéricos não eram anjos. Eram demônios, e vieram para nos explorar, para roubar bebês e usar os humanos como seus escravos e procriadores. Enganaram milhares, induziram as pessoas a assinar contratos para lutar em suas guerras. Só quando os Sete Mágicos de Elora, os sete magos mais poderosos do mundo, vieram juntos, conseguimos proteger nossos portais contra eles. Agora eles só podem se apoderar de uma vida humana se a comprarem de maneira justa, ou se ela for dada a eles de graça – uma proteção mágica contra a qual os espertos feéricos criaram centenas de desvios. Na prática, isso só protege os ricos e poderosos.

Melhor que nada, dizem muitos que defendem os Sete. *É um começo.* Ou pior: *Se as pessoas não querem ser vendidas para os feéricos, não deviam fazer tantas dívidas.*

— Por que eles pagariam se podem só glamourizar as mulheres para convencê-las a dar tudo que eles querem? — pergunto a Nik.

— Fale baixo! — Ela estica o pescoço para ver se a porta atrás de si continua fechada. — Nem tudo que você escuta sobre eles é verdade. E meu amigo pode...

— Nem pensar. Vou achar outro jeito. Se tem uma coisa que eu sei é que nunca vou confiar nos feéricos.

— Estou preocupada com você — diz Nik. — Neste mundo, o único poder que nós temos é nossa autonomia. Não deixe ninguém te acuar. Não deixe o desespero tomar decisões por você.

Como eu fiz por Fawn.

— Não vou deixar — prometo, mas a promessa parece vazia, como se minha amiga já soubesse que é mentira. Trabalho o tempo todo e roubo tudo que posso carregar, mas não consigo cobrir a dívida.

Mesmo que eu aceitasse a ideia de vender meu corpo – e eu não aceito –, não quero ter nada a ver com os feéricos. Não me interessa quanto dinheiro eles oferecem. Tem coisas mais importantes que dinheiro na minha vida. Coisas mais importantes até que a liberdade – como cuidar de suas duas garotinhas e não as abandonar para fugir com o amante feérico.

— Eu ouvi, garota — Madame Vivias fala assim que minha mão toca a maçaneta da porta do porão.

Fecho os olhos. Devia ter entrado pela porta da adega. Já passa da meia-noite e não tenho energia para nenhuma tarefa que ela esteja planejando me dar. Abaixo a cabeça, viro-me para ela e me curvo em uma reverência rápida.

— Boa noite, tia V.

— Boa noite. Amanhã é lua cheia.

— Sim, senhora.

— Tem o meu dinheiro?

Mantenho os olhos fixos na mão que ela apoia no quadril – no anel que brilha em cada dedo. Qualquer um deles poderia cobrir o pagamento de um mês. Não levanto a cabeça. Não vou dar a ela a satisfação de ver o medo em meus olhos.

— Terei amanhã, senhora.

Ela fica em silêncio por tanto tempo que me atrevo a levantar os olhos. Está ajeitando os colares grossos de pedras brilhantes em seu pescoço, olhando para mim de cara feia.

— Se não tem hoje, quais são as chances de ter amanhã?

Poucas. Mas, até ser oficialmente tarde demais, não vou admitir. Cada vez que atrasamos o pagamento, nosso contrato fica mais longo, e os valores aumentam. É um ciclo vicioso de que não conseguimos escapar.

— Vou pagar amanhã, senhora.

— Abriella! — O grito estridente vem da escada, e tenho que me controlar para não reagir com repulsa à voz de minha prima Cassia. — Meus vestidos precisam ser lavados!

— Tem vestidos limpos no seu quarto — respondo. — Os que eu passei hoje de manhã.

— Nenhum deles serve. Não tenho o que vestir para o jantar de amanhã à noite.

— Meu quarto precisa de uma limpeza — diz Stella, a irmã dela, porque nem pensar em fazer mais por uma prima mimada do que pela outra. — Da última vez que ela fez faxina, passou pouco tempo lá dentro, e tudo está começando a ficar imundo.

Madame V arqueia uma sobrancelha e olha para mim.

— Você ouviu, garota. Vá trabalhar.

Vou ter que esperar mais algumas horas para dormir. Endireito os ombros e começo a andar na direção dos quartos de minhas primas.

 # Capítulo 2

No segundo em que piso no quarto que dividimos no porão, Jas se atira em meus braços.

— Brie! Você chegou! — Nosso quarto é pouco mais que um armário grande com uma cama. Achei as paredes de blocos de concreto claustrofóbicas quando Madame V nos instalou aqui, mas agora nós tornamos este espaço nosso. Uma das tapeçarias feitas por Jas está pendurada sobre nossa cama, e nossos objetos pessoais – pedras variadas e retalhos de tecido brilhante que só têm valor para nós – decoram a superfície da cômoda velha.

Abraço minha irmã com força, respirando seu cheiro de roupa de cama limpa. Ela pode ser só três anos mais nova que eu, mas de certa forma vai ser sempre a bebê que protegi em meus braços para resgatar da casa em chamas.

Jas recua e ri. Seus olhos marrons são brilhantes, e o cabelo liso e castanho está preso em um coque no alto da cabeça. Minha irmã é meu oposto – ela tem uma beleza suave, como sua personalidade alegre. Eu sou toda ângulos duros e vontade teimosa, com cabelos cor de fogo que combinam com a raiva que carrego dentro de mim.

— Ouvi você lá em cima — ela diz. — Eu teria ido ajudar, mas estava trabalhando em vestidos novos para Stella e Cassia. — Ela acena com a cabeça na direção dos vestidos agora pendurados em um suporte no canto.

— Qual é o problema com os oitenta vestidos que elas têm?

— *Nunca servem!* — ela responde, imitando debochada o falsete de nossas primas.

Eu achava que estava exausta demais para isso, mas rio. Quaisquer que tenham sido as perdas do meu dia, quaisquer que sejam as penalidades amanhã pelo atraso no pagamento, fico feliz por estar em casa. Por estar aqui com Jas, que demonstra uma animação incomum para esta hora. Olho para ela intrigada.

— Por que está tão agitada?

— Você não ficou sabendo? — Ela faz a pior cara de paisagem do mundo, e seu sorriso revela que tem notícias empolgantes.

Passei o dia todo trabalhando. Além da breve visita que fiz a Nik e Fawn, não falei com ninguém. O tipo de pessoa para quem trabalho acredita que os empregados não devem ser vistos nem ouvidos.

— Do quê?

Ela está praticamente quicando no lugar.

— Em um dia, a Rainha Arya vai abrir as portas da Corte do Sol. Ela vai dar passagem segura para os humanos irem a Faerie assistir à celebração no castelo.

— O quê? Por quê?

— Ela quer encontrar uma noiva humana para o filho.

Resmungo um grunhido revoltado.

— É claro. — Os feéricos são bons em muitas coisas, mas reproduzir não é uma delas, e sem descendentes as linhagens deles desaparecem – especialmente depois de tantos imortais perdidos na Grande Guerra Feérica. *Já foram tarde.*

— Jura que você não estava sabendo? As meninas não falaram de outra coisa o dia todo no trabalho. Um Baile Feérico. Houve uma enxurrada de encomendas urgentes de vestidos novos.

— Me lembre de ficar bem longe dos portais.

Ela ri do meu cinismo.

— Brie! É a *Corte Seelie*! Os feéricos do bem! Os de luz e alegria.

— Você não sabe — respondo. — Não sabe se são bons.

O sorriso dela desaparece. *Eu sou uma idiota.*

A última coisa que quero fazer agora é discutir.

— Desculpa, é só cansaço. — *Muito* cansaço.

— Olhe para as suas mãos. — Ela desliza o polegar por meus dedos rachados, onde a pele está esfolada pelo contato com substâncias de limpeza. — Quer mesmo passar o resto da nossa vida presa neste porão?

— Qualquer um que vá a essa corte tem um desejo de morte, Jas. Você sabe tão bem quanto eu que não existem feéricos *bons*. São só graus diferentes de maldade e crueldade.

— Não são muito diferentes dos humanos, então. — Ela abaixa as mãos. — Ouvi sua conversa com Madame V. Eu sei que o próximo pagamento vai vencer, e, apesar do esforço que você faz para me manter na ignorância...

— Não quero que você se preocupe. — Tudo que realmente quero é protegê-la, minha doce irmã, com seu otimismo e sua alegria, que me ama até quando sou uma rabugenta detestável. Não sei se a mereço.

— Conheço o contrato tão bem quanto você — Jas diz. — Ela continua acrescentando aquelas multas, e nunca vamos escapar disso sem algum tipo de milagre.

— E o milagre com que você está contando são feéricos bonzinhos? Acho que a gente se daria melhor no submundo do jogo, arriscando a sorte nas cartas.

Ela olha para um vestido lilás no canto e alisa o tecido na região do decote profundo.

— Uma das garotas com quem eu trabalho tem uma prima cuja amiga se apaixonou por um lorde feérico dourado. Ela volta para visitar a família. Está feliz.

— Sempre é a amiga de uma amiga... já percebeu? — Dessa vez tento manter o rancor longe da voz. — Ninguém que conta essas histórias realmente *conhece* a pessoa que supostamente teve a sorte de se envolver com feéricos bons.

Ela dá as costas para o vestido e olha para mim com a testa franzida.

— Existem mais feéricos bons que maus, como os humanos.

Também não estou convencida disso.

— Mesmo assim, um *baile*? Tipo, vestidos e coisas chiques? Deixando de lado a bobagem de serem feéricos, tenho que tentar impressionar um príncipe nobre e metido a besta? Você não pode só me pendurar pelas unhas dos pés em vez disso?

Ela revira os olhos e senta na beirada da cama.

— Você não precisa ir, mas *eu* quero.

Reconheço a teimosia na voz dela. Jas vai ao baile, mesmo que eu não concorde. Não tenho nem que dar um passo inteiro para me sentar na cama ao lado dela. Caio deitada de costas e olho para o teto.

— Não gosto disso.

— Achei que as duas podiam estar acordadas.

Jas e eu nos viramos, e a silhueta larga de Sebastian preenchendo o espaço da porta provoca uma descarga da pouca adrenalina que ainda me resta. Meu coração bate um pouco mais depressa, meu sangue corre um pouco mais quente, e o desejo é como um punho apertando meu estômago. Sebastian é só um amigo, nunca veria uma coisinha insignificante como eu como algo mais que isso, mas, não importa quantos sermões eu faça para meu coração, ele se recusa a ouvir.

Ele inclina a cabeça e se apoia no batente, os olhos verdes-mar examinando o espaço como se não houvesse estado ali centenas de vezes antes. Madame V nos transferiu para cá pouco tempo depois da morte de tio Devlin, alegando que assim teríamos mais privacidade. Naquele momento já sabíamos que o cômodo frio, escuro, com paredes de concreto e sem janelas, um espaço onde cabia pouco mais que uma cama de casal e uma cômoda, era uma tentativa de nos colocar no nosso lugar.

Jas e eu não somos altas, por isso o teto não é um problema, mas Sebastian tem mais de um metro e oitenta e já bateu a cabeça nele mais de uma vez. Não que isso o impeça de vir nos visitar. Ele entra aqui escondido há dois anos, desde que começou o estágio com o Mago Trifen, o vizinho. É ele quem destranca a porta e traz comida e água quando nossas primas ficam mais cruéis e trancam a gente aqui.

— Acordada — respondo, bocejando depois da explosão de energia provocada por sua chegada —, mas não por muito tempo.

— Do que você não gosta? — ele pergunta, com uma ruga marcando sua testa. — Do que estava falando quando eu entrei?

— Jas quer ficar noiva de um príncipe feérico — conto, chegando para o lado na cama para abrir espaço para ele.

Minha irmã fica vermelha.

— Muito obrigada, Brie.

Sebastian senta entre mim e Jas, estica a perna comprida e fecha a porta com o pé. Murmura um encantamento, estala os dedos e sorri satisfeito quando a fechadura do nosso lado desliza e trava. *O show do mago.*

Minhas primas fizeram várias piadinhas sobre a amizade de Sebastian comigo e Jas. Foram meses de chantagem depois da primeira vez que elas o pegaram aqui embaixo, mas sei que o problema é só ressentimento pelo fato de Sebastian, um aprendiz de mago dos menos importantes, não perder seu tempo olhando para elas. O que Sebastian não tem de dinheiro e conexões familiares, tem de beleza. Alto, ombros largos, cabelo branco e brilhante preso em um rabo de cavalo baixo e olhos que lembram o mar revolto. Ele é o homem mais bonito que já vi.

Objetivamente falando, é claro.

Sebastian vai partir em dois dias para outra etapa do estágio, e não vou poder esperar essas visitas tarde da noite – o momento mais radiante da minha vida com Jas. Ele já fez outras viagens, mas o treinamento o manterá longe por meses dessa vez. Estou odiando isso.

— Não quero ficar noiva de um príncipe feérico — Jas retruca, trazendo meus pensamentos de volta ao assunto em questão. Ela balança a cabeça. — Eu só... Não é isso.

Arqueio uma sobrancelha.

— Sério? Por qual outro motivo você ia querer ir ao baile? — Ela abaixa a cabeça, e as coisas ficam tão claras para mim que perco o fôlego. — Você tem esperança de encontrar a nossa mãe.

— Se as histórias que ela contava para nós eram verdadeiras e o feérico que ela amava era um nobre, acho que os dois vão estar no baile.

— *E daí*, Jas? Você acha que ela vai ver a gente e mudar de ideia sobre o tipo de mãe que é? Ela *abandonou* as filhas.

— Ela sabia que não seria seguro para nós em Faerie.

Quando olho para ela com uma expressão dura, Jas levanta as mãos.

— Ela teve de fazer uma escolha terrível, e não estou dizendo que o que ela fez foi certo. Não estou dizendo nem que ela não foi egoísta. Só estou dizendo que ela é nossa mãe, e, se ela soubesse sobre a vida que nós temos, sobre o contrato com Madame V... — Ela balança a cabeça. — Não sei. Talvez ela não tenha dinheiro. Talvez esse lorde que ela disse que a amava tanto não tenha dinheiro, nem terras, nada que possa ajudar a gente. Mas talvez ele tenha. E talvez ela viva certa de que estamos felizes, bem cuidadas.

Meu estômago dá um nó. Não sei como Jas conserva tanta *esperança*, quando tudo em nossa vida deveria ter eliminado até a última gota dela a esta altura.

— Se realmente se importasse, ela não teria vindo dar uma olhada em nós em algum momento desses últimos nove anos?

Minha irmã engole em seco.

— Então, vamos usar a culpa a nosso favor. Talvez ela não se importe, mas vai se sentir obrigada a nos ajudar. Nós temos que tentar. Não podemos continuar vivendo desse jeito. — Ela pega minha outra mão e olha para o curativo com uma cara contrariada. — *Você* não pode continuar vivendo desse jeito.

Engulo uma objeção. Ela tem razão, alguma coisa precisa mudar, mas não sou o tipo de garota que recorre aos Feéricos em busca de respostas. Olho para Sebastian.

— Você está muito quieto.

Ele fica em pé e tenta andar no espaço de um metro entre a cama e a porta. Se não tivesse o rosto contraído pela preocupação, poderia ser cômico.

— É perigoso.

Jas levanta as mãos.

— Milhares de humanas vão estar lá, morrendo pela chance de ficar noiva de um príncipe feérico.

— *Morrendo* é bem a palavra — resmungo. Mas ela está certa. Embora algumas pessoas reprovem as garotas que planejam ir, pelo menos o dobro dessas pessoas vai vestir suas melhores roupas e entrar na fila com a esperança de se tornar uma princesa feérica.

— A rainha dourada é poderosa — diz Sebastian, cruzando as mãos atrás da cabeça e adotando sua postura típica de *pensamento*. — Ela vai usar magia para proteger os humanos em seu palácio, mas não gosto da ideia de vocês duas em Faerie xeretando tudo enquanto procuram pela mãe de vocês. Tem muitas criaturas por lá que adorariam agarrá-las na primeira oportunidade para satisfazer necessidades nefastas.

Dou risada olhando para o teto e me viro de lado para olhar para minha irmã.

— Lembra daquela vez que Cassia entrou escondido na celebração do solstício da rainha e aquele goblin roubou todo o cabelo dela?

Jas ri.

— Ai, deuses, ela não esperava ficar careca. E as perucas que V comprou para ela enquanto o cabelo crescia...

— Horrorosas. — Suspiro. Se falar das minhas primas desse jeito faz de mim fútil e maldosa, nem ligo. Elas tornaram nossa vida miserável desde o momento em que minha mãe deixou a gente aos cuidados de tio Devlin. São garotas cruéis que querem o pior para todo mundo, menos para elas. É difícil *não* sentir prazer quando alguém assim sofre um ou outro infortúnio.

— Estou falando de criaturas muito piores que *goblins* — Sebastian retruca. Ele sabe que não temos medo de goblins. Eles são os mensageiros entre os reinos, as únicas criaturas dos dois lados que podem viajar com liberdade entre os dois mundos. Estamos acostumadas com os goblins. Até mesmo Madame Vivias tem um goblin doméstico que mora embaixo da escada para o segundo andar. Ele é uma coisinha gananciosa que pede resgate em troca de segredos e tem uma coleção perturbadora de cabelo humano.

— Eu sei — respondo, porque ele está certo sobre o que vive em Faerie. Feéricos maus, animais selvagens e monstros que nunca imaginamos. Existe um motivo para nossos reinos serem mantidos separados – e talvez até uma razão para nossa mãe ter nos abandonado.

Ele acrescenta em voz baixa.

— Se um feérico da corte das sombras puser as mãos em vocês...

— Não negocie nem se prenda aos olhos prateados — Jas e eu recitamos juntas. Porque, sim, os feéricos das sombras são tão perigosos que as crianças aprendem canções sobre eles.

— Acho que devemos correr esse risco — insiste Jas. — Eu sei que é perigoso, mas seria *mais* perigoso se eu tivesse fé cega na proteção da rainha. Vou até lá de olhos abertos e vou encontrar minha mãe.

— Acha mesmo que consegue encontrá-la no meio da multidão que vai aparecer para esse evento? — pergunto.

— Só tenho que procurar em um castelo, não em um reino inteiro. — Ela dá de ombros. — E, mesmo que a gente não consiga encontrar a nossa mãe lá, imagine que tesouros podemos encontrar, Brie.

Boa parte do que sei sobre Faerie vem das histórias que minha mãe costumava sussurrar quando estávamos quase pegando no sono.

Era uma vez uma princesa feérica dourada que se apaixonou pelo rei das sombras, mas seus reinos tinham lutado por centenas de anos, e os pais dela eram inimigos jurados do rei e seu reino...

O restante do que sei sobre Faerie faz parte das lendas que todo mundo conhece – pedaços de verdade e superstição que os humanos passam de geração em geração. Um desses pedaços é sobre a rainha Seelie e as joias que ela tem guardadas.

— Você é maluca se acha que os guardas vão deixar você chegar perto dos tesouros dela — dispara Sebastian, notando o sorriso que distendeu meus lábios.

— Eles não vão *deixar* ninguém chegar perto mesmo — Jas responde, medindo as palavras e me estudando. — Só conheço uma pessoa que poderia vasculhar a propriedade dela sem ser detectada.

Sebastian balança a cabeça.

— Impossível.

Eu sorrio.

— Mas seria muito *divertido* tentar.

Ele levanta uma sobrancelha olhando para mim, depois olha para Jas com uma ruga na testa.

— Está vendo o que você fez?

— Ela está certa — digo. — Eu conseguiria. — E, se o arrepio que percorre meu corpo quando penso em roubar da nobreza feérica é mais satisfatório que a possibilidade de encontrar minha mãe, o que é que tem?

— Vocês duas estão se esquecendo de uma possibilidade. — Sebastian escorrega pela parede até o chão, apoia os cotovelos nos joelhos e olha de uma para a outra.

— Qual? — Jas pergunta irritada.

O olhar firme encontra o meu, e vejo a preocupação nele.

Eu seguro a mão de Jas.

— Ele quer dizer que a mamãe pode estar morta. Talvez por isso ela nunca tenha voltado.

Jas dá de ombros.

— A gente precisa ter esperança. Essa seria a única razão justificável para ela não ter voltado. — Jas diz isso com tanta leveza que eu até poderia acreditar, se não a conhecesse tão bem. Mas conheço minha irmã melhor do que ninguém, e ela não torce para nossa mãe estar morta. Não, ela prefere perdoar a mulher por ter nos abandonado durante os anos em que nossa personalidade foi formada a aceitar que nunca mais a verá de novo.

Pessoalmente, eu não torço para nada. Nunca. Torcer e ter esperança são coisas que viciam, e você começa a contar com isso. Em um mundo cruel como este, não quero precisar de uma muleta.

— Seria bom saber — admito. — Mas ainda não estou convencida de que uma visita a Faerie pode ser benéfica para nós. Nós *somos* humanas. Até a mamãe, mesmo romantizando tanto os feéricos, avisou que o reino deles é perigoso.

Jas morde o lábio, seus olhos dançando.

— Mas *talvez*...

— Não tenho como decidir isso agora. — Estou adiando o sono há muito tempo, e a exaustão cai sobre mim como um cobertor pesado. Bocejando, estico os braços acima da cabeça e me viro de lado. — Alguém apague as velas. Ou não. Tanto faz. Vou dormir.

— Abriella! Jasalyn! — Cassia grita lá de cima. — Tem um *inseto* no meu quarto!

— Eu resolvo — Jas se oferece, e afaga meu braço. — Durma.

— Obrigada, irmã — respondo sem abrir os olhos. Tenho vaga consciência de Jas saindo do quarto, o som de seus passos na escada, depois o sopro suave que apaga as velas.

— Boa noite, Brie — Sebastian fala baixinho.

— Boa noite — resmungo meio dormindo.

Mas sinto a mão em minha testa, alisando meu cabelo, e o roçar de lábios na minha orelha.

— Não vá ao baile.

Sorrio. É fofo da parte dele se preocupar tanto.

— Fique tranquilo. Não quero nem saber daquele lugar.

Um beijo. Lábios em minha testa – um contato rápido como um sopro.

Abro os olhos e vejo a silhueta de Sebastian encolhendo em direção à porta do porão.

E agora estou completamente acordada.

Os cliques do raqon tilintando me causam dor no estômago. Todos os meses, por nove anos, Jas e eu contamos nosso dinheiro para entregá-lo a Madame Vivias. Algumas vezes tivemos o suficiente. Outras vezes tivemos mais do que precisávamos e começamos o mês seguinte com uma vantagem. Mas em muitas ocasiões não tivemos toda a quantia. E, cada vez que isso aconteceu, todos os pagamentos seguintes aumentaram, e as multas foram se somando até que, sem o que eu conseguia roubar, ficou impossível pagar nossa dívida.

— Quanto? — Jas pergunta, sua voz trêmula.

— Faltam setecentos.

Ela fecha os olhos. Odeio que entenda o que isso significa para nós. Queria poupá-la disso. Talvez eu precise dela para sempre acreditar no melhor, já que não sou capaz disso. A ideia de este mundo acabar arrancando isso dela faz minha dor no estômago aumentar.

— Temos que ir a Faerie — ela fala baixinho.

Balanço a cabeça em uma resposta negativa.

— Sebastian tem razão. É muito perigoso.

Ela engole em seco.

— Para humanos, sim. — Jas desvia o olhar da pilha de raqon em cima da cama e olha para mim. — Mas e se nós formos como feéricas? Podemos comprar poções de encantamento élfico do Mago Trifen, assim ficamos com a aparência da nobreza encantada. Não seria uma proteção a mais?

Deslizo os dedos pelas moedas; o *tlin tlin* é uma tortura deliciosa. Estamos nos matando para sair desse contrato, mas o buraco afunda mais depressa do que conseguimos subir. Alguma coisa precisa mudar.

— Vamos lá — decido, e balanço a cabeça ao anunciar minha decisão. — Vamos tentar.

O sorriso de Jas é tão largo que eu sei que nunca tive a menor chance de dizer não a ela. Amo minha irmã, e, se procurar mamãe vai fazê-la sentir que fez sua parte para conquistar nossa liberdade, então, vamos dar um jeito de isso acontecer.

— Vamos precisar de vestidos — ela decreta. — Para combinar com o ambiente! — acrescenta ao ver minha careta. Depois pega um rolo de musselina embaixo da cama e praticamente grita de alegria. — Faz uma *eternidade* que eu quero fazer esse vestido para você.

— Melhor não se acostumar — aviso. Mesmo assim, não consigo evitar um sorriso.

— Quando eu terminar de te arrumar, o Príncipe Ronan não vai conseguir deixar de te olhar, mesmo que você não queira.

Tiro a roupa, fico só de peças íntimas e deixo Jas me enrolar na musselina que ela usa para planejar os vestidos novos das nossas primas. Estou coberta com um arremedo de vestido quando alguém bate na porta.

Três batidas. Pausa. Duas batidas. A identificação de Sebastian.

— Entra! — Jas e eu falamos ao mesmo tempo. As mãos dela param de alfinetar o tecido na altura da minha cintura.

Nós duas olhamos para a porta. Quando me vê, Sebastian arregala os olhos e os cobre com uma das mãos.

— Desculpa, eu... desculpa.

— Estou decente. — Dou risada das suas bochechas vermelhas. — Entre.

— E feche a porta — Jas acrescenta em voz baixa. — Não queremos que Madame V entre aqui.

Sebastian assente uma vez, entra no quarto e fecha a porta, como pedimos.

— Você está ótima — ele me elogia. As palavras saem estranguladas, como se ele não soubesse de que maneira fazer isso. E por que saberia? Não sei se ele alguma vez me viu em uma roupa melhor que os macacões de faxina, ou a calça preta e justa que ponho quando saio à noite.

— Obrigada. — Examino o tecido marrom e fino que envolve meu corpo. Ele está sendo gentil, só isso. Não estou *ótima*. Só... esquisita.

— Espere só até ver o vestido no tecido certo. Imagine um veludo da cor da esmeralda mais profunda — Jas recita, sorrindo para mim. — Você vai ficar deslumbrante.

É minha vez de corar. Fico de cabeça baixa para Sebastian não perceber.

Não acredito que estou realmente empolgada com esse vestido. Jas sabe o que eu penso sobre vestidos e sobre não conseguir me mover com liberdade, por isso desenhou o meu como uma calça de pernas muito largas, que vai parecer uma saia quando eu estiver em pé. A parte de cima é um corpete justo e sem mangas, com um decote um pouco baixo demais para o meu gosto. É o tipo de criação pela qual nossas primas matariam... ou chorariam e implorariam, pelo menos, até cedermos.

— Qual é a ocasião? — Sebastian pergunta.

Jas retoma a tarefa de ajustar a musselina sobre meu quadril e segura um alfinete entre os dentes, ajustando as costuras. A resposta fica para mim.

A culpa me invade quando lembro do beijo doce de Sebastian em minha testa na noite passada, seu pedido para não irmos.

— Não temos escolha, Sebastian — falo em voz baixa. — Se existe alguma chance...

— Você não pode estar falando sério. — Ele olha para mim e para Jas, depois de novo para mim. — Você *odeia* os feéricos. Como é que isso pode acabar em alguma coisa boa? E não me fale que vai roubar a rainha. Vou logo avisando, isso é uma sentença de morte.

— Vou tomar cuidado. — Odeio a decepção nos olhos dele. — Nós temos de fazer alguma coisa.

Ele me encara, o músculo da mandíbula se contraindo e os olhos cor de mar brilhando, repletos de frustração. Quando tenho certeza de que ele vai continuar falando, Sebastian se vira e sai do nosso quarto.

Ameaço correr atrás dele, mas Jas me segura pelo braço.

— O vestido.

— Me ajude — peço, desesperada. Não sei o que vou dizer a Sebastian. Prometi a Jas que vamos ao baile, e não vou voltar atrás, mas Sebastian tem sido minha fortaleza há dois anos, e não suporto pensar que ele está bravo.

Jas trabalha depressa para tirar os alfinetes certos, de forma que eu possa sair do casulo de tecido fino. Visto uma calça e uma regata e corro para a escada do portão, subindo para o pátio que Madame V divide com o Mago Trifen.

Um lampejo branco na periferia do meu campo de visão chama minha atenção. Sebastian está sentado na varanda do lado de fora do pátio, afiando a ponta do cajado com as mãos grandes.

Meu estômago sempre enlouquece quando o vejo – não é só um pulinho, é uma sequência de cambalhotas descendo uma ladeira que não acaba nunca.

Diferente de minhas primas, eu estava ocupada demais *sobrevivendo* à adolescência para ter crushes ou me preocupar com paixão. Mas um dia Sebastian se mudou para a casa ao lado, e, na primeira vez que o vi, senti alguma coisa diferente... no estômago. Nos pulmões. Em toda a pele.

Na primeira vez que ele sorriu para mim, foi como se meu peito se abrisse, como se meu coração tentasse saltar do corpo e agarrá-lo. De algum jeito superei minha falta de jeito, ficamos amigos e eu passei a vê-lo quase todas as manhãs. Não passávamos muito tempo juntos – só o suficiente para ele ter se tornado um ponto radiante –, mas seu sorriso me ajudava a superar os dias difíceis, que eram muitos.

Agora ele não está sorrindo.

Na varanda, eu me abaixo ao lado dele, abraço as pernas e puxo os joelhos contra o peito. Fico ali sentada por longos minutos. Ele afia o cajado com perfeição, e eu fico olhando. Deixamos os pássaros no pátio se encarregarem da conversa.

Não sou boa com sentimentos. Sou boa para trabalhar e *fazer*, e a única pessoa com quem já compartilhei minhas emoções foi Jas. Ninguém mais foi suficientemente importante para merecer o esforço.

— Desculpa — digo finalmente. Não é o bastante, e não chega nem perto do que quero explicar: que estamos ficando sem opções, e que eu amo o quanto ele se importa com nossa segurança. Que vou fazer tudo que estiver ao meu alcance para voltar para casa – nem que seja só porque eu quero desesperadamente vê-lo de novo.

Sebastian levanta a cabeça, e os olhos verdes parecem enxergar através de mim. Ele estuda meu rosto.

— Você tem *alguma* ideia do quanto Faerie é perigosa para os humanos?

— É claro que sim, mas...

— Então *não vá*.

Meus dedos formigam com a ânsia de tocá-lo. Afagar um lado de seu rosto ou segurar seus braços musculosos. Ele nunca insinuou que tem por mim os mesmos sentimentos que tenho por ele, então nunca me permiti tentar esse tipo de conexão. Nunca tive coragem de me expor ao risco de uma rejeição, e escondi meus sentimentos de todo mundo... até de Jas.

— Se nossa dívida aumentar muito, nunca vamos sair dela. Agora mesmo seria preciso...

Ele fecha os olhos. Eu sei que odeia não ter como nos ajudar. Ele já deu dinheiro para nós antes, mas é só um aprendiz. Os recursos que tem não são suficientes nem para começar a diminuir a dívida que temos com Madame V.

Quando abre os olhos, ele me estuda por um longo instante. Tanto tempo que minhas bochechas esquentam. A pele arde. Minha respiração acelera enquanto espero os lábios macios encontrarem o caminho para os meus.

— Aguente só mais um pouco — ele diz finalmente. — Aguente só até eu poder ajudar. Um dia eu encerro seu contrato. Eu livro vocês dela.

Eu sei que ele acredita nisso, mas...

— Prometo que vamos estar seguras — respondo. Não é a promessa que ele quer ouvir, então me levanto e limpo as mãos suadas na calça. Foi tolice minha pensar que ele poderia me beijar, tolice pensar nisso quando estávamos discutindo algo tão importante. — Tenho que me arrumar para ir trabalhar.

Tem algo nos olhos dele que eu nunca tinha visto antes. Desespero.

Eu me afasto, porque entendo muito bem essa emoção.

Dei três passos quando ele diz:

— E se ele não for o que você pensa?

Paro, olho para trás e o vejo em pé.

— Quê?

— O Príncipe Ronan. E se você acabar... e se perceber que pode *gostar* dele?

Balanço a cabeça.

— Bash, não vou até lá porque tenho esperança de me tornar uma princesa feérica. Não sou esse tipo de garota.

— Mas e se ele não for o que você espera... se for melhor do que você se permitiu acreditar?

Eu cruzo os braços.

— Está preocupado com a possibilidade de eu me apaixonar por um *feérico*? — *Está preocupado com a possibilidade de eu te esquecer? Porque eu prometi que não vou. Não consigo.*

— Abriella...

— Que é?

Ele engole, e vejo o movimento em seu pescoço.

— Prometa para mim que vai fazer tudo que puder para ficar segura. Se você for ao baile, vai estar sob a proteção da rainha, mas, se sair da terra dela, essa proteção deixa de existir.

— Eu sei como a coisa funciona, Sebastian. Prometo.

Com um único passo, ele elimina a distância entre nós. Toca meu rosto com dois dedos e ajeita meu cabelo atrás da orelha. Estou hipnotizada pela sensação das calosidades ásperas contra minha pele.

Uma risada cacarejante ecoa atrás de mim. Eu me viro e vejo Cassia no pátio, com as mãos na cintura. O cabelo loiro está preso no alto da cabeça em cachos contidos com capricho, e os seios quase transbordam do vestido verde-menta.

— Pensei que estivesse chorando e sofrendo, mas vejo que não derramou uma lágrima sequer por ela, não é?

Qual é a fofoca agora?

Sebastian toca meu braço para oferecer conforto, e eu simplesmente balanço a cabeça, pronta para ignorar as bobagens da invejosa da minha prima.

— Agora que a irmãzinha está fora do caminho, você finalmente pode ir para cima do aprendiz gato. É assim que funciona?

Reviro os olhos.

— Do que você está falando?

Ela sorri, e os olhos azuis cintilam.

— Você não sabe? Está oficialmente muito atrasada com os pagamentos, e minha mãe perdeu a paciência. Bakken acabou de levar Jasalyn para os mercadores feéricos. — Ela fecha as duas mãos, depois as abre com um gesto dramático. — *Puf!* Sumiu. Simples assim.

Capítulo 3

NVADO O ESCRITÓRIO DE MADAME VIVIAS, jogando a porta contra a parede com tanta força que os quadros tremem.

— Onde ela está?

Minha tia nem se assusta. Deixa a caneta em cima da mesa e ajeita o penteado, retocando o coque perfeito de cabelo escuro que ela mantém brilhante e abundante com algum encantamento.

— Olá, Abriella. Parabéns pela sua libertação.

— *Não*... — sussurro, mas vejo: a pilha de cinzas no canto da mesa, tudo que resta de um contrato mágico, depois de cumprido. — Por quê?

— Chegou um momento em que fui obrigada a reduzir o prejuízo. — Ela cruza os braços e apoia as costas no encosto da cadeira. — Eu podia ter feito isso há meses, mas estava esperando para ver se você conseguiria pagar os atrasados.

Era como se alguma coisa espremesse o ar para fora do meu corpo e continuasse me apertando tão forte que eu não conseguia encher os pulmões. Eu não havia percebido que esperava que fosse mentira de Cassia. Não percebia que tinha... *esperança*.

Madame V acena com a mão, como se isso tudo fosse tão trivial quanto saber quem vai preparar o jantar, não o rumo da vida da minha irmã.

— Sua irmã vai ficar bem em Faerie. Tenho certeza de que ela vai encantar alguém por lá, como fazia aqui.

— Você fez dela uma *escrava*. Eles vão matar a Jas de tanto trabalhar, ou vão torturá-la só por diversão... ou... — Não consigo nem falar o resto, não consigo começar a enumerar as outras possibilidades horríveis. *Isso não está acontecendo*.

— Não seja tão dramática. Na verdade, esse é o melhor futuro que ela poderia querer, considerando o buraco em que vocês se meteram. O que ela ia fazer? Passar a vida esfregando o chão, como você? Talvez se vender para os homens por prazer barato?

— Você devia ter me avisado. Eu teria...

— Teria o quê? *Roubado* o valor da sua dívida? — A sobrancelha arqueada sugere que ela conhece todos os meus segredos. — Nem você seria capaz disso,

Abriella. Francamente, você tem sorte por eu ter feito vista grossa todos esses anos. Eu podia ter te denunciado pelos seus atos ilegais.

— Mas não denunciou. Você pegava o dinheiro, independentemente de como eu o conseguia. Você fez *milhares* todos os meses com aquele contrato injusto, e a vendeu mesmo assim. — Meu corpo queima de raiva, meu sangue ferve com uma fúria que ameaça transbordar.

— Por favor. Você está sendo ridícula. Eles vão encher a garota de vinho feérico e tudo vai parecer um sonho.

Tenho a sensação de que estou vibrando. Quero arrancar as joias dela e transformar tudo em pó com minhas mãos. Quero surtar e gritar até acordar e descobrir que tudo isso é um pesadelo terrível.

— O sacrifício de Jasalyn hoje libertou você da sua dívida. Fique feliz.

— Onde? — pergunto. — Para onde ela foi levada? — Vou encontrá-la. Vou procurar por todo o maldito reino deles e vou trazer minha irmã de volta.

— Talvez ela se apaixone por um lorde feérico — ela diz, ignorando minha pergunta. — Talvez ela viva feliz para sempre, como naquelas histórias que a sua mãe sempre gostou de contar. — Cada palavra dela transborda nojo. Não quero que nenhuma parte de mim seja como Madame Vivias. Mas isso nós temos em comum – esse nojo, o julgamento. Odeio minha mãe por ter nos abandonado, por ter nos deixado com o irmão dela só para poder ficar mais perto do amante feérico. Ela nos condenou a uma vida que acabou provocando tudo isso.

— Se Jas morrer, espero que a morte dela assombre cada momento que você passar acordada — sussurro. — Se ela sofrer, espero que a sorte te corte duas vezes mais fundo.

— Agora você está falando como *um deles*, jogando pragas em pessoas boas.

— Pessoas boas não vendem meninas para os feéricos.

Ela ri.

— Já olhou para o mundo em que nós vivemos, Abriella? Já viu a realidade de que eu as poupei mantendo vocês embaixo do meu teto? Talvez sua irmã seja sortuda. Talvez você devesse desejar estar no lugar dela. — Ela acena para a porta. — Agora saia. Vá aproveitar sua liberdade. Só que, a menos que você queira assinar um novo contrato, vai ter que encontrar outro lugar para dormir, e isso passa a valer imediatamente.

Eu não passaria outra noite aqui nem que ela me pagasse, mas não me incomodo em responder. Fecho a porta do escritório e desço correndo a escada para o porão.

Nosso quarto continua como sempre foi. O kit de costura de Jas ficou aberto, encostado na parede. Ela devia estar trabalhando quando Bakken a levou. O molde de musselina para o meu vestido está dobrado ao pé da cama, e eu o aperto contra o peito, ignorando os alfinetes que me espetam.

Subo na cama e me encolho deitada de lado. Estou cansada demais para chorar, chocada demais, mas meus olhos ardem. *Ela realmente se foi.*

A fechadura estala, a porta range baixinho ao ser aberta e fechada em seguida. Sinto a presença dele sem precisar olhar. O colchão se move quando Sebastian se deita na cama de frente para mim. Ele segura meu queixo, inclina meu rosto para poder olhar nos meus olhos.

— Ei... — Ele limpa minhas lágrimas com o polegar. — É verdade, então?

Só consigo olhar para ele, para seus olhos de mar revolto, para a ruga entre os olhos que revela a preocupação e o medo mais do que as palavras jamais revelarão.

— Brie?

— É verdade. — Engulo, tentando manter a voz firme. — Madame V vendeu Jas.

Ele fecha os olhos e resmunga um palavrão.

— Só mais um ano — ele sussurra, e contrai a mandíbula. — Mais um ano e eu teria conseguido libertar vocês.

— Isso não é responsabilidade sua, Bash. Você não pode se culpar pelo que Madame V fez.

Ele solta o ar com um sopro prolongado e abre os olhos, tirando o vestido de musselina das minhas mãos para segurá-las.

— Por favor, prometa que não vai atrás dela. Não suporto pensar no que pode acontecer se você for para Faerie.

— Mas e quanto ao que está acontecendo com Jas agora?

— Só quero uma chance. Deixe-me tentar resolver isso.

Sebastian parte amanhã para a próxima etapa do estágio. Não sei o que ele pensa que pode fazer por ela, mas faço que sim com um movimento de cabeça. Não vou recusar a ajuda dele, mesmo duvidando de que pode salvá-la.

Ele solta minha mão e olha em volta, analisando o quarto que dividi com minha irmãzinha pelos últimos nove anos.

— Para onde você vai? — pergunta.

Não tenho muita coisa. Posso arrumar tudo e sair daqui antes do pôr do sol.

— Minha amiga Nik me deve um favor. Vou para a casa dela. — *Até conseguir pensar em um plano para trazer Jas de volta.*

Nik vai se sentir muito mal quando souber o que Madame V fez, mas sinto que, se não tivéssemos atrasado o pagamento hoje, teríamos atrasado outro no futuro. O dinheiro que dei a Nik não teria salvado Jas, não quando a vida dela estava nas mãos de uma bruxa sem alma.

— Sinto muito — ele diz, olhando para mim.

— Eu também.

— Prometi ao Mago Trifen que ajudaria com o próximo cliente. Você vai ficar bem se eu for? Eu te procuro mais tarde.

Balanço a cabeça para dizer que sim, e outra lágrima escapa. Sebastian a vê rolar pelo meu rosto, antes de interceptá-la com o polegar. O toque é tão suave que sinto vontade de enlaçar sua cintura e me encolher em seus braços, esconder o rosto em seu peito e fingir que nada disso está acontecendo.

Em vez disso, eu me despeço, feliz por ele estar indo embora, mesmo que seja só para eu poder pensar em um plano.

O goblin doméstico de Madame Vivias mora embaixo da escada ao lado da cozinha. Bato de leve com uma das mãos enquanto tiro o elástico do cabelo com a outra.

Goblins adoram cabelo humano, dentes, unhas... colecionam as coisas como dizem que a rainha Seelie coleciona joias. Para ter alguma informação de Bakken, vou ter que usar meu cabelo. Só me resta torcer para que todos esses anos de negativas tenham aumentado ainda mais o interesse dele.

Ele puxa a porta na segunda batida, e o odor fraco de fruta podre transborda de seu quartinho. Bakken é um típico goblin doméstico – baixinho e barrigudo, com membros esqueléticos e lábios finos que não conseguem esconder os dentes pontudos. Os olhos saltados se arregalam gananciosos quando ele vê meu cabelo. Raramente o deixo solto, e nunca perto de um goblin.

— Bom dia, Menina de Fogo. O que posso fazer por você?

Ignoro o apelido que ele me deu desde o dia em que viemos morar com tio Devlin e eu vi Bakken pela primeira vez. Naquela ocasião ele segurou minha mão entre as dele e olhou para a cicatriz no meu pulso – única evidência deixada pelas queimaduras que deviam ter me matado. Naquele dia, fiquei chocada por ele saber sobre o incêndio e minha improvável sobrevivência, quando eu não sabia nada sobre ele. Eu não sabia que goblins negociam histórias – histórias, segredos e informação. Eles dão um jeito de descobrir tudo.

— Leve-me até minha irmã.

Ele pisca algumas vezes, como se tentasse processar o pedido, antes de balançar a cabeça.

— Não é assim que funciona.

— Cassia falou que foi você quem a levou ao mercado dos traficantes. Você precisa me dizer quem comprou minha irmã... e como eu posso salvá-la. — Meu coração está batendo muito depressa, e tenho que me esforçar para não olhar para trás e verificar se Madame V continua no escritório. Ela não deve querer que eu fale com Bakken, e provavelmente encontraria um jeito de me fazer pagar pelo privilégio – ou o negaria completamente, só por maldade. Se eu não falar com ele agora, posso não ter outra chance. — Por favor.

— Tem um preço. — Lambendo os lábios com a língua pontuda, ele diminui a distância entre nós. Olha para os dois lados do corredor, antes de me puxar para dentro do quartinho e fechar a porta. Assim que ouve o som da fechadura, ele desliza uma unha comprida pelo meu cabelo, desde a orelha até o ombro. A repulsa me causa um arrepio, mas não recuo. Ele ri animado.

— Que vermelho fascinante. Parece que seu cabelo roubou a cor do fogo naquele dia.

— Você precisa me levar até quem comprou Jasalyn.

— Mas por quê?

— Eu quero... comprar ela de volta. — Vou ter que saquear o cofre de Gorst outra vez para conseguir algum dinheiro. Talvez até pegue tudo dessa vez. Mas vai valer a pena.

— Nem tudo tem a ver com dinheiro, mortal. — Bakken me estuda com os olhos meio fechados e a cabeça inclinada para um lado. — Nesse seu mundo, era de se esperar que ficasse feliz com uma boca a menos para alimentar, mas você parece estar... de coração partido? Curioso.

Cerro os punhos com os braços abaixados. Os goblins são conhecidos pela capacidade de se mover entre os mundos e de coletar informações. Eles *não* são conhecidos pela compaixão.

— *Onde?*

— Desista, Menina de Fogo. Você não vai querer o destino que te espera em Faerie.

— *Quero* minha irmã de volta. Fale para onde a levou. Por favor.

— O que vai me dar em troca dessa informação?

As palavras *qualquer coisa* dançam na ponta da minha língua como um pedaço de fruta azeda. Quero cuspi-las, mas os goblins são muito literais. Sei que não devo oferecer mais do que posso dar.

— Uma mecha do meu cabelo.

— Ah, mas eu queria *todo* o seu cabelo. — Ele estende a mão, mas a abaixa antes de me tocar. — Eu faria um cachecol lindo. O que vou fazer com uma mecha?

— O que você pode fazer com *nada*?

Ele sorri, mas vejo ganância em seus olhos, o brilho do desespero.

— Mostre quanto.

Pego a mecha entre os dedos e a seguro para que ele inspecione.

— Daqui — digo, indicando uma parte da mecha logo abaixo do meu olho — até a ponta.

Jas usava o cabelo com partes mais curtas em volta do rosto. Sempre adorei o jeito como o corte chamava a atenção para os olhos dela. Mas não me atreveria a deixar Bakken perceber que não vou sentir falta do que estou oferecendo; ele só exigiria mais.

— Sim, é um bom pedaço. — Antes que eu consiga respirar, ele saca uma faca e corta meu cabelo com ela.

Engulo a exclamação de espanto provocada pela rapidez da reação.

— Fale.

— Entreguei-a para o emissário do rei no mercado dos negociantes, que vão levar a menina ao rei das sombras. Madame Vivias não conseguiu recusar a quantia oferecida pelos mercadores.

O rei? Meu sangue fica gelado nas veias, e eu me sinto congelar até os ossos.

— Que rei?

— O emissário a levou a Sua Alteza o Rei Mordeus — ele diz —, que pagou caro pela vida da sua irmã.

Não. Não pode ser. Comprar ou roubar minha irmã de volta de um feérico qualquer é uma coisa, mas resgatá-la de um rei feérico – de Mordeus, o governante Unseelie, o rei das sombras em pessoa? Se, por um lado, os mortais consideram os Seelie *bonzinhos*, o reino Unseelie é mais perigoso e mais letal para os humanos. O rei tem fama de sentir prazer torturando todo tipo de criatura. Humanos que entram naquele reino raramente voltam. Se voltam, é só como cascas catatônicas do que foram um dia. Por outro lado, esse é o rei que tem inúmeros escravos humanos. Talvez nem perceba que ela desapareceu.

— Uma garota humana é tão boa quanto qualquer outra. Por que o rei não comprou uma daquelas meninas que querem ir para Faerie?

— Porque ele quer Jasalyn Kincaid, irmã da Menina de Fogo, filha da bela mortal que...

— Eu sei quem é minha irmã — me irrito. Isso só pode ser um pesadelo. Não faz sentido. — Por que ele a quer? Por que Jasalyn?

— Não cabe a mim questionar o rei. Talvez ele queira fazer dela sua rainha. — O suspiro poderia passar por sonhador, se a expressão dele não fosse tão... *voraz*. — Talvez ele ame aquele lindo cabelo castanho.

— Se não é dinheiro, o que ele quer? Que tipo de pagamento posso oferecer?

Ele bate com uma unha comprida e suja nos dentes da frente.

— Nada interessa mais ao Rei Mordeus do que permanecer no trono.

Balanço a cabeça.

— Ele é o *rei*. Por que tem que se preocupar com isso?

— É que alguns dizem que ele não é, não de verdade. Mordeus roubou o trono do irmão muitos anos atrás e espera o dia em que o sobrinho, o Príncipe Finnian, filho do Rei Oberon e legítimo herdeiro do Trono das Sombras, virá do exílio para reivindicar sua coroa. Os súditos esperam a mesma coisa. Alguns juraram lealdade ao rei e lutarão para mantê-lo no poder. Outros acreditam que a Corte Unseelie está morrendo por causa da artimanha de Mordeus, e que só vai se recuperar quando o legítimo herdeiro estiver no trono com a coroa de Oberon.

Normalmente eu não daria a mínima para a política de Faerie, mas me obrigo a arquivar essa informação, para o caso de ela poder ser útil mais tarde.

— O que isso tem a ver com trazer Jas de volta?

Os lábios se retraem e os dentes pontudos e amarelados aparecem em um sorriso.

— Não subestime o Rei Mordeus. Ele não faz nada por acaso. Toda escolha que ele faz tem a ver com poder... o *dele*.

Não consigo entender. Jasalyn nunca teve nenhuma relação com os feéricos – não que eu saiba, pelo menos. Que tipo de poder o rei teria ao escravizá-la? Isso pode ter alguma coisa a ver com nossa mãe? Mas não tem lógica. Se, por alguma razão, o rei a exigiu em nome de nossa mãe, não faria mais sentido que fossem as duas filhas dela, não só a caçula? E por que ela se importaria com a gente de repente, depois de nove anos?

— Leve-me até minha irmã. Por favor.

Bakken está compenetrado na mecha de cabelo entre os dedos, e a afaga, amoroso.

— O reino Unseelie é um lugar perigoso para uma menina humana, mesmo que seja uma Menina de Fogo. É melhor esquecer sua irmã e aproveitar a liberdade recente.

— Isso está fora de cogitação.

Ele guarda meu cabelo no bolso.

— Não posso te levar, mas, se me der outra mecha, posso *contar*.

Nem penso antes de oferecer outra mecha idêntica do outro lado.

Os olhos dele dançam quando a corta.

— À meia-noite o portal do rio vai abrir para a celebração do nascimento da Princesa Seelie. Você pode entrar por lá na Corte Seelie e encontrar o portal secreto da rainha para a Corte da Lua. Ele só abre uma vez por dia, quando o relógio marca meia-noite.

Isso me deixa intrigada.

— Por que a rainha Seelie tem um portal para a Corte Unseelie? Pensei que eles fossem inimigos jurados.

Bakken está afagando a nova mecha de cabelo e quase nem presta atenção em mim. Ele responde distraído, como se cantarolasse uma canção que ouviu mil vezes.

— Houve um tempo em que a rainha dourada era só uma princesa. Ela amava Oberon, o rei das sombras, e sacrificava tudo por um jeito de vê-lo em segredo. Seu reino estava em guerra contra a Corte da Lua havia séculos, e os pais dela nunca permitiram que ela fosse fazer uma visita ao amado.

Enrugo a testa. Essa é a história que minha mãe contava para nós na hora de dormir – a princesa dourada e o rei das sombras.

— Pensei que essa história fosse só uma lenda. É verdadeira?

— Onde você acha que as lendas começam senão na verdade?

De repente quero lembrar mais das histórias de minha mãe, mas já faz muito tempo, e passei anos lembrando delas com muito ressentimento. Balanço a cabeça e me concentro no assunto em questão.

— Onde fica o portal?

— Você vai encontrá-lo no guarda-roupa que era da rainha na infância, um armário enorme com asas entalhadas em cada porta. Ela nunca teve coragem de destruí-lo.

Engulo em seco. Ir à Corte Seelie, encontrar o portal secreto da rainha para entrar no lugar mais perigoso de Faerie, achar minha irmã e resgatá-la das mãos de um rei sedento por poder. *Brincadeira de criança.*

Os olhos de Bakken encontram os meus e ele fica sério. Põe a mão no bolso e pega um bracelete feito de delicados fios de prata. Ele abre a mão e me oferece a pulseira.

— Pegue. Ninguém além de você vai conseguir ver ou sentir a joia em seu braço.

Já ouvi falar em braceletes goblin, mas nunca tinha visto um. Os fios de prata são tão finos que se tornam quase invisíveis, mas brilham à luz da vela.

— Cada fio representa uma história de Faerie. Histórias são poder, Menina de Fogo. Se precisar de mim, é só quebrar um fio, e eu apareço.

— Se eu quebrar um desses... — toco os fios com delicadeza, antes de olhar para ele — ... você vai me ajudar?

Ele balança a cabeça para dizer que sim.

— Isso. Mas não posso te salvar do perigo de morte, então nem perca tempo com ele se por acaso virar refeição de alguma fera. Mas eu posso ajudar com informação, para você se movimentar dentro do reino.

— A que preço?

O sorriso dele é mais maldoso que confortante.

— Só uma mecha de cabelo. Ou dentes, se você preferir.

Minha mão treme quando pego o bracelete.

— E se eu quebrar um fio sem querer?

— Fios de goblins não se quebram por acidente. Tem que ter intenção.

Passo a mão por dentro do bracelete, e ele se ajusta ao meu pulso de maneira mágica.

— Obrigada, Bakken. — Abro a porta e volto ao corredor.

— Menina de Fogo! — ele diz, e me faz parar. — Lembre-se, o rei das sombras é esperto. Ele vai te colocar contra o seu destino para se beneficiar disso.

Vai me colocar contra o meu destino? Como assim? *Charadas de feérico.*

— Não acredito em destino, Bakken. Tudo que me importa é minha irmã.

— Ah, sim, e o rei sabe disso.

Capítulo 4

— **V**OCÊ TEM QUE CONTAR seu plano para o Sebastian — diz Nik, apoiada na lateral da casa do Mago Trifen.

— Por isso você me trouxe aqui?

Eu tinha me mudado da casa de Madame V naquela manhã e ido para a casa de Nik, que ouviu pacientemente minha história e meu plano pela metade, antes de insistir em me levar à casa do Mago Trifen para pedir um tônico do sono. O portal só abriria à meia-noite, ela argumentou, e eu não conseguiria fazer muita coisa se não descansasse um pouco antes disso.

Agora o sol desce rumo ao horizonte, e o tempo parece se mover depressa demais e muito devagar ao mesmo tempo. Por mim, eu já estaria procurando minha irmã em Faerie, mas tenho medo de não ser forte ou inteligente o suficiente quando chegar lá. Estou com muito medo de fracassar.

— Eu trouxe você aqui para pegar o tônico — ela responde, apalpando a bolsa —, mas acho que devia contar para ele. Talvez ele possa ir com você.

Balanço a cabeça.

— Ele vai me atrapalhar tentando me proteger. E, de qualquer maneira, ele viaja amanhã para a próxima etapa do estágio. Não vou estragar isso.

Ela endireita o corpo e enruga a testa.

— Não gosto disso, você fazendo tudo sozinha. Na verdade, não gosto de você fazendo tudo isso.

— Você iria se estivesse no meu lugar? Se fosse a Fawn a menina vendida para o rei Unseelie?

Os olhos escuros brilham cheios de lágrimas, e ela engole o ar.

— Sem pensar duas vezes.

— Então você sabe que eu não tenho escolha.

— Imagino que você já tenha feito muitas coisas porque não teve escolha — ela comenta baixinho. Brinca com um cacho escuro e parece pensar um pouco antes de continuar: — Preciso perguntar uma coisa.

— Tudo bem.

Ela olha para os dois lados da rua e, apesar de estarmos ali sozinhas, abaixa o tom de voz ao falar.

— Aquele dinheiro que você me deu para o contrato da Fawn... você roubou do Gorst?

Meu estômago se contrai. Como ela sabe?

— Pareço idiota a esse ponto?

Ela me encara, desconfiada.

— Brie.

Massageio a nuca, onde toda a tensão das últimas vinte e quatro horas parece ter se reunido em um grande nó.

— Não seria melhor se você não soubesse de onde eu tirei o dinheiro? — Não consigo acreditar que isso aconteceu ontem à noite. Muita coisa aconteceu desde então – meu mundo inteiro virou de cabeça para baixo.

Ela comprime os lábios.

— *Alguém* invadiu a casa do Gorst, passou pelas proteções dele e furtou coisas do cofre. Ele está furioso.

— Imagino.

— Quem fez isso deixou rastros de sangue — ela sussurra —, e é questão de tempo até o mago que trabalha para ele identificar de quem é o sangue... encontrar o ladrão.

Merda. Estava tão ocupada cuidando de todo o resto que esqueci do sangue.

— Gorst é a menor das minhas preocupações.

— Mesmo? Bom, é melhor torcer para a magia ser lenta, ou você não vai ter chance de passar por aquele portal.

— Brie? — Sebastian sai pelo quintal e aparece na rua.

— Conversamos mais tarde. — Nik sorri para mim com tristeza e afaga meu pulso antes de se afastar. — Vejo você em casa. Até lá, tome cuidado.

— Obrigada, Nik. — Respiro fundo e me viro de frente para Sebastian. Meu coração fica apertado quando olho para ele. Ele usa uma túnica branca e calça de couro preta bem justa, colada às coxas fortes, e o cabelo branco brilha com um suave reflexo dourado ao sol.

— O Mestre Trifen disse que você estava me procurando.

Engulo o nó de emoção que se formou em minha garganta. Quero contar meu plano e avisar que talvez a gente nunca mais se veja. Odeio mentir para ele, mas não vejo alternativa melhor.

— Queria te ver antes da viagem.

Sebastian chega mais perto e segura minhas mãos.

— Eu não iria embora sem me despedir.

— Eu sei. — Estudo seu rosto, decorando cada centímetro. Os olhos são mais azuis que verdes ao sol poente. *Talvez eu nunca mais veja esses olhos.*

Ele tira do bolso um colar com um pingente de cristal.

— Fiz uma coisa para você.

— Bash... — A corrente é simples, de prata delicadamente trançada, mas o cristal é perfeito. — É... é a coisa mais bonita que eu já vi.

— Então, combina com você. — A voz dele é rouca, e a ternura emocionante em seus olhos incomoda minha consciência. — É um amuleto de proteção. Se eu não posso ficar para te proteger pessoalmente, então... — Ele para e respira fundo, como se o pensamento causasse dor física, depois passa o colar pela minha cabeça com toda a delicadeza. — Prometa que vai usar o tempo todo.

— Prometo. — O cristal cai entre meus seios e brilha à luz do sol. Eu o seguro com uma das mãos.

— Quando você viaja?

— Amanhã bem cedo. — Ele olha para o céu, como se quisesse garantir que não está atrasado.

— Obrigada por ser um amigo tão bom. Não sei se teria aguentado os últimos dois anos sem você.

— Não faça isso. — Ele balança a cabeça. — Não fale como se não fosse me ver nunca mais.

Abaixo a cabeça e olho para minhas botas retas surradas, em vez de deixar que ele olhe nos meus olhos, onde tenho medo de que a verdade esteja escrita.

Ele levanta meu rosto.

— Ainda tem muita coisa que eu preciso te dizer.

— Sobre o quê?

Ele estuda meu rosto demoradamente.

— Sobre meu passado... sobre mim.

Abro a boca e volto a fechá-la. Sebastian nunca falou sobre a família. Nunca quis contar nada sobre sua vida antes de vir morar em Fairscape, e eu nunca insisti.

— Vou fazer tudo que puder para te ver de novo — ele fala baixinho. — Mas ainda não estou preparado para te deixar. — As mãos dele são grandes e quentes. Em segredo, eu as imaginei me tocando desse jeito muitas vezes, mas nenhum sonho podia ser comparado à sensação dos dedos calejados escorregando pela minha nuca e para baixo do meu cabelo, enquanto os olhos descem até minha boca. — Tem alguma coisa que você precise me dizer? Alguma coisa que eu tenha que saber antes de ir embora amanhã?

Isso tem a ver com meus sentimentos por ele? Ou ele desconfia de que vou entrar em um reino diferente à meia-noite, arriscando tudo pela chance improvável de conseguir salvar minha irmã?

— Sebastian, você é meu melhor ami...

Antes que eu consiga terminar a palavra, ele abaixa a cabeça. Lábios macios encontram os meus, e a boca captura meu gemido. Uma corrente elétrica percorre meu corpo, me desperta, vibra entre nós, dando a impressão de que esse beijo poderia iluminar toda Fairscape, toda Elora.

Quando a língua passa entre meus lábios e entra na minha boca, eu o beijo sem nenhuma reserva. Entrego tudo que tenho. Consigo sentir sua preocupação no beijo, e penso se ele é capaz de sentir meu medo. Tenho que salvar minha irmã, mas não quero morrer. Também não quero perdê-lo.

Minhas emoções são confusas, intensificadas pelo beijo. Quando ele recua, estou meio tonta, atordoada. Sou apaixonada por Sebastian há dois anos, e durante todo esse tempo acreditei que ele não sentia nada por mim. E agora, quando corro o risco de nunca mais vê-lo, descubro que estava enganada. O destino está brincando comigo.

— Espere por mim — ele sussurra.

Não vou esperar. Não posso. E sinto uma pontada de culpa porque, mesmo assim, me sinto bem com o que ele diz. Não posso deixar o que sinto por Sebastian tirar meu foco. A única coisa que importa é ir buscar Jas.

— *Brie.*

Um sussurro em meu ouvido enquanto a égua galopa cada vez mais depressa, levando minha mãe e eu para a praia.

— Brie, eles vêm vindo.

Meu coração dispara, e meu cabelo dança em torno do meu rosto em um movimento criado pelo vento. Minha mãe segura a rédea, e sua aliança de casamento machuca meu dedinho.

— Brie.

A brisa esquenta, e a fumaça que se espalha pelo ar faz minha garganta arder.

— Abriella, acorda!

Meus olhos ardem enquanto engatinho pelo chão. A fumaça ácida encontra o caminho para meus pulmões, e o fogo dança à minha volta. O calor lambe minha pele. Chamas se projetam e queimam minhas pernas nuas. Jasalyn sorri para mim, me olhando através da fumaça. Eu a tiro da cama, mas ela é pesada demais para meus braços magros, então caio de costas com ela em cima de mim. Eu a seguro com mais força, e ela se desintegra em uma pilha de fumaça.

— Brie! — Alguém me sacode com *força*.

Faço um esforço para abrir os olhos. Encho os pulmões de ar.

O quarto está escuro e frio. Não tem fogo, exceto por uma chama tremulando no alto de uma vela sobre a mesa de cabeceira. Nik está abaixada no chão ao meu lado, ainda com o vestido justo que usou para ir encontrar um cliente.

— Que é? — O sono ameaça me vencer de novo, graças ao tônico que Nik me deu depois do jantar.

— Gorst está aqui. Ele quer falar com você.

Cubro a boca com a mão e levanto com um pulo. Fawn está deitada de lado na cama, abraçada ao coelho de pelúcia. Meu estômago revira quando penso em Gorst revirando a casa dessa garotinha por minha causa.

As batidas violentas na porta parecem sacudir todo o apartamento, e me viro para Nik com os olhos arregalados.

— Distrai ele por mim. Vou sair pela janela.

Ela assente e dá o primeiro passo.

— Pus um dos meus vestidos na sua bolsa. — Ela olha para a porta ao ouvir as batidas de novo. — Não é nada tão bom quanto a sua irmã poderia fazer, mas vai te ajudar a se misturar com as garotas que vão ao baile.

— Obrigada. — Eu a abraço. — Fico te devendo essa.

— Se não abrir essa porta, vou arrombar! — avisa uma voz forte.

— Estou indo — grita Nik. A voz dela não trai o medo que vejo em seu rosto. Ela baixa a voz para falar comigo. — Os portais vão abrir em menos de uma hora. Cuide-se e volte pra nós, ouviu bem? Fawn precisa da tia Brie.

Meus olhos ardem, por isso apenas balanço a cabeça em uma resposta afirmativa e penduro a bolsa no ombro.

Nik caminha para a porta. O medo desaparece a cada passo, substituído por ousadia.

— Quem você pensa que é para vir esmurrar minha porta no meio da noite?

Fecho a porta do quarto sem fazer barulho, recolho os travesseiros e cobertores do tapete e os deixo arrumados sobre a cama.

— Soubemos que Abriella Kincaid está aqui — diz a voz profunda.

— Alguém mentiu. Estou só com minha filha.

Depois de chutar o colchonete para baixo da cama, sopro a vela. O manto de escuridão é um bálsamo que tranquiliza meus sentidos.

— Se não se incomoda, senhora, gostaríamos de verificar.

Nik bufa.

— Eu me incomodo *sim*. Minha filha está dormindo.

Saio pela janela e a fecho justamente quando a luz da área principal do apartamento entra no quarto. Corro pelo beco, chego a outra viela e percorro em ziguezague um caminho de que eles nunca vão desconfiar. A noite é iluminada pela lua cheia e evito as ruas principais, limitando-me às vias mais escuras e estreitas entre os prédios para não ser vista. Corro perto das paredes e entre latas de lixo, quando é necessário. Corro, corro e corro, suando, com os pulmões ardendo. Não paro até me esconder na segurança dos bosques na periferia da cidade.

Já tem uma fila de moças rindo empolgadas sob o luar à margem do rio. Algumas usam elaborados vestidos de baile, outras vestem trajes mais simples que são, provavelmente, a melhor coisa que elas têm. Todas esperam pela abertura do portal, olhando para a margem do rio como se fosse o caminho da salvação. *Idiotas*.

Evitando as pessoas e a luz da lua, sigo para a parte mais densa do bosque. Às cegas, tiro a camiseta e a calça do meu corpo suado, antes de procurar o vestido que Nik pôs dentro da bolsa. O tecido é fino e sedoso, e, quando o visto pela cabeça, ele escorrega como água fria sobre a pele.

Seguro o cristal pendurado em meu pescoço. Não sei se amuletos de proteção funcionam muito bem, mas escapei dos homens do Gorst hoje. Se este colar conseguir me levar em segurança a Faerie, talvez nunca mais o tire do pescoço.

Fico apoiada em uma árvore, escondida pela escuridão, e vejo a lua continuar sua escalada no céu até que, finalmente, ouço exclamações de admiração e risadas fascinadas.

— Abriu.

— O portal abriu!

— A rainha dourada vai nos receber!

— O Príncipe Ronan está esperando!

Guardo o amuleto dentro do vestido e saio das sombras lentamente, entrando na fila de mulheres. Esperamos nossa vez de passar pelo portal. Mantenho as mãos unidas para conter o impulso de ajeitar o cabelo e limpar o suor da testa. Se ficar de cabeça baixa, talvez não percebam que não estou tão bem-vestida quanto elas.

Não sou como essas mulheres. Nunca quis ser uma princesa feérica, nunca sonhei com o dia em que dançaria com os imortais em um de seus bailes lendários. Mas hoje reconheço minha sorte. Assim que eu estiver do outro lado do portal, os homens de Gorst não vão poder me tocar.

Pensando nisso, levanto a cabeça e vejo as mulheres na minha frente saírem da margem e se atirarem no barranco de um metro e meio de altura dentro do rio – e desaparecerem no ar.

— Vai logo — diz a jovem atrás de mim. — É sua vez. Não fica segurando a fila.

— É só... pular? — pergunto.

Ela ri.

— Não, tonta. Se pular, você vai cair no rio. Você tem que caminhar para o portal sobre a água. Tem que acreditar que ele está lá, ou não vai dar certo.

Olho boquiaberta para o rio caudaloso além da margem. O medo sobe pelas minhas costas e me mantém parada.

— Vai — ela diz. — Qual é a pior coisa que pode acontecer?

— Eu cair na água, ser arrastada e jogada contra as pedras até morrer afogada?

Ela ri como se eu tivesse contado uma piada.

— Vai logo.

— Certo. É só *acreditar*. — Muito simples.

— Moças, alguém viu uma garota ruiva com uma cicatriz no pulso? — alguém pergunta no fim da fila. — Ela é uma ladra, e nós vamos pagar uma recompensa em dinheiro para a primeira pessoa que nos ajudar a encontrá-la.

A mulher atrás de mim olha para meu pulso.

Ponho a mão sobre o amuleto, e não ando em direção à margem. Eu corro.

Capítulo 5

MEUS DENTES DO FUNDO se chocam quando caio de joelhos. A dor se espalha pelas pernas, e, quando abro os olhos, vejo um céu claro e enluarado brilhando sobre mim. Levanto e olho para trás, para o rio, mas ele sumiu. A floresta também desapareceu. As únicas árvores estão muito distantes. À minha volta, rios de mulheres aparecem do nada, chegando de portais espalhados por Elora.

É isso. Aqui é Faerie. Consegui.

Uma energia inegável vibra por toda a minha pele. Como se o ar aqui fosse diferente, carregado de eletricidade – uma teia de aranha eletrificada pronta para prender humanas como se fossem moscas.

Estudo os rostos à minha volta, procurando por algum sinal da mulher que parecia disposta a me entregar em troca de uma recompensa. Não a vejo na multidão – e ela não pode fazer muita coisa deste lado do portal. Em vez disso, vejo moças correndo felizes em direção a uma ponte dourada que conduz a um castelo gigantesco. Pináculos dourados se alinham ao horizonte, altos como se tocassem o céu da noite. As paredes de pedra cintilam à luz das estrelas. Minha mãe descrevia exatamente isso nas histórias que contava para nós na hora de dormir – paredes de castelos de quartzo triturado, pisos de mármore, o céu da noite como um cobertor infinito de estrelas cintilantes.

Quando éramos mais novas, Jas e eu sonhávamos com este lugar. Era como uma brincadeira. Imaginávamos que fugíamos para Faerie pelo portal do solstício e encontrávamos a mamãe. Descrevíamos como ela ficaria empolgada quando nos visse e fazíamos uma lista com as inúmeras razões que a impediram de voltar. Os anos foram passando sem uma visita, e, como ela nunca voltou para livrar a gente do contrato, a brincadeira foi ficando cada vez menos divertida para mim. Eu não queria pensar na minha mãe, ou nos motivos para ela não ter voltado para as filhas. Não queria mais falar sobre ela, e imaginar um reencontro me dava dor no estômago.

No entanto, agora que estou aqui, é impossível não pensar se ela também está, se sobreviveu a esta terra perigosa durante todos esses anos, se está... feliz.

Estou a pelo menos uns cem metros da ponte e dos portões do castelo, mas, mesmo tão longe, mulheres ansiosas aguardam animadas na fila. Eu esperava uma multidão sufocante, mas jamais teria sido capaz de imaginar isso. Mulheres se empurram para passar na frente. O desespero delas me deixa triste e alerta em partes iguais.

— Ah, garota — diz a mulher atrás de mim —, você não vai entrar desse jeito.

Tensa, eu me viro e olho para ela.

— Como assim não vou entrar?

Ela enruga a testa, olha para mim da cabeça aos pés e tira um lenço da bolsa. Não sei como estou, mas *ela* está radiante no vestido amarelo-canário de corpete justo e saia ampla, o cabelo escuro caindo sobre os ombros em cachos perfeitamente saltitantes.

Olho para mim mesma pela primeira vez desde que Nik me acordou. O vestido de seda que ela me deu é vermelho, um tom intenso quase igual ao do meu cabelo. Ele é decotado e justo sobre os ângulos pronunciados do meu quadril, e a saia ampla desce até um pouco acima dos tornozelos. O tecido fino expõe cada ângulo subnutrido do meu corpo, dos ossos salientes do quadril à barriga funda. Em Nik, essa simplicidade deve ser requintada e sedutora. Em mim, o vestido parece meio patético e grosseiro. Normalmente não tenho tempo para me preocupar com coisas superficiais como a aparência, mas, ao lado dessa mulher radiante, eu me sinto constrangida.

— Não se preocupe. Eu te ajudo — ela diz, e me oferece o lenço. — Vamos dar uma limpada em você.

Meus braços têm manchas de terra. Quando corri pelo beco nas sombras, estava pensando em me esconder, em sobreviver, não em ficar limpa.

— Obrigada. — Pego o tecido macio e começo a limpar com delicadeza a sujeira da pele. — Acho que estava com tanta pressa para chegar aqui que não percebi. — Embaixo da imundície, arranhões rosados (da corrida entre as fileiras ásperas do bosque) riscam meus braços. Não sou exatamente uma imagem de beleza. — Por que você disse que não vão me deixar entrar? Eles não aceitam todo mundo?

Ela abre a bolsa de novo e pega um frasquinho de pomada.

— Mesmo que o castelo da rainha seja imenso, não tem espaço para receber todas as mulheres que vão aparecer atrás de uma chance de ter a mão do príncipe.

— Ela pega o lenço de volta e aperta o frasquinho, depositando nele uma gota da pomada opaca. Passa o lenço de leve em um esfolado especialmente feio em meu ombro, e vejo a pele cicatrizar e recuperar uma saudável tonalidade de marfim.

— Desculpa, mas não tenho como pagar por isso.

Ela sorri e continua aplicando a pomada no meu braço.

— Quando eu for noiva do Príncipe Ronan, não vou precisar do seu dinheiro. — Ela pisca para mim como se contasse uma piada cujo desfecho só eu conhecia. — Meu nome é Pretha.

Engulo o ar, ainda sem saber o que fiz para merecer tanta gentileza.

— O meu é Abriella.

— Bonito nome. — Ela passa para o outro braço.

— Obrigada. — Olho para a longa fila na nossa frente. — Como eles decidem quem entra?

— A maioria vai ser dispensada antes mesmo de pisar no castelo. Os guardas na porta fazem a primeira triagem com base apenas na aparência. — Ela deve ver o desgosto em meu rosto, porque diz: — Eu sei. Superficial, não? Mas eles estão procurando uma noiva humana bonita e rica para o príncipe.

A fila se move devagar, e, embora esteja ansiosa para entrar no castelo e começar a procurar, sou grata pelo tempo extra. Não tinha considerado a possibilidade de não conseguir passar pela porta.

— Pronto. — Ela termina de cuidar do último arranhão no meu pulso. — E agora... posso dar um jeito no seu rosto? — Ela pega um espelhinho e o coloca na minha frente, para que eu possa me ver.

Meu rosto não está melhor do que estavam os braços, mas piores que a sujeira e os arranhões estão as olheiras escuras e as faces fundas. *Saudável* não é a palavra que me vem à mente quando olho para meu reflexo.

Pretha passa um lenço limpo em meu rosto, depois tira alguns cosméticos da bolsa, que parece ter uma profundidade infinita. Ela contorna meus olhos com delineador, passa máscara de cílios, dá um toque de cor nas bochechas e pinta meus lábios de vermelho. Quando olho para o espelho de novo, só reconheço o cabelo vermelho e enrolado.

— Você é uma artista — digo, tocando a região onde antes ficavam as bolsas sob meus olhos. — Tem certeza de que não usou magia?

Ela ri.

— Não tem nada de errado em usar um pouco de magia para realçar sua beleza natural.

Eu já devia esperar a escova de cabelo que aparece na mão dela, mas, quando começa a me pentear, não contenho uma gargalhada.

— Se essa escova conseguir domar meus cachos, pode se candidatar para fazer parte dos Sete de Elora.

— Eu não me atreveria a domar sua beleza selvagem. É ela que vai atrair o olhar do príncipe. — Ela reúne meus cachos no topo da cabeça com uma presilha de cristal e os distribui com cuidado em volta do rosto.

Tento sorrir como uma menina ansiosa pela atenção de um príncipe feérico. A verdade é que, quando finalmente estiver lá dentro, vou querer justamente o contrário.

Quando ela termina de ajeitar meu cabelo, dá um passo para trás e inclina a cabeça para um lado.

— Agora o vestido?

A fila se move devagar, e a lua segue seu caminho pelo céu. Nesse ritmo, ainda estaremos esperando quando o sol nascer. Talvez depois disso.

— Imagino que você tenha agulha e linha nos bolsos — falo —, e que vai reformar meu vestido e transformá-lo em coisa melhor.

— *Pfff*. — Ela balança a mão. — Não sou costureira.

A palavra é como um soco no estômago, uma lembrança que apaga meu sorriso.

— Eu também não.

Ela fica séria, percebendo a mudança em minha disposição.

— Falei alguma coisa errada?

— Não, nada. Minha irmã era... é costureira. Só isso.

Os olhos dela se tornam mais suaves.

— Sinto muito. O que aconteceu com ela?

— Foi vendida para ser escravizada.

Alguma coisa cintila nos olhos dela, e por um momento tenho a impressão de que ela vai rugir de raiva por mim, mas em seguida ela pisca, e tudo desaparece.

— E é por isso que você está aqui?

Suspiro. Preciso de uma amiga, mas não posso correr o risco de contar meus planos a essa estranha.

— Imagino que cada garota nesta fila sonhe com o que pode conseguir com o poder e o privilégio de uma princesa feérica.

— Hum. — Ela abre a mão e me mostra um punhado de alfinetes. — Posso?

— Você não falou que não é costureira? — Eu a vejo colocar os alfinetes lado a lado em minha cintura. Viro devagar para permitir que ela continue o trabalho nas costas.

— Não sou, mas a mulher que encantou estes alfinetes é. — Ela espeta o último, fechando o círculo, e estala os dedos.

E, assim, meu traje não é mais o que vesti na floresta. Este é um vestido de baile, mais lindo que qualquer coisa que já usei, talvez mais lindo que tudo que Jas criou. A saia ampla varre a grama quando ando. Botões de rosa foram costurados no acabamento da bainha e na lateral, subindo como se a saia fosse uma espécie de treliça mágica. O corpete ajustado tem uma armação que faz meu peito inexistente se debruçar no decote de coração. O tecido mal cobre meu amuleto.

Estou ocupada admirando meu novo vestido, e só percebo que atravessamos a ponte quando Pretha bate de leve em meu ombro. Chegamos aos portões do castelo, finalmente.

Não sei o que esperava ver, mas tem uma festa no gramado exuberante. Criaturas de todos os tipos circulam pela área. Fadas que parecem borboletas, com asas translúcidas e corpinhos humanoides, voam por entre as pessoas, as asas zumbindo como uma flauta ao vento. Feéricos de fogo com pele vermelha e olhos brilhantes dançam em volta de uma fogueira, girando parceiros humanos tão depressa entre eles que meus olhos quase não conseguem acompanhar os movimentos. A nobreza élfica circula pela multidão, e, não fosse pelas orelhas pontudas e a graça etérea, quase poderiam se misturar aos humanos – não que quisessem.

— Estamos chegando perto. — Pretha afaga minha mão, e sinto uma onda inesperada de afeição.

— Por que está sendo tão legal comigo?

— Talvez *eu* também precise de uma amiga.

Como ela sabe que eu preciso de uma amiga? Ninguém jamais pensou isso sobre mim. Na verdade, as pessoas me acham fria e distante. Uma garota solitária sem nenhuma intenção de mudar.

— Bom... obrigada. Por tudo. — Mordo a parte interna do lábio e estudo meu vestido de novo. É bonito, e, se eu tiver um pouco de sorte, ele vai me ajudar a entrar, mas e depois? Não vou conseguir me esgueirar por vielas escuras com esta saia.

— Você não gostou — ela diz. Não está na defensiva, nem se faz de magoada; é só uma observação quase curiosa.

— Não estou acostumada com roupas que restringem meus movimentos. Passei a vida inteira aprendendo que é bom ficar alerta em Faerie, e, se eu tiver que correr ou alguma coisa assim...

Ela levanta o queixo.

— Garota esperta.

— Ou megera ingrata? — retruco com uma careta.

— Os alfinetes ainda estão na sua cintura. Se tirar um deles, o encanto se desfaz. O vestido volta à forma original.

Passo as pontas dos dedos na costura na cintura do vestido até sentir um alfinete.

— Perfeito. Obrigada.

Conversamos sobre coisas sem importância por horas, enquanto a fila se arrasta em direção à porta do castelo. Durante todo o tempo, registro o máximo possível de detalhes à minha volta, ignorando os pés doloridos e o estômago roncando para observar os feéricos no jardim e os sentinelas que patrulham toda a área.

Não tenho dúvida de que o jeito mais fácil de entrar nesse castelo é pela porta da frente, mas minhas chances parecem cada vez menores à medida que nos aproximamos dela. O sol brilha alto no céu, e já vi dezenas de mulheres serem dispensadas pelo portal ao lado dos sentinelas, e bem poucas entrarem no castelo.

— Boa sorte — Pretha sussurra quando dou um passo à frente.

O guarda ao lado da porta tem orelhas pontudas e olhos azuis e brilhantes. Ele me analisa, encolhe os ombros e acena, me mandando entrar. Olho para Pretha.

— Como vou pagar pelo que você fez?

Ela sorri.

— Ah, vou pensar em alguma coisa antes de te encontrar de novo.

Quando entro, outro elfo segura meu braço e me leva por um corredor cintilante. Sou ofuscada pelos lustres de cristal que pendem do teto e pela luz refletida no assoalho brilhante.

Arrisco olhar para trás para ver se minha nova amiga me segue, mas só vejo um rosto desconhecido alguns passos distante. Pretha foi rejeitada? A culpa me corrói. Depois de tudo que ela fez para me ajudar, é injusto eu ter entrado e ela não. Devia ter deixado ela entrar na minha frente, talvez tentado convencer os guardas, se eles a mandassem sair pelo portal.

— Siga em frente. Aproveite a comemoração — meu acompanhante fala, simples assim. Antes que eu possa responder, ele me solta e volta pelo caminho que percorremos.

Dou mais alguns passos à frente e me espanto ao entrar em um salão de baile tão grande quanto um quarteirão em Fairscape. A luz do fim da manhã entra pelas janelas imensas, de dois andares, e humanos e feéricos circulam pelos espaços de piso de mármore brilhante. Devagar, entro no salão e vou me misturando aos presentes, estudando o lugar.

— Por que ela mandou Jas embora antes de o meu vestido ficar pronto? — uma voz conhecida choraminga atrás de mim. *Cassia*.

Meu coração dispara. *Não. Por favor, não.*

— Pelo menos você tinha alguma coisa adequada — responde Stella. — Eu precisei subornar uma das meninas nas costureiras para ter isto aqui, e elas quase me mandaram embora sem nada.

É claro que Cassia e Stella vieram ao baile. Deve ter sido por isso que elas insistiram para Jas fazer vestidos novos. São idiotas a ponto de acreditar que poderiam se tornar princesas feéricas.

De cabeça baixa, vou andando entre as pessoas e me afasto delas. Não quero nem pensar no que vai acontecer se me virem. Fariam tudo que pudessem para me pôr para fora daqui, e ririam muito se soubessem que estou tentando salvar Jas.

Na pressa de chegar ao outro lado do salão, eu me choco contra um corpo masculino e largo.

— Sinto muito. Desculpe. — Sem levantar a cabeça, continuo andando.

— Você está bem? — A voz dele é profunda e melódica. Alguma coisa naquele som me toca e, incapaz de resistir, eu me viro e olho para ele.

Paro de respirar ao ver um homem alto de pele marrom-clara. Não é um feérico qualquer. Ele é *deslumbrante*. O cabelo escuro desce até o queixo angular em uma nuvem descuidada de cachos. Os olhos prateados brilham como o luar, emoldurados por cílios escuros e grossos. Se ele fosse humano, eu diria que tinha pouco mais de vinte anos, mas tem alguma coisa em sua postura e nas linhas duras do rosto que o fazem parecer muito, muito mais velho. A boca cheia e exuberante se comprime enquanto ele me analisa, depois estende a mão.

— Dança comigo, milady?

— O quê? Não. — Tenho que manter o foco. Não preciso desse feérico lindo me distraindo.

Ele arregala os olhos, como se nunca tivesse sido rejeitado antes. Com aquela aparência, eu não me surpreenderia.

— Um passeio pelo jardim, então?

— Cai fora. Não estou a fim de...

Escuto as risadas de minhas primas, olho por cima de um ombro e as vejo se aproximando.

— Tudo bem. Vamos dançar — decido, e seguro a mão dele.

Seus lábios tremem de leve, mas ele segura minha mão e me leva para a pista de dança.

— Com todo o prazer.

Sobre o palco em uma extremidade do salão, uma orquestra toca uma melodia emocionante. Nunca ouvi essa canção, mas ela faz minhas pernas tremerem para entrar no ritmo, acompanhar a batida.

O feérico com quem estou dançando olha nos meus olhos enquanto me conduz pela pista. Lustres cintilam sobre nós, órbitas de luz flutuando à brisa leve. Alguma coisa na dança – em como nos movemos juntos – me faz lembrar como me sinto livre quando me movimento pela escuridão. É relaxante e intoxicante ao mesmo tempo. É uma onda que não quero que acabe. E, quando ele estuda meu rosto e sussurra "Que linda", não consigo me lembrar de uma única preocupação.

A canção muda, e outro feérico se aproxima e segura minha mão, antes que o de olhos prateados possa me conduzir para fora da pista.

Que mal poderia fazer? Mais uma dança antes de arriscar tudo procurando minha irmã? Faria algum mal me dar mais alguns momentos para imaginar uma vida em que todos os dias não seriam uma batalha, em que eu pudesse viver como esses feéricos – dançando e bebendo vinho, rindo de pequenas bobagens?

Meu corpo e a música se tornam um só, e, quando o ritmo da orquestra aumenta – quando os arcos se movem mais depressa sobre as cordas e os dedos do flautista deslizam sobre o instrumento –, meus músculos antecipam cada nota e cadência. Sou passada de um parceiro a outro, e me sinto tão graciosa quanto os feéricos. Danço, danço e danço até quase não conseguir respirar, até os pulmões queimarem e os pés doerem.

Os rostos de meus parceiros são indefinidos. Não me importo com quem ou o que são enquanto sou conduzida para longe de meus problemas e para fora da minha vida miserável por essa canção e esses movimentos mágicos.

Sorrindo e me sentindo mais leve que nos últimos meses, deixo o quadril balançar com a batida, enquanto os ombros giram languidamente. Antes que eu perceba, estou no centro da pista, dançando e me deixando conduzir por feérico após feérico. Levanto os braços e os balanço no ar, seguindo o ritmo. O peso enorme de todas as minhas responsabilidades sai de cima dos meus ombros. Sou livre pela primeira vez em anos. Talvez pela primeira vez desde sempre. Esta dança *é* liberdade.

Alguém põe uma taça de vinho em minha mão, e eu contemplo o líquido sem parar de me mover. Estou me sentindo muito bem, e sei que o vinho vai me fazer sentir ainda melhor. Tudo que tenho que fazer é *beber*.

Alguma coisa se agita no fundo da minha cabeça. Alguma coisa sobre o vinho. Algo que eu devia lembrar. Mas... levo a taça aos lábios. Quero mais dança, mais alegria, mais desta deliciosa *liberdade*. A taça é arrancada de mim antes que meus lábios a toquem, e sou envolvida por braços fortes que me tiram da pista de dança.

Luto contra o desconhecido, tentando voltar a tudo que me pertence – a música, as batidas, o balanço confortante dos quadris e o turbilhão de movimento, o *arpeggio* cada vez mais rápido.

— Chega — ele sussurra em meu ouvido.

— Não. — A palavra é uma súplica.

Ele me arrasta para longe dos dançarinos e da adorável melodia, para um corredor tranquilo fora do salão de baile. No fim do corredor, uma janela revela o sol mergulhando no horizonte, projetando sobre a terra o brilho amarelo-alaranjado do crepúsculo.

O poder da música sobre minha mente perde força, e eu engulo em seco quando recupero os sentidos. Gota a gota, como água enchendo um copo, meus pensamentos voltam aos seus lugares.

Jas. Preciso salvar Jas.

Estou em poder de um feérico. Meus braços estão colados ao corpo, imobilizados pelos dele. Ele é muito forte. Muito grande. Não tenho como lutar.

— Você precisa recuperar o fôlego — ele fala em meu ouvido.

Escapo com um movimento violento e me viro de frente para ele. É o feérico de olhos prateados com quem dancei primeiro.

— Aquilo é... — Eu me obrigo a respirar fundo e olho atordoada pela janela no fim do corredor. — Aquilo é o pôr do sol?

Ele ri baixinho e olha para mim com os olhos meio fechados.

— Perdeu a noção do tempo?

Fecho os olhos e me xingo em pensamento. Eu devia ter imaginado, mas me deixei intoxicar pela música deles. Perdi *horas*, tempo que deveria ter usado para revistar o castelo e procurar Jas. E quase bebi vinho feérico. *Idiota*.

— Estou bem.

— *Agora* você está bem. — Ele acena com a cabeça para o meu pulso. — Essa cicatriz é interessante.

Meu coração fica apertado quando lembro de Jas. Ela sempre chamou minha cicatriz de "lua e sol". Um lado parece uma lua crescente, o outro, um sol brilhante.

— Estive em um incêndio quando era criança. Tive sorte de sobreviver. — Fecho a boca. Não preciso contar nada a ele, mas o charme da criatura quase me faz falar demais. É como se ele não conseguisse desviar o olhar da marca.

— Mas foi... — De repente ele olha para o corredor, subitamente tenso. — A rainha vem vindo.

Não sei se isso é um alerta ou se ele só não quer que eu perca o acontecimento. Aponto na direção do salão.

— Volte para a festa, por favor.

Os olhos dele cintilam.

— Não deixe que ela veja sua cicatriz.

O quê? Por quê? Não tenho chance de perguntar, porque ele se curva – uma *reverência completa* de um nobre feérico, um gesto reservado aos postos mais altos. Depois desaparece no meio da multidão do outro lado da porta do salão. Uma parte de mim quer segui-lo e exigir explicações sobre o que ele disse a respeito da minha cicatriz, mas não vou correr o risco de voltar ao salão e àquela música. Não posso perder mais tempo.

Tiro um alfinete da saia, e o vestido desaparece, devolvendo-me a veste simples de seda com que cheguei. Volto às sombras, respirando aliviada com o fim do encontro, mesmo que me pegue lembrando de como foi dançar nos braços dele e da expressão em seu rosto quando sussurrou *Que linda*. Ele se referia à música? À dança? Por que eu quero acreditar que ele falava sobre mim? Por que *me importo* com isso?

Então eu escuto... passos pesados se aproximando. Uma dezena de sentinelas aparece marchando em harmonia dos dois lados de uma fêmea élfica com uma coroa dourada e brilhante.

Até eu fico fascinada pela imagem dela, Arya, a rainha dourada, governante da Corte do Sol. Seu cabelo brilha como fios de ouro, e a pele é luminosa como a luz do sol da manhã refletida na água. E os olhos... os olhos não combinam com o restante. O azul deveria ser ofuscante, mas me impressionam por serem vazios – solitários.

Era uma vez uma princesa feérica dourada que se apaixonou pelo rei da sombra...

O rei partiu o coração dela?

Balanço a cabeça e me obrigo a manter o foco. O feérico de olhos prateados estava certo sobre uma coisa: não posso deixar a rainha ou seus sentinelas me verem. Preciso ficar escondida para poder me mover pelo castelo enquanto o restante do palácio está distraído com o baile.

Olho para minhas mãos e paro de respirar por um instante. Minhas mãos, as pernas, o corpo... não tem nada, só sombras. Balanço a mão diante do rosto, mas ela não está lá. Estou... invisível?

Recuo cambaleando e me encosto à parede – e caio através dela, em uma torrente de luz do sol dentro de uma cozinha movimentada.

— O que acha que está fazendo aqui? — um anão musculoso de chapéu de chef grunhe para mim. Ele tem um enorme focinho de porco e chifres curvos de marfim.

Levanto desajeitada, encarando a parede que, tenho certeza, acabei de *atravessar*.

— Veio roubar comida da minha cozinha? — Ele bate no meu traseiro com uma colher e sinto a pele arder. — Fora daqui, aparição.

— Sim, senhor — murmuro. Encontro a saída mais próxima, corro para fora do aposento e vou parar em um corredor comprido, diferente daquele onde vi a rainha. Velas encaixadas em cones separados por alguns metros tremulam, mas não tem janelas, e as sombras são abundantes.

Chego a uma delas e vejo minha mão trêmula desaparecer.

O que é isso? Alguma reação estranha por estar em Faerie? Minha habilidade para passar despercebida no mundo real se tornou uma habilidade de desaparecer de verdade neste mundo?

Vozes chegam flutuando de um cômodo no corredor e dou um passo em direção às sombras, me fazendo desaparecer, sem deixar de escutar o que dizem.

— Estão esperando o príncipe *hoje à noite* — diz uma voz profunda.

— Sim, senhor, eu entendo — responde outra voz masculina, essa mais trêmula. — Mas o Príncipe Ronan ainda está longe. Você sabe que ele não gosta da ideia de voltar para casa, e gosta menos ainda de ter de escolher uma noiva.

— Então *encontre-o* — diz a primeira voz. — Se me fizer levar más notícias para nossa rainha, vou ficar muito contrariado.

O palácio está transbordando de mulheres prontas para oferecer a vida ao Príncipe Seelie, e ele não se dá ao trabalho de aparecer? Bem típico de um feérico. Egocêntrico ridículo.

Os dois saem da sala e caminham em minha direção. São altos, elegantes, nobres feéricos vestidos com uniformes amarelos e cinza – membros da guarda da rainha, talvez?

Fico nas sombras, torcendo para ser invisível também para eles, não só para mim. Eles passam por mim, e eu prendo a respiração quando um deles encosta o cotovelo na minha barriga.

Quando viram a esquina no fim do corredor, volto a respirar. Com cuidado, olho para o interior do cômodo de onde eles saíram. É um escritório com duas mesas, pilhas de livros e mapas nas paredes, mas o que mais me interessa é a janela com a luz do sol desaparecendo.

Preciso encontrar aquele guarda-roupa. Já perdi tempo demais.

Encontrei. No andar mais baixo do palácio, em um canto afastado de uma sala de depósito, encontrei um armário enorme com asas pintadas nas portas.

O castelo da rainha é amplo e cheio de feéricos, e tem mais luz ali do que é conveniente para uma garota cujas habilidades giram em torno de sombras e escuridão. Há bem poucos corredores ou salas onde não tenha alguém por perto, mas vaguei por todos os espaços possíveis, procurando. Podia ter economizado horas se tivesse pensado em começar pelas salas de depósito, mas, considerando o tamanho do palácio, é um milagre que eu o tenha encontrado.

Aqui embaixo é escuro e frio, e estou tão cansada que quero me encolher em um canto e dormir por uma semana. Estou acordada há quase vinte e quatro horas, e meus músculos doem depois de horas de dança inebriante com os feéricos. Mas não posso parar agora. Preciso chegar à Corte Unseelie. O nome de minha irmã ecoa e ecoa em minha cabeça, me lembrando do que está em jogo e me dando a energia necessária para seguir em frente.

Quando abro as portas do guarda-roupa, percebo que não sei o que estou procurando. Aparentemente, este é só um móvel comum, um lugar para guardar roupas. Embora eu não contasse com um letreiro luminoso piscando, anunciando *Portal mágico! Passe por aqui à meia-noite para encontrar sua irmã!*, esperava que houvesse algum sinal de como eu podia usar esta coisa.

É claro que não há nada remotamente óbvio. Bakken descreveu as asas, mas talvez haja mais de um guarda-roupa que corresponda à descrição. E se a rainha finalmente destruiu o portal, e isso não é mais que um guarda-roupa comum?

Abro todas as gavetas e passo as mãos pelas paredes, ida e volta. Nenhuma passagem, nada de compartimentos ocultos ou fundo falso. Talvez seja como o portal do rio, e você tenha que entrar e *acreditar*.

Mas entrar onde? Como?

Uma risada baixa e rouca atrás de mim me faz virar.

De início não vejo ninguém, mas logo aparece uma órbita de luz encantada flutuando no ar vindo em minha direção, e um homem alto de cabelo escuro surge das sombras. Reconheço os olhos prateados imediatamente.

Levo a mão à faca que não tenho sobre o quadril. Eu sabia que não conseguiria entrar armada no castelo e, contrariando o bom senso, entrei neste reino perigoso sem nenhuma arma. Se fosse esperta, teria feito a primeira parada no arsenal da rainha, e *depois* começado a procurar o portal. Não... se fosse esperta, teria feito Bakken me dizer como ir diretamente à Corte Unseelie. Se eu não me entender logo com esse portal, vou ter que passar o dia inteiro escondida neste castelo, antes de ele abrir outra vez.

Estou ficando sem tempo.

— Você me seguiu? — pergunto.

— Uma humana fascinante vem ao baile do Príncipe Ronan e consegue, de algum jeito, circular pelo palácio sem ser detectada. É claro que eu segui você.

Sem ser detectada? Não completamente, pelo jeito. Não se ele me seguiu até aqui.

— Estou curioso — ele diz, mas não parece curioso. Parece irritado.

Fico paralisada, esperando ele chamar os sentinelas, pular em cima de mim e me arrastar para a masmorra – *qualquer coisa*. Mas ele não faz nenhum movimento, e percebo, tarde demais, que essa criatura de olhos prateados e cabelo escuro não faz parte da nobreza dos feéricos dourados. *Não negocie nem se prenda aos olhos prateados.* Ele é da Corte da Lua.

— Quem é você?

Ele ri.

— Eu faria a mesma pergunta.

Levanto o queixo. Se ele não faz parte da corte da rainha, não vai saber que eu não devia estar aqui.

— Sou criada da Rainha Arya. Vim buscar uma coisa para ela.

Ele cruza os braços e inclina a cabeça.

— Não parece uma das meninas da Rainha Arya.

— E você conhece todas?

— Acho que não. — Ele me analisa. — Mas conheço os humanos na corte da rainha.

— Talvez não conheça tanto quanto pensa. — Eu sei que não devo discutir com um feérico. Devia *correr*, não falar. Mas sou atraída por ele – alguma coisa nele me chama para mais perto, em vez de me fazer querer fugir. Sinto a energia murmurar em meu sangue, um traço da mesma intoxicação que senti quando dançamos.

Por que ninguém me disse que os humanos têm poderes em Faerie?

Ele sorri, dá um passo à frente e, com esse único passo, tomo consciência do quanto ele é grande. Está vestido com calça preta e túnica da mesma cor que parece ser feita de veludo, mas os ombros são largos como os de um guerreiro. E eu aqui sem nenhuma defesa.

Você pode atravessar paredes, Brie. Não está encurralada.

E, com essa confiança, respiro fundo e deixo que ele me analise. Como se não tivesse nada a esconder.

— Se queria passar por uma das criadas de Arya, devia pelo menos ter tentado descobrir com que cores ela as veste. — Vejo seu peito tremer, e interpreto o movimento como uma risada. — E devia saber que ela nunca aceita criadas mais bonitas que ela.

Meu rosto esquenta, e me vejo obrigada a lutar contra o impulso de olhar para baixo, para mim mesma. Tinha quase me convencido de que havia imaginado ele dizer aquelas palavras enquanto dançávamos. Essa criatura linda acha que eu sou bonita? É claro, com os cosméticos mágicos de Pretha, qualquer uma ficaria mais bonita, mas, se ele quer me convencer de que me acha mais bonita que a rainha, deve estar tentando me adular.

— O que você quer?

— Adoraria saber quem você é.

— Acabei de dizer.

— Não é criada coisa nenhuma, e já vivi o suficiente para reconhecer uma ladra quando a vejo. — Ele balança a cabeça. — Mas não consigo imaginar o que está tentando roubar. O que acha que ela esconde nesse guarda-roupa?

Cruzo os braços e não respondo.

— Talvez esteja procurando alguma coisa que nós dois queremos — ele continua. — Talvez a gente possa se ajudar. Do que você precisa, linda ladra?

Minha história quase despenca da boca – tem alguma coisa magnética nesse feérico que me faz quase revelar tudo o que ele quer saber –, mas me seguro. É claro que ele é magnético. É um feérico. Pior, é Unseelie. Eles nasceram com charme e crueldade mortal.

Provavelmente ele tem poder suficiente para me compelir a falar, e não posso correr esse risco. Meu peito fica apertado, a respiração acelera, fica rasa. Eu me sinto encurralada – presa sob um olhar perspicaz que parece ver tudo.

Os sinos do palácio repicam, e é como se as paredes tremessem com o som. *Sinos.*

— Que horas são?

— Quase meia-noite. — Ele me encara. — Precisa ir a algum lugar?

Olho nos olhos dele, e por um momento não consigo lembrar por que tenho que correr. Nunca vi olhos como os dele – prateados com reflexos brancos. São extraordinários e combinam ele. Cativante. O tipo de beleza inesperada que hipnotiza. Perigosa.

O sino continua tocando. *Seis. Sete. Oito vezes.*

Recuo cambaleando.

— Tenho que ir. — *Nove. Dez.*

As narinas dilatam quando ele inspira.

— Aceite minha ajuda.

Onze.

Em pânico, me atiro para dentro do guarda-roupa.

Doze.

Jogo o corpo contra a parede do fundo, mas não a atravesso andando. Despenco – bem no meio de uma enorme cama de ébano com dossel em um quarto decorado com elegância. À minha volta, meia dúzia de sentinelas mantêm a mão sobre suas espadas.

Olho em volta, em pânico. *Onde estou?*

Um sentinela dá um passo à frente.

— Abriella Kincaid, venha conosco. O Rei Mordeus espera sua chegada.

Capítulo 6

MEU CORPO PARALISA DE PAVOR. Os guardas que me cercam são musculosos com chifres curvos e língua bifurcada que se projeta da boca a todo instante, como a de um sapo. Embora eu saiba que a bela nobreza élfica é tão letal quanto qualquer outra, ver esses sentinelas me faz querer correr e me esconder.

Queria poder desaparecer ou me tornar sombra, mas qualquer poder que tenha tido no palácio da rainha agora desapareceu. A mão com garras segura meu pulso, e eu puxo o braço para me soltar.

— Pare!

— Ninguém faz o rei esperar.

— Só vou falar com ele se não for machucada.

O sentinela que segurou meu pulso bufa, sem se abalar com minha ameaça, e outros dois se aproximam e seguram o outro braço.

— Me soltem. — A coragem se transforma em pânico. — Me soltem agora e prometo que vou com vocês.

Dois guardas trocam um olhar de surpresa bem-humorada. O terceiro ri e comenta com os outros:

— Ela acha que confiamos nela.

As mãos deles apertam meus braços e pulsos enquanto me levam para fora do quarto por um corredor pouco iluminado. Meu pânico aumenta a cada curva.

Eles vão me levar até o rei, e ele vai me jogar em uma masmorra. Vão me escravizar, como escravizaram tantos humanos. Mas pior que saber que minha vida acabou é saber que não consegui resgatar Jas.

De repente eles me puxam para dentro de uma sala mais iluminada que todos os aposentos onde estivemos antes. Globos de luz dançam no ar, muito acima da minha cabeça, no ritmo da música. Feéricos de todos os tipos dançam sob o luar que brilha através da cúpula de vidro no teto.

A Corte da Lua é mais linda do que se pode imaginar, e a reunião que testemunho não é nenhuma festa de bêbados. Eu imaginava sacrifícios humanos sobre grandes fogueiras, tortura em todos os cantos e gritos aterrorizantes de dor. Mas isto? Isto é um *baile*, tão lindo quanto o que acontece na corte dourada, apesar de os guardas que me escoltam serem aterrorizantes. Os feéricos em seus belos trajes são tão lindos quanto a nobreza no palácio da rainha.

Entramos e os sentinelas me levam em frente como se minha chegada fosse esperada. As pessoas se calam e abrem caminho, revelando um trono de ébano sobre uma plataforma no outro extremo da sala. E em pé ao lado dele, de braços cruzados, um desconhecido que só pode ser o Rei Mordeus.

Consigo ver seus olhos prateados através da sala. Ele os mantém cravados em mim enquanto me aproximo. Arrogância e prepotência transbordam de seu corpo em ondas. Ele mantém as pernas afastadas, demonstrando poder e confiança. O cabelo escuro está preso na altura da nuca, exceto por duas tranças brancas que, soltas, emolduram o rosto de maçãs altas e queixo forte. Não fosse pela crueldade que cintila naqueles olhos, eu poderia dizer que ele é bonito. Mas aqueles olhos...

Sinto um arrepio. Foi ele quem comprou minha irmã como se ela fosse um objeto a ser possuído. Nada vai impedir esse governante de pegar o que acredita ser seu.

Ele levanta uma das mãos e a música para. Todos ficam em silêncio. Ele flexiona um dedo.

— Tragam-na até mim.

Os sentinelas obedecem e me arrastam para a plataforma mais depressa do que consigo mover os pés.

— Abriella, a Menina de Fogo — diz o rei, e seus olhos calculistas me estudam de um jeito possessivo. — Ninguém me contou como a ladra humana é bonita.

Quero cuspir nele, arranhá-lo. Esse desgraçado pode ter machucado Jasalyn – ou pior. Talvez ele veja isso em meu rosto, porque, quando os guardas me empurram para a frente, ele ri.

Eu tropeço, mas, quando me equilibro, um sentinela bate na parte de trás dos meus joelhos, e eu caio no chão de mármore frio.

— Curve-se diante de Sua Majestade o Rei das Sombras, Senhor da Noite, Governante das Estrelas.

A dor nas pernas se espalha e, quando tento ficar em pé, não consigo. Amarras invisíveis me obrigam a me ajoelhar diante desse rei perverso.

A raiva me inunda, quente como o fogo dos meus pesadelos. Por um instante a escuridão invade a sala, tão densa que nada é visível em nenhuma direção.

Um instante e passou. O rei está se exibindo? Tentando provar seu poder para uma humilde garota humana?

— Impressionante — o rei diz, sorrindo para mim. — Muito impressionante.

Ele está elogiando a própria magia? Levanto o queixo. Podem me forçar a me ajoelhar, mas vou lutar contra eles antes de me curvar para seu rei.

— Disseram que era impossível — prossegue o rei. — Disseram que nenhum humano poderia se mover pelo Palácio Dourado sem ser detectado. Mas eu sabia. Você é especial.

— Onde está minha irmã? — Minhas palavras não são mais que um chiado de vapor da fúria que ferve dentro de mim.

O sorriso do rei não poderia ser descrito como nada além de acolhedor – a expressão confortante de um amigo que quer que você saiba que vai ficar tudo bem –, mas nenhum sorriso é capaz de esconder a raiva em seus olhos.

— Sua irmã está em segurança. Por enquanto.

— Por que você a quer? Um rei feérico. Pode ter quem escolher. Não dá para contar quantas mulheres humanas fariam fila para ter uma chance com você. — *As idiotas*, acrescento para mim mesma.

Eu me pergunto se ele ouve meus pensamentos, porque sorri e ri baixinho.

— Não quero sua irmã.

— Então, por que...

— Eu quero *você*.

Eu luto contra as amarras invisíveis.

— Isso não faz sentido.

— Não?

— Se era a mim que queria, por que comprou Jas?

— Você teria vindo se eu pedisse? Teria se curvado a mim se eu comprasse o *seu* contrato em vez do dela? — Os olhos brilhantes penetram nos meus com tanta intensidade que é como se ele estudasse minha alma. — Não, uma garota como você não me ajudaria, nem mesmo para salvar a própria vida. Mas se fosse obrigada a ajudar, se a vida de sua irmã dependesse disso...

— Por que precisa da *minha* ajuda?

— Abriella, até você sabe que é muito mais do que isso. — Ele brinca com a ponta de uma das tranças brancas. — Conseguiu se mover pelo castelo da rainha dourada e vagar por seus corredores. Encontrou o portal e passou por ele sem ser identificada. Impressionou até a mim, o Senhor da Noite. Acredito que pode fazer para mim um serviço de que ninguém mais é capaz.

— Duvido — respondo, e lamento não poder recolher a palavra. Enquanto ele tiver minha irmã, estou em suas mãos e ele sabe disso. Se esse *serviço* é a única moeda de troca que tenho para libertar Jas, ele precisa acreditar que vou fazer tudo que me pedir. — Não vou fazer nada enquanto minha irmã for prisioneira. Você a manda de volta para casa, e nós conversamos sobre a ajuda que espera de mim.

— Para casa? Está falando daquele porão úmido embaixo da casa da bruxa? — Ele ri de novo, e dessa vez toda a corte gargalha atrás de mim. *Odeio todos eles.* — Quer que eu acredite que, se eu soltar sua irmã, vai trabalhar de graça?

— Quer que eu acredite que vai soltar minha irmã se eu te ajudar?

Ele assente.

— É claro. Você não tem escolha a não ser acreditar. Acho que podemos fazer um trato... um negócio, se preferir. Eu solto sua irmã como pagamento pelos seus serviços. Mando a menina para casa em segurança. Mas só *depois* de você me devolver o que a corte dourada roubou.

— Por que não resolve isso sozinho? Você é o todo-poderoso Senhor da Noite!

Ele sorri, e mais uma vez sou abalada por sua beleza sinistra.

— Agradeço pelo elogio, mas não vou abandonar meu trono para ser um faz-tudo.

Aceno com a cabeça para os sentinelas em pé ao meu lado.

— Mande um dos seus guardas, então.

— Isso não é trabalho para um feérico. — Ele estala os dedos e une as pontas. — O filho da Rainha Arya está procurando por uma noiva, uma *humana*. Acredito que o Príncipe Ronan vai gostar de você.

— O que o príncipe tem a ver com...

Ele interrompe minhas palavras com um gesto. Literalmente as *interrompe*. Continuo mexendo a boca, mas nenhuma palavra sai dela. Levo a mão à garganta e o encaro com todo o ódio que domina meu coração.

O rei continua:

— Amanhã o príncipe vai escolher doze moças para ficar no Palácio Dourado como possíveis noivas. Você vai se oferecer como candidata e se infiltrar na corte do meu inimigo. Enquanto estiver tentando conquistar a mão do jovem Ronan, vai recuperar alguns objetos meus que estão com a rainha há tempo demais. — Outro sorriso. — Vai ter que conquistar o coração e a confiança do jovem príncipe para ter acesso aos artefatos mágicos que foram roubados da minha corte e vai ter que trazer os três para mim, se quiser que sua irmã volte para casa.

De repente, a mordaça mágica é removida. Um grito escapa de minha boca antes que eu consiga contê-lo.

— Você é maluco. Eu nem imagino como conquistar o coração de um feérico. E mesmo que soubesse... — *Um arrepio*. A ideia de seduzir um feérico faz meu estômago ferver. — Por que tem tanta certeza de que ele me escolheria, em meio a centenas implorando por essa chance?

O rei sorri.

— Você precisa entender que nada no meu reino é coincidência, humana. Se você se apresentar ao príncipe, ele vai fazer tudo que puder para mantê-la por perto. Vai conceder o acesso de que você precisa.

— Eu não saberia nem *fingir* interesse por um feérico...

— Quer sua irmã de volta ou não? — Ele se irrita. O sorriso desaparece, revelando os sinais de um temperamento perigoso.

Engulo o ar.

— Como vou saber que ela está realmente com você? Como vou saber que isso não é um truque?

Ele tira do bolso um pedacinho de tecido cor-de-rosa e o joga na minha frente.

— Isso é tudo que posso mostrar.

Sufoco um soluço e pego do chão o retalho do molde de costura de Jas.

— Quero ver minha irmã.

— Quer que eu confie meu bem mais precioso à ladra mais talentosa de Elora? Eu não ousaria. Porém... — Ele bate palmas e dá um passo à frente. — O primeiro artefato que vai recuperar para mim permitirá que você veja sua irmã. É um espelho mágico. Você pode ver o que quiser nele.

— Quer que eu confie em um espelho?

Ele arqueia uma sobrancelha, como se dissesse: *Quer que eu confie em você?*

— Me deixe ver minha irmã e depois falamos sobre essa tarefa que você tem para mim. — E se ela não estiver com ele? E se ele a estiver machucando neste momento? Pensar nisso faz a raiva ferver em meu sangue. — Teve muito trabalho para me trazer aqui, então o mínimo que pode fazer é me levar até ela. Isso é inegociável.

— Você acha que está em posição de negociar?

Eu me debato novamente contra as amarras invisíveis. Elas não cedem, e eu cuspo nele. Os olhos de Mordeus cintilam e suas narinas dilatam. Ele levanta a mão aberta e manda uma bola de escuridão na minha direção.

Tento me esquivar, mas é tarde demais. No momento em que ela me atinge, vou parar em uma sala muito iluminada com um cheiro leve de mofo e urina. O vestido fino não me protege do frio congelante do assoalho de pedra, e me levanto batendo os dentes.

Onde estou?

Não tem janelas nem portas. Não que eu possa ver, pelo menos. Só quatro paredes de pedra, o piso e a luz ofuscante que parece se derramar do teto. A corte da sombra usa *luz* para torturar seus prisioneiros?

Tremendo de frio e raiva, dou a volta na sala pressionando as mãos contra as paredes, procurando frestas entre as pedras, qualquer coisa, mas não vejo uma saída.

Envolvo o corpo com os braços e fecho os olhos parcialmente contra a luz, tentando encontrar um alçapão lá em cima. Deve ser uma masmorra com uma portinhola no teto, mas tudo que vejo acima de mim é a luminosidade ofuscante.

— Oi? — Minha voz ecoa nas pedras. — Tem alguém aí?

Nenhuma resposta.

— Exijo falar com o rei!

Nenhuma resposta.

Chuto a porta, e a dor se espalha pelo meu pé.

— Me tirem daqui!

Nenhuma resposta.

Olho para minhas mãos, ordenando que desapareçam em sombras como aconteceu no castelo, mas não tem sombra aqui. Não tem escuridão para me esconder ou por onde me mover.

Escorrego para o chão encostada à parede e abraço as pernas. Estou muito cansada. Não dormi nada depois daquelas poucas horas no chão na casa de Nik, antes de fugir dos homens de Gorst, e um dia inteiro passou desde que atravessei o portal.

Não tenho energia para chorar, a fúria consumiu o pouco que restava. Estou exausta da jornada, mas me recuso a acreditar que estou encurralada. Não vim até aqui para nada.

Apoio a cabeça nos joelhos e fecho os olhos. Imagino minha irmã encolhida em uma sala como esta, chorando até dormir. Penso na ternura nos olhos de Sebastian quando ele deu o pingente de cristal para me proteger. Quando voltar para Fairscape e não me encontrar lá, o que vai pensar?

Estou em dois lugares ao mesmo tempo. Sou a salvadora adormecida encolhida contra a parede da masmorra de Mordeus, a garota que não conseguiu salvar a irmã. E sou a protetora de oito anos, a menina que se escondeu embaixo dos cobertores com a irmãzinha, alimentando-a com esperança para não deixar que ela se afogasse em tristeza.

Os sonhos podem ser bem estranhos. Sei que estou sonhando, mas não quero acordar. Porque, nesse sonho, Jas está comigo. E se ela está comigo está segura.

Estamos no quarto de cima, o que dividíamos antes de tio Devlin morrer, e eu enxugo as lágrimas que ela chora. Ela está com saudade da mamãe. Eu também estou, mas minha tristeza só vai aumentar a dela, por isso a escondo e afasto o cabelo castanho de seus olhos.

— Sinto falta dela — Jas soluça.

— Aposto que ela também sente falta de nós — sussurro. — Tanto que está planejando um jeito de vir buscar a gente.

Jas funga.

— Me conta uma história?

Afasto seu cabelo do rosto e crio uma história sobre castelos feéricos e até nobres élficos. A história se desenrola sozinha, o que acho importante, mas é quase como se me visse de longe; não consigo entender o que falo. As palavras são imprecisas como um murmúrio em outro aposento.

Jas aperta minha mão, e eu sei que cheguei a uma parte empolgante.

— E agora? — ela pergunta.

— O rei cruel espera o dia em que a princesa das sombras vai chegar em seu castelo. — Tinha me esquecido dessa história. É a que minha mãe contou para nós uma vez só, na noite anterior à sua partida para Faerie. — O falso rei sabia que ela podia dominar as sombras, mas não sabia que o coração grande e o amor infinito da menina custariam a ele o trono.

Jasalyn fecha os olhos, e seu rosto se suaviza no sono. Não sei se ela está sonhando ou meio acordada quando diz:

— O príncipe vai te ajudar a me encontrar?

Desvio o olhar para a escuridão ao pé da cama. O ser de olhos prateados que vi no baile está ali, mas some em seguida, tremulando e se apagando como uma lembrança desbotada, preciosa.

— Quem contou essa história para você? — ele pergunta. É mais sombra que corpo físico.

Eu me sento e sorrio para ele, estranhamente confortada por sua aparição e pelas palavras de minha irmã. Eu me sinto segura aqui, sob o olhar intenso desse feérico que é praticamente um estranho para mim. Sinto que estou menos sozinha. *O príncipe vai te ajudar a me encontrar.* Desço da cama e ajeito o cobertor sobre Jas.

— Nossa mãe contava muitas histórias para nós.

— Então, por que se sente tão impotente?

De repente nosso quarto se torna uma cela fria, sem portas ou janelas no castelo do rei mau. E eu me lembro. *Sou uma prisioneira. Isto é um sonho.*

— Porque eu sou.

Alguma coisa parecida com raiva brilha naqueles olhos prateados, e de repente estou em pé diante de um vasto céu estrelado, com a luz confortante da lua sobre meu ombro como um farol.

O feérico de olhos prateados se materializa completamente, como se fosse fortalecido pela luz das estrelas. Os cachos escuros estão presos, e há um vinco de preocupação em sua testa.

— Você só é impotente se acreditar que é. — Com os dentes à mostra, ele me olha de cima a baixo, e vejo o reflexo do brilho das estrelas em seus olhos.

— Não temos muito tempo.

— Quê?

— Ele não vai te soltar. Não vai libertar *nenhuma das duas* enquanto você não concordar. Vou te ajudar a levar sua irmã de volta. Venha me procurar.

— Você é Unseelie. Por que eu ia querer sua ajuda? Deve estar trabalhando para ele.

Seus olhos se inflamam.

— Nunca. Juro por minha magia. — Ele olha para o lado. — Eles vêm vindo.

Depois desaparece, e a noite escura à minha volta é apagada pela luz brilhante demais.

— Acorda, Menina de Fogo. — A ordem é seguida por uma risada seca, e eu abro os olhos.

Tem um goblin no meio da cela. Ele sorri para mim, os dedos tortos apontando para meu cabelo, os olhos saltados brilhando de empolgação. Mas eu ainda estou meio sonhando, e mal consigo enxergar com nitidez a criatura na minha frente.

Por que sonhei com aquele feérico? Ele parecia tão real. Por que não sonhei com Sebastian me dando conselhos... ou Jasalyn? Ou alguém que eu conhecia?

O goblin estende a mão, afastando-me dos meus pensamentos.

— O rei acredita que uma noite de sono pode ter feito você mudar de ideia. Vamos até ele agora.

Meu impulso é recusar, mas o que vou ganhar com isso?

Mexo a cabeça em uma resposta afirmativa e aceito a mão dele. Ainda estou abaixada no chão quando aparecemos na sala do trono outra vez. Diferente da última noite, a sala está vazia, somente Mordeus está em pé diante do trono, como se andasse de um lado para o outro, impaciente. Apesar do sol matinal radiante entrando pelas janelas e pela cúpula de vidro no teto, o espaço parece maior e mais frio.

— A mortal reconsiderou minha oferta? — o Rei Mordeus pergunta ao seu goblin com um olhar duro. Um governante que não tolera ser contrariado.

Meu estômago dói, mas me obrigo a respirar profundamente algumas vezes. Não confio em feéricos, e não confio neste, especificamente, mas confio em meus sonhos. *Juro por minha magia.* Uma vez minha mãe disse que um feérico não pode deixar de cumprir uma promessa que fez por seu poder, não disse? Preciso acreditar que meu subconsciente tirou essa informação do fundo da minha memória por alguma razão.

Levanto do chão com esforço e sou novamente contida por aquelas amarras invisíveis. Tenho que morder o lábio para não mostrar os dentes para ele.

— Reconsiderei.

Fingir que quero me casar com o príncipe para poder me infiltrar no castelo, roubar alguns artefatos mágicos do feérico e libertar minha irmã. Eu consigo.

— Se eu recuperar os três artefatos e os devolver a... — Hesito. Não quero fazer nenhuma concessão a esse macho que pensa que mulheres humanas são objetos que se pode comprar, e algum instinto me faz reformular sutilmente os termos que ele propôs. — Se eu devolver os artefatos à Corte Unseelie, você devolve minha irmã a um local da minha escolha no reino humano. — Não é uma pergunta. Esses são os meus termos.

Os olhos prateados brilham. Ele sabe que venceu.

— Você tem minha palavra, Menina de Fogo.

— Jure pelo seu poder.

Ele hesita, e seus traços endurecem por um instante, antes de darem lugar à máscara amigável.

— Quem falou com você sobre *isso*?

Encolho os ombros.

— Todo mundo sabe — minto. — Infelizmente, só assim vou poder confiar em você.

— Muito bem. Com uma condição: se você contar a alguém da Corte Seelie sobre esse nosso acordo, ele deixa de ter efeito, e eu entrego sua irmã aos meus goblins como um presente de solstício. Estamos entendidos?

A quem eu contaria? A única criatura em quem confio neste reino é Jasalyn.

— Estamos.

Ele sorri.

— Temos um acordo, então. Assim que os três artefatos forem devolvidos à minha corte, que é o lugar deles, eu mando sua irmã de volta e em segurança para o lugar que você escolher no reino humano.

— Viva — reforço. Suponho que *em segurança* pressuponha essa condição, mas não vou deixar brecha para ele usar artimanhas.

— Viva. Juro por meu poder. — Ele estala os dedos, e um espelho em uma moldura prateada aparece em sua mão. — Esta é uma réplica do Espelho da Descoberta. Quando o encontrar, substitua-o por este para a rainha não sentir falta dele.

— O que vai acontecer quando ela perceber que tem uma falsificação?

Ele balança a cabeça.

— Só alguém com sangue Unseelie pode perceber a diferença.

— Onde vou encontrar esse espelho?

— Tudo que sei é que Arya o mantém escondido na Corte Seelie. Você vai ter que procurar para pôr as mãos nele, mas isso não vai ser problema para alguém que encontrou o portal dela. — Ele sorri e oferece o espelho. — Pode ficar em pé.

Faço um movimento experimental e descubro que as amarras invisíveis foram removidas. Em pé, percebo que ainda tenho na mão o retalho do molde de Jas. Pego o espelho com a outra mão, me obrigando a não tremer.

— Trago o espelho pelo portal quando o encontrar?

— O portal foi... desativado. — O goblin ri, e Mordeus faz uma careta debochada para ele. — Meu goblin vai trazer você e o objeto quando chegar a hora.

Não gosto de me sentir motivo de piada, mas ontem à noite me deixei dominar pelo orgulho e perdi horas... horas que podia ter usado procurando o espelho. Se eu conseguir levar minha irmã para casa, eles podem rir de mim o quanto quiserem.

— Quais são os outros dois artefatos?

— Concentre-se em uma tarefa de cada vez, minha menina. Eu revelo o segundo quando você cumprir a primeira tarefa. — Ele bate palmas e três elfos fêmeas aparecem à minha volta. Elas têm a pele pálida como a do rei, mas o cabelo é curto e azul-claro.

— Vistam Abriella para a Corte Seelie. Deem a ela a aparência de sua futura rainha, depois a mandem de volta ao Palácio Dourado.

As três fêmeas se curvam obedientes.

— Sim, Majestade — dizem em uníssono. Uma delas segura meu braço, e eu as sigo para uma porta no fundo da sala.

— Abriella — o rei me chama. Paro e olho para ele, sustento seu olhar. — Quando conhecer o Príncipe Ronan, lembre-se de que precisa dele. Mantenha a confiança dele em você ou não vai conseguir se infiltrar na corte.

— Já entendi minha missão.

Ele abre os dedos, e uma bola de escuridão se forma e se espalha como uma mancha de tinta entre eles.

— Vai dar tudo certo se você se lembrar do que está em jogo. — A bola de escuridão muda de forma até não ser mais escuridão, mas uma imagem de Jasalyn e eu sentadas no chão da casa de Madame V. Ela está de pijama e parece ter acabado de sair da cama. O sorriso em seu rosto me faz dar um passo em direção à imagem, apesar do homem que a segura. — Ou devo dizer... *quem* está em jogo.

Capítulo 7

— **D**EVE HAVER OUTRO JEITO — falo, afastando-me do goblin na porta. Depois de terem me dado uma oportunidade de tomar banho e as serviçais do rei me vestirem como uma boneca, o Rei Mordeus mandou seu goblin para me acompanhar até o palácio da rainha. Não gosto da ideia de depositar toda essa confiança em uma criatura que babou duas vezes desde que me viu.

— Há muito tempo o Rei Mordeus destruiu o portal de seu irmão Oberon para as terras Seelie — diz uma das criadas.

— Não posso ir de carruagem ou... a cavalo?

As serviçais trocam um olhar surpreso.

— Seria uma jornada de uma semana em nosso corcel mais veloz, milady.

No início eu quase bufava cada vez que elas me chamavam de *milady*. Essa é uma coisa que nunca me acostumei a ser, mas, depois de horas sendo arrumada e enfeitada pelas três, estou mais irritada com o título do que com todo o resto.

O goblin do Rei Mordeus resmunga alguma coisa, depois me oferece a mão de novo. Eu a aceito. Os goblins não só podem se mover com liberdade entre os reinos e dentro deles como são capazes de se transferir instantaneamente. Eles decidem ir a algum lugar e simplesmente *aparecem* lá. Depois do conhecimento que acumulam, esse é o maior poder que eles têm. Meus olhos encontram o bracelete em meu pulso. Quando as feéricas me deram banho, confirmei a promessa de Bakken sobre a pulseira ser visível só para mim. Agora me sinto tentada a usá-la. Seria muito melhor se Bakken me transportasse em vez desse goblin desconhecido, mas não quero desperdiçar um fio – ou perder mais cabelo sem que seja necessário. Vou ter que seduzir um príncipe, e meus cachos vermelhos são o melhor atributo físico que tenho. Respiro fundo e dou um passo à frente.

— Certo.

O goblin segura minha mão. A pele dele parece couro sobre a minha, mas, antes que eu possa pensar nisso por mais tempo, o mundo desaparece. Não é a mesma sensação de sair da cela e aparecer diante do rei. É como me mover para baixo, para cima e para fora, tudo ao mesmo tempo – e de repente eu paro com um solavanco, minha cabeça é jogada para trás. Estou cercada por fileiras de canteiros de flores bem cuidados, e o castelo da rainha dourada cintila à luz do anoitecer.

— Vou deixar você aqui — diz o goblin, e solta minha mão.

Eu me viro para perguntar como faço para invocá-lo depois de recuperar o espelho, mas ele já foi.

O castelo está tão cheio quanto estava quando cheguei a Faerie, com humanos e feéricos de todos os tipos circulando por ali, além dos portões e no interior. Toco o amuleto que descansa entre meus seios e começo a andar para a ponte. As criadas que me vestiram perguntaram sobre o amuleto e sugeriram que eu o trocasse por pérolas, mas me recusei. Não sei se a magia de Sebastian funciona neste reino, mas, mesmo que não funcione, a sensação do cristal frio entre os seios me traz conforto.

Sebastian. Meu peito fica apertado, e me permito um momento de autopiedade. Fecho os olhos e lembro de seu beijo, dos olhos verdes como o mar. É difícil acreditar que há poucos dias a dívida com Madame V e minha paixão secreta pelo aprendiz de mago eram os problemas mais complicados em minha vida.

Não sei se vou ver Sebastian de novo algum dia, mas, se isso acontecer, espero que ele possa me perdoar por todas as atitudes que terei que tomar para fazer o Príncipe Ronan confiar em mim.

— Brie? É você?

Eu me viro na direção da voz familiar e vejo Sebastian andando em minha direção, como se meus pensamentos o tivessem invocado. Quase caio de joelhos, tamanho o alívio que sinto ao ver seu rosto bonito. Ele está vestido com calça de couro marrom-escura e colete, com uma espada longa pendurada às costas, como se este fosse só mais um dia comum em Fairscape e ele estivesse pronto para ir treinar no quintal do Mago Trifen. Mas então noto suas orelhas pontudas, a pele brilhante e os ângulos mais marcados dos traços. Ele se parece muito com o nobre feérico que vi dançando no castelo da rainha ontem à noite.

Deve ter usado uma poção do Mago Trifen – coisa que eu mesma pensei em fazer, antes de me dar conta de que não tinha dinheiro para esse tipo de coisa e não tinha tempo para roubar a quantia necessária.

— Bash — sussurro.

Ele me abraça. Seu coração é um conforto que eu não esperava sentir de novo.

— É você.

Quando recuo para estudar sua expressão, uma mistura de fascínio e frustração domina seu rosto perfeito.

— Nunca imaginei que você conseguiria passar por feérico — falo, deslizando os dedos pelas faces bonitas. — Seu glamour está impecável. Se eu não te conhecesse, não teria a menor dúvida de que você faz parte deste lugar.

Ele reage incomodado, e vejo o movimento em sua garganta quando ele engole.

— Quando eu soube que os homens de Gorst estavam te procurando, fui falar com Nik. Ela me contou que você tinha partido. Não quis me dizer para onde, mas não foi necessário. Eu sabia que você tinha vindo procurar Jas. — Ele me puxa novamente contra o peito e solta o ar com um sopro pesado. — Passei o dia todo procurando na Corte Seelie e não consegui te encontrar. Caramba, Brie, onde você estava?

Puxo o amuleto para fora do decote do vestido e mostro para ele.

— Estou segura. Está vendo?

Ele desliza as mãos grandes pelos meus braços, subindo e descendo, e me analisa com atenção, cada centímetro. Depois de puxar meu cabelo para trás em várias tranças presas em um coque no alto da cabeça, as criadas Unseelie me enfiaram em um vestido sem mangas de muitas camadas de cetim amarelo. O tecido envolve meu corpo desde o decote de coração até o quadril, e se abre até o chão, cobrindo os tornozelos e os pés em babuches amarelos. Quando elas me mostraram o resultado no espelho, me senti parecida com uma tulipa gigante. As criadas afirmaram que o príncipe me acharia irresistível, e eu não tinha motivos para não acreditar nelas.

Mas talvez o Príncipe Ronan não seja o único com um fraco por tulipas. Sebastian está sem fala. Seus olhos voltam ao meu rosto várias vezes, como se ele tentasse se convencer de que estou bem.

— Você parece... — Ele afaga minha nuca e sorri para mim, um sorriso de menino. — Vamos dizer que não consigo imaginar como foi capaz de andar por aí sem ser notada.

Engulo em seco, mas é impossível evitar o rubor provocado pelo elogio.

— Eu consegui.

— Eu estava muito preocupado.

— Está tudo bem. — Estou quase contando a verdade a ele, mas o que o rei disse sobre revelar a verdade a respeito do nosso acordo? É só aos Seelie que não posso contar ou ele me proibiu de revelar o acordo a qualquer um? Acho que é só aos Seelie, mas e se um deles ouvir minha conversa com Sebastian? — Não devia ter vindo me procurar. E o seu estágio?

Ele me encara, traçando o contorno do meu queixo com o polegar.

— Nada é tão importante quanto você.

Apoio o rosto em seu peito, me encolho junto dele e o abraço com força. Talvez isso me enfraqueça, mas estou desesperadamente grata por ele estar aqui. Porque estou cansada. Porque estou com medo.

Porque estou com vergonha.

Vergonha porque uma parte de mim quer ir para casa – porque queria poder abandonar este lugar e essas criaturas horríveis. Vergonha por querer que não tivesse que ser eu a responsável por resgatar minha irmã.

O rei estava certo sobre uma coisa. Sou uma grande ladra. Posso roubar quase qualquer coisa. Mas o coração de um príncipe feérico? Não sei nem por onde começar.

Devia me sentir sortuda porque o rei não está me pedindo nada pior, mas o que sinto é que o fracasso é inevitável. Eu teria preferido me aventurar nas profundezas da floresta Unseelie – lutado e escapado de monstros horríveis para roubar tesouros mágicos. Teria mais confiança em minha capacidade para essa tarefa, mas isso? Fingir que quero ser noiva de um feérico e vencer outras mulheres por essa honra? Mesmo com o mais lindo vestido, eu não saberia como.

Sebastian recua um passo e segura meu rosto com uma das mãos.

— Fale. Onde você estava?

Balanço a cabeça. Não posso contar sobre o rei. Não posso correr esse risco.

— Estava procurando Jas. Acabei indo parar... longe das terras da rainha.

Ele fecha os olhos e balança a cabeça.

— Meu amuleto não pode te proteger do pior da corte da sombra. Você não tem ideia do quanto eles são perigosos. Se um feérico Unseelie tivesse visto você, eles teriam te levado. Você estaria presa como uma escrava. Ou coisa pior.

Odeio que minha escolha o machuque. Como posso explicar? Se alguém entende o que Jas significa para mim, esse alguém é Sebastian.

— Não vou para casa enquanto não a encontrar. Mas *você* devia ir embora. Essa luta não é sua, Bash.

Ele examina os jardins exuberantes à nossa volta e xinga baixinho.

— Preciso de mais tempo — diz, mais para ele mesmo do que para mim.

Toco seu braço, sentindo a força e o calor sob meus dedos.

— Para quê?

— Para fazer o que devia ter feito meses atrás. — Ele engole a saliva. — Vamos caminhar?

Olho para o castelo. Preciso entrar e me apresentar como candidata a noiva do príncipe, antes que ele escolha as doze.

— Só por uns minutos — Sebastian insiste. Ele ajeita um cacho solto atrás da minha orelha. — Pode me dar esse tempo?

Seu sorriso é como a luz do sol em meu coração gelado. Não posso negar isso a ele... não quando é tão simples.

Ele se vira, se inclina e colhe um lírio cor de laranja do jardim. O botão desabrocha em sua mão, e eu não escondo o espanto.

— Nunca vi você fazer isso.

— Minha mãe adora lírios. Quando eu te deixava para ir para casa, meu melhor amigo debochava de mim por ficar olhando para eles. Ele sabia que as flores me faziam lembrar do seu cabelo, mas a verdade é que não tem nem comparação. — Ele prende a flor em meu cabelo, e me permito fechar os olhos por um instante. Sentir os dedos calejados em minha orelha me faz arrepiar. Como posso querer tanto que ele me toque mais vezes, que olhe para mim e diga essas palavras cheias de ternura, quando Jas precisa de mim?

— Você nunca falou sobre a sua família. — Balanço a cabeça. — Eu devia ter feito mais perguntas.

— Eu nunca te dei essa chance. — Ele ajeita a flor mais uma vez, antes de abaixar a mão. — Fui criado com privilégio e poder. E nem sempre tive certeza de que as pessoas à minha volta realmente gostavam de mim.

Isso me surpreende. Nem todo mundo tem essa sorte de ser aprendiz de um mago, é claro, mas qualquer família com poder significativo consideraria essa posição indigna.

— Que tipo de poder?

— Poder de comando. O tipo de poder que esperam que eu assuma. — Ele segura minha mão e estuda meus dedos. O glamour pode ter intensificado alguns de seus traços, mas deixou as calosidades intocadas. — Em breve.

Enrugo a testa e flexiono os dedos, segurando os dele.

— Então, por que está estudando para ser mago?

— São habilidades úteis, e eu... Na verdade eu precisava me afastar.

E nesse momento eu entendo.

— Você não ia realmente viajar para cumprir a próxima parte do estágio, ia? Estava voltando para casa?

Ele assente e estuda meu rosto.

— Pensei em te convidar para ir comigo, mas sabia que você não ia querer a vida que eu poderia oferecer.

Meu coração flutua e dói ao mesmo tempo.

— Por quê? — Ele acha que sou tão exigente assim? Ou simplesmente sabia que eu nunca abandonaria Jas, e não esperava que pudesse levar nós duas?

Sebastian solta o ar com um sopro.

— Ainda não consigo acreditar que ela a vendeu.

Descanso novamente o rosto em seu peito, me deliciando com a sensação de calor e força. Talvez Sebastian não possa salvar Jas ou me proteger dessa tarefa que preciso cumprir, mas tem algo de confortante em seu abraço. Uma parte de mim quer acreditar que posso deixar meus problemas em suas mãos capazes, e que ele conseguiria resolver tudo.

— Não é sua culpa.

— É minha culpa nunca ter falado com você sobre o que eu sinto. E agora tenho medo de ser tarde demais. — Ele desvia o olhar, e eu acompanho o movimento. Vejo um grupo de guardas de uniforme amarelo e cinza marchando para fora do castelo. *Amarelo*, percebo, como meu vestido. Uma das cores da bandeira da rainha.

Quando olho novamente para Sebastian, ele está olhando para minha boca.

Levanto a mão, tocando seu queixo de um jeito convidativo. Devagar, tão devagar que é quase doloroso, ele aproxima a boca da minha. Seus lábios são macios, mas eu deslizo a mão pelo cabelo dele, e o beijo se torna mais ousado. O tempo quase para. O sol paira sobre o horizonte, os pássaros se calam, a brisa estaciona nas flores. Não existe nada no mundo além da minha boca e da dele, e meu coração dói quando tento memorizar cada segundo perfeito. Este pode ser nosso último beijo.

Como posso fazer outro homem se apaixonar por mim se sempre fui apaixonada por *esse* homem?

Quando ele se afasta, meus joelhos estão fracos, e aos poucos o mundo vai voltando ao lugar.

— Por favor, me desculpe — ele sussurra.

— Não tem do que se desculpar. — Quase sorrio. — Tenho certeza de que *fui eu* que te beijei.

— Sua Alteza Real o Príncipe Ronan é aguardado na sala do trono — um guarda anuncia perto de nós.

Eu me afasto e olho em volta. O príncipe está ali perto? Ele me viu beijando Sebastian? Se viu, como vai acreditar no meu interesse por *ele*?

Idiota e inconsequente, Brie. Segura sua onda.

Mas não tem ninguém no jardim exceto Sebastian, os guardas e eu. Os guardas olham para Sebastian como se esperassem alguma coisa dele, e Sebastian olha para mim.

— Senhor, com licença — diz um dos sentinelas da rainha —, mas é hora de ir. Estão esperando lá dentro. A seleção deveria ter começado horas atrás.

— Diga a minha mãe que vou encontrá-la em breve. — A voz dele é tensa e firme, e meu cérebro atordoado tem dificuldade para entender o significado dessas palavras.

O sentinela alterna o peso do corpo sobre um e outro pé, e olha para os colegas.

— Alteza...

Sebastian levanta o queixo.

— Saiam.

Tenho vaga consciência do som de passos se afastando pela alameda de pedras no jardim, mas não consigo desviar os olhos de meu amigo.

— Sua *mãe*? — Príncipe Ronan. Eles o chamaram de *Príncipe Ronan*. E de *Alteza*. — Bash, não estou entendendo. Que tipo de glamour é esse? Por que eles acham que você é o príncipe?

Ele segura minha mão e afaga meus dedos com suavidade.

— Porque eu sou.

Dou um passo para trás e puxo minha mão.

— Não tem graça.

— Brie, me ouça. Eu não podia te contar; sabia como se sentia em relação ao meu povo. Queria, mas...

— Não. — Balanço a cabeça, desesperada. — Não, você é um humano normal. Não pode ser...

— Por favor. Só me dê uma chance de explicar.

Recuei mais sem perceber, e agora estou à sombra de um salgueiro.

— Brie? — Ele resmunga um palavrão e gira sem sair do lugar. — Abriella? *Por favor!*

Olho para minhas mãos, mas elas não estão ali. De algum jeito eu me tornei invisível de novo – me tornei as sombras, como antes.

Não questiono. Simplesmente *corro*. Fujo pelo jardim, passo pelo portão do castelo e continuo para a névoa densa. Meus pulmões ardem e as pernas doem, mas não paro – nem quando a paisagem muda da perfeição impossível da área do palácio para uma espécie de ruína, nem quando meus membros aparecem de novo, quando a magia que me fez invisível, seja ela qual for, desaparece. Não paro de correr até a névoa se tornar densa como uma nuvem de tempestade e o sol baixar tanto no céu que os últimos dedos de luz já quase nem tocam o horizonte.

Eu me encosto em uma coluna de mármore quebrada e escorrego para o chão. Nem percebo que estou chorando até sentir o rosto molhado e ouvir minha respiração entrecortada por soluços.

Ele mentiu para mim. Ele me fez acreditar que era uma coisa que não era.

Eu estava disposta a roubar de um príncipe mimado. Não hesitaria em enganar um feérico para salvar minha irmã, e não estava nem um pouco preocupada com meu coração. Mas o Príncipe Ronan não é só um feérico. Ele é Sebastian, e não sei como vou fingir que posso perdoá-lo – fingir que posso me *casar* com ele.

Quando conhecer o Príncipe Ronan, lembre-se de que precisa dele. Mantenha a confiança dele em você, ou não vai conseguir se infiltrar na corte.

As palavras ditas pelo rei esta manhã ecoam em minha cabeça. Ele não me disse para *conquistar* a confiança dele, disse para eu *manter* a confiança dele em mim. E ontem ele me falou que não existem coincidências em Faerie. Era por isso que ele me queria para essa missão. Ele sabe. *De algum jeito*, o Rei Mordeus sabe sobre meu relacionamento com Sebastian e está me usando por causa disso.

Não sei o que me incomoda mais, a ideia de esconder a dor e fingir que as mentiras de Sebastian são perdoáveis ou a possibilidade de fazer esse papel com Sebastian, e de isso me destruir de um jeito impossível de recuperar.

Mas que opção eu tenho? Fugi porque entrei em pânico, mas, se estivesse pensando com clareza, teria ficado com o príncipe, usado nosso relacionamento como um jeito de entrar. Faço *qualquer coisa* para salvar Jas. Meu orgulho. Meu coração. Minha vida.

Tenho que voltar. Preciso convencer Sebastian de que ainda o quero. Levanto do chão e enxugo as lágrimas do rosto. Eu me viro e começo a andar de volta ao palácio.

Uma silhueta coberta por um manto com capuz aparece do meio da névoa. Fico tensa, até os olhos escuros e familiares encontrarem os meus. Relaxo os ombros, e o alívio me invade como uma brisa leve, deixando a exaustão ao passar. *Eu a conheço.*

Outra silhueta, alta e ameaçadora, com olhos vermelhos e brilhantes que me encaram embaixo do capuz, aparece atrás dela. Abro a boca para avisá-la, mas, antes que eu consiga dizer uma só palavra, o sono me domina e eu caio no chão.

Capítulo 8

ACORDO SOBRESSALTADA E DESCUBRO que estou sobre o ombro de alguém, sendo carregada como uma saca de grãos. Engulo um grito de pânico e me forço a respirar fundo três vezes para acalmar meu coração disparado. *Seja inteligente, Brie.*

Tenho certeza de que deixei a inteligência para trás no momento em que fugi da segurança da propriedade da rainha Seelie sem um plano ou armas. E agora fui capturada.

Se tivesse que arriscar um palpite só pelas mãos enormes na parte de trás da minha saia e pela altura do meu raptor, quem me carrega é do gênero masculino. Mas a mulher que vi antes de cair... ela era alguém em quem pensei que podia confiar.

— Abra a porta — resmunga a pessoa que está me carregando. — Ela vai acordar a qualquer momento.

— Que bruto — responde uma voz melodiosa mais adiante. *Pretha*, a bela mulher que me ajudou no castelo da rainha. Eu sei que é ela, mas parece diferente da mulher com quem fiquei na fila. Ela tem os mesmos olhos castanhos e o cabelo escuro, mas as orelhas são pontudas e ela tem aquele brilho etéreo que todo nobre feérico parece ter. — O nocaute foi desnecessário.

— Não lido bem com mortais histéricas — diz ele, e me ajeita sobre o ombro.

A porta é aberta, e música alta transborda do interior. Tentando manter o corpo solto para a criatura não perceber que estou acordada, estudo o ambiente quando ele entra. Com exceção da clientela, a taverna não é muito diferente do bar do Gorst em Fairscape. O lugar cheira a cerveja azeda, e é tão barulhento que meus ouvidos doem. Por todos os lados, casais de todos os tipos dançam juntos. Um serzinho magro de asas transparentes usando um pedacinho de vestido deixa um troll depositar uma moeda de ouro entre seus seios. Uma jovem elfo de roupa de couro própria para montaria afaga o moicano do parceiro de dança grandalhão e os dois se esfregam. Fêmeas e machos dançam em cima dos balcões, giram em torno de canos e ganham a aprovação ruidosa da multidão. Uma feérica de fogo peituda, vestida com uma calça de couro justa, está encostada em uma parede à minha esquerda e belisca a bunda de Pretha quando passamos.

Pretha bate na mão dela.

— Estou trabalhando — grita.

O homem que está me carregando dá risada.

— Devia encontrar tempo para isso, Pretha — ele diz. — Se não, quem vai encontrar sou eu. Você sabe o que dizem sobre feéricos de fogo.

— Kane, você é um porco — grita Pretha.

Ela vai abrindo caminho por entre os corpos dançantes, e de repente se vira e me pega olhando para ela de cima do ombro de Kane.

— E aí está a nossa garota. — Sim, ela é parecida com a mulher que se ofereceu para ser minha amiga, mas suas orelhas não são a única coisa que mudou. Ela agora tem uma rede prateada tatuada na testa. Linhas que parecem as rachaduras de um espelho quebrado.

Sem motivo para continuar fingindo, me debato contra o braço do gigante.

— Me põe no chão.

Pretha pisca para mim, depois passa por dois sentinelas e uma porta pesada de madeira, revelando um escritório com poucos móveis e iluminado apenas pelas lanternas da rua do outro lado da janela.

O gigante me põe no chão. Meus olhos se adaptam à sala escura, e finalmente posso ver quem me carregava. Tudo nele é aterrorizante. Ele é enorme, com ombros largos e fortes e braços musculosos. Tem mais de dois metros de altura, muito mais, se incluirmos os chifres voltados para a parte de trás da cabeça. Os olhos são pretos onde deveriam ser brancos, com pupilas vermelhas e incandescentes. O cabelo comprido e a barba aparada são vermelhos, e ele tem uma argola em cada orelha pontuda.

— Acho que ela gosta de você, Kane — comenta Pretha. — Ou você é tão feio que a coitada perdeu a fala com o susto.

— Encontraram ela — diz uma voz profunda e melodiosa atrás de mim.

Giro na direção do dono daquela voz e engulo uma exclamação de espanto ao ver quem está na minha frente. Ele está reclinado em uma espreguiçadeira, com uma das pernas esticadas e a outra flexionada. Os cachos escuros estão presos, como os vi no sonho, e ele segura um livro entre as mãos grandes. O escritório é grande, mas ele parece preenchê-lo com seu tamanho, com os penetrantes olhos prateados, com sua presença.

Meu raptor me empurra para a frente. Eu tropeço e caio de joelhos diante de um ameaçador feérico da sombra pela segunda vez em poucos dias.

Odeio este lugar.

— Ela estava fugindo do castelo — informa Pretha.

Eu a encaro.

— *Você.*

Ela levanta a bainha da túnica, que arrasta no chão, e faz uma reverência rápida.

— Abriella, eu disse que nos encontraríamos de novo.

— O que quer de mim?

— Eu quero... — Ela bufa e estuda o ambiente. — Por que está tão escuro aqui? — Estala os dedos, e as tochas em arandelas nas paredes se acendem. — Melhor. — E volta a olhar para mim com um sorriso satisfeito. — Quero te ajudar. Em relação a isso, nada mudou desde ontem.

— Você me fez pensar que era humana — respondo, e tem mais raiva nessas palavras do que deveria ter. Pretha era praticamente uma estranha, mas cometeu o mesmo pecado que Sebastian, e é bom ter alguém a quem dirigir a raiva que devora meu peito. — Você é uma mentirosa imprestável.

O feérico reclinado na poltrona ri.

— Essa é boa, vindo da humana que disse ser criada de Arya.

Olho para ele desconfiada. Não gosto de ver esse desconhecido de novo, e gosto menos ainda de ter sonhado com ele.

Nada em Faerie é coincidência.

— Acho que ela não tem controle sobre o próprio poder — Pretha pensa em voz alta, aproximando-se de mim toda elegante e ajeitando um cacho atrás da minha orelha.

Eu me afasto de um jeito brusco.

— Não toque em mim.

— Ou sobre as próprias emoções. — Ela desvia de mim o olhar desaprovador e encara o feérico na poltrona. — Acho que ela está realmente apaixonada pelo príncipe dourado.

Minhas bochechas esquentam. Odeio ouvir esses feéricos falando sobre mim, especulando sobre meus sentimentos.

— Vocês não sabem nada sobre mim.

O feérico na espreguiçadeira faz um barulhinho de reprovação.

— Deixe ela em paz, Pretha. A partir de agora eu assumo.

Pretha reage, contrariada.

— Finn...

Finn. Temos um nome para o elfo enigmático de olhos prateados.

— Saiam. — Ele agora fala em tom mais suave, mas cheio de autoridade, e fica claro quem está no comando do trio.

Pretha fica tensa, e sei que ela não quer obedecer à ordem, mas se limita a assentir uma vez com a cabeça e sai da sala. O grandalhão chifrudo sai atrás dela.

Vejo os dois irem embora.

— Noite complicada? — Finn me pergunta. Todo casual, como se estivéssemos conversando e tomando chá, e seus comandados não tivessem me nocauteado e trazido para cá inconsciente.

Olho para ele.

— Quem é você... além de um sequestrador Unseelie? Espero que saiba que ninguém vai pagar resgate por mim.

Ele arqueia uma sobrancelha escura.

— *Ah, é?* Parece que você sabe mais sobre mim do que demonstra. O que mais você sabe?

Perigoso. Esse feérico é perigoso, e preciso parar de alimentar o antagonismo e me concentrar em sair daqui.

— Nada. Não sei nada.

Ele levanta o queixo.

— Estou curioso. Por que tem tanta certeza de que eu sou Unseelie?

— Seus olhos.

— O que tem eles?

— Todo mundo sabe que os Unseelie têm olhos prateados. *Não negocie nem se prenda aos olhos prateados* — digo, repetindo o versinho que cantávamos na infância. *E que excelente trabalho eu fiz ao seguir essa sabedoria tão antiga.*

Ele grunhe.

— Isso é a coisa mais ridícula que já ouvi. Ensinaram a você que toda a Corte Unseelie tem olhos prateados?

— E não tem?

— Não. Só alguns. Bem poucos.

Penso nos sentinelas no castelo de Mordeus. Eles tinham olhos prateados? Não lembro. E Pretha é Unseelie? Seus olhos são castanhos. E os de Kane eram pretos e vermelhos, sinistros.

— Posso ir agora?

Ele arregala os olhos fingindo inocência.

— E para onde você iria? Você não tem certeza de que quer voltar para perto do seu amigo, embora se arrependa de ter fugido dele de um jeito tão precipitado.

Comprimo os lábios e levanto o queixo.

— Consegue ler meus pensamentos?

A risada dele é sombria.

— Não. Não preciso ler sua mente para saber quais são suas preocupações, mas reconheço que seria um talento útil. As emoções estão estampadas em seu rosto. Você não tem certeza de que é capaz de fazer o que Mordeus precisa que faça.

Qual é a conexão dele com Mordeus? Ele trabalha para o rei?

— O que você sabe?

— O suficiente. — E respira fundo, antes de levantar da cadeira. Ele atravessa a sala e se dirige a um bar no canto do escritório, e aproveito que está de costas para mim para estudá-lo. Sua presença domina o espaço. Mas não é só a altura ou o corpo musculoso que cria esse efeito. Finn tem a aura de um líder que prende a atenção de todos à sua volta. Queria saber que tipo de poder ele tem para, sendo um Unseelie, estar aqui, na Corte Seelie.

Ele tira a rolha de uma garrafa e serve bebida em dois copos. O líquido amarelo e claro borbulha ao cair no copo. Minha boca fica cheia de água quando sinto o aroma frutado, mas, quando ele se vira e me oferece a bebida, recuso com um movimento de cabeça. Não consigo imaginar nenhuma situação em que aceitaria bebida *de um cara que acabei de conhecer*, mas vinho feérico? Ele deve achar que eu sou idiota.

Com um movimento de ombros para demonstrar indiferença, ele deixa meu copo em cima de uma mesa comprida perto das janelas. Depois bebe do copo que serviu para si e fecha os olhos.

— Fiquei sabendo que seu doce príncipe dourado partiu seu coração com uma mentira, mas, se quer realmente salvar sua irmã, vai ter que fazer o que Mordeus quer que faça.

Ele disse a mesma coisa no meu sonho.

— Você é Unseelie — deduzo. — É claro, quer que eu ajude seu rei.

— Ele não é *meu* rei. — A declaração firme ecoa nas paredes da sala. — Nunca será meu rei — acrescenta, agora com tom mais suave.

— Por que está na corte dourada? Pensei que os Unseelie não fossem bem-vindos no território Seelie.

— Vou propor um acordo. Eu respondo essa pergunta se você responder uma das minhas.

A palavra *acordo* é um gatilho para os meus mecanismos de defesa, mas estou cansada demais e emocionalmente esgotada demais para me preocupar com todos os jeitos de ser manipulada por um feérico para aceitar um acordo.

— Que pergunta?

— O que você sabe sobre o feérico que te deu sua magia?

Enrugo a testa.

— Que magia?

Ele bebe mais um gole de vinho e me estuda com aqueles olhos de mercúrio.

— Eu admito que faz muitos anos desde a última vez que me aventurei no reino humano, mas quer me convencer de que os humanos agora conseguem atravessar paredes e se transformar em sombra?

Balanço a cabeça.

— Aquilo foi só uma reação estranha a estar em um lugar mágico.

Finn inclina a cabeça.

— Não sei o que eu acho mais interessante. A mentira ou você realmente *querer* acreditar nela. — Seus lábios se distendem, mas não há humor nesse sorriso. Só desgosto. — Mas você já sabe. Sabe que os poderes que tem em meu reino não são tão novos. Você os usa há anos.

Uma risada seca escapa da minha boca.

— Se você diz...

— Você é uma ladra. E das boas.

Como esse feérico da sombra sabe tanto sobre mim?

— Se eu tenho poderes, e não estou dizendo que tenho, por que você acha que eles foram *dados* por alguém?

Ele estreita os olhos e baixa a voz.

— Porque humanos não têm magia, a menos que ganhem de uma criatura mágica poderosa o suficiente para fazer isso.

— Bruxas têm magia. E magos.

— Não. Bruxas e magos *usam* magia. Símbolos, encantamentos, poções. Alguns humanos conseguem *usar* magia, mas não *têm* magia. Não como você. Uma humana que consegue manejar a escuridão. *Você* é capaz de se tornar sombra e atravessar paredes, sem encantamentos ou poções, sem ritual. A magia é parte de você, e isso só é possível se um feérico te concedeu essa magia.

— Não sei de onde ela veio — reconheço. Porque ele tem razão. Uma parte de mim sabia, muito antes de eu vir para Faerie, que minhas habilidades com a noite e as sombras não eram normais, eram algo especial. Abro a boca, pensando em falar mais, mas volto a fechá-la. O povo dele já mostrou que não merece confiança.

— Sua vez.

Ele estuda o vinho por tanto tempo que chego a pensar que não vai responder.

— Mordeus é meu tio.

Esse é o momento em que o nome dele se encaixa em minha cabeça. Bakken me disse que o Príncipe Finnian era o legítimo herdeiro do Trono das Sombras... esse é *o Finn*?

— Você é o príncipe. — Nem é uma pergunta. Isso explica tudo. O jeito como ele se move, a maneira como os amigos o tratam com deferência, o jeito como ele se sente a pessoa mais importante na sala, independentemente de eu querer ou não acreditar nisso. Sim, tudo em Finn grita realeza. *Poder.*

Ele levanta a cabeça e me encara.

— Talvez tenha notado a semelhança.

Os olhos prateados. Nem todo feérico da sombra tem aqueles olhos prateados. Só a família real.

— Não vivo na minha corte porque o bom e velho tio Mord quer me ver morto. É de encher o coração de amor, não é?

— O que você fez?

Ele grunhe, como se minha ignorância fosse divertida.

— *Eu nasci*, e isso foi suficiente para ameaçar a reivindicação do meu tio ao trono que ele quer desde que o pai dele pôs a coroa na cabeça do *meu* pai. E é por isso que estou na Corte Seelie... estou aqui só por um tempo, e... — uma risadinha — *disfarçado*. Prefiro a Floresta Selvagem ao território da rainha dourada, mas alguns problemas aqui demandam minha atenção.

Minha cabeça roda com uma centena de perguntas, mas só uma se repete no topo da lista.

— Por que está me contando isso? O que quer de mim?

— Eu sei que Mordeus está com sua irmã, e sei o que ele exige de você para devolver a menina. — Um gole de vinho. — Quero te ensinar a usar seus dons para se proteger nesta terra. Quero te ajudar.

Foi o que ele disse no sonho. *Vou te ajudar a levar sua irmã de volta. Venha me procurar.*

— Você fica repetindo isso, mas por que eu acreditaria? — Recuo para a porta. — Sua gente me raptou e me trouxe para cá contra a minha vontade, e você quer que eu *confie* em você?

Os olhos cor de prata brilham, e a boca se contrai formando uma linha fina, tensa.

— Você decidiu confiar em Mordeus quando aceitou o acordo que ele propôs.

— Não tenho *escolha*. Pelo menos entendo o que Mordeus quer de mim e por quê. Devo acreditar que você quer ajudar uma garota humana por pura bondade?

Ele dá um passo à frente com uma atitude ameaçadora, a raiva evidente em cada linha do rosto bonito.

— Quero te ajudar porque isso ajudaria minha corte. Cada membro da minha corte fica mais fraco enquanto nossos artefatos mágicos estão desaparecidos. Enquanto a rainha dourada... — Ele dilata as narinas, respira fundo várias vezes como se sentisse uma dor repentina, invisível. — Eles estão vulneráveis enquanto o poder das cortes fica desequilibrado.

— Você espera que eu acredite nisso? Fica aí parado nessas roupas chiques, bebendo vinho do bom em uma taverna da Corte Seelie. Pobre príncipe exilado. Parece que está *se esforçando muito* para tirar Mordeus do trono.

A taça de vinho se estilhaça, vira pó em sua mão, e meu corpo enrijece de medo diante da evidência do quanto ele é perigoso. Com tranquilidade, ele limpa as mãos batendo uma na outra, deixando cair as gotas de vinho e os fragmentos de vidro.

— Aceite minha ajuda, mortal.

— Não preciso de você.

Ele olha para mim, e me assusto quando vejo a escuridão pingando de minhas mãos como tinta em uma poça de água.

— Tem vínculo com alguém? — ele pergunta.

Como se eu fosse me submeter ao domínio de um feérico. Como se fosse dar a *qualquer pessoa* esse tipo de controle sobre meu livre-arbítrio e minha vida. *Nunca.*

— Talvez alguém onde você mora — ele diz. — Um amante ou amigo. *Alguém*?

Quase respondo que humanos não executam esses rituais absurdos. Não sei nem como ou se isso funcionaria entre humanos, mas engulo a resposta. Sei o suficiente sobre vínculos com feéricos para entender que existe algum nível de proteção nisso. Se Finn acreditar que alguém pode estar vinculado a mim, talvez não tente me manter aqui.

Ele me encara por um longo instante.

— Fiz uma pergunta simples.

Encolho os ombros.

— E eu escolho simplesmente não responder.

Ele resmunga alguma coisa. Consigo ver a raiva em seus olhos, o esforço que faz para não perder o controle.

— Você precisa entender que os vínculos têm consequências e não são tão fáceis de desfazer como pode pensar.

Esse babaca arrogante vai mesmo me dar um sermão sobre esse assunto? Cruzo os braços.

— Se eu for embora, seus amigos vão atrás de mim?

— Seu plano é voltar para o filho da rainha?

As palavras me atingem como um soco no estômago. *Filho da Rainha Arya.* Príncipe Ronan.

Sebastian.

Tenho que fechar os olhos para aguentar a dor. A traição. Não posso me permitir pensar nele agora.

Quando abro os olhos, vejo a escuridão em torno das minhas mãos. A lembrança é tudo de que preciso. *Tenho poder. Não estou presa aqui.*

Finn se aproxima e me analisa como se eu fosse um inseto muito interessante, seus lábios se curvando em um sorriso.

Dou um passo em direção à parede entre as arandelas, desesperada para desaparecer dentro delas, quando a porta do escritório é aberta.

— Notícias do castelo — diz Pretha, deixando a porta fechar depois de entrar. — O Príncipe Ronan adiou a seleção para amanhã. Temos que pensar em um plano rapidamente e levá-la de volta para lá.

Finn cruza os braços.

— Não sei se a garota *está disposta* a trabalhar com a gente. — Há um desafio na voz dele. Como se eu fosse uma criança e ele estivesse usando psicologia reversa comigo.

Colo as costas à parede e ordeno que ela me deixe passar, escapar. Nada acontece. Como foi que usei meu poder antes?

Pretha atravessa a sala, vem em minha direção.

— Você não pode fazer isso sozinha — diz.

Balanço a cabeça.

— Está enganada. — Trabalho sozinha desde sempre. Nada precisa mudar agora. Como o inverso de uma lamparina tremulando, desapareço em sombra e volto ao meu eu corpóreo.

Em pânico, Pretha olha para Finn.

— O que ela está fazendo?

Sombra. Seja sombra. Minha mão desaparece e aparece, mas a parede atrás de mim continua firme.

— Finn! — Pretha arregala os olhos. — Ela vai fugir.

Sombra. Dessa vez, quando minha mão desaparece, o resto do braço também vai. Derreto dentro da parede e caio através dela. Meu vestido enrosca em uma roseira do lado de fora da taverna, provando mais uma vez que calça comprida é a escolha mais sensata. Eu me levanto, e os espinhos rasgam minha saia e furam minhas pernas.

Ouço Finn e Pretha discutindo pela janela rachada, mas as palavras raivosas são abafadas, até que Finn grita uma ordem final, clara.

— Deixe que ela vá.

Ergo o vestido e corro, mas não sei onde estou, e a névoa é densa demais para conseguir ver o castelo ao longe.

Eu sei que a floresta estava na minha frente quando fugi de Sebastian, mas agora ela está à minha esquerda. Viro de costas para o bosque, mas nada naquela direção parece conhecido.

A floresta. Posso arranjar um esconderijo lá. Posso me transformar em sombra e em nada, me esconder até encontrar o caminho de volta para o castelo. *Porque tenho que voltar ao castelo.*

Se Sebastian adiou a seleção, talvez eu ainda possa fazer isso dar certo. Ainda tenho uma chance de salvar Jas.

A floresta é mais escura que qualquer uma em Fairscape, com um toldo de folhas mais denso e as luzes das casas do outro lado mais fracas que as das partes mais povoadas do mundo. Um grito horrível rasga a noite, seguido por um uivo triunfante. Nunca tive medo do escuro, mas sei o suficiente para sentir medo *desta* escuridão. Não sei a metade do que vive nessas árvores. Talvez minhas sombras possam me esconder, mas elas podem me proteger?

O calor do verão se foi com o sol, e eu abraço o corpo enquanto estudo a floresta, ajustando os olhos à escuridão.

Outro uivo, este mais próximo, e o terror faz meus músculos estremecerem. *Sabe que os poderes que tem em meu reino não são tão novos. Você os usa há anos.*

Humanos normais não enxergam no escuro desse jeito. Eu sabia disso, não sabia? Só não queria admitir para mim mesma, não queria admitir que tinha dentro de mim uma parte feérica.

Mas saber que você tem uma ferramenta é muito diferente de saber usá-la. Não tenho ideia de onde estou. Nem imagino para que lado fica o castelo. E não sei como usar meu poder para me proteger do que vive nesta floresta, seja o que for.

Ouço um rosnado baixo a uns vinte metros de distância. Eu me viro e fico paralisada de pavor. Olhos azuis e brilhantes com pequenas manchas douradas brilham no escuro, e um lobo negro se aproxima de mim com os dentes à mostra.

Capítulo 9

Não é um lobo. Mesmo abaixado, esse animal é enorme, sua cabeça chega quase à minha altura. A língua se projeta entre os dentes longos e pontiagudos, e ele se aproxima de mim passo a passo, um passo longo e lento de cada vez.

Não tenho armas, só minha magia frágil, e nenhum lugar onde me esconder além de uma floresta que essa criatura conhece melhor do que eu, sem dúvida.

Os galhos de um carvalho se estendem sobre mim, mas os que estão ao meu alcance são finos e parecem fracos demais para sustentar meu peso. A alguns metros, vejo um bordo com galhos mais baixos e fortes. Se eu correr e pular, posso conseguir subir o suficiente antes de a coisa-lobo me alcançar.

Um rosnado baixo, e a coisa se aproxima, negra como a noite, com a promessa de morte nos olhos.

Respire fundo e corra, Brie.

Eu me viro, corro para a frente, depois desvio para a esquerda tão depressa quanto o vestido permite. A criatura avança sobre mim, rápida demais para algo tão imenso. Dou um pulo, me estico o máximo que posso e sinto o hálito da fera esquentar a pele da minha nuca. As pontas dos meus dedos roçam o galho, e a casca áspera esfola minha pele quando tento me segurar com mais firmeza.

Flexiono os dedos como se fossem garras, tento me segurar, mas escorrego. O tempo se move em câmera lenta enquanto caio em direção ao chão da floresta e a boca aberta da criatura.

Chuto com força, tentando deslocar a mandíbula da besta, e mal consigo movê-la.

A dor me rasga quando os dentes afundam na minha panturrilha, e eu grito quando o músculo é rompido. *É demais para mim. Não sou nada neste lugar.*

Rosnados baixos ecoam atrás da criatura, e dois lobos avançam sobre ela. Por um momento confuso, atordoada de dor, penso que eles podem estar tentando me proteger, mas estou delirando, e a parte racional de minha mente sabe que estão apenas lutando por território.

Ou por carne fresca.

Tento me manter em pé enquanto os lobos menores agem em conjunto para atacar a fera, mas, no momento em que me apoio sobre a perna ferida, caio no chão da floresta.

Uso a árvore como apoio para levantar de novo, e um rugido horroroso rasga a floresta. Os lobos se distraem da besta por um instante, antes de virarem e correrem... me deixando sozinha com a criatura preta, de dentes à mostra.

Ela agora se move mais devagar, as costas sangrando das mordidas que levou, mas não é lenta o suficiente para compensar minha perna inutilizada. Recuo cambaleando, tentando apoiar todo o peso na perna saudável e gritando ao cair de novo.

A fera ataca, a boca aberta, e eu sei que ela quer meu pescoço. Antes que consiga me alcançar, um vento a levanta do chão e a joga contra uma árvore do outro lado da clareira.

A criatura guincha e cai no chão com um grito final.

— Abriella. — Sebastian está aqui, ofegante. Ele me pega nos braços como se eu não pesasse nada. — Brie? Você está bem?

Balanço a cabeça junto de seu peito para dizer que sim, mas não estou bem. A dor na perna me atordoa, provoca náuseas, mas nada se compara à dor da derrota em meu peito. Não tenho recursos para agir neste mundo cruel.

— Brie, sua perna. — Ele me acomoda em seus braços, e eu tento escapar quando o vejo aproximar a mão da ferida. — *Shh*. Fique quieta. — Um toque da mão dele e a dor desaparece.

Estou tremendo tanto que respiro fundo várias vezes para me acalmar.

Sebastian afasta o cabelo do meu rosto, prende as mechas soltas atrás das orelhas e percebo que é ele quem está tremendo.

— Eu queria te dar espaço, mas devia ter vindo atrás de você. Desculpe por não ter vindo antes.

Engulo em seco. Ele parece... arrasado. Não importa o quanto a mentira dele me machuque, ele ainda é o Sebastian. A confiança que tinha nele se quebrou, mas meus sentimentos por ele não desapareceram por causa da sua mãe. Não desapareceram pelo fato de ele conseguir dominar a magia que existe dentro dele com mais eficiência que qualquer coisa que aprendeu com o Mago Trifen.

— Estou bem.

Ele desliza um dedo pelo meu rosto e, quando o afasta, vejo sangue.

— Vou te levar ao palácio para ser atendida por meus curandeiros.

A dor sumiu, mas me sinto *desligada*, como se estivesse perdendo o equilíbrio e escorregando da vida, e não sei se isso é efeito da magia de Sebastian ou uma reação à mordida da criatura. Preciso de ajuda. Preciso de curandeiros. Balanço a cabeça para aceitar a oferta e olho pela última vez para o corpo da fera.

— Desculpe, eu devia ter vindo antes — Sebastian repete. — Sinto muito.

Ele me carrega para fora da floresta, para uma clareira onde um cavalo branco espera sob a luz do luar. As mãos grandes de Sebastian são gentis, reverentes, quando ele me coloca sobre o cavalo. Quando monta atrás de mim, me entrego à força sólida de seu corpo e ao calor reconfortante da pele sob a túnica. Se fechar os olhos, posso fingir que estamos novamente em Fairscape e que nada mudou.

Ele me envolve com um braço, segura as rédeas com a outra mão e incita o cavalo a partir a galope.

Com a respiração em minha orelha, as batidas estáveis de seu coração nas minhas costas, o ritmo do cavalo, meus olhos ficam mais pesados a cada passo. Eu teria caído se ele não estivesse me segurando. Meus músculos se recusam a trabalhar. Derreto em seu calor, no abraço protetor, e me ressinto contra essa fraqueza.

Quando chegamos ao castelo, manter os olhos abertos é uma batalha perdida.

Ele apoia minhas mãos no pescoço do cavalo.

— Segure firme por um momento — diz. Depois desmonta, pula para o chão e, imediatamente, levanta as mãos para me segurar. Mesmo meio inconsciente, com uma perna dormente, tenho consciência de cada ponto de contato quando ele me toma em seus braços. Sinto nele o cheiro de sal do mar e do couro do colete e da calça. Sebastian corre para as portas do castelo me carregando nos braços.

— Estou morrendo? — pergunto com o rosto em seu peito, mas estou tão cansada que não há urgência nas palavras.

— A saliva do Barghest está reduzindo sua frequência cardíaca. Se não tomar a antitoxina logo... — Ele continua correndo, mais do que antes, e eu fecho os olhos, sem energia sequer para me preocupar. Tenho vaga consciência do barulho de pessoas à minha volta, passos rápidos na pedra e portas abrindo e fechando.

— Ela foi atacada por um Barghest na floresta — ele avisa. — Chamem o curandeiro.

Abro os olhos quando passamos por uma porta dupla e Sebastian me carrega para uma cama grande de dossel. As camadas dos lençóis brancos parecem ter saído de um sonho. Deito de lado e me encolho. Neste momento, a única coisa que me interessa é dormir.

Quando fecho os olhos, vejo o rosto sorridente de Jasalyn, e a tristeza me invade.

— Diga para a Jas me perdoar — sussurro.

— Não... — Ele segura meu ombro com a mão quente, calejada. — Não fale assim.

Mas ele não sabe que é verdade? Sinto a morte no veneno que vai se espalhando pelas minhas veias. Abro a boca. Preciso falar, mas não encontro energia para isso.

Prometa que vai encontrá-la.

Minha boca não forma as palavras.

Sebastian aperta meu ombro com mais força.

— Aguente firme, Brie.

Não sei quanto tempo fico ali deitada, alternando consciência e inconsciência. Ouço Sebastian falando com alguém. Talvez vários alguéns. Dando ordens, gritando quando demoram a agir.

— Ela perdeu muito sangue — diz uma voz conhecida. — E a toxina está se espalhando. Talvez ela não consiga beber.

— Abriella... — diz Sebastian. A mão em meu ombro de novo. Tão quente. Tão forte. Meu único lugar seguro na terra. Mesmo agora.

— Abriella. Você precisa beber isso.

O copo em minha boca. O líquido morno escorrendo para a língua, pelo queixo.

— Engula, caramba! Você precisa engolir.

Engasgo, quase vomito, e finalmente consigo engolir antes de minha energia acabar novamente, e eu perder os sentidos nos braços dele.

— Bom — Sebastian murmura. — Boa menina.

— Preciso curar essa perna antes que ela perca mais sangue — diz a voz desconhecida.

— Faça isso — Sebastian se impacienta.

O calor escaldante de mãos curandeiras me leva de volta no tempo. O antes e o agora se confundem. *A voz de minha mãe. A de Sebastian. Sinos de um mensageiro do vento à meia-noite. As promessas de um estranho.*

Meu quarto envolto em chamas, meu corpo protegendo o de Jasalyn, escondendo-a das chamas que parecem me devorar viva.

Quase nem registro a voz de minha mãe. *Por favor, salve-a.*

Tem um preço.

Eu pago. Quero abrir os olhos e dizer a ela que vai ficar tudo bem, mas não consigo. Seu silêncio desesperado é rompido por um gemido que faz meu coração doer. *Tem que haver outro jeito.*

Eu faço isso por vocês.

Os soluços de minha mãe enchem meus ouvidos, e depois o atordoamento desaparece, banido pelo calor de mãos curandeiras sobre minhas queimaduras.

Dor. Corte, sangue, dor terrível.

Um rolo de alívio frio. E... vida pulsando em minhas veias, correndo pelos membros.

Vejo minha mãe, sua expressão aliviada e arrasada ao mesmo tempo. Como se ela tivesse vendido parte de si mesma.

Quando abro os olhos, quase espero ver minha mãe como naquele dia há nove anos, quando acordei curada das queimaduras. Mas não é ela que está sentada na cadeira ao lado da cama desconhecida. É Sebastian, com as orelhas pontudas e a graça delicada de feérico. Ele está coberto de sangue e mantém os olhos fechados.

— Bash? — Minha garganta está destruída, e o nome dele sai cortado.

Sebastian acorda sobressaltado e respira fundo ao me examinar.

— Tudo bem — ele diz em voz baixa, deixando a mão descansar sobre a minha. — Você vai ficar bem, eu estou aqui.

Ele está aqui. Pode me julgar, mas é bom saber tão completamente que isso é verdade. Pelo menos neste momento, para *este* conjunto de dificuldades, não estou sozinha.

— Obrigada. — Minha voz é áspera. — Quanto tempo fiquei apagada?

— Só algumas horas. Como está se sentindo?

— Bem. — Meu estômago protesta quando vejo o sangue nele. Mas não em mim. Estou vestida com uma camisola do mais puro algodão, azul e limpa.

Sebastian percebe que estou analisando a camisola.

— Tentamos salvar seu vestido, mas estava todo sujo de sangue e rasgado em vários lugares.

— Você me vestiu? — Uma pergunta boba, considerando todo o resto. Mas pensar nele me vestindo com roupas de dormir e limpando o sangue do meu corpo...

Ele balança a cabeça e em seguida arregala os olhos, compreendendo minha pergunta.

— Uma das criadas cuidou disso. Eu não... não fiz... não faria...

Se eu não estivesse tão exausta, poderia rir do vermelho subindo pelo seu pescoço.

— Não foi com isso que eu me preocupei — falei em voz baixa. Ele cuidou muito bem de mim. — Você se machucou?

— Não. — Ele aponta as manchas na túnica. — Esse sangue é todo seu, cortesia do Barghest. Por sorte, meu curandeiro estava por perto quando chegamos.

O quarto roda. Fecho os olhos com força, tentando interromper o movimento, mas o cheiro de sangue invade meu olfato. Ver as manchas me leva de volta àquela floresta. A criatura parecida com um lobo avançando em minha direção.

— Barghest? Esse é o nome daquela coisa?

— Algumas pessoas chamam de cão da morte.

— Ele é da Corte Unseelie?

— Tem cães da morte em todas as cortes, mas alguns Unseelie mais poderosos os têm como familiares, animais com os quais mantêm uma ligação mágica e que seguem suas ordens perversas.

Mordeus mandou aquele Barghest atrás de mim? Não. Isso não faz sentido. Se ele quer realmente que eu recupere artefatos roubados da sua corte, não tentaria me matar com um monstro ligado à sua mente. Mas Finn... Finn me atacou porque eu não quis trabalhar com ele?

— Aquele monstro está ligado a um Unseelie?

Sebastian balança a cabeça.

— Não sei.

— Se os lobos não tivessem aparecido... — Eu estaria morta. Sinto outra vez o cheiro de sangue e preciso virar a cabeça, esconder o rosto no travesseiro. — Desculpa... você tem outra roupa para vestir?

Ele resmunga um palavrão e levanta da cadeira com um pulo.

— É claro. Desculpe. — Vira de costas para mim e começa a desabotoar a túnica.

— Precisamos conversar — aviso. — Sobre o que vai acontecer agora.

Sebastian olha para trás, para mim.

— Antes você tem que descansar.

Balanço a cabeça e me forço a sentar na cama. Demonstrei mais fraqueza desde que cheguei a Faerie do que nos últimos nove anos, e isso tem que parar agora.

— Estou bem.

— Você ainda está se recuperando de um ferimento grave. Não exagere. — Ele se vira de frente para mim com o peito nu e... lindo.

O quarto roda de novo.

Quero odiá-lo desse jeito, como quem é de verdade, mas, apesar de tudo, ainda me sinto tão atraída por Sebastian quanto no primeiro dia em que o vi treinando no quintal.

Faço um esforço para desviar os olhos da pele tingida pelo sol e dos braços esculpidos.

— Acho que estou bem o bastante para falar. — Escuto o barulho de uma gaveta sendo aberta e, quando olho para ele outra vez, Sebastian está vestindo uma blusa limpa.

Vejo o tecido macio e branco deslizar sobre a pele dourada e perfeita. Odeio essa atração que não desapareceu junto com a confiança quando descobri a verdade.

Se minhas emoções eram confusas antes de ele ter me resgatado na floresta, agora são desastrosas.

Ele volta à cadeira ao lado da cama e, sentado, inclina o tronco para a frente, apoiando os cotovelos nos joelhos.

— Tudo bem. Podemos conversar, se é isso o que você quer.

— Você me salvou. — Engulo em seco. A memória do terror ainda está muito próxima da superfície, e eu a empurro para baixo. — Obrigada.

— Lamento não ter chegado mais cedo.

— Eu nem esperava que você fosse.

Ele recua como se tivesse levado uma bofetada. Depois abaixa a cabeça.

— Eu sei que você não gosta de quem eu sou, mas isso não muda o que eu sinto por você.

Sinto que tudo se torce dentro de mim.

— Não gosto de você ter *mentido* sobre quem é.

Ele contrai a mandíbula. Solta o ar devagar, ajeita o cabelo branco para trás e o prende com uma tira de couro.

— Quando eu devia ter contado? Ninguém em Elora podia saber a verdade. Eu teria sido crucificado. E, quando nós ficamos amigos e eu passei a te conhecer o suficiente para saber que podia confiar em você, revelar essa informação, você deixou bem claro o que sentia pela minha casa e pelo *meu povo*. — Uma pausa. — Talvez eu tenha sido egoísta, mas não suportava a ideia de desistir de você.

— Você ia me contar em algum momento? Ou ia mentir para sempre? Foi por isso que implorou para eu não ir procurar a Jas? Porque não queria que eu descobrisse a verdade?

— Eu *queria* te contar. Tive vontade muitas vezes. Mas meus motivos para desejar que você ficasse do seu lado do portal eram honestos. Aqui é um lugar perigoso para você. — Ele olha para minha perna, e, embora eu tenha sido curada, esteja vestida e coberta, sei que ele vê o estrago provocado pelo Barghest. — Entende agora por que eu fico apavorado com você andando por aí no meu mundo, procurando pela sua irmã?

Quando ele me encara de novo, sustento seu olhar.

— Não vou abandonar a Jas.

— Não é isso o que estou pedindo. O que eu quero é que você *me deixe* ir encontrar sua irmã. — Não respondo, e ele segura minha mão e afaga a palma com a ponta dos dedos. — Cancelei meus compromissos para hoje, e, depois que você dormir um pouco, vou levá-la para casa.

Solto a mão dele.

— Não.

— Você podia ter morrido esta noite. Como é que isso teria ajudado a Jas? — Ele balança a cabeça. — Quando eu a encontrar, não quero ter que contar que ela perdeu a única família que tinha.

— Bash... — Fecho os olhos ao lembrar. — Desculpa. *Príncipe Ronan*.

— Não. — Ele troca a cadeira pela beirada da cama, e sinto a coxa quente tocando um lado do meu corpo. — Me chame de Sebastian. Como sempre fez. Ainda é meu nome... o nome que eu prefiro, pelo menos. Ninguém além dos criados e súditos me chama de Príncipe Ronan.

O aprendiz modesto por quem suspirei durante dois anos tem *criados e súditos*.

Respiro fundo. *Lembre-se do acordo com Mordeus. Lembre do que está fazendo aqui.*

— Tudo bem... *Sebastian*. Não posso ir para casa. Os homens do Gorst estão atrás de mim, não vou ter segurança lá. Por favor, me deixe ficar. Vou tomar cuidado, mas não me faça ir para casa. Não tem nada lá para mim. — Mesmo que os homens de Gorst não estivessem me procurando, eu não voltaria sem minha irmã, mas, se eu colocar a ênfase na minha segurança em vez de insistir em encontrar Jas, talvez ele concorde.

— Não posso te proteger fora das paredes deste palácio. — Mas ele me protegeu esta noite. Contra todas as probabilidades, apareceu quando precisei dele.

— Eu entendo — sussurro.

— Brie...

Sinto que ele está procurando outro argumento para me mandar para casa. Olho para o quarto luxuoso como se o visse pela primeira vez, como se já não tivesse explorado cada centímetro deste castelo. Estive aqui antes. Só que, quando estava revistando tudo, não sabia que este era o quarto dele.

— O palácio é grande, não vou ficar no caminho. Você não pode arrumar um quartinho para mim? Não tem um jeito de eu ficar? — Quase posso ver seus pensamentos. Prendo a respiração.

— Só tem um jeito — ele diz. — E acho que você não vai gostar.

Forço o rosto a compor uma expressão de curiosidade. Já sei aonde isso vai nos levar, e é exatamente o que preciso.

— Fale.

— Hoje vou selecionar doze mulheres para permanecerem no castelo. Doze mulheres que querem... casar comigo. — Ele quase engasga com as palavras. — Se eu te apresentar para minha mãe como uma possível noiva, talvez... — Vejo em seu rosto. Ele está esperando que eu recuse a sugestão. Não tem ideia do acordo que fiz com o Rei Mordeus, ou de que preciso ter acesso a este castelo, então é claro que ele acha que vou odiar a proposta.

— O que vou ter que fazer?

Ele solta o ar.

— Aprender coisas sobre a corte, ir a alguns jantares cheios de etiqueta, talvez uma ou duas festas... — Ele sorri acanhado e, por um momento, parece tão vulnerável que esqueço que não é o garoto humano por quem me apaixonei. — Fingir que gosta de mim.

Queria ter que fingir, mas minhas emoções conflitantes são reais demais.

— Se eu agir como uma dessas possíveis noivas, posso ficar no palácio?

— Sim. Você ficaria na ala de hóspedes com as outras moças.

— E enquanto eu estiver aqui... — *enquanto procuro os artefatos que o rei exige* — ...você vai procurar a Jas?

— Sim, é claro. Vou procurar por ela de qualquer jeito, não depende de você ficar ou ir para casa. — Ele passa o polegar sobre meus dedos, depois o deixa descansar ali. — Tem minha palavra.

Olho para a mão sobre a minha por um bom tempo, fingindo pensar na oferta. Na verdade vai ser desgastante vê-lo escolher uma noiva, e ficar vai ser um lembrete constante de sua mentira e dos meus sentimentos por ele, mesmo que impróprios. Mas tudo vai valer a pena quando eu entregar as relíquias ao rei da sombra e levar Jasalyn para casa.

— Quero ficar.

Ele enruga a testa.

— Que cara é essa? — pergunto.

— Depois que você soube quem eu sou e fugiu, eu não esperava que ainda quisesse manter alguma ligação comigo. Pensei que tivesse perdido você para sempre. Sua decisão de ficar... — Ele encolhe os ombros. — Talvez isso pareça bom demais para ser verdade.

Forço um sorriso, mas por dentro estou me encolhendo de vergonha. Se ficar, se fizer isso, não vou estar enganando um príncipe qualquer. Vou enganar meu amigo. Tenho razões para minhas mentiras, mas ele também tem motivos para as dele, e nem por isso foi menos doloroso quando descobri a verdade.

Balanço a cabeça, tentando me livrar do emaranhado de emoções.

— Use esta noite para descansar e pensar — ele diz. — Se estiver no meu palácio, não vou poder permitir que saia para procurar a Jas. Você vai ter que decidir se consegue lidar com isso.

— Vou ser uma prisioneira?

— Vai ser uma protegida. — Ele brinca com minha mão, e o toque leve das pontas dos dedos na palma me faz arrepiar. Culpo o condicionamento, o hábito, por essa reação. Meu corpo não entende que Sebastian não é quem eu pensava que fosse. — Eu sei que não é seu estilo recuar e deixar outra pessoa resolver os seus problemas, mas não posso ceder. É muito perigoso. Se você prometer que não vai procurar a Jas, que vai deixar isso comigo, mantenho você aqui pelo tempo que for possível.

— Tudo bem — sussurro. — Muito obrigada, Sebastian.

Ele ajeita os cobertores sobre meu corpo, mas percebo que seus pensamentos já estão em outro lugar.

— Agora durma.

Capítulo 10

SONHO COM FOGO. Com Jas bebê nos meus braços. Sonho com os pedidos desesperados de minha mãe para um desconhecido me curar e com o som de suas lágrimas quando ele concorda. Sonho com uma noite tão escura que tudo que consigo ver são as presas do Barghest avançando contra meu pescoço. Sonho com olhos prateados, e com Jas aos cinco anos me mandando contar enquanto ela se esconde. *Não olhe! O príncipe vai te ajudar a me encontrar.*

Quando acordo, não estou mais nos aposentos de Sebastian. A luz se derrama para o interior do quarto por uma parede de janelas imensas. Duas criadas se ocupam à minha volta, uma ao pé da cama, preparando uma pequena bandeja de café da manhã, a outra enchendo a banheira no interior do aposento anexo.

Sebastian me carregou até aqui ou mandou um goblin me trazer? Isso não devia ser importante. *Isso não é importante.* Se bem que, depois de como ele me carregou nos braços para o castelo na noite passada, é muito fácil imaginar que ele me trouxe para cá enquanto eu dormia. Muito fácil imaginar a ternura em seus olhos e ele se inclinando para beijar meu rosto. Percebo que me apego à imagem, antes de me livrar dela. *Não é por isso que estou aqui.*

Quando sento na cama, a criada ajeita um buquê de lírios-de-um-dia cor de laranja, antes de olhar para mim. *Uma humana.* Ela usa um vestido azul modesto e frouxo sobre o corpo gordo, e o cabelo loiro está preso em uma trança simples, mas perfeita. Toco meu cabelo, que deve estar horrível depois de uma noite de sono agitado em uma cama estranha.

— Bom dia, Senhorita Abriella. Sou Emmaline, e aquela é Tess — diz a mulher, apontando para a criada no banheiro. — Milady gostaria de um banho ou prefere tomar café primeiro?

Levo a mão ao meu estômago, que ronca. Faz muito tempo que não como nada de substancial, e, embora esteja acostumada a ficar sem comida, estou ultrapassando até meus próprios limites.

— O café, por favor.

Ela sorri para mim, como se eu tivesse acabado de lhe oferecer um presente.

— Boa escolha.

Tess sai do banheiro enxugando as mãos na túnica bege. Gêmeas, percebo ao ver a trança loira e o sorriso idêntico.

— Quer sua refeição na cama ou na mesa?

— Na mesa. — Jogo as pernas para fora da cama e me espreguiço, bocejando. Estava muito cansada e fraca quando peguei no sono ontem à noite, mas hoje me sinto melhor que nos últimos dias – talvez meses. O curandeiro deve ter curado mais do que apenas o estrago provocado pelo Barghest.

— Tem café?

— É claro. O príncipe avisou que você prefere café — diz Tess. Ela reprime um sorriso, e as duas irmãs trocam um olhar significativo. — E lírios-de-um-dia.

— Nós pesquisamos — diz Emmaline, e se inclina com um jeito conspirador. — Ele não pediu flores para nenhuma outra menina.

— Nem as instalou em seus quartos, ainda não — Tess acrescenta, e pisca para mim.

Não preciso fingir surpresa e satisfação quando me aproximo da mesa. Deslizo um dedo por uma pétala alaranjada e macia. Tremo por dentro quando me lembro de Sebastian ajeitando a flor atrás da minha orelha. Não quero sentir nada por ele, mas como isso é possível?

Eu me sento à mesinha perto das janelas e paro um momento para sentir o calor do sol no rosto. Sempre fui meio coruja, nunca liguei muito para as manhãs, mas estou tão descansada depois de dormir uma noite inteira que me sinto quase otimista.

Canalizando minha Jasalyn interior. Ela ficaria orgulhosa.

Bebo um gole do líquido em minha xícara. É diferente da água marrom que o pessoal onde eu moro chama de café. Este é mais denso e encorpado. Tem camadas, como se eu pudesse sentir o gosto do sol que aqueceu os grãos e as frutinhas no arbusto ao lado deles. É como se meu amor por café antes disso fosse apenas uma possibilidade, e finalmente eu o experimentasse como ele deve ser. Mas nem isso é suficiente para me distrair do banquete que me espera. Um prato cheio de pães e salgados, frutas coloridas, um copo de iogurte cremoso e uma bandeja com frios e queijos. Pego um folhado do prato e quase suspiro quando ele derrete em minha boca. Eu me perco na comida enquanto as criadas se ocupam à minha volta.

Como a ponto de sentir desconforto, quando percebo que as criadas estão paradas atrás de mim.

— Alteza — elas dizem em uníssono.

Quando me viro, as duas estão curvadas em reverência diante de Sebastian, que acena brevemente para elas com a cabeça e sorri. Na verdade eu esperava que as criadas humanas em Faerie vivessem drogadas ou atordoadas, que fossem tratadas como ferramentas descartáveis, mas, se as gêmeas representam a vida das humanas neste lugar, minhas presunções eram completamente equivocadas.

Talvez nada seja como eu pensava que fosse.

— Tess, Emmaline — ele diz ao cumprimentá-las. — Como estão?

— Bem, Alteza — Tess responde ao se erguer.

— Feliz por conhecer Lady Abriella — Emmaline declara.

Essas mulheres não olham para Sebastian como se fossem prisioneiras dele. A expressão delas tem mais a ver com aquela cara de tia amorosa. E Sebastian as trata com o mesmo sorriso encantador que conquistou metade de Fairscape.

— Podem me dar um momento com Lady Abriella?

— É claro — elas respondem em uníssono. As duas se curvam em uma reverência breve e saem apressadas.

Sebastian espera até elas fecharem a porta, e só então olha para mim.

— Como se sente? — Ele me examina, e eu me inquieto na cadeira, repentinamente constrangida na minha camisola de um jeito que não fiquei na noite passada, porque estava cansada demais para isso.

— Bem. — Envolvo o corpo com os braços. — Acordei há meia hora. Estou nova em folha.

Ele assente, mas é óbvio que não está surpreso. Ele sabia que eu estava bem, ou não teria deixado de me vigiar. Não é por isso que está aqui agora.

— Sobre o que nós falamos na noite passada... quer mesmo ir em frente com isso?

Prendo a respiração e respondo que sim balançando a cabeça. *Por favor, não me mande para casa. Por favor, não me faça desapontar a Jas.*

Ele gira os ombros para trás.

— Tudo bem, então. Você vai ter que se apresentar diante da minha mãe e de mim hoje à tarde e declarar seu desejo de... — Ele pigarreia, mas não termina.

— Casar com você? — pergunto.

Sebastian assente.

— Eu sei o que você realmente sente, é claro, mas minha mãe não pode saber.

— Eu entendo.

Ele se volta para os lírios-de-um-dia e os ajeita no vaso, evitando meu olhar.

— Preciso pedir um favor.

— O que é?

Ele fica quieto por tanto tempo que começo a mexer nos talheres. Quando ele fala, sua voz é mais baixa que antes.

— Nossa história tem que ficar em segredo. Não quero que minha mãe saiba que nos conhecemos antes de hoje. Isso... deturparia o julgamento que ela vai fazer de você.

Não existe futuro para mim e Sebastian, então isso não deveria doer. Mas não posso negar o forte aperto em meu peito.

— Você não quer que ela saiba de onde eu vim. Nem que eu limpava casas chiques, em vez de morar em uma? — Sem falar que, com exceção dos roubos e de me esconder no escuro, não tenho habilidades ou talentos dignos de serem mencionados.

— Não quero que ela saiba nada que possa provocar questionamentos sobre o motivo de você estar aqui. — Ele engole em seco e se vira de costas para mim. Tem uma tempestade de preocupação se formando nesses olhos verdes-mar. — Apesar do que eu considero ser sensato, não *quero* que você vá embora, Brie. Gosto da ideia de ter você por perto.

Queria que você parasse de falar coisas fofas.

— Você acha que a sua mãe vai me deixar ficar?

— Eu vou insistir. Vai ficar tudo bem. — Ele segura minha mão e desliza o polegar sobre a veia em meu pulso. A apreensão me faz arrepiar, mas, quando olho para baixo, minha cicatriz desapareceu.

— O que... você...

— É um glamour — ele fala depressa.

Olho para a pele lisa da parte interna do meu pulso e enrugo a testa. Gosto da cicatriz. É um lembrete de quem eu sou, de onde vim e do que vou sacrificar pelas pessoas que amo. Ela representa a única coisa realmente boa em mim.

— Isso é necessário?

— É, sim. — Ouço o pesar em suas palavras mansas.

Que tipo de mãe é ela que não permite que o filho se case com uma garota por causa de uma cicatriz tão pequena?

— Tudo bem, eu entendo.

— Tenho que ir, mas a gente se vê logo. Não esqueça, não deixe ninguém perceber que já me conhecia antes de chegar ao castelo, e não conte detalhes da sua vida a ninguém. As pessoas podem saber seu nome e que você é de Fairscape, mas só isso.

Balanço a cabeça para cima e para baixo enquanto o vejo sair, e meu estômago se contrai de um jeito desconfortável.

Como é que me sentir indigna de uma posição que eu nunca quis pode me fazer sentir tão pequena?

Cumpro meu papel. Uma garota humana empolgada com a perspectiva de se casar com um príncipe feérico.

Tomei banho, fui esfregada, depilada e hidratada até não poder mais. Tess e Emmaline me fazem perguntas sobre onde moro, sobre o que eu penso de Sebastian, sobre como é ter a atenção dele. Tento agir como uma humana comum que conheceu luxos maiores do que ser atendida por outras pessoas. Finjo não saber mais do que deveria sobre o príncipe delas – como o jeito como ele parece gravitar para as portas quando tem sol, ou como os músculos de suas costas ficam salientes quando ele maneja a espada. Para elas, finjo que não sei como é sentir aqueles lábios nos meus, e, para mim, finjo que não quero sentir isso de novo.

A manhã toda é surreal. As criadas me tratam como se eu fosse uma linda princesa de uma terra estrangeira, não a humana ladra e sem um centavo que morou em um porão nos últimos nove anos. Para ser bem honesta, todo esse cuidado delas é... *legal*. A vida inteira passei despercebida, sem nada que me destacasse, e me surpreendo ao descobrir que existe uma parte minha que gosta de como elas elogiam o vermelho-fogo do meu cabelo e os olhos cor de amêndoa que sempre achei tão sem graça.

Elas me apresentam meia dúzia de vestidos de cores e estilos diferentes, cada um mais lindo que o outro. Jas teria ficado maluca com eles, como se fossem obras de arte de valor inestimável, mas só consigo pensar no quanto prefiro usar calças. Se estivesse de calça comprida ontem, teria tido alguma chance de escapar do Barghest. Mas agora não é hora de pensar nisso. Preciso vestir alguma coisa que a rainha considere apropriada para a possível noiva de seu filho.

— Cabelo preso ou meio preso? — pergunta Emmaline. Ela solta meus cachos e esconde a risada de prazer com a mão. — O príncipe acha que você é linda de qualquer jeito, tenho certeza.

Inclino a cabeça de lado e a estudo pelo espelho.

— Por que você ri desse jeito quando fala que o Príncipe Ronan gosta de mim, ou quando ele pede que façam coisas por mim? Isso é incomum entre os feéricos?

As criadas trocam um olhar prolongado.

— Não entre os feéricos — responde Tess. — Mas para o Príncipe Ronan...

Emmaline balança a cabeça sutilmente e sorri para mim como se quisesse se desculpar.

— Não devíamos falar.

— Quero que falem.

— Não vai fazer mal nenhum — Tess cochicha para a gêmea.

Emmaline morde a boca para evitar um sorriso, mas acaba sorrindo.

— Nosso príncipe tem relutado em escolher uma noiva. Ele está fazendo o que deve porque é uma tradição, mas não está envolvido em nada disso. Ele é o único responsável por todos esses adiamentos da cerimônia.

— Ele nem apareceu na primeira noite do baile — revela Tess. — Dizem que falou para a mãe que não estava preparado, mas ela seguiu com os planos mesmo assim. No fim, ele teve que ceder, mas tem estado... distante.

— Até que você apareceu — Emmaline acrescenta, prendendo um cacho na parte de trás da minha cabeça. — Agora, de repente ele está muito interessado em tudo. Tão interessado que parece já ter decidido. *Providenciem café para Abriella. Preparem vestidos para Abriella. Podem colocar um buquê de lírios-de-um-dia na bandeja de café da manhã?*

— E, é claro, ele instalou você no melhor quarto de hóspedes — Tess comenta.

— E me deu as criadas mais fofas, pelo jeito — respondo.

As gêmeas riem felizes com o elogio, mas não é só adulação. Eu sei que é verdade. Sebastian fez tudo isso por mim, e não sei bem se mereço.

Fico sentada enquanto elas terminam de me pentear. A metade superior do meu cabelo está presa, mas o restante ficou solto, e elas usam cremes especiais para definir os cachos e dar a eles um caimento perfeito.

Essas mulheres querem ser minhas amigas. A bondade simples delas me enche de culpa quando penso que vou ter que mentir para elas nos próximos dias, mas tranco o sentimento dentro de mim e o deixo de lado. A partir de agora, vou usar todas as ferramentas ao meu dispor para levar as relíquias para Mordeus e libertar Jas.

Até mesmo a bondade dessas humanas.

Até mesmo a confiança cega de Sebastian.

Capítulo 11

— **Lady Abriella Kincaid de Fairscape** — chama o mordomo, das portas da sala do trono. — Sua Majestade a Rainha Arya da Corte Seelie e Sua Alteza Real o Príncipe Ronan a receberão agora.

Olho para trás, para minhas criadas. Preciso da confiança delas. Elas sorriem, e respiro fundo para me fortalecer, levanto minhas saias brancas e sigo o mordomo para o interior da sala.

Os guardas da rainha, vestidos de cinza e amarelo, formam duas fileiras, uma de cada lado do caminho, desde a porta até a plataforma, onde ela está sentada em seu trono com um vestido amarelo que brilha à luz do sol. A coroa de ouro e pedras sobre sua cabeça parece ser pesada o bastante para quebrar um pescoço, mas ela mantém a cabeça erguida. Sebastian está em pé ao lado dela, virado para o lado e falando com o sentinela armado mais próximo dele. Ele é a imagem da realeza em seu uniforme cinza chumbo, com uma faixa de veludo amarelo atravessada no corpo.

O espaço intimida – é grande demais para tão poucas pessoas, polido demais para uma garota como eu –, e cada passo adiante é um esforço. Mas percebo que esse é o objetivo. Qualquer jovem que não se sinta digna de entrar nesta sala não tem o direito de se tornar a Princesa Seelie.

Quando chego à base da plataforma, faço uma reverência profunda. Queria que Sebastian olhasse para mim. Preciso de um pouco de segurança, sentir que ele vai fazer de tudo para que eu possa ficar, que vai ficar tudo bem. Mas ele está envolvido na conversa com o sentinela.

— Majestade — falo ao me levantar. — Obrigada por me receber.

Quando eu falo, Sebastian se vira e pisca para mim. Não devia estar prestando atenção quando anunciaram meu nome, porque parece surpreso. Seus olhos me estudam lentamente, e sinto a pele esquentar a cada detalhe que ele registra. Meu cabelo está mais definido e arrumado do que ele jamais viu, meus olhos estão realçados pelo delineador, a boca foi pintada de vermelho escuro. Seus olhos passeiam pelos meus ombros nus e continuam até a curva do colo sobre o decote em forma de coração, sobre o corpete coberto de cristais cintilantes de prata e ouro. Minhas bochechas esquentam, e, quando os lábios se abrem e ele respira atormentado, todo o meu corpo esquenta.

Minhas criadas fizeram boas escolhas. *Com a quantidade suficiente de branco, podemos fazer você parecer uma noiva sem usar um vestido de noiva.* Levanto o queixo, lutando contra o impulso de celebrar a apreciação naqueles olhos. Uma semana atrás eu só podia sonhar com Sebastian olhando para mim desse jeito. É muito difícil lembrar que tudo mudou.

Ele não é o aprendiz doce e esforçado que morava na casa vizinha. E eu não sou uma menina inocente querendo entrar para a nobreza feérica.

— Diga seu nome, menina — a rainha fala.

Desvio o olhar do filho dela e olho para a rainha.

— Abriella Kincaid — respondo. Não uso o título de lady, como fez o mordomo. Não sou lady coisa nenhuma, e fingir que sou é um insulto a uma mulher que não posso correr o risco de aborrecer.

— Abriella. Que nome adorável. Parabéns por ter chegado até aqui. Como viu, inúmeras mulheres tentaram e foram dispensadas. Outras serão mandadas de volta para casa hoje. Diga-me, por que deseja se casar com meu filho?

Abro a boca para responder, mas a fecho sem dizer nada. Fui preparada para essa pergunta, é claro, mas neste momento a resposta planejada me parece superficial. Sebastian parece ter parado de respirar enquanto espera que eu responda. Olho para ele e imagino uma realidade alternativa na qual ele nunca teve uma identidade secreta. Uma realidade em que ele se tornou um mago e me levou para conhecer sua família.

— Não posso dizer que conheço bem seu filho — falo. Isso está de acordo com o papel que desempenho, mas também é verdade. — Mas conheci muitos homens, jovens e velhos, poderosos e impotentes. — Minha voz treme um pouco. — E... o Príncipe Ronan é o único que me fez sentir especial desde o primeiro sorriso, e me sinto segura só por ele estar por perto.

A rainha ri baixinho e olha para o filho.

— Ela parece muito encantada por você. — Quando me encara de novo, a rainha revira os olhos, fazendo uma expressão tão jovial, tão humana, que é quase difícil de acreditar que é uma governante imortal. — *Todas* as moças ficam assim, meu bem. Não se sinta especial demais.

Sebastian parece incomodado, mas não a corrige. Como poderia, se não quer que ela saiba que já temos um relacionamento?

Ela arqueia uma sobrancelha ao olhar para o filho.

— O que acha, meu querido?

Sebastian me encara de novo antes de pigarrear.

— Tive a oportunidade de falar com Abriella, e quero que ela fique. Eu... aprecio sua companhia.

A rainha faz uma careta para o filho, como se dissesse: *Essa? Tem certeza?*

— Arriscaria se casar com uma menina que talvez não seja capaz de gerar seus filhos?

— Mãe — ele a previne em voz baixa.

— Não vou me desculpar por ter notado que ela é muito magra. — E batuca com as unhas no braço do trono enquanto me estuda. Quando seus olhos encontram os meus, me assusto com o vazio que vejo neles. A tristeza. Talvez a imortalidade faça isso com a pessoa, mas o que vejo parece algo maior.

— A noiva de meu filho terá que dar filhos a ele. Já menstrua regularmente, pelo menos?

Fico pálida.

— Como disse?

— Seu ciclo. É normal? Ou é irregular por causa de... — ela balança a mão para indicar meu corpo — desnutrição?

Abro a boca para dizer nem sei o quê, mas Sebastian fala primeiro.

— Tenho certeza de que Lady Abriella não está habituada a falar dessas coisas tão abertamente, mãe. Ela vem de uma parte de Elora onde as mulheres devem ser discretas com esse tipo de informação.

Não sei em que parte de Elora isso *não* acontece. As meninas aprendem a ter medo de seus ciclos, a nunca falar deles e a esconder todas as evidências de sua existência. Com todo o problema que isso traz – e o risco de gravidez no topo dessa lista onde a comida nunca é suficiente –, a menstruação é considerada uma praga, mais que um sinal de boa saúde.

— Ela abriu mão de todo direito à privacidade quando decidiu que queria ser sua noiva.

— É verdade — reajo. — E, sim, meu ciclo mensal é... normal. — Minhas bochechas estão pegando fogo. Parece que *uma coisa* sobre a Corte Seelie eu entendi corretamente. Toda essa tradição é construída inteiramente em torno da fertilidade humana. Como se, sendo uma mulher, meu único valor fosse a capacidade de gerar a prole que eles querem. É difícil sorrir enquanto constato isso, mas faço o melhor que posso.

— É mesmo? — insiste a rainha — Se eu pedir ao meu curandeiro para examinar você e ele me disser que mentiu...

— Mãe, por favor — Sebastian interfere. — Se existe alguma deficiência na nutrição de Lady Abriella, certamente poderemos suprir as carências durante sua estadia no palácio.

A rainha toca o pulso do filho, mas continua olhando para mim.

— O coração mole do meu filho vai ser a sorte de sua futura noiva. Ele o herdou do pai. Meu Castan era cheio de compaixão e bondade. Era amado pelo nosso povo. — Ela assente para mim. — Pode ficar por enquanto, Abriella. Mas trate de tirar muito proveito de todas as refeições enquanto estiver aqui, sim? — Ela sorri. — Vou recomendar que meu curandeiro a visite para fazer um exame completo em duas semanas. Se meu filho não se cansar de você até lá, é claro.

Eu assinto e me curvo.

— É claro, Majestade. — Não ouso olhar para Sebastian antes de me deixar levar pelo mordomo, que me conduz à saída da sala. Tenho muito medo de que o alívio em meu rosto faça a rainha questionar minhas verdadeiras intenções.

Depois de trancar a porta do quarto, levanto a manga e arrebento um fio do meu bracelete goblin.

Quando aparece, Bakken tem uma ruga na testa e os olhos meio fechados.

Deixei minhas criadas me prepararem para dormir, depois esperei que se retirassem para descansar, mas, desde que a rainha permitiu que eu ficasse, estou aflita para começar a busca. Na hora do jantar, lembrei do bracelete goblin e percebi que talvez não tenha que procurar o espelho.

Bakken pisca algumas vezes, mas sua careta se transforma em um sorriso quando ele me analisa.

— Menina de Fogo, onde está meu pagamento?

Pego a faca que roubei da mesa de jantar. Uso-a para cortar uma mecha de cabelo. Bakken arranca a mecha da minha mão antes que eu possa oferecê-la e a guarda rapidamente na bolsa presa em sua cintura.

— Da próxima vez que me chamar, que não seja do interior deste palácio. Não sou bem-vindo aqui.

— Preciso do Espelho da Descoberta. — Eu me aproximo da cama e pego o espelho falso embaixo do colchão. — Parece com este, e dizem que a rainha o roubou dos Unseelie durante a guerra.

Bakken levanta o queixo.

— A rainha mantém o espelho no solário, do lado de fora dos aposentos dela.

Na noite em que revistei o castelo procurando o portal, não consegui chegar aos aposentos dela. Eram muito iluminados e bem guardados.

Bakken aproxima o cabelo do nariz e respira profundamente, como um dependente usando sua droga.

Abro a boca para perguntar como vou conseguir passar pelos guardas da rainha, mas ele estala os dedos e desaparece tão de repente quanto apareceu. Tenho que morder a mão fechada para sufocar um grito de frustração.

Que desperdício de fio. Que desperdício de cabelo.

Destranco e abro a porta para espiar o corredor. A ala de hóspedes do castelo está silenciosa, mas não escura. Círculos de luz suave flutuam entre os quartos. Em silêncio, saio e fecho a porta lentamente.

Conheci as outras onze garotas durante o jantar, mas não tem nem sinal delas agora, quando passo pelos quartos. Sebastian está em uma dessas suítes, com uma delas? Sufoco o pensamento ciumento e foco na missão.

Posso precisar me tornar sombra para atravessar certas partes do palácio, mas vou esperar o máximo que puder. Ainda não tenho controle total sobre meu poder, e uma garota aparecer de repente da sombra é muito mais suspeito que uma das candidatas a noiva de Sebastian andando pelo palácio no meio da noite.

Os quartos de hóspedes ficam em uma ala própria, e, quando chego à entrada da ala onde ficam os aposentos reais, os ossos dos meus pés estão doendo por causa das pedras frias. Não pensei em calçar os chinelos antes de sair do quarto.

O quarto de Sebastian fica à esquerda, no alto da escada, mas viro à direita, em direção aos aposentos da rainha e recuo apressada alguns passos quando vejo a luz do sol preenchendo o corredor. Não, não é luz do sol. A janela no fim do corredor está escura, é noite lá fora. É como se as paredes fossem encantadas para brilhar como o sol. Os guardas da Rainha Arya estão em seus postos, separados uns dos outros por dois metros ao longo do corredor. Mesmo que eu soubesse controlar minhas sombras pelo tempo necessário para passar por eles, não adiantaria nada. De que adianta se tornar escuridão onde só tem luz?

— Brie? — Eu me viro e vejo Sebastian. Seus olhos passeiam por minha camisola branca até meus pés descalços antes de ele levantar o queixo e olhar para meu rosto, sempre cavalheiro. — Está procurando alguma coisa?

Sim. Estou procurando um espelho mágico que sua mãe roubou da Corte Unseelie. Não quer ir pegar para mim? Se fosse tão simples...

Dou um suspiro e recito a mentira que já trouxe planejada.

— Não consigo dormir. Queria pegar uma xícara de chá quente na cozinha, mas... — Olho em volta e encolho os ombros. — Acho que me perdi.

Já fico esperando que ele questione a desculpa. Embora não tenha sido levada para uma visita oficial a todo o castelo, conheci o suficiente para saber que a cozinha não fica nesta parte. Ou neste andar.

Mas Sebastian acredita em tudo. Ele sorri para mim como se me entendesse.

— Também não consigo dormir. Vem, vamos tomar um chá juntos.

Não falamos nada no caminho até a cozinha. Sebastian praticamente nem olha para mim enquanto me conduz a um espaço amplo e vazio e põe uma chaleira com água para ferver. Faz só duas noites que atravessei uma parede e caí nesta cozinha, e as bancadas brilhantes estavam cobertas de comida suficiente para alimentar centenas, enquanto criados se moviam apressados em todas as direções. Hoje não tem ninguém aqui além de nós.

— Está chateado com alguma coisa? — pergunto, me encostando em uma das bancadas.

Sebastian despeja o líquido fervente da chaleira em duas xícaras. Tem uma ruga em sua testa quando ele me entrega uma delas.

— Por quê?

— Você mal falou comigo enquanto vínhamos para cá, e fiquei surpresa quando não te vi no jantar.

— Não é chateação. É preocupação. Desculpe. — Ele solta o ar com um sopro mais intenso. — Acabei de voltar de uma reunião com meus contatos na Corte Unseelie. — Seus olhos buscam os meus lentamente, e vejo a tormenta neles. — Nem sinal de Jas.

Não consigo nem registrar decepção, porque o pânico se sobrepõe a tudo.

— Você tem espiões na corte do Rei Mordeus? — Ele sabe que estive lá ontem? Sabe sobre o acordo que fiz com o rei? Se Sebastian souber disso pelos espiões, o rei vai quebrar o acordo?

Sebastian encolhe os ombros, mas sua resposta é clara. Sim, ele tem espiões na Corte Unseelie. *É claro* que ele tem espiões.

— Não entendo o que ele quer com ela — resmunga.

Aí está minha resposta. Sebastian não sabe que tenho um acordo com a corte que é inimiga da dele.

— Nenhuma das suas fontes consegue imaginar um motivo?

— Nada útil. — Ele hesita por um instante. — Ele tentou fazer contato com você?

— Não. Você acha que consegue me pôr em contato com ele? — Essa seria a pergunta, se eu estivesse dizendo a verdade. — Talvez ele me diga alguma coisa sobre para onde levou a Jas? Ou se interesse por algum tipo de...

— Não. — Sebastian dilata as narinas. — De jeito nenhum. Mesmo que eu pensasse que ele é digno de confiança, e nem sei como enfatizar o suficiente que ele *não é*, não tem nada que ele possa pedir e que eu permitiria que você desse. — Ele resmunga um palavrão e passa a mão na cabeça. — Isso tudo é péssimo.

Ele está realmente abalado por não conseguir encontrar Jas. Posso relutar em voltar a confiar em Sebastian, mas ele está fazendo tudo que pode para ajudar minha irmã. É impossível continuar brava com ele.

— Obrigada — Ele merece isso, pelo menos. — Obrigada por tentar encontrar a Jas.

Ele abre a boca, e sei que quer falar alguma coisa, mas a fecha em seguida e olha para o chá.

— Como foi o jantar?

Contenho um sorriso.

— Foi... interessante. Juro, Bash, acho que aquelas mulheres me esfolariam viva se achassem que isso as levaria para mais perto de você. — Balanço a cabeça. Onze mulheres lindas, de olhos brilhantes, saudáveis, uma mais empolgada que a outra para ser a noiva de Sebastian. — Vai mesmo se casar com uma desconhecida?

Vejo o movimento de sua garganta quando ele engole.

— Espero que, quando chegar a hora de me casar, a noiva não seja uma desconhecida.

— Você está fugindo da pergunta. — Tento manter um tom leve, mas vejo a desconfiança nos olhos dele.

Sebastian bebe um gole de chá.

— É a tradição.

— O quê? Escolher uma noiva como se escolhesse uma égua para dar cria? — E lá se vai minha intenção de ser gentil.

— Por mais que possa parecer horrível do seu ponto de vista, é importante dar seguimento à linhagem real. Não tenho irmãos, e meus avós e bisavós foram mortos na Grande Guerra Feérica. Minha mãe e eu somos os únicos sobreviventes do sangue real Seelie. Alguns dos meus ancestrais tiveram o luxo de se casar por amor e contar com a bênção de ter filhos em algum momento, mas eu não tenho essa possibilidade. Nascer com privilégios traz responsabilidades.

Mordo o lábio. Odeio essa conversa. Odeio, porque não consigo esconder o que sinto sobre tudo isso, e odeio sentir alguma coisa em relação a esse assunto.

— Se você pudesse escolher, ia preferir se casar com uma feérica... talvez alguém da nobreza?

Sebastian deixa a xícara sobre a bancada e se encosta nela, cruzando os braços.

— Honestamente, eu ia preferir não pensar em casamento agora. Tenho vinte e um anos, sou muito novo para os padrões do meu povo. Em um mundo ideal, eu não pensaria em casamento por mais uma década, talvez mais, mas meu mundo não é ideal. É fragmentado. E eu estou na assustadora e grandiosa posição de quem tem que consertá-lo. Em parte eu queria estar em Fairscape fingindo ser aprendiz de mago, mas levo a sério os deveres que tenho com a minha gente. Por mais que eu queira, não posso pensar em cerimônias de casamento e vínculo com o mesmo romantismo que minha mãe tinha na minha idade.

— Vínculo? O que tem de romântico em controlar alguém?

Ele inclina a cabeça e enruga a testa.

— Por que você acha que tem a ver com controle?

— O vínculo não é um jeito de aprisionar escravos?

Ele balança a cabeça.

— Nenhum dos meus serviçais foi vinculado a mim. Alguns feéricos usaram o vínculo para obrigar humanos a uma vida de servidão, mas o vínculo nunca teve esse propósito. Os feéricos incorporaram a cerimônia de vinculação ao casamento desde o início dos tempos. A origem disso é pura. Feéricos vinculados sentem um ao outro o tempo todo. É uma empatia acentuada que permite que você saiba quando seu parceiro está em perigo ou sofrendo. Casais de feéricos vinculados têm sempre consciência das necessidades um do outro. Sentem a dor e a felicidade do outro como se fossem deles mesmos. É bem bonito, na verdade.

— Mas não é isso que acontece quando você é vinculado a um humano.

Ele muda a posição dos pés e suspira.

— Os primeiros feéricos a se vincularem a humanos não sabiam que seria diferente. Mas você tem razão. É diferente. Humanos não são mágicos, então o vínculo acaba se tornando uma via de mão única. O parceiro humano não tem consciência do outro lado do vínculo como um feérico teria.

— E isso dá aos feéricos um certo controle sobre seus humanos — concluo, decidida a não deixar essa informação de fora da conversa. Balanço a cabeça. — Não entendo por que alguém aceita isso.

— Eles não podem controlar seus pensamentos. O humano ainda tem o livre-arbítrio, mas os feéricos que não respeitam o vínculo certamente o utilizaram para coagir seus humanos.

— Para mim isso se chama controle.

— Não. — Ele massageia a nuca enquanto pensa. — Imagine que eu queira que você durma. Se nós fôssemos vinculados, eu não poderia te obrigar, mas poderia, mentalmente, fazer alguma coisa equivalente a apagar as luzes e te envolver com um cobertor quentinho. Você ainda poderia escolher fechar os olhos ou não.

— E se a sua futura esposa não quiser o vínculo?

Ele sorri para mim com tristeza, olha nos meus olhos e toca meu rosto. Minha pele arrepia sob os dedos calejados.

— Acho que estou olhando para a única mulher embaixo deste teto que se recusaria a ter um vínculo comigo.

Ele quer que eu me desculpe por isso? Espera que eu mude de opinião sobre tudo, só porque ele não é quem fingia ser?

Mas parece que ele não precisa de uma resposta, porque continua:

— Ainda pode ser bonito, mesmo entre um feérico e um humano. Tem a ver com proteger alguém que é um pedaço de você. É um presente que faz de você o melhor parceiro possível, intensificando sua percepção das... necessidades do outro.

Seus olhos descem até o decote da minha camisola, e sinto o rosto esquentar.

— Significa muito para você — digo.

— Sim. E, depois que minha esposa tiver filhos, ela vai beber a Poção da Vida, e o vínculo vai funcionar entre nós como funciona entre feéricos.

— Poção da Vida?

— É a magia especial que nós usamos para transformar humanos em feéricos. Eles se tornam imortais. Já deve ter ouvido falar nisso.

Ouvi, mas imaginava que fosse só mais uma lenda para convencer humanos a depositar confiança em feéricos oportunistas.

— E se a sua noiva não quiser ser uma feérica?

— Nesse caso, acho que vou ter que decidir se realmente a quero como noiva. Não seria fácil ver e sentir minha parceira, alguém vinculado a mim para toda a vida, morrer, sabendo que tenho séculos de vida pela frente. — Ele desencosta da bancada e se afasta. — Vou levar você até o quarto. Amanhã você vai ter que acordar cedo.

Capítulo 12

MORAR NO CASTELO É ESTRANHO. Eu *devia* me sentir em um sonho que se torna realidade. Todos os dias sou mimada, alimentada com comidas deliciosas e vestida com belos vestidos. Apesar de tentar convencer minhas criadas a providenciar calças para mim, não preciso delas no meio de todo esse luxo. À noite, durmo em uma cama quente, embaixo dos mais macios cobertores.

Nunca tive uma vida como essa e nunca pensei que teria, mas não consigo aproveitar nada. Cada dia que passa sem que eu encontre o espelho é mais um dia que minha irmã passa presa. O rei diz que ela está segura, mas o que ele chama de segurança?

Estou neste castelo há cinco noites e, apesar do esplendor, me vejo à beira do surto. Faço as refeições com as outras garotas, compareço às aulas de dança, ouço as longas palestras sobre a história da Corte Seelie e os crimes dos Unseelie sem lei. Resumindo, faço o que é necessário para continuar com essa farsa de ser uma noiva em potencial, enquanto uso cada momento livre para procurar maneiras de entrar nos aposentos da rainha. Observo os guardas e a movimentação dos criados.

Posso estar temporariamente presa na missão do espelho, mas espero que todas as informações que estou acumulando agora sobre o castelo facilitem muito as próximas tarefas. Quanto antes eu terminar essa missão e levar Jas para casa, melhor.

Olho pela janela do meu quarto para o jardim lá embaixo. Os lírios-de-um-dia parecem se esticar para o sol e me fazem pensar em Sebastian.

— Alguma notícia sobre quando o príncipe vai voltar? — pergunto às minhas criadas. Sebastian raramente está no castelo, para desânimo das garotas, e não sei bem como ele tem encontrado tempo para conhecer as candidatas a noiva passando tanto tempo fora.

— Ele não saiu — diz Tess enquanto trança meu cabelo. — Está passando o dia com uma das moças.

O ciúme é como uma pedra no meu estômago.

— Ah. Tem uma favorita, então?

Minha expressão deve ter me traído, porque Tess faz um *tsc* e sorri para meu reflexo no espelho.

— Não tem motivo para se preocupar. Todo mundo sabe que ele prefere você.

No entanto, não nos falamos mais desde a conversa na cozinha, quando tomamos chá. Não há razão para ele passar seu tempo limitado comigo se sabe que não tenho interesse em ser sua noiva. Eu devia estar contente com isso – sobra mais tempo para fazer minha busca –, mas é difícil superar os sentimentos que tive por Sebastian durante dois anos.

— Tenho certeza de que logo ele vai passar um tempo com você — diz Tess. Ela prende a trança e começa a trabalhar do outro lado. — De qualquer maneira, ele provavelmente sabe que você não está disponível.

— Não estou?

— Hoje você vai conhecer sua professora particular.

— Quê? Para quê?

— Todas as meninas têm professoras particulares. Se o jovem príncipe escolher você, vai ter que estar preparada. A professora vai refinar seus hábitos e maneiras, cuidar de você de um jeito personalizado.

— *Você* mesma pode cuidar disso, não pode? — pergunto. Gosto das minhas criadas, me acostumei com elas. Não quero outra pessoa me vigiando.

Emmaline ri no banheiro, onde está limpando a banheira.

— Não somos ladies — ela diz, e sua cabeça aparece na fresta da porta. — Só criadas.

— Mas aposto que vocês podem me ensinar qualquer coisa que essa professora ensinaria.

As gêmeas se olham. Não sei se acham graça ou se estão chocadas comigo. As duas coisas, talvez.

— De qualquer maneira — diz Tess —, sua tutora vai chegar a qualquer momento. O nome dela é Eurelody, e ela trabalhou com os historiadores da rainha por mais de um século. Sorte sua poder contar com ela.

Mais de um século. Talvez ela conheça a agenda da rainha e saiba quando Arya vai estar fora do castelo. Se eu puder encontrar um jeito discreto de perguntar...

— Precisa de alguma coisa antes de irmos? — Emmaline pergunta.

— Não, nada. Obrigada.

Não sei por que deduzi que Sebastian estava fora do castelo só porque não veio me ver. Talvez eu o tenha ofendido com meus comentários sobre suas tradições sagradas.

Ou talvez ele esteja tentando encontrar uma noiva.

— Distraída, pelo jeito — diz uma voz suave atrás de mim.

Eu me viro e vejo uma fada baixinha e gordinha, com bochechas rosadas e orelhas pontudas. Suas asas translúcidas quase não passam pela porta. Forço um sorriso. Ela não tem culpa do meu desinteresse pelo tempo que vamos passar juntas.

— Oi. Você deve ser Eurelody. Eu sou Abriella.

A fada me analisa rapidamente, e, como se considerasse minha aparência aceitável, se vira para a porta.

— Muito bem. Vamos sair do palácio, está bem?

Quase paro de respirar por um momento. Até agora não tinha percebido o quanto me sentia claustrofóbica entre essas paredes. Depois de quase morrer na floresta, não me atrevi a desobedecer à ordem de Sebastian para me manter dentro dos portões do palácio, mas é claro que estarei segura se sair com Eurelody.

Ela já está no corredor, e só me resta segui-la.

— Aonde vamos?

Ela não reduz a velocidade, nem olha para trás quando responde:

— Se quer ser uma princesa, precisa conhecer seus futuros súditos.

A carruagem tem almofadas confortáveis e cortinas nas janelas para garantir privacidade. Eurelody e eu estamos sentadas frente a frente, e sinto a atenção dela em mim enquanto acompanho a mudança da paisagem lá fora. Não me preocupo em preencher o silêncio, nem ela. Olho para as colinas verdejantes, para a floresta distante e para as montanhas além dela. Mesmo sabendo do perigo que existe nesses bosques, não consigo deixar de achar que são lindos. Tudo no território Seelie brilha com o verde exuberante do fim de primavera. O território Unseelie é igual ou os feéricos da sombra vivem um inverno eterno?

A quilômetros do castelo, entramos em um vilarejo estranho. A carruagem sacoleja nas ruas de paralelepípedos, me jogando de um lado para o outro, antes de parar.

— Chegamos — diz Eurelody.

Casas de enxaimel ocupam as ruas, onde feéricos de todos os tipos anunciam seus produtos para quem passa. O aroma de pão fresco e delícias assadas domina o ar em volta da carroça de um vendedor. Outro mercador serve uma amostra de vinho a um cliente, enquanto outros vendem flores, belos tecidos e joias.

Fairscape tem um mercado como este. Quando eu era criança, minha mãe nos levava quando ia fazer compras para a família rica que a empregava. Eles a mandavam comprar velas e tecido, ou obras de arte que enfeitavam as paredes da casa imensa onde moravam. Se Jas e eu nos comportávamos bem, minha mãe comprava um docinho para cada uma. Eu imaginava que estávamos fazendo compras para nossa casa, que éramos nós que podíamos pagar por aqueles luxos.

— O que são aqueles feéricos miudinhos? — pergunto a Eurelody, apontando para as pequenas criaturas que flutuam no ar com asas de borboleta.

— Quieta, garota. — Ela balança a cabeça e me puxa pelo braço para uma rua estreita, do outro lado do mercado do vilarejo. Casas quase idênticas se enfileiram na rua, e ela me leva para a escada da terceira casa. Subimos os degraus. A porta range ao ser aberta, e ela me arrasta para dentro e me joga contra a porta para fechá-la. — Os sprites — ela fala, apontando um dedo para mim — não gostam de ser chamados de *miudinhos*.

— Mas eles...

— São mais poderosos do que parecem e mais rancorosos do que você pode imaginar. Na verdade, tem quem os chame de *isbate* justamente por isso, porque atacam, mas isso é gíria, e a maioria dos sprites a considera pejorativa. Se você ofende um sprite, pode acabar sendo atacada por formigas, ou perseguida por um enxame de abelhas.

— *Nem todos* são tão rancorosos e agressivos — diz uma voz profunda. — Alguns são bem dóceis.

Olho para a direita e recuo para a porta ao ver quem está saindo de uma sala pouco iluminada. *Kane*. O feérico de chifres e olhos vermelhos que me carregou sobre um ombro para ir encontrar Finn.

Dou as costas para Kane e sorrio para minha professora. Não sei onde estamos, mas não posso deixar que alguém da equipe da Rainha Arya pense que tenho relações com o inimigo.

— É melhor irmos embora.

Eurelody sorri para mim, e o ar em torno dela cintila, sua pele brilha. E de repente ela não é Eurelody, mas *Pretha*. Essa feérica tem muitos disfarces, pelo visto.

— Pretha... você — ofego.

Ela sorri novamente e se curva.

— Muita gentileza sua se lembrar do meu nome, Abriella.

— Onde está Eurelody?

— Deixou de servir a rainha há anos, mas eu me apresento no lugar dela de vez em quando para ter acesso fácil ao castelo. A rainha tem tantos a seu serviço que nem percebe que sua velha acadêmica raramente está pesquisando.

Olho para a porta. A carruagem em que chegamos pertence a Pretha ou à rainha? Se eu sair correndo, não posso ter certeza de que o condutor vai me levar a algum lugar.

— Por que eu não deveria voltar ao castelo e contar a todos quem você é de verdade? Só um bom motivo.

Ela revira os olhos e se vira para Kane.

— O Príncipe Ronan acha que ela é muito esperta e especial, mas se fosse, realmente, acho que ela ia querer saber *todos* os motivos para não contar nada à rainha, não só um.

— O príncipe é jovem, está fascinado com a beleza dela — diz Kane. — Na noite em que fugiu da taverna, ela provou que é bem deficiente no quesito inteligência.

Cruzo os braços.

— Ofensas contra mim não vão levar vocês a lugar nenhum, exceto à masmorra da rainha.

A ameaça não os perturba. Em vez disso, Pretha tira o manto e o pendura no cabide na parede ao lado da porta. Depois ajusta o traje de couro e a bainha da espada de um lado.

— Não sou sua inimiga, Abriella.

— Mas, da última vez que me afastei de você, um cão da morte quase me jantou. Quer que eu acredite que foi coincidência?

— Você acha que eu mandei o Barghest atrás de você? — A rede de prata em sua testa parece pulsar com o ultraje.

— Você, Finn, Kane? Que diferença faz?

Kane grunhe.

— Por que faríamos isso?

— Porque eu me recusei a trabalhar com vocês. Não sou nenhuma sem-noção. Eu sei que os Unseelie às vezes têm Barghests como animais de estimação.

Kane solta uma gargalhada, balança a cabeça e se afasta.

— Vou avisar o Finn de que ela está aqui... e que ela acha que somos assassinos que comandam monstros cruéis e poderosos. É um começo estranho para uma nova parceria, acho que ele vai concordar comigo.

— De onde você tirou essa ideia? — pergunta Pretha, ignorando Kane. — O príncipe falou que nós estávamos por trás do Barghest?

— Nem precisou.

— Você queria ir embora, nós deixamos. — Pretha enruga a testa. — Depois que saiu da taverna, eu te segui até a floresta. Finn me proibiu de chegar muito perto de você. Ele só queria garantir que você ia chegar em segurança onde quer que estivesse indo.

— Ah, é? E você contou para ele que eu quase fui despedaçada?

— Sim. — Ela inclina a cabeça para um lado. — Ainda bem que aqueles lobos apareceram para distrair a criatura.

— Ainda bem que *Sebastian* apareceu para *me salvar*.

— Ah, então já perdooou seu príncipe dourado pelas mentiras? — Finn pergunta, surgindo de um corredor escuro. Eu estava tão distraída com Pretha que não ouvi os passos dele no corredor. Ou não teria escutado, mesmo que tentasse. Ele olha para Kane e Pretha. — Eu falei que levaria menos de uma semana. Vocês me devem cinco ouros cada um.

— Devemos coisa nenhuma, Finn — Kane responde, entrando no hall atrás dele. — A garota ainda não respondeu.

— Se ela não confiasse no rapaz, nunca teria entrado na carruagem com Pretha hoje — Finn declara.

Pretha balança a cabeça.

— Ela pode confiar nele sem ter perdoado. São emoções totalmente separadas.

Eles apostaram para adivinhar em quanto tempo eu perdoaria Sebastian. *Que grosseria.*

— É bom saber que vocês acham tudo isso tão divertido.

Os olhos prateados de Finn se tornam duros e cintilantes como a superfície de um lago congelado ao luar.

— Garanto que não estou vendo graça nenhuma — ele responde. — Estou impaciente. Considerando que o meu tio está com a sua irmã, me surpreende saber que você também não esteja. Mas talvez esteja contente com os luxos da vida no palácio, ocupada com os preparativos para a sua vida como *princesa* do garoto.

— Como é que você tem coragem... — Recuo um passo ao ver dois pares de olhos brilhantes e prateados no corredor escuro. Dois grandes lobos se aproximam de Finn e param perto dele, um de cada lado.

Finn estala os dedos, e os lobos se sentam, farejando o ar em minha direção e ganindo baixinho. Foram curados depois que os vi na floresta, mas não tenho dúvida de que são os mesmos animais que atacaram o Barghest.

O pelo prata e cinza estava manchado de sangue quando eles fugiram correndo, mas hoje os lobos estão limpos, brilhantes e... são muito maiores do que eu lembrava. Pareciam bem menores comparados ao Barghest, mas agora posso ver que são enormes. Mesmo sentados, eles são só uma cabeça mais baixos que eu.

Olho para Finn.

— São seus?

— De certa forma, sim — ele responde, coçando a cabeça de um deles.

— Eu falei que não somos seus inimigos, Abriella — insiste Pretha.

Na noite em que aquilo aconteceu, pensei se os lobos estavam só tentando tirar o Barghest do caminho para poderem chegar até mim. No entanto, ao olhar para eles agora, ofegando felizes com o carinho do dono, não tenho dúvida de que eles me salvaram. Se Sebastian não tivesse aparecido, eles teriam lutado até o fim, até o Barghest morrer. Ou eles.

— Eles estão bem?

— Agora sim — diz Finn. — Graças ao meu curandeiro.

— Qual é o nome deles?

— Dara e Luna — responde Finn. Os animais levantam as orelhas ao ouvirem seus nomes.

— Posso? — Sei que todos na sala olham para mim enquanto, devagar, me aproximo com uma das mãos estendida para cada lobo. Finn murmura um comando, e os lobos se levantam e se aproximam de mim lentamente. — Obrigada — digo, e me ajoelho diante deles, oferecendo a mão para cheirarem. — Vocês me protegeram.

Os lobos lambem minhas mãos, depois esfregam a cabeça na palma como gatos grandes.

Quando levanto a cabeça, vejo alguma coisa nos olhos de Finn que parece confusão, mas ele pisca, e a impressão desaparece, deixando em seu lugar a frieza cinzenta a que estou acostumada.

— Por que eles fizeram aquilo? — pergunto.

— Porque eu pedi.

— Foi muito arriscado. Eles podiam ter morrido.

Finn não me desmente. Só cruza os braços e apoia um ombro na parede.

— Eles são muito leais, e, agora que te protegeram uma vez, vão proteger de novo.

Pretha suspira de um jeito dramático.

— Mas seria muito melhor para todos os envolvidos se você não saísse correndo por aí e não precisasse ser salva toda hora.

Kane ri.

— Talvez ela goste de ser resgatada pelo príncipe. Parece que ele fez uma entrada triunfal na volta ao palácio, entrou correndo com ela nos braços, bancando o herói da donzela em perigo.

Meu rosto esquenta com essa imagem que ele cria. Odeio pensar que alguém me vê desse jeito, mas não perco tempo perguntando como eles sabem o que aconteceu no castelo. É evidente que aqui todo mundo espiona todo mundo. Olho para Finn e pergunto:

— O que você quer de mim?

— Já disse — ele responde com a voz um pouco rouca, como se estivesse muito, muito cansado. — Queremos te ajudar.

— Por que vocês querem me ajudar se estou trabalhando para o rei que quer vocês mortos?

— *Falso rei*, você quer dizer — Kane me corrige em tom firme.

Finn estala os dedos, e os lobos voltam imediatamente para perto dele.

— As relíquias desaparecidas enfraquecem minha corte. Meu povo está sofrendo, e vou fazer tudo que puder para ajudar essa gente.

— Mesmo que para isso tenha que fortalecer o... seu tio? — Sinto cheiro de alguma coisa no ar, e não é honestidade.

— Mordeus — Finn responde, sem demonstrar a contrariedade de Kane — não pode ficar mais poderoso a menos que use a coroa.

Isso me intriga.

— Onde está a coroa?

— A coroa de meu pai desapareceu da Corte da Lua há muito tempo — revela Finn. — Ainda não encontrou o espelho?

— Sei onde está, mas não consegui entrar no lugar — confesso.

— Tentou usar sua magia? Sabe, aquela coisa que te deixa atravessar paredes e barreiras mágicas como se não existissem?

Babaca.

— Como seria possível, se ela não consegue nem controlar nada disso? — Pretha pergunta, mas Finn a silencia com o olhar.

— Não — respondo. — Pretha está certa. Não tenho controle suficiente. Mas o problema não é esse. A rainha mantém o espelho guardado e cercado de luz. Mesmo que eu tivesse controle sobre meus poderes, lá eles seriam inúteis.

Kane ri baixinho.

— Ela não tem a menor ideia, não é?

— Parem de falar sobre mim como se eu não estivesse aqui — explodo. — Não tenho a menor ideia do quê?

— De quanto é forte — diz Pretha. Ela inclina a cabeça para o lado. — Você não tem ideia do que pode fazer.

— E se eu dissesse — Finn interfere — que o seu poder nunca é inútil? Que você é forte o bastante para manifestar uma escuridão tão completa que devoraria cada fragmento da luz dela?

— Como sabe disso? — pergunto.

— Temos observado — Finn revela, encolhendo os ombros.

— Como vai ser, Brie? Vai aceitar nossa ajuda? — Pretha quer saber.

Não sei se devo confiar em Finn e em seu povo, mas não posso correr o risco de ser descoberta tentando pegar o espelho. Não posso me dar ao luxo de fracassar. Olho para os lobos e tomo minha decisão.

— Vou trabalhar com vocês hoje. Falem tudo que eu preciso saber para conseguir trocar os espelhos.

Finn arqueia uma sobrancelha escura.

— A primeira coisa que você precisa saber é que não deve usar o espelho. Ele não é um brinquedo para meninas humanas, entendeu?

Claro. Porque sou só uma humana inferior e indigna de seu precioso espelho. *Que se dane.*

— Pensei que ia me ensinar a usar meus poderes para conseguir entrar no solário da rainha.

— Espere. — Finn estende a mão. — Você não disse que o espelho está *no solário.*

— Bom, está. E o corredor que leva ao quarto dela é inundado de luz. Presumo que o solário seja mantido assim também, não?

— A luz é o menor dos seus problemas — diz Finn.

Pretha franze a testa.

— Se a rainha mantém o espelho em seu sagrado solário, ninguém além do príncipe ou dela mesma pode tirá-lo de lá.

— O que acontece se alguém tentar? — pergunto.

— Nada — diz Finn. — Não consegue. Os objetos no solário da rainha são impossíveis de mover, nada os tira de lá, nem as mãos mais fortes, nem o toque mais delicado. Você vai descobrir, Princesa, que a verdadeira magia em nosso mundo é atrelada ao livre-arbítrio. Nem o mais poderoso feérico, ou o maior ladrão, pode se apoderar daquilo que só pode ser dado de graça.

— Não tem um contrafeitiço? — sugiro.

— Tudo tem um contrafeitiço — Kane responde.

Finn olha para Pretha, que balança a cabeça.

— Não conheço — ela diz —, mas vou pesquisar por aí. Vamos ver se consigo descobrir. Enquanto isso, temos que pensar em outro jeito.

Não tenho tempo para esperar Pretha pesquisar um contrafeitiço.

Ninguém além do príncipe ou da rainha pode remover objetos do solário dela.

— Tudo bem. Eu sei o que fazer — anuncio, e francamente não sei por que não pensei nisso antes.

— Matar a rainha? — pergunta Kane, e leva a mão à espada na bainha sobre seu quadril. — Primeiro eu.

Finn balança a cabeça para o... amigo? Sentinela?

— Ela te desossaria e deixaria no gramado da frente, em um espeto, para servir de exemplo.

Kane faz cara feia.

Eu suspiro.

— Se o único jeito é receber o espelho das mãos da rainha ou do príncipe, vou pedir para o Príncipe Ronan.

— Sério? — Kane reage. — Acha que o príncipe vai te entregar um artefato precioso assim, sem mais nem menos?

— Acho — confirmo, e a culpa já começa a pesar. — Ele gosta de mim, e quer me compensar pelas mentiras que contou.

Vejo um sorriso lento surgir no rosto de Pretha, e ela assente.

— O caminho mais simples costuma ser o melhor. Enquanto isso, vamos seguir o que planejamos, e eu vou tentar achar um contrafeitiço, só por precaução. Se o príncipe não te der o espelho, a gente encontra um jeito de roubar.

— Mas peça com jeitinho, Princesa — Finn sugere. — Confie em mim: você não vai querer ter que resolver isso do jeito mais difícil.

Capítulo 13

Encontro Sebastian no ringue de treinamento, no topo da torre mais alta, sem camisa, o peito nu suado e brilhando ao sol poente. Ele está lutando com outro feérico sem camisa. Tento prestar atenção ao cabelo dourado do desconhecido ou à tatuagem que desce por um lado do pescoço e segue por cima do ombro, mas praticamente não consigo deixar de olhar para Sebastian por tempo suficiente para registrar qualquer coisa de seu parceiro de luta. E o pior? Não consigo nem obrigar minha boca a formar as palavras que preciso dizer para anunciar minha presença.

Não é só o físico dele que me deixa quase muda. É a lembrança daqueles dias em Fairscape. As vezes em que fingi ler enquanto o via treinar no quintal. As vezes em que ele me pegou olhando e piscou para mim por cima do ombro, e o jeito como aquele gesto simples me fazia tremer inteira. Ele e Jas eram os pontos de luz em uma existência escura e difícil; é muito difícil não me apegar a ele quando sinto que perdi os dois.

Sebastian me vê e acena para o parceiro pedindo um tempo. Depois pega uma toalha e enxuga o suor da testa.

— Tudo bem?

Palavras, Brie. Use as palavras.

— Tudo. É só que... — Engulo em seco. — Eu queria falar com você. Mas posso deixar para depois, se for um momento ruim. — Vir procurar Sebastian aqui parecia uma boa ideia, mas agora me sinto presunçosa. Não importa se não quero chamar a atenção para o que estou prestes a pedir a ele. — Não queria interromper seu treino.

— Fique — diz Sebastian. — Já estávamos acabando. — Ele serve água em um copo e me oferece. Quando recuso com um movimento de cabeça, ele bebe tudo. Fico fascinada pelo movimento de sua garganta a cada gole.

O outro feérico me pega olhando para o príncipe, e seu peito treme com a risada silenciosa. Ele pisca para mim com ar cúmplice, depois veste uma camiseta escura.

— Ele não consegue me acompanhar mesmo — diz. — O príncipe amoleceu quando esteve no reino humano.

Sebastian grunhe.

— Você perdeu três de cinco rounds. Não sei por que toda essa vaidade.

— Antes de você passar esse tempo fora, eu teria perdido os cinco. — Ele sorri de novo e estende a mão para mim. — Riaan. Você deve ser a cativante Abriella, a ladra de corações de quem tenho ouvido falar tanto.

Fico vermelha, não só com a descrição, mas com a ideia de Sebastian falando sobre mim nesses termos, mas consigo assentir.

— É um prazer, Riaan. Vocês sempre treinam juntos?

Riaan balança a cabeça.

— Não tanto quanto antes. Ele está ocupado demais para mim. Está se preparando para ser rei. Escolhendo uma noiva. — E me encara com uma expressão significativa. — Mas, se quer saber minha opinião, ele vai só adiar isso tudo até você aceitar a posição.

Abro e fecho a boca, olhando para Sebastian antes de dizer alguma coisa incriminadora.

— Riaan é meu amigo há muito tempo, o mais antigo — Sebastian me explica em tom suave.

— Seu segredo está seguro comigo — Riaan avisa com mais uma piscada. Depois enche um copo com água e o levanta para um brinde debochado, antes de descer a escada e me deixar sozinha com Sebastian no alto da torre.

— Eu não devia ter interrompido — digo, ainda pensando no que Riaan falou. Seria mais fácil guardar algum ressentimento contra Sebastian se eu não soubesse que ele sente por mim o mesmo que sinto por ele desde o dia em que nos conhecemos, mas cada lembrete testa minhas convicções.

Ele acena como se minha preocupação não fosse importante.

— Já estávamos terminando. Minha mãe quer que ele a acompanhe em uma visita ao norte hoje à tarde.

— O que tem no norte?

— Outro palácio.

Dou risada.

— Que foi? — ele pergunta.

— Você parece a Jas se referindo a "outro vestido" para minhas primas mimadas. — Olho em volta, apreciando a paisagem da área ampla em torno do Palácio Dourado. — Não imagino nem como é ter um lugar como este, imagine dois.

Quando olho novamente para Sebastian, ele está sério.

— É absurdo, não é? — pergunta. — Tanto excesso aqui, e tanta gente sofrendo em Elora. Eu não percebia... não até me mudar para a casa do Mago Trifen.

— Aliás, por que você fez isso? Você tem magia, mais magia e de melhor qualidade do que qualquer ser humano pode sonhar em ter. Por que foi fazer estágio com um humano?

— A magia humana é diferente, e não sou arrogante a ponto de acreditar que não preciso dela. — Sebastian olha para a paisagem, e seu olhar se torna distante. — Eu sei que vou precisar de toda vantagem que puder obter se quiser ser o melhor governante para o meu povo.

— Quando isso vai acontecer? Quando você vai governar?

Ele balança a cabeça.

— Só os deuses sabem o momento, mas quero estar preparado. — Ele enche o copo novamente e bebe mais água. — Você não veio até aqui para falar do meu estágio.

— Não. Vim por outro motivo. Mas... ele agora parece bobo.

Sebastian sorri, sentindo meu constrangimento.

— O que é?

Pego um cacho e torço em um gesto de nervosismo.

— Estive pensando em como podemos encontrar Jas, e lembrei de lendas sobre um espelho mágico que mostra qualquer pessoa que você queira ver.

Ele arregala os olhos.

— O Espelho da Descoberta?

— Nunca soube como era o nome dele. — Sorrio para esconder a mentira. — Mas, quando você olha para ele, pode pedir para ver alguém. Talvez a gente possa usar esse espelho para tentar localizar a Jas.

— É difícil saber o que você veria se usasse o espelho. É imprevisível.

Engulo em seco. *Por favor, pegue ele para mim. Por favor.*

— Mas não vale a pena tentar? — Solto o ar com um sopro. — Um objeto mágico tão antigo. Estou... curiosa.

Ele ri.

— É seu lado ladra... e não faz essa cara, é um elogio. Mas não posso deixar você invadir o solário sagrado da minha mãe para saciar sua curiosidade. Vou ver o que posso fazer.

— As pessoas no palácio não vão achar estranho eu passar tanto tempo fora? — pergunto no dia seguinte quando Pretha me acompanha até a porta da casa de Finn em sua versão Eurelody.

— Vão pensar que você está estudando com sua professora particular na casa dela. Finn pagou bem à família da ex-tutora para usar a casa. — Ela fecha a porta depois que entramos e encolhe os ombros. As asas desaparecem e seu corpo retorna àquele que conheço como o de Pretha.

— Essa é sua... forma verdadeira? — pergunto.

— Esta? — Ela sorri lentamente, e seu rosto se ilumina. Linda. Queria saber se ela é esposa de Finn, parceira ou... esmago o pensamento perdido. Por que me importo com quem está com ele? — Sim, é minha forma verdadeira.

— Consegue voar quando tem as asas?

Ela ri e acena para que eu a siga pelo corredor pouco iluminado até o fundo da casa.

— Depende da forma que eu assumo. Não consigo voar quando me transformo em Eurelody, porque ela não voa. Outras formas... — Ela encolhe os ombros. — Sim. Às vezes. Mas uma transformação completa exige muita energia.

Eu a sigo por uma porta dupla para o interior de uma enorme biblioteca com dois andares de teto e estantes cobrindo cada parede. No meio da sala, um trio de feéricos se reúne em torno de uma mesa, conversando em voz baixa. Reconheço Kane, e acho que os outros dois estavam de guarda na porta do escritório na noite em que ele me carregou para a taverna. Não vejo Finn em lugar nenhum, mas os lobos cochilam nas sombras no fundo da biblioteca.

— Oiêêê — Pretha cantarola, e eles se endireitam nas cadeiras.

Kane pega alguma coisa em cima da mesa, um mapa, talvez, e enrola, antes de encaixar na parte de trás da cintura da calça.

— A princesa voltou — ele resmunga.

Arqueio uma sobrancelha.

— Se não quer que eu venha, por que o seu príncipe insiste em mandar *me* buscar?

— Ignore o Kane — diz Pretha. — Ele vive de mau humor.

Kane olha para ela de cara feia, e os outros dois riem.

Pretha aponta para o macho de pele negra, dreadlocks pretos e curtos e teia prateada na testa, como a dela.

— Abriella, aquele é Tynan — diz. Ele sorri e estende a mão, e eu a aperto. — E Jalek — ela acrescenta, apontando para o outro, de pele clara, cabelo branco bem curto e olhos verde-escuros. Esse não estende a mão. Em vez disso, acena para mim com a cabeça e recua um passo, como se não quisesse se aproximar.

— É... um prazer conhecer todos vocês — digo.

Jalek resmunga.

— Ela mente muito mal. Tem certeza de que consegue enganar o príncipe?

— Fique quieto — Pretha responde. — Abriella é a melhor chance da corte de Finn.

Levanto uma sobrancelha. Corte *de Finn*?

— Você não é Unseelie? — pergunto.

Ela sorri e troca um olhar com Tynan.

— Não de nascença. — Depois suspira e acrescenta. — Sou filha da Floresta Selvagem, mas declarei lealdade a Finn faz muito tempo.

Olho para os outros.

— E vocês três?

— Nascidos e criados Unseelie — diz Kane, batendo com o punho fechado no peito.

— Mas não se preocupe — Tynan se manifesta. — Nem todo Unseelie é tão feio quanto ele.

Kane faz um gesto vulgar para Tynan, e Jalek contém um sorriso.

Pretha ignora todos eles.

— Tynan é da Floresta Selvagem, como eu. E Jalek é Seelie de nascença. Há muitos anos ele foi assessor do pai da rainha dourada.

— Velho babaca — Kane resmunga.

— Prefiro ser velho e sábio a ser jovem e burro — diz Jalek, mas ele continua olhando para mim, estudando minha reação a essa informação.

Tento não deixar o queixo cair. Sempre tive a impressão de que os feéricos eram leais à corte onde nasciam, mas Finn parece ter reunido um bando de desajustados.

— E todos vocês trabalham para Finn.

— Trabalhamos pelo bem maior de toda a Faerie — Pretha responde, puxando o cabelo comprido por cima de um ombro para começar a trançá-lo. — E, como Finn está liderando a empreitada, sim, trabalhamos para ele. Trabalhamos *com* ele.

Jalek estreita aqueles olhos verdes ao apontá-los para mim.

— Passou muito tempo com a Rainha Arya no palácio?

Balanço a cabeça. Não vejo a rainha desde o dia em que me apresentei a ela e fingi que queria me casar com seu filho.

— Não. Ela não aparece muito.

Jalek e Tynan trocam um olhar, e Kane resmunga alguma coisa que não consigo ouvir.

— Acho que todos vocês têm algum lugar onde deviam estar agora — Pretha declara sem rodeios e, em vez de se ressentirem contra as ordens de uma fêmea, os três assentem e se dirigem à porta da biblioteca. Mulheres raramente têm algum poder significativo em Elora, e é impossível não respeitar Pretha um pouco mais.

Tynan é o último a sair. Ele para na soleira e olha para Pretha.

— Misha e Amira pediram uma reunião com Finn. Amira pediu especificamente para você estar presente. Achei que talvez quisesse se preparar.

O sorriso de Pretha ameaça desaparecer, mas ela o sustenta rapidamente e balança a cabeça em uma resposta positiva.

— Obrigada por me avisar.

Ele sai e fecha a porta.

— Quem são Misha e Amira? — pergunto.

— Rei e rainha da Floresta Selvagem. Eles têm sido essenciais em nossa missão nas últimas duas décadas.

Se têm sido tão essenciais, por que Pretha pareceu chocada com a notícia da reunião com eles?

Ela respira fundo e gira os ombros para trás.

— Como vai a busca pelo espelho? Já falou com o príncipe?

— Sim, ele está trabalhando nisso.

Pretha olha para mim com um sorriso tenso.

— Que bom. Agora, vamos trabalhar no seu treinamento?

Capítulo 14

— **De novo** — diz Pretha.

Depois de cinco horas do meu primeiro dia de treinamento, estou tão cansada dessa palavra que seria capaz de vomitar. Com exceção de um breve intervalo para o almoço, passamos o dia inteiro na biblioteca, com ela me pressionando para criar escuridão. Começamos com gotas nas pontas dos dedos e seguimos até uma bola que eu conseguisse manter firme na palma da mão. Resumo? Apesar da infinita paciência de Pretha, consigo fazer a escuridão aparecer, mas não controlo, não sustento e não faço nada de *útil* com ela.

Respiro fundo e me concentro na palma da mão, ordenando que a escuridão apareça. No momento em que formo uma bola de sombra, ela cresce muito, depressa demais, e transborda, derramando-se como areia por entre meus dedos e desaparecendo.

— Falta cuidado — Finn resmunga atrás de mim. Seus olhos prateados lançam facas em minha direção.

Dou um giro, chocada com a aparição repentina dele. Além do rápido encontro com os três naquele primeiro dia em que Pretha me trouxe à biblioteca, temos sido só ela e eu durante o treinamento. Pelo jeito, Finn decidiu me abençoar com sua presença hoje.

— O que disse? — pergunto.

— Finn — Pretha interfere. — Adorei que tenha...

Ele a interrompe com um movimento brusco de cabeça.

— Hoje não, Pretha. Saia, por favor.

Pretha sorri para mim como se pedisse desculpas.

— Não deixe ele te pressionar — ela fala baixinho.

— *Saia*, Pretha — Finn repete em voz baixa, mas letal.

Ela o encara com um olhar mais duro, ainda falando comigo.

— Não pense que esse mau humor tem a ver com você, não é nada pessoal. Ele é azedo assim há vinte anos.

Ela sai, e a parte mais esperta e protetora do meu cérebro grita que eu deveria segui-la. Mas não me movo. Finn não me amedronta. Talvez devesse, mas... não foi coincidência a escuridão ter crescido em minha mão quando ele apareceu. Não sei por que ou como, mas meu poder responde a ele. Estou aqui parada e ele vibra, implorando para ser usado.

Levanto uma sobrancelha quando ficamos sozinhos e disparo:

— Qual é?

— Você é descuidada com sua magia. Perde o foco, e se não der um jeito nisso seu príncipe amoroso vai acabar pegando você xeretando pelo palácio.

Levanto o queixo, mas as palavras dele quase não me incomodam. Ele tem razão. Claramente, sou capaz de mais do que jamais percebi no mundo humano, mas não tenho a menor ideia de como controlar isso. Até agora, treinar só me deixou cansada. Mas, se eu puder tentar com *ele* por perto...

— É isso que você quer? — ele pergunta. — Ser forçada a abandonar sua busca para poder se acomodar nessa nova vida confortável?

É muita coragem.

— Não ouvi *você* se oferecer para me ensinar.

Ele inclina a cabeça de lado.

— Esse seu jeitinho de pedir ajuda é bem passivo-agressivo.

— Eu... — Fecho a mão e volto a abri-la. Mas que babaca arrogante. — Foi você quem insistiu em me ajudar, mas quando eu venho para cá você me deixa com a Pretha.

— Ela é uma excelente professora. Devia ser grata pelo tempo que ela dedica a você, Princesa.

— Por que vocês insistem em me chamar desse jeito? — Perco a paciência. — Não sou nenhuma princesa.

— Você está a um punhado de doces promessas e momentos ternos de ser a noiva daquele garoto, e todo mundo sabe disso.

Tenho que morder a língua para não continuar discutindo. O que ele pensa de mim ou do meu relacionamento com Sebastian não tem importância. Tudo que importa é conseguir as relíquias para o rei para poder levar Jas para casa.

Mas Finn está decidido a me provocar.

— A vida no luxuoso Palácio Dourado não é tudo que seu coração mortal imaginou?

Mostro os dentes.

— Por que você acha que meu *coração mortal* imaginou alguma coisa?

— Todas as garotas mortais sonham em se casar com um belo príncipe feérico, não é?

— Você é um babaca arrogante! — Uma bola de sombra se forma em minha mão, e fecho os dedos em torno dela. — *Esta* garota mortal nunca sonhou com nada disso. Eu não queria vir para cá. Fui obrigada a vir quando o rei da *sua corte* arrastou minha irmã.

— Pretha está errada, então? Você *não sente* nada pelo príncipe?

— Eu... — Sentia. Sinto. Mas meus sentimentos complicados por Sebastian não são da conta de Finn. A bola de sombra pulsa com minha raiva. Não quero ser uma princesa feérica. Se soubesse que Sebastian era feérico, nunca teríamos nem nos tornado amigos. Ele sabia disso.

Finn anda lentamente à minha volta, e eu me sinto como um cavalo no mercado, sendo avaliada por todos os ângulos.

— É claro que você o perdoou pelas mentiras, se tem esperança de se casar com ele, de entrar em um vínculo com ele.

— Não tenho esperança de me casar com ele — reajo. Tenho que afastar os dedos para conter a bola giratória de sombra que continua crescendo em minha mão. — Não quero ser princesa. Não quero vínculo com um feérico... com *ninguém*.

Ele para na minha frente e olha nos meus olhos.

— Então, não está vinculada a ninguém?

Reviro os olhos.

— Não que seja da sua conta, mas não. Não vou aceitar isso.

Os ombros de Finn relaxam. Se eu não o conhecesse, diria que está aliviado. Mas não há motivo para esse príncipe Unseelie se importar tanto comigo.

— Sebastian vai acabar pedindo para se vincular a você — ele diz.

— Ele sabe o que eu penso sobre vocês, feéricos, e seus vínculos controladores com os humanos. Não vai rolar. — Eu não poderia me vincular a ele nem se quisesse. Não posso dar a Sebastian esse tipo de acesso, não quando tenho que circular sem ser vista para salvar Jas.

— Mordeus também vai pedir. Lembre-se, o vínculo só é possível se *você* permitir. Se dá valor à sua vida mortal, não aceite... nunca.

— Isso é uma ameaça, Finn?

— É um aviso, Princesa.

— Não tem vínculo nenhum no nosso acordo.

— Não tem *ainda*, mas fique atenta aos esquemas de Mordeus.

Esquemas de Mordeus? E os de Finn?

Ele solta o ar lentamente.

— Posso tentar te ajudar. Mas a verdade é que Pretha e eu não sabemos nada sobre mortais com o dom da magia, ou como a magia funciona com você.

— Por que seria diferente?

Ele levanta as sobrancelhas.

— Porque *você* é diferente. — Finn se aproxima e segura meu braço. Desliza a ponta do dedo desde a parte interna do cotovelo até meu pulso, logo acima de onde mantenho a bola de sombra. Um arrepio percorre minhas costas em resposta ao movimento dele.

Seus olhos encontram os meus, a boca se abre. Por um momento, acho que ele também sente – a energia pulsante entre nós, essa percepção que me faz sentir mais desperta e viva do que jamais senti. *É só a magia*, digo a mim mesma, mas sou uma péssima mentirosa.

Ele passa a ponta do dedo pela minha pele outra vez, e eu respiro devagar, de maneira comedida, querendo que ele me solte. Ele me soltaria se eu pedisse, tenho certeza disso, mas me recuso a demonstrar que isso me afeta.

— O que acontece se eu te cortar? — ele pergunta.

— Eu sangro.

Ele concorda movendo a cabeça.

— E, se você se curar, seu corpo vai produzir mais sangue quando você se recuperar. Mas, se o corte for muito largo, muito profundo, se você sangrar demais e não conseguir produzir mais sangue com a rapidez necessária para circular nas veias e abastecer o corpo, você morre.

— Eu sei como funciona.

Ele parece furioso. Traça aquela linha de novo, e dessa vez não consigo evitar um arrepio.

— Magia é como sangue para um feérico.

— Não entendo. Você não sangra? Não pode ser. Vi Sebastian sangrar, cuidei de alguns pequenos ferimentos que ele sofreu.

— Sangramos, mas é a magia em nosso sangue que nos cura, a magia que nos mantém vivos, não o sangue propriamente dito. Seu sangue é o que dá vida. Nossa *magia* nos dá vida. — Ele olha para minha boca, e minha respiração é interrompida por um instante.

Ele solta meu braço tão de repente quanto o segurou e recua. Olha pela janela e passa a mão na cabeça. Empurra o cabelo para trás e o prende com um cordão, como se estivesse se preparando para lutar.

— Não é uma analogia perfeita, mas é a melhor que tenho. A magia não é infinita. Está atrelada à nossa fonte de vida, e temos que aprender qual é a nossa capacidade, para não haver sobrecarga. Mas, assim como o sangue se regenera depois que você perde uma pequena quantidade, a magia de um feérico deve se regenerar. O quanto um feérico pode perder e se regenerar sem enfraquecer é algo que depende de seu poder.

— O que acontece quando um feérico sangra muito poder depressa demais?

— Em muitos casos nós desmaiamos antes que ocorra algum dano a longo prazo, mas, se a magia tem um gasto intencional, violento... — Ele olha para mim, e algo semelhante ao sentimento de pesar surge naqueles olhos bonitos.

— Se o gasto for rápido demais, um feérico pode morrer por usar a própria magia?

— É uma escolha. Um ato mágico tão grandioso e tão importante para o feérico que o custo é considerado válido.

— Você acha que *eu* poderia morrer se usasse muita magia depressa demais?

Ele inclina a cabeça de lado e me observa.

— Você ainda nem começou a descobrir a profundidade do seu poder.

A sombra em minha mão explode como uma bolha e desintegra.

Finn olha para mim de cima a baixo e balança a cabeça, o desgosto estampado na face.

— Para alguém que tem um dom tão grande, chega a ser impressionante que o use tão pouco. Seu poder é tão vasto quanto o oceano, e você está se limitando ao que pode segurar na mão.

— Eu estava fazendo o que Pretha me *pediu* para fazer.

— Estava falhando — ele grunhe, e suas narinas dilatam.

— O que você quer de mim? — Eu me apego à irritação. Fico muito mais à vontade com essa animosidade entre nós do que... com *outros* sentimentos que ele provoca. — Está aqui para ajudar ou só para me desanimar?

Ele cruza os braços.

— Muito bem. Mostre o que você pode fazer. E não venha com essa bobagem de punhado de escuridão. *Me impressione.* — Quando abro os braços para sinalizar que não sei fazer nada impressionante, ele bufa. — A sala é metade sombra. Tem muita coisa com que trabalhar aqui. Pare de pensar e me mostre.

Saio da área iluminada, concentro-me e tento desaparecer, mas só consigo fazer meus dedos sumirem e voltarem. Mas sinto, sempre sinto quando ele está perto, o poder borbulhando em meu sangue, implorando para se libertar, explodir.

— Me ensine.

— Você está resistindo. Simplesmente deixe vir.

Olho para minha mão e tento... não tentar. Quando a escuridão pisca de novo, resmungo minha frustração.

— Acho que posso estar piorando, na verdade.

— Tenho uma ideia — ele diz, e olha para a janela. — Venha comigo.

Finn sai sem olhar para trás. Ele não vai para a frente da casa, onde está Pretha, mas em direção à porta do fundo, que ainda não vi ser usada.

Saio atrás dele e atravesso um pátio mobiliado, continuo por uma alameda pouco iluminada e em torno de alguns edifícios. Quando ele finalmente para, estamos em um enorme cemitério. O fim de tarde é claro, e as fileiras de sepulturas são bonitas, embora um pouco mórbidas.

— Por que aqui? — pergunto.

Finn desvia a atenção de um bando de corvos que voa em círculos lá no alto e olha para mim com uma sobrancelha arqueada.

— Me diga você.

Porque me sinto mais confortável ao ar livre. Porque a escuridão da noite sempre me faz sentir inexplicavelmente mais confiante.

— A noite alimenta minha magia, não é?

Ele encolhe os ombros.

— É, pode-se dizer que sim. O que você estava sentindo nas vezes em que teve acesso ao seu poder?

— Raiva? Desespero? Não sei. — Mordo o lábio e olho para ele. Odeio me sentir boba. — É possível usar raiva para fazer magia?

Ele repete o movimento com os ombros.

— É claro. É uma emoção mais fraca, mas um catalisador funcional para magia menos importante. Só que a raiva não seria suficiente para acessar toda a profundeza dos seus poderes.

Reviro os olhos.

— Vai dizer que preciso de *amor*?

Os olhos prateados brilham, e fico chocada quando ele sorri. Talvez seja a primeira vez que vejo aquele sorriso sem que ele esteja debochando de mim. Ele é... fascinante. Não quero notar, mas as faces marcadas e os olhos hipnóticos, os lábios cheios que se afastam daquele jeito quando ele está me observando... Bem, não consigo imaginar que alguém com a visão saudável deixe de notar a beleza de Finn.

— Dá para dizer que dispor de um poder mágico pleno é meio parecido com o amor — ele diz. — Mas é mais parecido com... — Fechando os olhos, ele balança os dedos e respira fundo. — É mais parecido com esperança.

— Então estou condenada.

Ele abre os olhos e inclina o corpo para trás, olhando para mim.

— Como assim?

Balanço a cabeça.

— Não tenho esperança. Isso é perda de tempo. É até perigoso.

— Está enganada. Perigo mesmo é não ter esperança.

Eu expiro, soprando o ar.

— E se não houver nada para esperar?

Seus lábios se distendem, e o sorriso debochado reaparece.

— Está mentindo para você mesma ou só para mim?

— Não estou mentindo.

Ele ri. O babaca está *rindo* de mim.

— Você mora naquele palácio, está procurando as relíquias Unseelie e se virando com aquela corte duas caras. Vem aqui e treina até não aguentar mais. Por que faz tudo isso?

— Para salvar minha irmã.

Ele vira as mãos abertas para cima, como se dissesse: *Pois é.*

— Não é a mesma coisa. Estou agindo de um jeito lógico, não desesperado.

— Quem disse que esperança tem que ser desesperada? — Ele dá um passo à frente e segura minha mão, e essa conexão inegável entre nós se encaixa quando o céu da noite escurece e se enche de estrelas.

Não disfarço o choque. A escuridão suaviza minha falta de controle e esfria minha ansiedade, enquanto percebo que não é o céu da noite, mas só uma bolha à nossa volta.

— Você fez escurecer — digo. — É lindo.

— Está dentro de você — ele responde em voz baixa, quase com tristeza. — Não é o meu poder que você está vendo aqui. É *o seu*. Sou só um condutor, uma ferramenta para abrir a porta, já que você continua entrando do seu jeito.

Levanto a mão, e ela se funde com a escuridão. Quando desapareço na noite, quando me torno o escuro, sei que sou capaz de controlar isso.

— Está sentindo? — pergunta Finn, chamando minha atenção de volta para ele. Seus olhos estudam meu rosto novamente, como se procurassem um segredo. E eu sinto. Cada contato daqueles olhos prateados é como um toque íntimo. Quando ele fala de novo, sua voz é mais baixa, mais rouca. — Sente o potencial vibrando em seu sangue?

Olho nos olhos dele e engulo em seco. É isso que sinto quando ele me toca? Potencial? Porque parece... *luxúria*. Mas prefiro passar outra noite na masmorra de Mordeus a admitir isso, então confirmo balançando a cabeça.

Finn abaixa a mão e a bolha de escuridão desaparece, substituída pelo brilho dourado do pôr do sol.

A atenção dele voltou ao bando de corvos.

— É melhor entrarmos.

— Por quê? — Não quero entrar. Ainda não.

— Está vendo aquelas aves?

Como se reagisse, uma delas crocita, e o som agudo corta a brisa tranquila do anoitecer.

— Sim?

— Quando corvos se juntam desse jeito, é um sinal de que tem Sluaghs por perto.

— *Slu-o-quê?*

— Sluaghs. São espíritos de mortos que nunca conseguiram descansar. Por alguma razão, ficam presos entre os dois mundos.

— São fantasmas?

Ele faz uma careta, ainda estudando os corvos. Queria saber o que vê quando olha para eles. É como se procurasse respostas em seus movimentos.

— Mais ou menos, acho. Eles são os mortos amaldiçoados, feéricos mortos cedo demais e ainda com muito poder. Ficam presos, vagando pelo reino até que a morte deles seja vingada. Alguns atraem inocentes para a morte só para satisfazer a própria alma furiosa.

Um arrepio de medo percorre minhas costas.

— Eles sempre ficam nos cemitérios?

— Ficam perto de onde foram assassinados, e, a menos que você queira ter uma aula detalhada sobre eles, sugiro que a gente saia daqui depressa.

Capítulo 15

A BRISA DA NOITE ENTRA pela janela, um alívio fresco depois de um dia quente.

Finjo uma dor de cabeça e evito jantar com as outras garotas. Estou mentalmente exausta depois da sessão de treinamento com Finn, mas teria aguentado mais umas duas horas antes de me retirar. Na verdade, não quero ver todas as meninas se jogando em cima de Sebastian. Não quero vê-lo flertando com elas. Não quero vê-lo sorrindo para elas como costumava sorrir para mim, e não quero pensar nele tendo um futuro com uma delas.

Estou olhando para o céu estrelado quando alguém bate na porta do quarto. *Três batidas. Pausa. Duas batidas.*

Sorrio ao reconhecer a senha de Sebastian.

— Entra.

A porta abre, e ele espia o interior do quarto.

— Está sozinha?

— Sim. Minhas criadas já se recolheram.

Ele entra. Está vestido com uma calça de couro cor de ferrugem e uma túnica branca que deixou aberta no pescoço, exibindo a pele dourada do peito. O cabelo branco está solto sobre os ombros, e o sorriso faz meu peito ficar apertado, ansiando por coisas que não posso ter e não deveria desejar.

Ele está segurando alguma coisa com as mãos para trás, e, quando move as mãos para a frente com um floreio, arregalo os olhos ao ver o espelho de moldura prateada. É idêntico ao que mantenho escondido embaixo do colchão.

— Isso é... é ele mesmo?

— O Espelho da Descoberta. — Ele o segura com as duas mãos e oferece a mim.

Quando seguro o metal frio, meu coração dispara. *Estou um passo mais perto, Jas.*

— Você parece... fascinada — ele diz.

Desvio o olhar do meu reflexo e olho para ele.

— Quem não estaria?

Sebastian sorri acanhado.

— Você me surpreende. Sempre falou muito mal do meu mundo. Nunca imaginei que se interessaria por nossas relíquias sagradas.

É claro.

— Acho que, quanto mais tempo passar aqui, mais vou ficar interessada em entender seu reino. — Minha resposta acaba soando como uma pergunta.

Ele fica em silêncio por um longo instante. Sorrio constrangida e começo a me virar quando ele diz:

— É tão horrível assim?

— O quê?

Sebastian abre os braços mostrando o quarto, o palácio, talvez toda a corte.

— Estar aqui. Eu sei que você nunca quis vir, mas está... *infeliz?*

— Não vou estar feliz enquanto Jasalyn não for salva.

Ele abaixa a cabeça e massageia a nuca.

— É claro. Eu entendo.

Eu sou a pior pessoa que existe.

— Desculpa, Sebastian. Não quis dizer...

Seu rosto está atormentado.

— Não quis? — Abro a boca para protestar, e ele estende a mão. — Quer tentar? — E aponta o espelho. Não tinha percebido que o segurava junto ao peito.

Engulo em seco, afasto o espelho e olho para meu reflexo. Tinha pedido às criadas para deixarem meu cabelo solto, e os cachos emolduram meu rosto sem nenhum controle, diferentes das mechas domesticadas e perfeitas que elas definem quando me arrumam no início do dia. Mas meu rosto... meu rosto mudou desde que cheguei a este reino, nove dias atrás. Foi beneficiado pela nutrição abundante e pelo sono regular. As sombras escuras embaixo dos meus olhos se apagaram, e as bochechas não são mais tão vazias. Desabrochei aqui, mas e Jas? Até esse momento eu não sabia que tinha medo da resposta para essa pergunta.

— Como funciona?

— Ele mostra o que você quer ver. Ou deveria ver. Não sei se já foi usado por algum mortal. — Seus olhos ficam mais brandos, e ele me incentiva. — Diga a ele o que deve te mostrar.

— Mostre Jasalyn — falo em voz baixa.

O ar em torno do espelho vibra com a magia, e ele parece tremer em minha mão quando meu reflexo desaparece. O espelho me mostra um quarto luxuoso. É como olhar por uma janela. Jasalyn está sentada diante de uma penteadeira, sorrindo para o próprio reflexo, enquanto criadas escovam seu cabelo. O som que escapa de minha boca é uma mistura de grito e arquejo de espanto. Ela parece estar bem. O rosto está corado e risonho, mais cheio, como se estivesse comendo melhor que antes aqui em Faerie, como eu.

— Que saudade da minha irmã — diz Jas, sorrindo para as criadas. — Ela ia amar vocês duas.

A que está escovando seu cabelo a encara através do espelho e sorri.

— Tenho certeza de que logo vocês estarão juntas.

Jas morde o lábio inferior.

— Espero que sim. Tenho muito o que contar para ela.

A imagem desaparece, e me vejo no espelho outra vez.

— Então?

Levanto a cabeça, e Sebastian está olhando para mim com ar de curiosidade.

— Não ouviu? — pergunto.

Ele balança a cabeça.

— Não vejo o que você vê. E, se eu segurar o espelho, você não vai poder ver o que eu vejo. Funcionou?

Assinto, sem tentar esconder o sorriso que se espalha pelo meu rosto.

— Ela está bem. Com saudade de mim, mas bem, e parece estar confortável. Não está... — Minha garganta se contrai, e sinto que tenho que forçar a palavra através do espaço apertado. — Sozinha.

Sebastian volta a respirar.

— Que bom — murmura, quase para ele mesmo. — Temos algum tempo, então.

Seguro o espelho contra o peito de novo.

— Obrigada, Sebastian. Muito obrigada por isso.

— Por nada. Só quero que você seja feliz aqui, que se sinta segura e acredite que estou fazendo tudo que posso para trazer Jas de volta. — Ele dá um passo à frente, e meu coração dispara. — Vamos dar um passeio?

Inspiro profundamente.

— É claro. — Digo a mim mesma que só estou dando a atenção de que ele precisa para que me deixe ficar, que estou fazendo o que é necessário para preparar o resgate da próxima relíquia para o rei, mas senti falta de Sebastian nos últimos dias. Não voltei a vê-lo desde que fui procurá-lo no ringue de treinamento e pedi o espelho. Estive com Pretha enquanto ele ficou sei lá onde, e senti falta de seus sorrisos para me dar confiança. Senti falta de seu afeto.

Levanto o espelho.

— Vou deixar isto aqui para ninguém ver.

— É claro.

Abro uma gaveta da cômoda e guardo o espelho lá dentro com cuidado. Noto que estou vestida para dormir e, constrangida, endireito as costas.

— Eu devia me vestir.

— Você está ótima.

Estou vestida para a noite quente de verão com uma calça cor-de-rosa solta, de estampa floral e cintura baixa, e uma camiseta de pijama de decote redondo, que deixa meus braços à mostra e tem só uma renda macia sobre a barriga.

— Os empregados não vão achar estranho se me virem passeando com o príncipe vestindo pijama? Além do mais, estou muito desarrumada.

Seus olhos passeiam pelo meu corpo como uma carícia lenta.

— Você fica bonita com qualquer roupa. — O calor se espalha pelo meu rosto e inunda a parte inferior do meu ventre. Ele chega mais perto, e cada célula entra em estado de alerta. — Se quiser, posso usar um glamour para ninguém ver a gente.

— Você... consegue fazer esse tipo de coisa? — Com exceção do ataque ao Barghest e da maneira como anestesiou meu ferimento depois, não vi Sebastian usar magia de feérico.

Ele sorri e estala os dedos.

— Pronto.

Enrugo a testa.

— Mas eu ainda te vejo.

— E eu vejo você. — Seus olhos percorrem meu corpo devagar, como se ele quisesse deixar claro que não aceitaria nada diferente. — Mas ninguém vai nos ver, nem vai ouvir o que dissermos. Confia em mim?

Essa é uma pergunta complicada, para a qual ainda não tenho uma resposta. Antes de vir para cá e descobrir quem ele é, eu confiava nele sem nenhuma hesitação, mas essa confiança foi quebrada. E agora? Ele me deu o espelho para eu poder ver Jas e está procurando por ela. Seria fácil confiar nele de novo. Fácil demais, talvez.

Como se sentisse para onde vão meus pensamentos, ele levanta meu queixo.

— Vamos chegar lá. Eu vou recuperar isso. Prometo. — Sebastian estende a mão e eu a seguro, sentindo o calor da pele e a aspereza dos dedos entrelaçados aos meus.

Andamos pelo corredor de mãos dadas, passamos por sentinelas e criadas que preparam o palácio para a noite. Ninguém enxerga através do glamour de Sebastian, e fico pensando em como ele reagiria se soubesse que também sou capaz disso, mesmo que com menos eficiência e de um jeito mais inconsistente. Houve um tempo em que ele teria sido a primeira pessoa com quem eu ia querer falar sobre meus poderes. Agora me sinto grata por não os ter percebido em Fairscape. Eu teria contado para ele, e minhas tarefas aqui não teriam sido possíveis.

— Quer andar pelos jardins? — ele pergunta.

Hesito e olho para meus pés descalços.

— Não é melhor eu voltar para calçar os sapatos?

— Os jardins são impecáveis. Perfeitamente seguros para andar por eles descalça.

Na verdade, não consigo pensar em nada mais encantador do que uma caminhada ao luar em uma noite quente, sentir a grama fresca entre os dedos dos pés. Aperto a mão dele e me deixo levar para além da porta dupla, chegando a um enorme pátio com jardim. Há muitos outros como esse em torno do palácio, e já passei por aqui, mas não parei para vê-lo.

Andamos até o centro do jardim, e paro sob a lua crescente. Fecho os olhos e inspiro pelo nariz, enchendo a cabeça com o perfume de rosas e lírios. Quase juro que posso sentir o cheiro do luar.

Quando abro os olhos, Sebastian está olhando para mim.

— Que foi? — pergunto, me sentindo meio boba.

— Adoro ver você relaxar desse jeito. Não acontece muito, mas quando acontece... — Ele levanta a mão e toca meu pescoço. — É de tirar o fôlego. — Os dedos dele param em minha orelha, e por um instante penso que ele pode deslizar a mão até meu cabelo... e finalmente colar a boca à minha outra vez. Mas ele se afasta e se vira para olhar para uma fonte borbulhante no centro de um canteiro de rosas.

Fico desapontada. Abaixo a cabeça, tentando me recuperar e me lembrar do que quero – do que *preciso* de Sebastian –, e não é um beijo.

— Eu sei que você nunca quis uma vida em Faerie — diz ele, ainda olhando para a fonte. — Mas... preciso saber se você acha que poderia ser feliz aqui. Preciso saber se... se eu poderia ter sorte suficiente para te convencer a viver comigo.

Viver com ele. Em Faerie. Para sempre. Ele está me pedindo para viver como uma princesa mimada, trancada em seu castelo e ignorando os muitos criados humanos que tornam essa vida possível? Mesmo que os criados no

Palácio Dourado tenham uma vida melhor do que jamais pude imaginar, como posso fazer parte de um mundo que ameaça tantos humanos como se fossem bens de consumo?

Finn está certo quando diz que é fácil me convencer a aceitar essa vida?

Não. Mesmo que parte de mim queira Sebastian de novo – ainda? –, essa não é a vida que quero.

Mas, se quero ficar no castelo, talvez tenha que convencer Sebastian de que posso querer viver nele. Mesmo que mentir para ele esmague alguma coisa frágil em meu peito.

— Isso é difícil para mim — sussurro, e a realidade dessas palavras reverbera em minha voz. — Eu estaria mentindo se dissesse que estou pronta para aceitar a vida em Faerie.

Ele abaixa a cabeça. Queria que olhasse para mim.

— Mas também não quero te deixar — continuo, e percebo que isso também é verdade. — Pode me dar um tempo?

Finalmente ele levanta a cabeça, e aqueles olhos verdes parecem olhar dentro de mim.

— Posso. Se você estiver realmente disposta a considerar a possibilidade de viver aqui.

Meu coração bate forte, espalhando culpa em minhas veias. Dou a ele toda a verdade que posso dar.

— É fácil imaginar uma vida com *você*, Bash. As outras partes é que são difíceis para mim.

Ele balança a cabeça, e tem alguma coisa em seus olhos que parece admiração.

— Obrigado.

— Por quê?

— Por me perdoar. Por estar aqui comigo agora. Eu não contava com isso e sei que não foi fácil.

Não mereço você. Você não devia confiar em mim.

Quando ele segura minha mão de novo, é para me levar a um banco de pedra onde sentamos juntos, banhados pelo luar, falando sobre coisas sem importância e sentindo o perfume das flores. A noite sempre foi meu período favorito, mas a noite em Faerie faz meu poder formigar sob a pele, me faz sentir como se eu pudesse voar. E aqui, ao lado de Sebastian, é como se eu pudesse ser *feliz*.

— Minha mãe ama estes jardins — ele comenta. — Quando era mais jovem, ela passava cada minuto possível entre as flores. Meu pai a encontrava aqui no meio da noite e a arrastava para a cama.

— Sua mãe mencionou seu pai quando me apresentei diante dela. Disse que você herdou o coração mole do Rei Castan. Aposto que ele teria orgulho de você.

Sebastian abaixa a cabeça.

— Gosto de pensar que sim.

— O que aconteceu com ele?

— Foi morto quando tentaram assassinar minha mãe, vários anos atrás.

Não escondo o choque.

— Quem o matou?

— Um grupo de feéricos que desertou da nossa corte e pegou em armas com os Unseelie.

Sinto um arrepio, mas é a culpa, não a brisa morna, que faz minha pele reagir. Não devia perder meu tempo tentando descobrir se quero ter um futuro com Sebastian. Se ele soubesse que estou trabalhando com o príncipe Unseelie e seu bando de amigos desajustados, esse futuro deixaria de ser uma possibilidade.

— Sinto muito — sussurro, mas sei que me desculpar não é suficiente para esse tipo de mentira.

Ele suspira.

— A guerra pode ter acabado, mas a tensão entre as cortes é maior do que nunca. Alguns acreditam que a solução é derrubar a monarquia dos dois lados e começar do zero.

— E o que você acha?

Ele me observa por um longo instante.

— Eu acredito que a mudança está a caminho. E que o líder certo pode unir as duas cortes. — E se levanta, balançando a cabeça. — Mas chega de falar de política. Vou te levar para dentro.

Voltamos ao palácio em silêncio. Imediatamente sinto falta do ar da noite e da solidão no pátio.

Lá dentro, um grupo de meninas em vestidos elegantes se dirige ao salão de baile. Como a rainha não está e minha presença não é requerida, esqueci que haveria um baile esta noite. As criadas já devem estar no meu quarto, esperando para ver se minha dor de cabeça melhorou para poderem me vestir como uma boneca.

— Não devia estar com elas? — pergunto a Sebastian, torcendo para que ele não perceba a nota de ciúme em minha voz.

Ele olha para mim.

— Acho que nós dois sabemos que eu prefiro passar a noite com você.

E lá vem aquele frio na barriga de novo, mas eu ignoro a sensação e bato o ombro no dele.

— Você é um sedutor descarado. — Mordo o lábio, tentando não fazer a pergunta que me atormentou o dia inteiro.

— Que foi? Eu conheço essa cara. Em que está pensando? — Ele está sorrindo quando engancha meu braço no dele e me leva até a cozinha. Quando olha para mim desse jeito, é muito fácil ver o garoto que conheci em casa. Muito fácil esquecer todo o resto.

— Você disse que tinha planos de voltar a Fairscape por minha causa.

— E é verdade. — Entramos na cozinha. Está vazia, como na última vez que estivemos aqui, mas o cheiro do frango assado, abóbora e guisado do jantar ainda paira no ar – um lembrete agridoce de como a vida aqui é fácil.

— Como isso teria sido possível, Bash? O plano era vir para sua casa, escolher uma esposa e voltar para Fairscape casado?

Ele gira os ombros.

— Estou com fome. E você?

— Não fuja do assunto.

— Não estou fugindo. Mas preciso comer alguma coisa. — Sorrindo, ele aponta para a grande geladeira encostada à parede. — Tem sorvete.

Minha boca enche de água. Lembro-me do sorvete da minha infância. Não é uma coisa comum em Fairscape. Leite fresco é caro, e depois que o sorvete é feito é preciso consumir imediatamente, mas as casas mais ricas em Elora têm caixas refrigeradas que mantêm alimentos congelados sempre à mão. Viver em Faerie é assim? Sorvete em todas as cozinhas? Terminar todos os dias com essa doçura cremosa derretendo na boca? Levanto uma sobrancelha e finjo que estou pensando na oferta, em vez de revelar que já estou salivando.

— De que sabor?

— Temos muitos sabores, mas me lembro de que você sempre prefere tudo de chocolate.

Essa resposta me faz sentir vulnerável, e por alguma razão eu me lembro de repente que estou descalça e de camisola. Sebastian me deu chocolate no meu aniversário no ano passado. Só uma pequena porção comprada de um dos vendedores no mercado. Uma extravagância, e foi assim que senti, mas o gesto atencioso fez com que eu me apaixonasse ainda mais por ele.

— Chocolate, é isso.

Ele pega duas tigelas e colheres, e eu dou risada.

— Que foi? — ele pergunta sorrindo.

— Essas tarefas tediosas, como servir sorvete... sempre achei que os feéricos usassem seus poderes para isso. — Ou os criados.

— Seria exibicionismo — ele revela, com uma piscada.

E, se magia é vida, como Finn descreveu, talvez eles não a usem desse jeito tão descuidado.

Sebastian serve uma porção generosa de sorvete de chocolate em cada tigela e me entrega uma delas.

Comemos em silêncio, apoiados em bancadas opostas, como fizemos na noite do chá, e já tomei metade do sorvete quando ele volta a falar.

— Meu plano era voltar assim que eu tivesse como te libertar daquele contrato. Para ser bem honesto, nunca pensei muito nisso. Eu sabia que você ia me odiar quando soubesse quem eu era, mas prometi a mim mesmo que, assim que tivesse esse poder, eu te ajudaria, mesmo que você não quisesse.

Quero apontar que ele é o príncipe, perguntar por que não me ajudou antes, mas, considerando tudo que ele fez por mim, essa pergunta me faria parecer uma mimada ingrata. Misturo o sorvete na tigela.

— Quando trouxermos a Jas de volta, você acha que consegue dar um jeito de ela passar um tempo aqui? Talvez não imediatamente, porque talvez você ainda esteja no meio desse processo de escolher uma noiva, mas... em algum momento? Quero que ela saiba como é isso, e, quando voltarmos ao reino humano, quero poder dar a ela alguma coisa parecida.

Mais sinto do que vejo a aproximação de Sebastian. Com um dedo, ele levanta meu queixo para me fazer olhar em seus olhos.

— Quando eu for o rei, você e sua irmã terão livre acesso ao palácio. — O resto fica no ar: se eu me tornar sua noiva, não vou ter que esperar até ele ser rei. E talvez... talvez, se for honesta comigo mesma, a possibilidade seja tentadora. Seria, se eu não tivesse feito um acordo.

Termino de tomar o sorvete em silêncio, presa em meus pensamentos. Sebastian leva as tigelas vazias para a pia e me acompanha de volta ao quarto.

— Obrigado pela noite — diz quando paramos na porta. — Foi bom ter você comigo, mesmo que o tempo tenha passado depressa demais.

— Foi muito bom — admito. — Obrigada.

Ele olha para minha boca, e seus lábios se abrem.

As palavras de Finn ecoam em meus ouvidos. *Você está a um punhado de doces promessas e momentos ternos de ser a noiva daquele garoto, e todo mundo sabe disso.*

Dou um passo para trás.

— Boa noite, Sebastian.

Durmo com o espelho embaixo do travesseiro, meio que esperando o goblin de Mordeus aparecer no quarto no meio da noite. Ele não aparece.

No dia seguinte, depois do café da manhã, invento outra dor de cabeça para fugir do treinamento com minha *professora particular* e ir esperar em meu quarto com o espelho. Quero entregar isso ao rei o mais depressa possível, para poder começar a procurar o próximo item, seja ele qual for.

Mas parece que o goblin de Mordeus funciona de acordo com um cronograma próprio.

Passo muito tempo usando o espelho para ver Jas, e, quando me deito na cama para esperar pelo goblin, me permito dar mais uma olhada. Hoje ela está costurando, bebendo chá e rindo com suas criadas.

Fecho os olhos e aperto o espelho contra o peito. É possível que ela esteja tão bem cuidada? Quero acreditar que sim, mas alguma coisa insiste em me alertar para não confiar muito nessa magia. Nem Sebastian tinha certeza de que ela funcionaria comigo. Como ele sabe que posso acreditar no que vi? Preciso saber se Jas está bem.

Sento na cama. Não precisa ser complicado. Ainda tenho o espelho, posso fazer um teste.

— Mostre o Sebastian.

Meu reflexo desaparece, e vejo o príncipe dourado. Ele está sentado diante da escrivaninha em seus aposentos, sério, concentrado em um livro.

Pulo da cama e troco o espelho pelo falso, antes de atravessar o palácio correndo.

Na metade do caminho, penso melhor no que estou fazendo. E se ele mudar de lugar antes de eu chegar? E se perceber que o espelho que vou devolver é falso? Cada dúvida me faz correr mais, e, quando paro diante da porta do quarto dele, estou ofegante.

Ao me ver, o sentinela que guarda a porta sorri e inclina a cabeça.

— Lady Abriella.

— Ele está aí?

— Sim, milady. Posso deixá-la entrar agora mesmo. Ele disse que sua presença é sempre bem-vinda. — O guarda abre a porta, e eu entro. Não voltei aqui desde a noite em que fui atacada pelo Barghest. Agora estou mais acostumada com a opulência do castelo, mesmo assim naquela noite não tive chance de apreciar completamente a beleza da suíte, a mobília de madeira escura, a saleta de estar tão grande quanto todo o andar principal da casa de Madame Vivias, as janelas panorâmicas que dominam a parede mais afastada da porta.

Encontro Sebastian sentado na frente da escrivaninha, exatamente como o vi no espelho, e quase derreto de alívio. Funciona. *Jas está bem.*

Sebastian levanta a cabeça e sorri para mim.

— Oi.

Nem tento esconder o sorriso. Saber que Jas está sendo bem cuidada tira um peso enorme dos meus ombros. Quero dançar.

— Oi.

Ele fecha o livro que está lendo e se levanta da cadeira.

— As criadas disseram que você não se sentia bem e cancelou as aulas com a professora. Melhorou?

Assinto, meio atordoada.

— Era só cansaço.

Ele afasta do meu rosto a mecha de cabelo mais curto e a prende atrás da orelha. Não vai adiantar, ela não fica presa, mas acho que ele só aproveita a desculpa para me tocar.

— Fiz você ficar acordada até tarde. Desculpe.

— Não se desculpe. — Ofereço a ele a réplica do espelho. — Esqueci de devolver ontem à noite.

— Ah, é. Eu estava... distraído. — Ele pega o espelho sorrindo, os dedos tocam os meus. — Odeio interromper esse encontro quando tenho você só para mim de novo, mas preciso ir para uma reunião.

Dou um passo para trás.

— É claro. Desculpa. Não quero te atrasar.

— Tenho uma pista sobre a Jas. — Ele guarda o espelho em uma gaveta. — Preciso ir encontrar uma das minhas fontes.

— O que vai fazer se descobrir onde ela está?

Os olhos verdes ficam gelados.

— O que tiver que ser feito.

Meu coração fica apertado. Vou continuar fazendo o que for necessário para libertar Jas, mas, se Sebastian pode resgatá-la de algum jeito antes de eu ter recuperado os três objetos, melhor.

— Tome cuidado — sussurro. — Ouvi dizer que o rei é manipulador e pode jogar o seu povo contra você. Fique atento.

— Cuidado? — Ele segura meu rosto com uma das mãos e sorri para mim. — Poderia Abriella Kincaid se importar com o destino de um feérico perverso?

— Você não é perverso — retruco. E saio do quarto depressa, porque me importo. E me importo demais.

Queria saber como entrar em contato com o rei. Passei a maior parte do dia sozinha em meu quarto, e o goblin não apareceu para pegar o espelho. Imaginando que o goblin talvez não possa entrar no castelo, digo às minhas criadas que quero sair para dar uma caminhada.

Saio do castelo, atravesso os jardins e sigo para a região onde o goblin de Mordeus me deixou.

Procuro. Ando. Deito na grama e olho para as nuvens, deixando o sol poente aquecer meu rosto.

Ele não aparece.

Capítulo 16

— **QUEM TE ENSINOU** a segurar uma espada desse jeito? — Jalek pergunta, rindo.

— Ninguém. — Não importa quantas vezes ajuste a empunhadura no bambu usado para o treinamento, não consigo reproduzir o jeito como o rebelde Seelie segura a espada.

Depois de três dias esperando o goblin de Mordeus aparecer no Palácio Dourado, hoje Pretha insistiu para que eu saísse com ela. Garantiu que o goblin me encontraria quando quisesse, não antes disso.

Quando cheguei à casa de Finn esta manhã, recebi uma muda de roupas – *calça comprida* pela primeira vez, graças aos deuses –, fui levada a uma sala de treinamento no porão e informada de que aprenderia a me defender fisicamente.

— Até hoje eu nunca havia segurado uma espada.

Jalek olha para mim com ar sério.

— Devíamos ter começado o treinamento físico no primeiro dia — ele reclama, falando com Pretha sem desviar o olhar de mim. — Olha esses braços. Parecem gravetos. Ela não conseguiria se defender de um sprite.

— *Estou ouvindo* — aviso, irritada.

— Se ela dominar o poder que tem, não vai precisar de espadas — Pretha responde e cruza os braços.

— Não tenho a menor intenção de entrar em uma luta de espadas mesmo — resmungo.

Jalek estuda minha postura.

— Ombros para trás, queixo erguido. Pés afastados na largura dos ombros. — Ele bate com a espada no meu bambu de treinamento, e eu balanço para o lado. — Deixe os joelhos relaxados.

— Pretha!

Todo mundo olha na direção do chamado. Finn e Tynan estão parados na escada. Finn está pálido, com o rosto contorcido pela dor. Tynan o apoia com um braço, mas ele parece prestes a cair.

Jalek solta a espada e, ao lado de Pretha, corre para o príncipe, e eles ajudam Tynan a acomodá-lo em uma cadeira em um canto do aposento.

— Eu o encontrei caído no alto da escada — diz Tynan.

Finn segura um lado do corpo, e as pálpebras tremem como se ele lutasse para não perder a consciência.

— O que aconteceu? — Pretha pergunta, e se ajoelha ao lado dele.

— Baixei a guarda — sussurra Finn.

— Fala sério — Jalek se irrita. — Que diabo foi fazer lá fora? Se tem alguma coisa para resolver, você manda um de nós. Não vai sozinho, inferno.

— Eu estava com Kane. — Finn respira ofegante, mas só quando se inclina para trás eu vejo o sangue que cobre seus dedos.

— Kane? — Jalek exclama. — Que beleza! Todo o nosso reino nas mãos de *dois* idiotas Unseelie.

— Nós tínhamos uma pista — Finn explica por entre os dentes. — E nenhum de vocês estava disponível. Não vou ficar com a bunda colada na cadeira até a velhice me matar.

— Que tipo de criatura fez isso com você? — pergunta Jalek. — Tem alguma chance de esse ferimento estar envenenado?

Finn balança a cabeça.

— Espada... — Tosse. — Kane e eu estávamos desviando um grupo do campo da rainha no norte. Os sentinelas postados em torno da área vestiam o uniforme da guarda real, e presumimos que fossem Seelie. Ela nunca vestiu ninguém da Floresta Selvagem com suas cores sagradas, mas parece que a velha ficou mais esperta.

— Isso foi feito por um dos nossos? — Tynan pergunta, olhando para Pretha.

Ela responde exibindo os dentes.

— Traidores sujos.

Tynan respira fundo.

— Cadê o Kane?

— Kane conseguiu escapar com o grupo, enquanto eu eliminava os guardas — diz Finn. — Dara e Luna estão com ele. Devem voltar em algumas horas, depois que ele atravessar o portal com os refugiados.

— Então, o filho da mãe que fez isso está morto? — Jalek pergunta, e seus olhos verdes parecem queimar.

— Morreu pela minha espada — Finn confirma.

Campos? Refugiados? Traidores da Floresta Selvagem?

— Por que os feéricos da Floresta são mais perigosos que os guardas Seelie? — pergunto, sem entender nada.

Todo mundo me ignora. Pretha afasta a mão de Finn para examinar o ferimento. A expressão dela é uma mistura de ternura e preocupação visceral.

Chego mais perto para dar uma olhada na ferida. É profunda, mas ontem vi Riaan cortar o braço quando treinara com Sebastian. O corte cicatrizou tão depressa que quase pude ver a carne se recompondo, mas não há sinal desse tipo de resposta no ferimento de Finn.

— Por que não está cicatrizando?

Finn ignora minha pergunta e levanta o queixo na direção de Jalek.

— Tem um kit de primeiros socorros no cofre. Vá pegar para mim. — A dor transforma sua voz.

— Finn? — Espero ele reconhecer minha presença, minha pergunta, mas ele fecha os olhos e reclina a cabeça.

Pretha sufoca um soluço e mantém a mão suspensa sobre o corte.

— Não desperdice energia, Pretha — Finn aconselha em voz baixa. Ele toca o rosto dela com delicadeza, e alguma coisa incômoda se contorce em meu peito. Eu não devia me importar com o relacionamento entre eles, se não prejudicar meu treinamento e meu acordo com o rei. — Não é um ferimento mortal — ele cochicha. — Eu *vou* ficar bem.

Pretha engole o choro e assente. Consigo ver quando ela recupera o controle.

— Você está perdendo muito sangue.

Jalek puxa uma mesinha para perto da cadeira de Finn e deixa o kit de primeiros socorros em cima dela.

— Temos que recrutar um curandeiro humano para ensinar a gente a usar essa merda de mortal — ele resmunga, olhando fixamente para os líquidos e cremes.

Finn levanta a cabeça e olha para mim.

— Tem alguma experiência com sutura de ferimentos, Princesa?

— Alguma. — Eu me costurei algumas vezes, mas nunca nada tão grande. — Mas vai doer, e meus pontos vão deixar uma cicatriz feia.

Finn grunhe.

— Você ouviu, Tynan. — As palavras dele são ofegantes, e Finn se encolhe um pouco, como se falar causasse dor. — Talvez eu tenha uma cicatriz mais feia que a de Kane, e ele vai parar de se exibir.

— Nunca vou entender o gênero masculino — Pretha resmunga, e se levanta antes de olhar para mim. — Do que você precisa, Abriella?

Examino o conteúdo do kit e encontro uma pomada desinfetante, uma pomada cicatrizante e uma pomada anestésica. Infelizmente nenhuma delas pode ser usada antes da sutura, em um corte como esse.

— Pode fazer alguma coisa em relação à dor? — pergunto. — Depois do ataque do Barghest, Sebastian entorpeceu minha perna até o curandeiro chegar. Você consegue fazer alguma coisa assim?

Pretha comprime os lábios e balança a cabeça.

— Posso tentar, mas não vai ajudar muito.

— Finn é durão — diz Jalek, exibindo a primeira sugestão de sorriso desde que viu Finn na escada. — Ele não precisa de nada.

— Vou pegar uma bebida — avisa Tynan, e uma garrafa com um líquido âmbar aparece sobre a mesinha ao lado de um copo. Ele enche o copo com mãos trêmulas e o entrega a Finn, que bebe tudo em dois goles.

— Vá em frente, Princesa.

Pego linha e agulha no kit, mas, quando olho para minhas mãos, elas estão tremendo tanto quanto as de Tynan.

— Posso tomar um gole disso? — pergunto. — Só para me acalmar.

— É claro. — Tynan conjura outro copo. Serve metade da dose que serviu para Finn e me entrega a bebida.

Bebo um gole e tusso quando sinto o álcool queimar a garganta.

— É o suficiente — resmungo. — Temos que lavar a região — explico a Finn.

Ele se senta com cuidado, e Pretha volta à sua posição ao lado dele para ajudar com os botões e tirar sua camisa. O peito escuro, musculoso, é coberto por tatuagens de runas. A imagem me deixa com a boca seca, e desvio o olhar. Já é suficientemente ruim ficar secando o cara quando ele está machucado, mas é ainda pior secar na frente da sua... Pretha é o quê? Esposa? Parceira? Só uma amiga?

Estou com ciúme? Não dela por ter alguma coisa com ele, mas da conexão que eles têm, da confiança e honestidade entre eles, coisa que não posso ter com Sebastian, mesmo que volte a confiar nele. Graças ao acordo que fiz com Mordeus, isso é algo que nunca vou poder ter.

De qualquer maneira, eu me viro para o outro lado, usando esse tempo enquanto Pretha limpa a região para preparar a agulha e a linha para os pontos. Minha mãe me ensinou a costurar, mas nunca me dediquei como Jas. Foi só pela persistência de Jas que aprendi a fazer pontos firmes, limpos.

Quando Pretha termina a limpeza, assumo o lugar dela e me ajoelho ao lado de Finn. Agora que está limpa, a ferida não parece tão ruim quanto antes, mas é profunda, e hesito antes de espetar a agulha em sua pele.

— Vá em frente — diz Finn. Ele fica tenso ao primeiro movimento da agulha, mas não se move.

Meu estômago se revolta diante do sangue que brota do ferimento, mas respiro fundo e continuo costurando. *Eu consigo.*

— Alguém pode me falar sobre esses campos da rainha? — pergunto, sem desviar o olhar da tarefa.

Sinto que eles se olham enquanto costuro, que têm uma conversa silenciosa e tentam decidir se me contam ou não.

— Não confunda as coisas por causa da palavra *campo* — diz Jalek. — São prisões.

— Para criminosos? — pergunto.

Jalek balança a cabeça.

— O único crime ali é ser pego em território Seelie e ter sangue Unseelie.

— O que você está chamando de prisão? — Nunca comprei essa ideia de que os Seelie são *bonzinhos* porque nunca confiei em feérico nenhum, mas é difícil acreditar que seriam cruéis com a própria espécie sem ter um bom motivo para isso, mesmo que os feéricos em questão sejam de uma corte rival.

— Os adultos vão para campos de trabalho forçado, onde trabalham dezoito horas por dia sem o mínimo de provisões. — O rosto de Jalek é tão sério que não há como duvidar dele. — Se não se enquadram no esquema, são executados.

Sebastian sabe disso?

— Seu príncipe tentou convencer a mãe a acabar com os campos, pelo menos como são agora — diz Finn, fazendo uma careta de dor enquanto lê meus pensamentos, como sempre. — Mas ela se nega.

Volto a respirar, e o alívio inunda meu corpo. Sebastian pode não ser o homem que um dia pensei que fosse, mas eu não poderia admitir um mundo no qual o generoso e bom aprendiz de magia que um dia eu quis fosse responsável por essas atrocidades.

— *Tentou* o cacete — Jalek resmunga. — Se ele realmente quisesse acabar com a crueldade, teria assassinado a rainha pessoalmente, mas ele não tem essa coragem. Achei que ele perderia a cabeça quando descobrisse sobre as crianças, mas...

— Que crianças? — pergunto.

Pretha olha para Finn, como se esperasse sua permissão para explicar.

— Eles separam as crianças dos pais. Dizem que é para desestimular as famílias a atravessar a fronteira para as terras Seelie, mas as submetem a lavagem cerebral, enchem a cabeça delas de propaganda sobre a rainha e ensinam que são inferiores aos Seelie por causa de sua origem e, portanto, destinadas a servir.

Enrijeço minhas mãos. Fecho os olhos por um instante ao pensar naquelas crianças. Sei o que é ficar sem os pais e ser obrigada a servir quem dá abrigo e comida. Que ingenuidade a minha pensar que todos os feéricos têm vida fácil.

Dessa vez, quando meu estômago protesta, não é por causa do sangue.

— Ah, olha só para isso — Pretha sussurra.

— Princesa — diz Finn, e eu abro os olhos e vejo que cerquei nós dois de escuridão. A única luz entre nós vem daqueles cativantes olhos prateados. — Nós encontramos as crianças e as levamos para o território da Floresta Selvagem. Elas estão seguras. Kane está transportando duas dúzias delas agora, enquanto conversamos aqui.

Olho para ele e recolho meu poder para dentro de mim. Ele vibra em meu sangue como um animal selvagem se debatendo na jaula.

— Por que um Unseelie vem para cá se é tão ruim?

— Porque viver sob o domínio de Mordeus é tão sinistro que o risco compensa — diz Pretha. — Ele é ganancioso e egoísta, e não cuida do reino como um todo. Suas leis favorecem os ricos e poderosos e punem os menos afortunados.

Olho para Finn por um instante, e não posso deixar de pensar que a aflição que vejo em seu rosto tem menos a ver com o ferimento em seu corpo ou com a agulha em sua pele, e mais com a situação de seu reino.

— Muitos preferem fugir a ficar nessas condições — Jalek acrescenta. — Mas a terra Unseelie é cercadas por todos os lados de mares vastos e traiçoeiros, exceto na fronteira com o território Seelie. Como disse o Finn, a Floresta Selvagem acolhe os refugiados, mas os Unseelie precisam chegar lá, ou atravessando toda a extensão do território Seelie, ou encontrando um portal.

Continuo costurando, mas tenho que me concentrar para evitar que a raiva que sinto encha o ambiente de escuridão.

— Por que eles não usam goblins para transportá-los?

Jalek não esconde o desgosto.

— Aquelas criaturas são mais egoístas que Mordeus. Os refugiados não têm nada a oferecer que compense o risco de se indispor com Mordeus e Arya.

— De qualquer maneira — diz Pretha —, um goblin pode transportar no máximo dois de cada vez. O caminho mais fácil para grupos maiores até a Floresta Selvagem é através de um portal.

Tynan estava tão quieto que quase me surpreendo quando ele fala.

— O rei e a rainha da Floresta Selvagem têm feito o possível para acolher os Unseelie desabrigados, só temporariamente, até Finn poder assumir seu lugar de direito no trono. Mas, para garantir a segurança de suas fronteiras, eles não podem permitir portais diretos da terra de Mordeus para a terra deles. O usurpador os usaria para mandar suas criaturas mais cruéis para torturar inocentes da Floresta Selvagem. — A teia em sua testa fica mais brilhante e pulsa, até ele mover a cabeça para alongar o pescoço e respirar fundo. — Estamos instalando portais perto da fronteira Seelie e tentando transportar os Unseelie antes que a guarda da rainha os pegue.

— Os portais precisam ser abertos, fechados e mudados de lugar frequentemente para despistar a guarda de Arya — explica Pretha enquanto se serve de uma bebida. — Isso está drenando nossas forças, mas é a melhor solução que encontramos, por enquanto.

Termino de dar os últimos pontos, e, quando olho para Finn novamente, ele está me observando. Nem tento esconder dele o quanto me sinto arrasada. Em silêncio, passo as pomadas necessárias sobre os pontos, mas minha cabeça está fervendo. *As crianças.*

— Ele vai morrer?

A pergunta em voz fraca e chorosa vem da escada. Eu me pergunto há quanto tempo a criança está ali parada e se viu a gravidade do ferimento de Finn. Instintivamente, eu me levanto e caminho na direção dela.

Não vou muito longe antes de Tynan a pegar no colo.

— Não, garota. Ele vai ficar bem. Está vendo? — Ele a leva para perto de Finn, que estende a mão e faz cócegas em seu pé descalço. Ela ri e enxuga as lágrimas.

Se fosse humana, eu diria que tem uns cinco ou seis anos. Sua pele é marrom-clara, e o cabelo sedoso é como o de Pretha. Vejo em sua testa o início da formação de uma teia prateada como a que Pretha e Tynan têm, mas seus olhos grandes são prateados, e o sorriso é idêntico ao de Finn.

— Lark, já falei para você ficar lá em cima quando tiver visita — diz Pretha, olhando para mim. O significado é claro. Estamos ajudando uns aos outros, mas não sou confiável o bastante para saber sobre essa criança. Não importa se acabei de costurar seu... seja lá o que Finn for dela.

— Mas eu a vi em um incêndio — diz Lark, apontando para mim. A menina inclina a cabeça, como se tentasse decifrar um enigma. — Sua irmã não está lá.

— Lark, pare! — Pretha tira a criança do colo de Tynan e esconde o rosto dela em seu cabelo. — O que a mamãe falou sobre usar a visão?

— Pretha — Jalek interfere em tom brando —, talvez a gente tenha que saber sobre esse incêndio, se...

— Então procure uma vidente — ela interrompe, impaciente. Seus olhos se enchem de lágrimas. — Não minha filha.

— Desculpa, mamãe. — Lark toca o rosto de Pretha com as duas mãozinhas. — Eu não tento. Eu só *vejo*. E não quero que ela morra no fogo. Ela já fez isso.

Meu coração fica apertado quando ouço a preocupação na voz dessa criança tão doce.

— Não — eu falo, e estendo os braços. — Está vendo? Estive em um incêndio há muito tempo, mas eu não morri.

Lark não está prestando atenção em mim. Ela olha para a mãe quando diz:

— Da próxima vez que ela morrer, tem que ser durante uma cerimônia de vinculação. Senão ela nunca vai ser rainha.

Meu sangue fica gelado. *Da próxima vez que ela morrer...*

— *Rainha?* — Jalek repete.

— Por favor, meu bem. — Lágrimas rolam pelas faces de Pretha. Ela está muito perturbada.

Jalek se vira para mim.

— Você *ama* o príncipe dourado. — Ele resmunga um palavrão. — Tem que *falar* com a gente antes de prometer qualquer coisa a ele.

Ignoro Jalek e finjo que não percebo o penetrante olhar prateado de Finn cravado em mim.

— Eu não morri — falo para Lark. — E não vou ser a Rainha Seelie.

Ela ri.

— Você nunca poderia ser a Rainha Seelie.

Eu devia estar aliviada. Mas as palavras são como uma farpa na parte esperançosa do meu coração que mantenho escondida do mundo, de mim mesma. A parte que quer Sebastian, a parte que quer ser boa o bastante para ser...

Não. Eu *não* quero isso.

Jalek encara Finn com uma expressão dura, antes de olhar de novo para o rosto da criança.

— Está falando da *rainha Unseelie*, Lark?

Pretha olha para ele com tanta raiva que todos na sala se encolhem sob a força desse olhar, mas Lark sorri.

— Ela poderia se quisesse, mas não vai ter nenhuma chance se morrer no fogo.

— Tynan — diz Pretha, passando a filha para os braços dele. — Leve a Lark para o quarto dela, por favor.

Tynan assente. E Lark passa os braços em torno do pescoço dele.

— Você prometeu que ia me ensinar a jogar com o seu baralho. Pode ser agora? — Tynan pergunta quando começa a subir a escada com ela.

— Pode, mas eu sou muito boa nisso — ela diz. — Não pode ficar bravo se eu ganhar.

— Prometo que vou ter espírito esportivo — ele diz, e as vozes se afastam.

— Bem, isso foi... esclarecedor — dispara Jalek.

Pretha o encara, contrariada.

— Lark não consegue evitar — Finn comenta em voz baixa. — A magia dela não é como a sua, Pretha. Não tem liga e desliga. Ela simplesmente *acontece*.

— Vamos falar sobre o que ela viu? — pergunta Jalek.

— Certo, a morte no fogo. — Finn olha para mim, e suas sobrancelhas desaparecem no meio da nuvem de cabelo. — Alguma ideia, Princesa?

— Acho que não tem nada a ver, ela é só uma criança, não estava falando sério. — Abro os braços. — Estão vendo? Não estou morta. Humanos não continuam andando por aí depois que morrem.

Jalek grunhe. Não faço a menor ideia do que isso significa.

Pretha enxuga as lágrimas e respira fundo, recompondo-se antes de olhar para Finn.

— Mande seus espiões na Corte Unseelie investigarem a possibilidade de um ataque contra o Palácio Dourado. Alguma coisa com fogo ou explosivos, talvez. — Ela olha para mim e força um sorriso. — E você? Ao menor sinal de incêndio, proteja-se, ok?

Reviro os olhos, quase sem disfarçar.

— Podemos voltar à questão dos campos e dos refugiados? — Finn parece mais abatido e cansado do que jamais o vi, mas eu preciso saber. — Isso acabaria se você estivesse no Trono de Sombras? — pergunto.

— Não posso mudar a lei Seelie, mas poderia tornar a vida melhor na minha corte. Faria tudo que pudesse para meu povo não precisar fugir. Tudo que eu faço é para proteger meu povo e dar a ele um lar mais seguro. — Os olhos dele cativam os meus, e é um olhar tão intenso que é como se apenas eu tivesse o poder de entregar a ele o trono de seu pai. — Essa é a real responsabilidade de um rei.

Preciso resgatar Jas, e essa tem que continuar sendo minha prioridade, mas não consigo parar de pensar naquelas crianças Unseelie, presas em detenções de verdade e sendo convencidas de que valem menos por causa de sua condição de nascimento. Se Finn derrubasse Mordeus, o acordo também cairia. Finn libertaria minha irmã. Eu sei disso.

— Como eu posso ajudar? — pergunto.

O rosto de Finn endurece, e ele olha para Jalek.

— Me ajude a ir para o quarto.

— A garota quer *ajudar* — diz Jalek.

Finn se levanta da cadeira e geme de dor ao endireitar o corpo.

— Senão eu vou sozinho.

— Tudo bem. — Jalek me estuda por um longo instante, antes de ajudar o príncipe a subir a escada.

— Falei alguma coisa errada? — pergunto a Pretha.

Ela balança a cabeça.

— Acho que foi agitação suficiente por um dia. Vamos voltar mais cedo para o castelo.

Capítulo 17

FAZ UMA SEMANA que Sebastian me deu o espelho. Uma semana de espera no castelo e de distração com os desajustados de Finn, pensando se Mordeus esqueceu de mim e do nosso acordo. Uma semana pedindo obsessivamente ao espelho para mostrar minha irmã. Ver Jas feliz e bem cuidada é a única coisa que torna a espera tolerável. Por mais que o Palácio Dourado esteja cheio, eu me sinto solitária quando estou lá. A única pessoa em quem confio, mesmo que remotamente, é Sebastian, e não posso confiar nele.

Estou começando a me perguntar se o rei pretende realmente pegar o espelho, mas não vou mais perder tempo de treinamento enquanto espero. Talvez precise dessas habilidades estranhas para a próxima relíquia. Embora minha preferência pela companhia dos desajustados Unseelie tenha a ver com mais que esse acordo, para ser bem honesta. Quando Pretha me traz ao palácio depois da casa de Finn, termino meu dia sorrindo e me sentindo menos... desesperançosa.

Hoje passei a manhã praticando a habilidade de desaparecer em sombra e atravessar proteções e paredes. Meu controle sobre isso melhorou, mas, quando Pretha me disse para transformá-la em sombra, demos de cara na parede. No sentido figurado e no literal.

— Vamos fazer um intervalo para o almoço — Pretha sugere, e segue na frente em direção à biblioteca. — Jalek está fazendo sanduíches.

Quando entramos na cozinha, Jalek e Tynan já estão sentados à mesa com Finn. Tem mais três lugares postos, mas não vejo nem sinal do amigo deles, o Unseelie de olhos vermelhos.

— Não sei onde Kane se meteu hoje de manhã — Jalek resmunga ao me ver olhando para o hall. — Mas estou com fome demais para esperar por ele, então senta.

Pretha olha para mim.

— Ignore. Ele fica irritado quando está com fome.

— Eu fico irritado — Jalek retruca — quando Litha está tão perto e aquela vadia continua no trono. Fico *irritado* quando o príncipe a quem jurei lealdade tem febre e se nega a fazer o que é preciso para se recuperar.

Olho para Finn. Perguntei como ele estava hoje cedo, quando chegamos, mas ele desprezou minha preocupação e disse para eu parar com a superproteção. Agora vejo gotas de suor em sua testa, e não as tinha notado antes.

— Bom, você não vai conseguir resolver nada disso se estiver com fome — Pretha diz a Jalek, ocupando a cadeira ao lado de Finn. — Então coma. — Ela toca a testa de Finn, e ele empurra sua mão.

— Estou bem — resmunga.

— Está com febre? — pergunto a Finn. — Tem usado a pomada?

— Não é por causa disso. — Ele contrai a mandíbula; está cansado de explicar a mesma coisa. — É uma febre comum.

— Como estão os pontos? — insisto. — Tem alguma área vermelha ou inchada?

— Examinei hoje de manhã — Pretha responde, evitando me encarar. — Estamos cuidando disso. Agora senta.

Relutante, eu me sento ao lado de Pretha, e Tynan passa um prato com sanduíches, enquanto Jalek enche os copos com uma água com gás que tem sabor de sol e limão, uma descrição que eu teria achado ridícula antes de vir para Faerie, simplesmente porque não teria entendido que é... *adequada.*

Estou na metade do meu sanduíche, e os rapazes já estão no segundo, quando Kane entra na cozinha acompanhado por uma mulher.

A conversa é interrompida, e todos param de comer.

Finn fica em pé. Os lobos que eu nem tinha notado surgem das sombras e se colocam um de cada lado dele.

— O que é isso? — Sua voz é perigosamente baixa.

Kane inclina a cabeça.

— Encontrei um tributo para você.

Já ouvi essa palavra antes. As pessoas em Elora recebem um bom dinheiro para ir a Faerie como tributos. Minhas primas riam do que achavam que isso significava, mas a única coisa clara, para mim, era que os tributos nunca mais voltavam para casa. Eu me levanto e me aproximo da garota, mas Pretha me segura pelo pulso.

— Brie. Não.

— Eu não pedi porra de tributo nenhum — Finn se irrita. A raiva transborda de cada palavra. — Leve ela para casa.

— Finn. — A voz de Kane é dura, quase como a de Finn. — Raciocine.

A garota dá um passo à frente. Não é muito mais velha que eu, e é bem bonitinha. O cabelo loiro e comprido é mantido longe do rosto por pentes, enfatizando o rosto de maçãs altas e brilhantes olhos azuis. Queria saber seu nome. Se tem uma família que vai sentir falta dela.

Puxo meu braço, mas Pretha o segura com força.

— Ela não está fazendo nada que não queira fazer, Abriella.

A garota abaixa a cabeça.

— Por favor, meu príncipe. Fugi da corte de Mordeus. Vivo em Faerie desde sempre, e já... já vi o suficiente para entender o que estou fazendo. — Ela cai de joelhos, e noto que isso é uma reverência. — Por favor?

Finn olha para ela de um jeito duro, um olhar demorado, depois encara Kane. Em seguida balança a cabeça e sai da sala, seguido pelos lobos silenciosos.

Pretha se sente incomodada. Kane resmunga um palavrão. A menina esconde o rosto com as mãos e chora.

— Vou falar com ele — diz Jalek.

Pretha o impede pousando a mão em seu peito.

— Não. Eu vou. — Ela segue Finn até a biblioteca e fecha a porta.

— Sinto muito — Kane se dirige à garota. — Dá um tempo para ele.

— Alguém pode explicar o que está acontecendo aqui? — Olho diretamente para Jalek e Tynan.

Jalek balança a cabeça e começa a tirar os pratos da mesa. Tynan vai ajudar a garota a ficar em pé, murmurando coisas para acalmá-la.

— Vou lá para fora — aviso, embora ninguém esteja prestando atenção. Percorro o corredor até o fundo da casa e sinto a brisa de verão no rosto quando saio e solto a porta, que bate atrás de mim.

Estou bem cansada de nunca ter informações. Cansada de ser forçada a confiar em pessoas que não retribuem minha confiança de maneira nenhuma.

As janelas da biblioteca estão abertas. Atravesso o pátio para ouvir alguma coisa, mas não consigo entender a conversa que acontece lá dentro. Pretha deve ter protegido o aposento contra ouvidos curiosos... contra mim.

Endireito as costas. Se quero saber o que está acontecendo lá dentro, tenho poderes para isso.

Fecho os olhos e me sinto dissolver em sombra, em escuridão, em nada. Não volto a abri-los até ter atravessado lentamente a parede, passado pelas barreiras de proteção mágica que cercam a casa, pelo escudo de Pretha, e entrado na biblioteca.

Finn está sentado no sofá, com um braço sobre o encosto e a outra mão massageando as têmporas.

— Abriella não está preparada. Se eu pedir agora, corro o risco de ela ficar desconfiada.

Pretha anda de um lado para o outro diante dele.

— Tudo bem. Então tem que ser você.

— Por quê? Por causa de uma infecção boba? Acha que é *isso* que vai me impedir de ganhar essa guerra?

— Não. Acho que o seu orgulho e a sua teimosia vão nos impedir de ganhar essa guerra. — Ela passa a mão no rosto, e percebo que está chorando. — Tem ideia de como foi difícil ver Vexius ser consumido?

Vexius? Já ouvi esse nome antes?

— Tem ideia de como é difícil viver cada dia sabendo que não precisava ser assim?

— Você fala como se fosse muito simples — responde Finn —, mas, se eu aceitar tributo atrás de tributo, vou ser melhor que *ele*?

Ele quem? Mordeus? Ele também recebe tributos? O que os tributos fazem? E por quê?

— Acho que você ainda está sofrendo por Isabel, e... — Ela se vira para mim e estuda a parede de livros nas sombras.

Finn se ajeita no sofá.

— Que foi?

— Acabei de ter a sensação de que não estamos sozinhos.

Merda.

Ela flexiona o pulso, e uma bolinha de luz aparece nas pontas dos dedos. Mais um movimento do pulso, e a luz flutua em minha direção.

Saio pela parede antes que ela possa me ver.

— Não estou vendo nada — Finn comenta quando escapo. — Tem certeza?

— Você não devia ficar no escuro quando ela está por perto.

Eu não deveria saber que a garota ainda está aqui. Não deveria vê-la entrar na biblioteca, onde Finn passou a tarde toda de mau humor. E, definitivamente, não deveria estar usando minhas sombras para entrar atrás dela e espionar os dois.

Desde que Pretha me ensinou sobre barreiras de proteção e escudos e me fez entender que os atravessei sem saber quando me confundi com as sombras, tenho prestado mais atenção a essa parede extra de magia. Posso senti-la agora quando entro, um escudo adicional que alguém colocou em volta da biblioteca.

A jovem está diante de Finn de cabeça baixa.

— Por favor, não me mande de volta.

Finn levanta o rosto da garota e o estuda.

— Você não entende o que está oferecendo.

— Entendo. Nasci e cresci em Faerie, sei como isso funciona. Não sou uma humana típica.

— E se eu te mandasse para a Floresta Selvagem? — ele pergunta, inclinando a cabeça de lado. — Seria ruim viver lá?

— Estou fazendo isso pelo meu irmão... meu meio-irmão. Ele era Unseelie, e era a única pessoa que realmente se importava comigo.

— Onde ele está?

Ela abaixa a cabeça.

— Morreu, meu príncipe. Não devia ter morrido, mas a maldição...

— Entendo.

Ela tira um punhado de pedras do bolso.

— Por favor?

— O que eu posso te dar em troca?

Ela balança a cabeça.

— Vejo tudo que faz pelos Unseelie. Essa é a ajuda que posso dar. Quero fazer isso por você e por eles.

— Deve ter alguma coisa. — A voz dele é grossa e áspera.

Ela sorri um sorriso pálido.

— Não tem nada.

A garota segura o rosto de Finn com uma das mãos e se aproxima, os lábios quase tocam os dele. Ele não fecha os olhos quando a boca desce lentamente sobre a dela.

No momento em que os lábios se encontram, alguma coisa contundente e afiada me rasga por dentro.

Viro de costas para eles e saio da biblioteca. Digo a mim mesma que estou aborrecida por Pretha. Não que tenha certeza de que eles estejam... envolvidos. Mas essa é a única razão para eu sentir alguma coisa ao ver Finn beijando alguém.

Sento no jardim e olho para o sol se aproximando do horizonte. Pela primeira vez durante todo o dia, quero voltar ao palácio. Não quero estar aqui quando Finn tomar seu... *tributo*. Quero ignorar esse sentimento em meu peito, essa coisa para a qual não consigo dar um nome. Ciúme? Não. Não quero um príncipe feérico deprimido.

Não quero ele.

Então, por que doeu tanto vê-lo tocar outra pessoa com tanta ternura?

Seria fácil resumir minhas emoções como gratidão por alguém que está me ajudando quando preciso tanto de ajuda, mas e a conexão que sinto com ele? E quanto ao jeito como meu poder parece emergir quando ele está por perto, ou a sensação provocada por seu toque?

E se tudo isso *significar* alguma coisa? E se Finn for mais para mim que um professor e um amigo?

O pensamento é como uma traição tão grande contra Sebastian que eu queria poder arrancá-lo fisicamente da minha cabeça.

— Pronta para ir agora? — Pretha pergunta da porta. Ela passou a tarde toda tentando me levar de volta ao palácio.

— Não se importa por ele estar lá *tocando* aquela garota?

Pretha me encara com ar confuso, e seus ombros parecem relaxar de... *alívio*?

— Nem senti quando você passou pelo meu escudo — resmunga. — Impressionante.

— Ele beijou a menina. Pensei que você se incomodaria com isso. — Eu me sinto tão furiosa e cruel quanto minhas primas, então balanço a cabeça e suavizo o tom de voz. — Quero dizer, achei que você ia querer saber.

Ela enruga a testa, mas sorri ao entender o que estou dizendo.

— Você acha que *eu* tenho alguma coisa com *Finn*? — E ri. — De onde tirou essa ideia?

Meu rosto esquenta, e tento engolir o constrangimento, mas é inútil. Tirei conclusões apressadas, e agora pareço uma idiota.

— Lark tem os olhos dele.

Ela balança a cabeça.

— Lark tem os olhos do pai. Finn é tio dela, e ele é livre para beijar quem quiser. — E resmunga mais alguma coisa, algo muito parecido com *provavelmente pensando em outra pessoa.*

— O que são esses tributos? Por que vocês precisam deles, e o que acontece com eles? Por que aquela menina tinha um punhado de pedras no bolso?

Pretha cruza os braços.

— Estamos tentando ser seus amigos, Brie. Amigos não espionam.

Capítulo 18

— **Menina de Fogo. Acorda** — uma voz rouca fala no meu ouvido.

Quando Pretha me levou de volta ao palácio, fui diretamente para a cama – aborrecida comigo mesma por ter espionado pessoas que confiavam em mim, e mais aborrecida ainda por sentir... o que senti quando vi Finn beijando aquela garota.

— Menina de Fogo. — Uma unha afiada arranha minha orelha, e abro os olhos de repente.

O goblin do Rei Mordeus está agachado em cima do meu travesseiro.

Finalmente.

— Por que demorou tanto? — pergunto, cochichando, ao levantar da cama.

— O rei tem tido assuntos a resolver, menina. Ele trabalha no seu próprio ritmo.

Bufo. *Todos* os feéricos parecem trabalhar no próprio ritmo. Atribuo a culpa por essa falta de urgência à imortalidade.

— Vou me vestir.

Ele balança a cabeça.

— Não tem tempo para isso.

Olho para a camisola fina.

— Está brincando. Não vou sair assim.

— É agora ou daqui a uma semana. Você que sabe.

Olhando diretamente para ele, pego a sacola embaixo do colchão, onde a escondi. Antes de ter tempo para me preparar, o goblin segura meu pulso. O quarto desaparece.

Quando aparecemos na Corte da Lua, espero estar na sala do trono. Em vez disso estou na entrada de uma pequena sala de estar. O rei repousa reclinado em uma poltrona vermelha. O goblin solta meu braço, a sala gira e eu caio no chão antes de conseguir me equilibrar sobre os pés.

Sinto a bile subindo pela garganta. E cubro a boca com o dorso da mão.

— Abriella, você está adorável — diz o rei. Hoje ele está vestido inteiramente de preto, desde a calça até a túnica impecável e o manto sobre os ombros. Até as unhas foram pintadas de preto. Tem três sentinelas de cada lado dele, e todos mostram a língua bifurcada de tempos em tempos, como se pudessem sentir o gosto do perigo no ar.

Levanto o queixo ao ser dominada pela náusea. Eu me recuso a demonstrar fraqueza diante dele – embora, com toda a honestidade, tenho certeza de que seria bem divertido vomitar no rei.

— Peguei seu espelho há uma semana. Não gosto de ficar esperando.

— Nem eu — ele responde em tom entediado. — E você demorou mais do que eu esperava. Meus espiões relataram que, no fim, você acabou pedindo o espelho ao príncipe dourado. Isso foi muito inteligente. Queria que eles tivessem visto o pagamento que ele exigiu por esse favor. Espero, sinceramente, que ele tenha tirado proveito máximo.

A raiva toma o lugar da náusea em um instante, e linhas de escuridão partem das pontas dos meus dedos e riscam o chão de mármore. Os sentinelas do rei levam a mão à espada, e eu dou uma olhada na profundeza infinita revelada pelo mármore rachado.

Seja qual for esse meu poder, ele *desabrocha* no palácio Unseelie.

— Muito bem. — Os olhos do rei escurecem, e suas narinas se dilatam enquanto ele avalia o estrago que causei. — Vejo que ainda não aprendeu a controlar sua magia.

Ainda não aprendi nem o que ela *pode* fazer, pelo jeito. Certamente não sabia que era capaz disso. Mas cerro o punho e me concentro em recolher o poder para dentro de mim. Eu o imagino encolhido no fundo do meu corpo, não adormecido, mas como uma serpente poderosa, alerta e pronta para atacar.

O rei estuda meu rosto.

— O que eu não daria por esse dom.

Não me interessa o que ele pensa sobre meus poderes, e não quero ficar aqui por mais tempo do que é necessário. Não é à corte que me oponho, mas a Mordeus. O jeito como ele olha para mim, como se quisesse entrar na minha cabeça e dar uma olhada dentro dela, me causa arrepios. Levanto do chão e ajeito a camisola como posso.

— Me deixe ver minha irmã.

— Você sabe que não posso.

— Você me deixa ver minha irmã e eu te dou o espelho.

— Como já descobriu, você pode ver sua irmã *no espelho* — ele aponta.

Não quero nem saber como ele sabe disso. Pensar que ele pode ter me espionado em meus aposentos me faz sentir um arrepio. Mas não. Ele está só imaginando.

— Não é o suficiente.

— Vai ter que ser. É tudo que posso oferecer. Gostou da última semana? Ter a imagem que quiser na ponta dos dedos?

Balanço a cabeça.

— Quero ver minha irmã. Pessoalmente. — Faz muito tempo, e a ausência dela é uma percepção constante no fundo da minha mente.

— Sente-se. — Mordeus move a mão, e aparece nela uma garrafa transparente cheia de um líquido vermelho escuro. — Vamos beber ao seu sucesso.

Beber vinho feérico. *Nem pensar.*

— Não, obrigada.

— Faço questão. — Ele serve a bebida em dois copos e aponta para a cadeira vazia a seu lado. — Nós bebemos e depois falamos sobre a próxima relíquia que você precisa recuperar para ver sua irmã *pessoalmente* o quanto antes.

Jogos. Ele está jogando comigo. Eu me agarro à pouca paciência que ainda mantenho só porque não tenho escolha, entro na sala e sento. Quando ele me oferece o copo, aceito para acelerar as coisas.

Mordeus levanta o copo.

— Ao poder — diz. Levanto uma sobrancelha, e ele interrompe o movimento de levar o copo à boca. — Não?

— No meu mundo, poder significa a capacidade de enganar alguém para tirar dessa pessoa a vida, as escolhas e o livre-arbítrio. — Seu olhar cinzento e penetrante me queima, e sinto que ele enxerga demais. Giro o copo entre as mãos e estudo o líquido. — Não quero brindar ao poder.

— A que gostaria de brindar?

Olho para ele e deixo o silêncio pesar por um instante antes de erguer o corpo.

— Às promessas cumpridas.

— Ah, sim. Ainda preocupada com sua irmã. Eu brindo a isso, porque estou ansioso pelo cumprimento da sua promessa.

Seu sorriso me arrepia quando ele bate de leve com o copo no meu.

Eu o vejo beber e fico ali segurando meu copo por vários minutos, sem beber nada, até que ele suspira irritado.

— Não vamos discutir a informação que está esperando até você beber, menina.

Quero discutir, mas de que adianta? Para ele, tudo tem a ver com poder, e o dele é roubado, em sua maioria. Ele não tolera a menor desobediência. Bebo um gole bem pequeno. O vinho é doce e aveludado, e se espalha quente pelo meu peito.

— A segunda relíquia? — pergunto.

Ele ri.

— Quanta eficiência. Não quer saborear seu vinho por um momento?

Olho para ele. Um olhar duro.

Mordeus se reclina em sua cadeira.

— A segunda relíquia é o Grimoricon, e recuperar esse item vai ser muito mais difícil que o espelho.

É claro que vai. Não posso esperar que Sebastian me entregue tudo de que preciso para ter minha irmã de volta. Mas estou começando a acreditar que ele faria isso – por mim, por Jas. Como seria bom, se contar tudo a ele não invalidasse meu acordo com Mordeus.

— O que é esse Grimoricon?

— Talvez você o conheça por outro nome, o Grande Livro. É o texto sagrado de Faerie, e contém os primeiros encantamentos e a magia dos Antigos.

— Um livro?

Ele bebe mais um gole de vinho.

— Mais ou menos. Uma coisa assim tão poderosa não pode estar contida apenas em páginas, então, como todos os maiores textos mágicos, ele pode mudar de forma e aparência.

— E se transforma em quê? — Não sinto nenhum efeito do gole de vinho, por isso arrisco beber mais um pouco. É realmente delicioso. Além do mais, se ele quer que eu recupere esse livro, me drogar não vai ajudar em nada.

— Em *qualquer coisa*, minha menina. Ele pode e vai se transformar em qualquer coisa se sentir algum perigo.

Um livro que sente o perigo e muda de forma. Parece que começamos pela relíquia mais fácil.

— Onde ele está?

— Não tenho essa resposta. A Corte Seelie o roubou durante a guerra e o guarda desde então, embora ele pertença à minha corte e sua magia não possa ser usada pelos feéricos dourados.

— Então por que o roubaram?

Ele bebe mais um gole e olha para o nada, como se examinasse milênios de lembranças antes de encontrar a resposta.

— Pelo mesmo motivo que os fez levarem todo o resto. Para nos enfraquecer.

— Está dizendo que quer que eu encontre um livro que pode estar em qualquer lugar da Corte Seelie, e que esse livro pode ser *qualquer coisa*? — É pior que uma agulha no palheiro. Quando você encontra a agulha, pelo menos sabe que achou o que estava procurando. Eu posso dormir todas as noites ao lado do Grimoricon sem saber disso.

— Vou deixar você olhar o espelho — ele diz, e crava os olhos no meu colo, onde o seguro com pulso firme.

Cada vez que penso em perder o espelho, minha única conexão com Jas, afasto esse pensamento, não consigo suportá-lo. Agora, sabendo que vou poder ver como ela está, relaxo os ombros.

— Boa sorte.

O goblin de Mordeus me leva do palácio Unseelie e de volta aos jardins que cercam o castelo da rainha.

— Por que me tirou do meu quarto mas não pode me levar de volta para lá? — pergunto, resistindo à náusea que resulta da viagem com o goblin.

— Porque tem alguém no seu quarto — o goblin responde —, e não estou interessado em perder a cabeça hoje.

— Mas como sabe disso?

O goblin sorri para mim, mostrando todos os dentes amarelos e pontudos, depois desaparece.

Era como se eu tivesse passado poucas horas na Corte Unseelie, mas o sol já está alto no céu. Os jardins estão movimentados, cheios de criados cuidando das flores, e o cheiro de lavanda e rosas me chama quando me dirijo à entrada do palácio. É tentador sentar ali, talvez fechar os olhos, deixar o sol aquecer meu rosto e o canto dos pássaros embalar meu sono. Mas resisto. Se realmente tem alguém no meu quarto, quero saber quem é.

— Ele está lá esperando a manhã toda — uma voz doce avisa atrás de mim. — O príncipe pode ficar desconfiado se você aparecer de camisola. — Eu me viro e vejo *Eurelody* acenando, me chamando para uma carruagem. — Já mandei avisar suas criadas que você vai estar comigo o dia todo, treinando.

— Estou cansada demais para treinar.

— E minhas orelhas são bonitas demais para ouvir ladainha, mas ainda assim estou ouvindo. Vamos.

Não discuto, ela tem razão sobre a camisola. No entanto, quando chegamos à casa, encontramos o mais completo caos.

— Saia da minha frente, Tynan — Jalek exige.

— Não.

— Deixe de ser ridículo. Vou patrulhar, não...

— Para começar, não acredito em você — diz Tynan. — Além disso, não importa *aonde* você pensa que vai. É mais seguro ficar aqui.

Pretha me leva para dentro, para longe da confusão. Não é incomum esse grupo brigar, mas não é assim que eles discutem, normalmente. Jalek está vestido com suas roupas de couro, com a espada pendurada nas costas. Ele encara Tynan, cuja teia facial prateada brilha com a força das emoções. Finn está entre eles, pernas afastadas, olhando de um amigo para o outro.

— Por favor, Jalek — Tynan agora cochicha. — Seja sensato.

— Foi um sonho — responde Jalek. Ele cruza os braços e olha para Finn. — Por favor, explique para ele que não posso passar a eternidade sentado no meu quarto só porque tive um pesadelo.

— Não foi só um pesadelo. Eu a *ouvi*. — Tynan quase vibra com a força da frustração. — Olhe nos meus olhos e diga que não acordou com a Banshee sentada no seu peito. Olhe nos meus olhos e diga que não está mais nervoso do que estaria em outros dias, antes de sair.

— Você não precisa ir, Jalek — diz Finn. — Eu mando o Kane.

— Kane precisa de um tempo — Jalek responde. — Ele passou metade da noite fora, protegendo o novo portal.

— O que é uma Banshee? — pergunto, e três cabeças se viram na minha direção.

Jalek olha para Tynan de cara feia.

— É bobagem.

— É uma mulher que entra no seu sonho e senta no seu peito — diz Tynan. — Ela aparece neste mundo e no seu sonho e...

— Uma mulher? — interrompo.

— Um espírito — Pretha explica, com um suspiro. — Quando ela visita alguém, senta no peito da pessoa e repete o nome dela várias vezes. Isso é considerado um sinal de que sua morte está próxima.

— O que é estranho é alguém realmente morrer já que ela *avisa* antes — Jalek comenta. Mas vejo a preocupação nos olhos dele. Talvez ele não queira acreditar no aviso da Banshee, mas está abalado.

— Está muito próximo do solstício — Tynan anuncia apreensivo.

— É exatamente por isso que eu quero ir — explica Jalek. — Ela fica mais fraca hoje à noite.

— Viu? Eu sabia que você estava mentindo — Tynan rosna.

— Vou mandar o Kane — Finn decide. — Não vale a pena arriscar.

Jalek contrai o maxilar.

— Pare de tentar me superproteger. Não sou uma criança. Posso tomar minhas decisões.

— Você faz parte deste grupo e jurou fidelidade *a mim*. Está *decidido*. — A voz de Finn é tão baixa que mal consigo ouvir suas palavras, mas a autoridade no comando é inegável.

Pretha segura minha mão.

— Venha trocar de roupa para voltar ao castelo. O príncipe está ficando impaciente.

— Se você só queria que eu trocasse de roupa, por que não resolvemos isso na carruagem?

— Desculpe a Pretha — Finn interfere, vendo Jalek subir a escada com passos furiosos. — Ela não sabia que hoje teríamos uma guerra civil nesta casa. Mas é melhor você ir. O humor do Jalek não vai melhorar até depois do pôr do sol do solstício de verão.

A porta está encostada quando volto aos meus aposentos no Palácio Dourado.

Levo a mão à minha sacola, onde o espelho ainda está seguro, e a outra à coxa, onde minha faca está presa.

— Oi? — falo ao entrar.

Sebastian me vê e se levanta da cadeira com um pulo, aproximando-se de mim com três passos largos.

— Onde você estava?

Jogo a sacolinha em cima da cama.

— Treinando com Eurelody.

— Vim logo depois do café da manhã, e você já tinha saído.

— Ela... queria começar cedo.

Ele estreita os olhos, e me pergunto se sabe que estou mentindo.

— Pensei que podia ter decidido voltar ao reino mortal.

Levo a mão ao peito e sinto meu coração disparado. Ele é afetuoso e forte, e sinto falta de confiar nele, de me sentir merecedora da bondade de Sebastian. Se houvesse um jeito de contornar essas mentiras... Meu coração queima de ódio pelo rei da sombra, pelo que ele fez com minha irmã e com minha vida.

— Desculpa se te deixei preocupado.

Sebastian segura meu rosto com a mão grande e o estuda.

— Você está bem?

— Sim. Tudo bem.

Ele aproxima a boca da minha, um contato suave dos lábios que se torna rapidamente intenso. O ar sai de mim em um jato, e nem me dou ao trabalho de recuperá-lo. É a primeira vez que nos beijamos desde que descobri sua verdadeira identidade, e é um beijo feroz. Sinto cada gota de preocupação e terror nesse beijo, sinto nos meus ossos. Talvez eu devesse me afastar. Talvez devesse dizer que ele não tem o direito de me beijar. Talvez ainda devesse estar brava por ele ter mentido para mim durante dois anos. Mas a verdade é que esse beijo é um bálsamo para minha solidão e medo.

O calor e a força que ele transmite fazem alguma coisa se soltar dentro de mim. Estou segura em seus braços. Enquanto ele estiver por perto, ninguém pode me machucar, e eu não posso fazer mal a ele. Se nunca encerrarmos esse beijo, ele nunca vai precisar saber que o usei, que menti para ele e o traí.

A boca fica mais suave sobre a minha, e a mão desliza do meu cabelo até a nuca, um polegar afaga meu queixo, enquanto a outra mão desce até minha cintura e me puxa contra seu corpo. Colo meu corpo ao dele. Sebastian geme como se aprovasse, e eu sorrio com a boca na dele, me sentindo poderosa e adorando essa sensação. Preciso sentir cada centímetro de sua força, quero memorizar cada inspiração entrecortada.

Não sei por quanto tempo nos beijamos, mas não foi o suficiente. É ele quem recua. Apoia a testa na minha e ficamos os dois ofegantes. Olho para a mão em minha cintura, para como ele segura minha saia, expondo as coxas e a faca. Se Sebastian percebe, não fala nada.

Depois de um instante ele suspira, abre a mão e dá um passo para trás.

— Desculpe. — Passa a mão pelo rosto, fecha os olhos e resmunga um palavrão. — Não vim aqui para te seduzir. Vim te convidar para a celebração de Litha hoje à noite.

Uma celebração, mais vestidos, dançar e fingir que não tenho mais nada para fazer além de ver outras garotas flertando com Sebastian. Garotas que ainda não sabem que vão perder o príncipe.

— Acho que você sabe qual dessas duas opções eu prefiro. — Deslizo um dedo pelos dele. — Não precisa se desculpar por me beijar.

A boca se distende em um sorriso torto.

— Não?

— Eu também te beijei.

— Eu sei, mas... — Ele solta o ar devagar e aumenta a distância entre nós em mais um passo, como se não confiasse em si mesmo. — Ficou tudo muito complicado.

Não posso discordar disso. Mesmo assim...

— Por que está dizendo isso?

— Naquela primeira noite, quando te vi no jardim, fiquei muito feliz. Eu sabia que tinha vindo por causa da Jas, mas... Ver você na minha propriedade era mais do que eu jamais havia imaginado. Depois, quando você fugiu de mim, percebi que precisava abrir mão de qualquer esperança que tivesse sentido naquele momento. Você odiava minha espécie... e, naquele momento, também me odiava.

— Não odiei você — sussurro. — Fiquei chocada e magoada. Talvez quisesse te odiar, mas não consegui.

Ele engole em seco e recua mais um pouco. Só mais um passo, mas sinto como se fosse um quilômetro.

— Quando você disse que queria ficar aqui, não consegui ignorar a esperança de você mudar de ideia. E cada dia que a vejo aqui no meu palácio, com meu povo, é mais difícil ignorar.

Percorro a distância entre nós e seguro a mão dele, relutando em aceitar o que ele está tentando dizer, mesmo que seja necessário.

Ele brinca com meus dedos.

— Eu sei que nunca quis ser minha noiva. Sei que não é isso que mantém você aqui. Hoje de manhã, quando estava sumida, demonstrou dolorosamente que sua permanência aqui é temporária, um meio para um fim. Mas não consigo me imaginar passando a vida com outra pessoa. É você quem sempre me fez rir.

É você quem sempre me faz sentir que ainda posso ser *eu mesmo*, sem deixar o dever com a coroa me engolir completamente. Mas esse mesmo dever pode me fazer perder você.

Sinto a culpa me contorcer por dentro. Ele sabe de alguma coisa? Desconfia que estou roubando coisas de seu reino?

— Como... Por que você está dizendo isso?

— Minha mãe está me pressionando para escolher a noiva — ele revela, de olhos baixos, como se confessasse algo vergonhoso. — Ontem à noite ela me avisou que tenho até a próxima lua nova para tomar minha decisão.

— Pouco mais de três semanas. — Meu peito dói. Respirar completamente é doloroso. Ele vai escolher uma noiva, e eu deveria estar preocupada com o que isso significa para meu acesso ao castelo, mas o ciúme abre um buraco em minhas entranhas e exige minha atenção. — Por que tão depressa?

— Ela quer que eu tenha uma rainha. Alguém que possa me dar apoio. Governar... — Ele olha para a janela, para os jardins e além deles. — É solitário. E ela quer que eu tenha uma parceira, antes de começar a transição do poder.

— Você já escolheu? — Não quero saber, na verdade. Não tenho o direito de sentir nada sobre a futura esposa de Sebastian, mas esse ciúme parece poder me rasgar por dentro.

Finalmente, ele levanta a cabeça e me encara.

— Digo a mim mesmo que não importa. Na nobreza, os casamentos têm mais a ver com poder e alianças do que com amor. Mas então penso em você indo embora e... Brie, se tem alguma chance de você ser feliz vivendo aqui, é isso que eu quero. Quero que *você* seja minha rainha.

Tenho a sensação de que o quarto está ficando menor à minha volta. Não consigo imaginar como seria essa vida, a vida de princesa de um reino que aprisiona quem foge de outro, hostil. Mas, se Sebastian e eu governássemos, mudaríamos tudo isso.

Eu poderia ser uma força do bem neste mundo? Não apenas outra rainha a quem não falta nada e que só governa, mas uma rainha de mudança? Mas não. Isso nem é uma opção. Quando Sebastian souber a verdade, não vai mais me querer. A visão de Lark me deu essa certeza.

Você nunca poderia ser a Rainha Seelie.

E aí está a prova do quanto sou desprezível. Ele acha que me quer *para sempre*, e em parte estou considerando essa possibilidade, mesmo que o esteja traindo. Sou a ladra que está roubando do reino que ele quer que eu governe a seu lado. E ainda tem essas coisas que sinto por Finn – o jeito como meu poder se manifesta quando ele está por perto, a atração que não quero sentir, mas que não posso negar. Sebastian ainda ia me querer se soubesse disso? Mesmo que soubesse, isso não prova que não o mereço?

Meu silêncio se prolonga, e Sebastian fecha os olhos. A dor que passa pelo seu rosto é como um soco no meu estômago.

— Tudo bem — ele sussurra. — Bom, pelo menos agora eu sei em que terreno estou pisando. — Ele se vira e caminha para a porta.

— Bash. — Vou atrás dele. Sebastian para, mas continua de costas para mim. Não confio em mim a ponto de encará-lo, então falo olhando para seus ombros largos, em vez de pedir para ele se virar. — Eu nunca quis me casar com um príncipe. — Quero tocar suas costas, sentir o conforto da sua força, do seu calor. Ou abraçá-lo, colar o corpo ao dele e apoiar a mão em seu peito para sentir as batidas de seu coração. Não faço nada disso. — Mas teria me casado com Sebastian, o aprendiz de mago, sem pensar duas vezes.

Ele abaixa a cabeça.

— Você não pode ter um sem o outro, Brie.

— Ah, mas o príncipe está ganhando espaço dentro de mim.

Quando ele vira, a esperança em seus olhos corta fundo, e não sei o que odeio mais: ser manipuladora com ele ou saber que o que disse é verdade.

Capítulo 19

DEPOIS DA CONVERSA FRANCA com Sebastian hoje à tarde, a urgência e a culpa estão me esmagando quando pego o espelho para começar a procurar o Grimoricon. Se Sebastian tem que escolher uma noiva até a lua nova, tenho poucas semanas para encontrar a segunda e a terceira relíquias para Mordeus e resgatar Jas.

Meus olhos se voltam para a porta trancada pela décima vez, antes de eu levantar o espelho e olhar para o meu reflexo.

— Mostre o Grimoricon — ordeno, tomando cuidado para não falar muito alto.

O espelho me mostra uma biblioteca grande e bem iluminada, diferente de qualquer outra que já tenha visto antes. Ela é imensa, com teto abobadado de vidro e fileiras e mais fileiras se abrindo em leque a partir de uma plataforma no centro da sala. Lá, sobre aquela plataforma, um pedestal sustenta um livro grosso de capa de couro.

Quando a imagem vai desaparecendo, repito a ordem, e o espelho me mostra a mesma coisa.

Por que a rainha esconde o livro sagrado em uma biblioteca? Se estivesse junto com os outros, eu poderia pensar que era o caso de esconder alguma coisa no lugar mais evidente, mas ele está bem ali, em exibição, a peça central da sala.

Guardo o espelho e toco a sineta ao lado da porta para chamar as criadas. Procurei em cada centímetro do palácio e nunca vi uma sala como aquela que o espelho me mostrou. Talvez seja escondida, ou a biblioteca fica no interior do bem guardado solário da rainha. Faria sentido em se tratando de um item tão valioso, mas isso tornaria tudo ainda mais complicado para mim.

— Lady Abriella — diz Emmaline, curvando-se em reverência ao entrar no quarto. — Como posso ajudá-la?

Eu nunca as chamo, por isso não estranho sua expressão de surpresa.

— O príncipe me disse que vai haver uma celebração especial hoje à noite.

— Sim, milady. Esta noite celebramos Litha.

— Eu gostaria de ir. Pode me ajudar a me arrumar?

Emmaline não esconde o espanto. Não posso criticá-la por isso. Estou aqui há duas semanas e meia e nunca me interessei pelos bailes aparentemente intermináveis que acontecem no castelo. Só compareço quando sou requisitada, e costumo ter tantas desculpas que as gêmeas pararam de tentar me convencer a participar das atividades.

— É claro. Peço desculpas. Devíamos ter perguntado.

Aceno como se não fosse importante.

— Decidi há alguns momentos. — Ela se anima, e me forço a retribuir seu sorriso. — De repente me deu vontade de dançar.

Perdi tempo com o espelho, mas não vou cometer o mesmo erro de novo. Não posso. Vou deixar a culpa trancada em algum canto bem escondido e obter todas as informações possíveis com Sebastian. E, se ele me odiar para sempre quando descobrir que o seu... bem, se esse é o preço para salvar Jas, estou disposta a pagar.

Quando as criadas me arrumam com um vestido de mangas de sino em um tom bem claro de roxo e prendem meu cabelo no alto da cabeça, deixando cair do coque os cachos definidos, a música e o barulho são tão altos que posso seguir sem nenhuma dificuldade o som da celebração e encontrá-la no gramado do palácio.

Saio do palácio e paro no alto da escada, impressionada com o que vejo.

Eu soube pelas criadas que a celebração de Litha se estende do entardecer ao amanhecer na noite que antecede o solstício de verão. Há fogueiras acesas em volta do castelo para homenagear o sol e trazer os dias mais longos do ano. Pequenas celebrações como essa acontecem no reino humano, mas nunca me interessei por elas, nem entendi por que as massas celebram bênçãos em um mundo que parece abençoar tão poucos. No entanto, sob o brilho frio da lua crescente, com comida e vinho abundantes e tanta música e riso, quase consigo entender a necessidade de um espetáculo de gratidão como esse.

Devagar, desço a escada do castelo e piso no gramado. As fogueiras são grandes, como o calor que se desprende delas. No momento em que o suor começa a cobrir minha testa, uma criada põe em minha mão um copo de vinho e se afasta antes que eu possa recusar.

— Você veio — Sebastian fala atrás de mim.

Tensa, eu me viro de frente para ele, consciente da dor que causei mais cedo.

— Posso voltar para o quarto, se quiser.

— Tenho certeza absoluta de que meu problema é justamente não querer nada disso. — Ele me analisa sem pressa. — Mesmo que pareça determinada a me torturar com sua beleza. — Não há rancor nas palavras, e ele está sorrindo quando olha nos meus olhos de novo. — Estou feliz por você ter vindo.

— Estou feliz por você estar feliz. — Ele não é o único que se sente torturado. Seu cabelo branco foi penteado para trás, preso na nuca, e a túnica dourada faz os ombros parecerem ainda mais largos. Meus olhos descem por um instante, mas não me atrevo a prolongar a apreciação das coxas poderosas na calça de couro.

— Peço desculpas por hoje, mais cedo. Não tinha o direito de...

— Não. *Eu* é que me desculpo — interrompo. E é verdade, sinto muito. Não posso mudar o que sinto ou o que tenho que fazer, mas odeio magoá-lo. Odeio saber que o que estou fazendo agora vai machucá-lo ainda mais. — Eu sei que vim para cá cheia de preconceitos, e hoje vejo o quanto eram injustos. Estou percebendo que Faerie não é exatamente o que eu achava que fosse.

— E isso é bom?

— De maneira geral, sim. — Tento encontrar as palavras para explicar a mudança nos meus pensamentos, e não sei como. — Tenho dificuldade para confiar nas pessoas aqui, mas confiar nunca foi fácil para mim, nem antes daqui. Faerie pode ter seus problemas, mas os feéricos não são mais cruéis e egoístas que os humanos.

Ele analisa meu rosto, como se pudesse ver ali todas as minhas mentiras e todos os segredos.

— E o que isso significa para nós?

Chego mais perto dele. Quando seguro sua mão, sinto cada pedacinho da traidora que sou.

— Significa que eu espero que você não desista de mim ainda.

Seus olhos se abrem e as narinas pulsam.

— Não sei como desistir de você, Abriella.

Sou covarde demais para sustentar aquele olhar tão lindo, por isso solto a mão dele e olho para meu copo.

— Isso é Litha, então? — pergunto, só para preencher o silêncio.

— É. Mas você já deve ter percebido que usamos qualquer desculpa para dançar e beber vinho.

— Por que uma comemoração do dia é realizada à noite?

Ele olha para os convidados, as fogueiras, os músicos.

— Porque não se pode ter o dia mais longo do ano sem a noite mais curta. E porque homenageamos o sol trazendo as fogueiras para a noite. Elas são acesas antes do pôr do sol e queimam até ele nascer, iluminando simbolicamente até as poucas horas de escuridão.

— E o que o vinho e a dança simbolizam?

— Nossa dedicação à vida. — Ele ri e olha para o copo de vinho em minha mão. — Não gostou?

— Não experimentei. — Considero a possibilidade por um momento. As bolas coladas às paredes do copo e a efervescência à luz do fogo. — Vinho feérico não faz os mortais perderem suas inibições?

Ele ri.

— Tanto quanto o vinho mortal, depende de quanto você bebe. — Sebastian pega meu copo e nossos dedos se tocam. O contato breve me manda de volta ao quarto, à mão em minha cintura, à boca colada à minha, e sinto um arrepio nas costas. Ele gira o copo e cheira o conteúdo antes de me devolver. — Se quiser experimentar, é seguro.

É minha vez de cheirar o líquido dourado. Tem cheiro de cerejas amadurecidas ao sol. Olho nos olhos de Sebastian quando levo o copo aos lábios. Doçura e sabor explodem em minha boca, e o calor inunda meu peito imediatamente. Suspiro e esvazio metade do copo.

— Uau. Isso é tão bom que eu quero *nadar* aqui dentro.

Sebastian ri.

— Vinho de solstício de verão também é o meu favorito.

Ficamos vendo as fogueiras e os convidados enquanto termino de beber o vinho. Preocupada com a possibilidade de minha curiosidade despertar suspeitas, não faço perguntas sobre a biblioteca. Ter a companhia de Sebastian não é nenhum sacrifício, e, surpreendentemente, ninguém nos incomoda. Nem quando a música fica mais lenta e casais começam a dançar no gramado à nossa volta.

De repente enrugo a testa.

— Estava esperando as outras meninas te arrastarem para longe de mim. — Quando me vestiram hoje à noite, minhas criadas me contaram que, das doze convidadas originalmente para ficar no castelo, seis foram mandadas para casa. Queria saber se Sebastian está interessado nas que ficaram. Quando ele descobrir minha mentira, vai ficar feliz por escolher uma delas?

Ele desvia o olhar de um grupo de dançarinos e olha para mim.

— Estamos cercados de glamour, assim as humanas não podem ver que estamos aqui. — E sorri. — Eu não ia perder a chance de passar esta noite com você.

Quero sacudi-lo e dizer que não mereço a adoração em seus olhos. Sou pior que tudo. Mentirosa. Ladra. Manipuladora. Em vez disso, entrego o copo vazio a um serviçal que passa por nós e enlaço o pescoço de Sebastian com os braços.

— Então, talvez a gente deva aproveitar a chance para dançar.

Ele desliza as mãos para a parte inferior das minhas costas e me puxa para mais perto. Apoio a cabeça em seu peito e balanço o corpo no ritmo da música. Na minha primeira noite em Faerie, a música tinha um ritmo sincopado, inebriante, que me atraiu para sua armadilha. Isto é diferente. Esta música me faz lembrar de casa. Minha mãe tocando piano, enquanto Jas e eu brincávamos com nossas bonecas. Lembro dos bailes a que minhas primas iam, enquanto eu estava ocupada limpando e tentando garantir o pagamento de Madame V. Lembro do que poderia estar construindo com Sebastian, se não precisasse enganá-lo para salvar minha irmã.

É uma lembrança preciosa e uma oportunidade perdida. É agridoce.

Sentindo a mudança em minha disposição. Sebastian recua para olhar para mim.

— Em que está pensando?

Essa é sua deixa, Brie. Hesito, querendo prolongar um pouco mais Bash e Brie. Mas não tenho tempo para hesitar.

— Estava pensando em como, depois de uma noite como essa, talvez eu goste de passar um dia inteiro na cama, lendo. — Eu me odeio por explorar este momento, mas me obrigo a sorrir para ele. — Acha que pode me mostrar a biblioteca? Assim, na próxima vez que tiver que me abandonar por uns dias, eu posso me divertir com um livro.

— Você sabe que *não gosto* de sair de perto de você, mas também não posso evitar minhas responsabilidades. — O humor desaparece de seu rosto, e a mão descreve pequenos círculos na parte inferior das minhas costas. — Mesmo que o nosso tempo juntos seja limitado.

Limitado porque não quero me casar com ele. Limitado porque ele precisa escolher uma noiva até a próxima lua nova.

Abaixo a cabeça e fecho os olhos para enfrentar a dor disso tudo. Nunca imaginei que meu coração doeria por um feérico, mas aqui estou eu.

— Não posso te deixar tão aborrecida na Litha. De jeito nenhum. — Antes que eu possa avaliar o comentário e fingir que estou bem, ele segura meu braço e me leva de volta ao palácio.

— Aonde nós vamos?

— Você tem me pedido muito pouco no seu tempo aqui. Se quer ver a biblioteca, vou te levar até lá agora.

Meu coração dispara, e nem tento esconder o sorriso. Não esperava que ele me levasse esta noite. Talvez eu consiga pegar o livro enquanto todos estão distraídos na festa.

— Sabe — ele fala enquanto andamos —, você estava lendo na primeira vez que vi aquele closet horroroso que você chamava de quarto em Fairscape.

— Você se lembra disso? — Eu sei que *eu* me lembro. Não fazia muito tempo que eu conhecia Sebastian, e fiquei mortificada quando Jas levou o aprendiz gato ao nosso porão. Não queria que ele visse a realidade da nossa vida.

— Você estava encolhida no canto da cama, completamente absorta naquele livro, como se não importasse viver aquela existência brutal e ter só um quartinho. Não importava ter que trabalhar tanto por tudo. Quando estava lendo, você ia para outro lugar. Você era *outra pessoa*.

Ele havia notado muito mais sobre mim do que jamais percebi.

— Minha mãe nos ensinou a ler para apreciarmos o poder das histórias — respondo. — Depois que ela partiu, as histórias eram a única coisa que ajudava Jas quando ela sentia saudade de nossa mãe. As histórias ajudaram nós duas a enfrentar tudo aquilo.

Ele olha para mim com ar de curiosidade.

— Estou surpreso por não ter perguntado por sua irmã ultimamente.

— Eu... — Olho para meus pés enquanto andamos. *É claro*. Como ele pensa que devolvi o espelho, não tem como saber com que obsessão o utilizo para ver como ela está. — Acho que tento não pensar nisso.

— Ei. — Ele afaga minha mão. — Não queria te chatear. Só queria que soubesse que continuo trabalhando nisso. Meus espiões delimitaram bem a localização. Tenho soldados indo para lá agora. Não quero criar expectativas, mas...

Eu paro de andar. Não sei quando perdi a esperança de que Sebastian pudesse conseguir resgatá-la. Bem a minha cara.

— Sério?

A expressão dele é contida.

— O rei é ardiloso. Ele não teria raptado sua irmã se não a considerasse valiosa, por isso não vai desistir dela com facilidade. Sinto que estamos mais perto do que já estivemos antes, mas, até Jas estar em casa e sob minha proteção, tudo pode mudar em um instante. Ele é muito poderoso.

O rei é poderoso. Vi isso com meus próprios olhos. Por outro lado, nunca vi Finn usar seus poderes. A magia dele está suprimida de alguma forma porque ele não está no trono, que é o seu lugar? Por isso não cicatrizou depois de lutar com os feéricos traidores da Floresta Selvagem?

— Os poderes do rei vêm do trono?

Sebastian franze a testa.

— Os poderes do rei são dele.

— Se alguém ocupar o seu trono, esse poder se transfere para o usurpador?

Ele balança a cabeça.

— Você está pensando na coroa, mas Mordeus não conseguiu encontrá-la. Na verdade, ele não pode nem sentar no trono sem a coroa, e, até que a encontre e pegue, também não consegue ter acesso ao poder.

A coroa desaparecida. Finn poderia ter poderes, mas decidir não usar? Ele os está economizado para quando encontrar a coroa? Nada disso faz sentido para mim, e sei que estou perdendo informações vitais.

— Pronto. — Sebastian empurra a porta alta de madeira por onde se entra na biblioteca da rainha. A biblioteca que já vi e explorei várias vezes.

— Já estive aqui — digo, adotando uma atitude leve. — É realmente impressionante, mas, se quer mesmo me mimar hoje, por que não me leva à outra, a maior?

Ele balança a cabeça e ri baixinho.

— Não tem outra... nem maior, nem menor. Se ama tanto os livros, vou pedir aos arquitetos do palácio para construírem uma nova ala na biblioteca. — Seu sorriso se apaga, como se ele também pensasse em como me restam poucos dias aqui.

Ignorando a culpa que me rasga, seguro a mão dele e ando pela biblioteca, em direção às coleções. Eu disse que queria um livro, e há milhares deles aqui; ele ficaria desconfiado se eu não escolhesse um. Felizmente, essa encenação é fácil. Amo livros, e vejo imediatamente meia dúzia deles em que estou ansiosa para mergulhar.

— Posso pegar alguns? — pergunto, deslizando o dedo pelas lombadas.

— Pegue quantos quiser — ele responde, com a voz meio áspera.

Pego apenas quatro, mas, quando me viro para ele, descubro que está me observando com uma espécie de fascínio nos olhos.

— Por que está olhando para mim desse jeito? — pergunto, sorrindo.

Ele engole o ar.

— Antes de tudo isso, eu não conseguia imaginar como você poderia se encaixar aqui, mas, agora que está fazendo parte dessa vida, vai ser muito mais difícil te deixar ir embora.

Seguro os livros com mais força. Não consigo imaginar uma vida sem Sebastian. Em Fairscape, ele era a cor da minha existência branca e preta. Ele me preenchia quando eu estava vazia. Quando cada dia parecia ser uma batalha interminável de trabalho, roubo e fracasso, eu ainda podia esperar pela hora de vê-lo.

— Também não quero te deixar — admito. *Só queria que a vida com você não tivesse que acontecer aqui.*

A verdade é que eu não poderia tolerar uma vida sob o mesmo teto que a rainha. Não quero ser o tipo de pessoa que é capaz de fingir que não vê seu tipo de crueldade, e, independentemente do que sinto por Sebastian, me recuso a desistir dessa parte de quem eu sou.

Sebastian pega os livros das minhas mãos e os deixa sobre uma mesa próxima. Quando olha para mim de novo, sua expressão é suave, terna.

— Feche os olhos.

Olho em volta. Espero que ele não tenha nenhuma surpresa fofa para mim aqui. Minha culpa já é quase paralisante.

— Por quê? — Não consigo nem forçar um sorriso. — Tudo bem. — Fecho os olhos e sinto que ele se inclina para mim.

— Continue de olhos fechados. — Ele sopra um jato de ar quente em uma orelha. Arqueio as costas de prazer, mas não abro os olhos. Ele sopra a outra orelha, e então escuto – suave no início, depois mais alto. Uma melodia doce invadindo meus ouvidos, enchendo a sala toda. — Está ouvindo?

— De onde vem? — pergunto.

— São pixies de biblioteca. Elas amam os livros e vivem entre eles. Se souber como, pode ouvir quando elas cantam.

Pixies de biblioteca que vivem entre os livros e cantam. Talvez eu nunca tivesse conseguido odiar os feéricos se soubesse que isso existia.

— Por que não ouvimos de olhos abertos?

— Eu ouço, mas você é mortal. Seus ouvidos não são sensíveis como os nossos.

Ele usou magia para me deixar ouvir uma parte especial de seu mundo que meus ouvidos humanos nunca teriam captado.

— Dança comigo? — Sebastian passa um braço em torno da minha cintura.

De olhos fechados, apoio a cabeça em seu peito e me movo no ritmo dos sons etéreos das pixies de biblioteca. Talvez seja a canção das pixies, mas me sinto mais próxima dele enquanto dançamos. Imagino, só por um momento, que posso aceitar o que ele me oferece, que posso ser sua esposa e viver uma vida de beijos roubados e danças na biblioteca.

— Príncipe Ronan.

Sebastian para, e eu me afasto relutante de seus braços quando ele olha para Riaan, que acaba de entrar.

— Peço desculpas, Alteza, mas você pediu para ser avisado se houvesse alguma novidade sobre... — Ele olha para mim, antes de encarar o príncipe novamente. — Sobre o traidor.

Todo o meu corpo fica gelado. *O traidor.*

Sebastian fica tenso, e sua reação é a única coisa que o impede de perceber a minha. Quando olha para mim, tento manter o rosto neutro.

— Preciso sair por uns minutos. Se quiser ficar aqui, posso voltar para te buscar, mas talvez demore um pouco.

Olho para a biblioteca e para os livros que escolhi e deixei sobre a mesa. Nesse momento, tudo que quero é saber a quem Riaan se refere ao falar de *um traidor*.

— Acho que vou dormir.

— Seus aposentos ficam no meu caminho. Eu acompanho você.

Ele me oferece o braço, e eu encaixo o meu na dobra de seu cotovelo. Andamos lado a lado, e tento manter os movimentos relaxados, mesmo que cada parte do meu corpo enrijeça com a tensão. Riaan anda atrás de nós, mas nunca muito longe.

Sebastian para na frente da porta do meu quarto.

— Boa noite. — Ele leva minha mão aos lábios e a beija. — Durma bem.

— Boa noite, Seb... — Percebo que Riaan me observa com desconfiança. Consegue ouvir meu coração disparado com sua audição supersensível de feérico? Sebastian não parece notar nada, e sorrio para ele ao me despedir. — Alteza.

— Bons sonhos. — Sebastian pisca para mim.

Entro no quarto, mas não fecho a porta. Fico olhando os dois se afastarem para cuidar de um traidor.

Assim que se afastam o suficiente para eu achar que não vão perceber, deslizo para as sombras e os sigo.

Capítulo 20

— **TEM CERTEZA DE QUE É ELE?** — Sebastian pergunta a Riaan quando eles entram em um corredor dos fundos, felizmente pouco iluminado. Se forem na direção dos aposentos da rainha, vou ter que abortar a missão.

— Sim. E a rainha também o identificou.

Sebastian gira os ombros, depois vira em outro corredor que nunca vi antes. A rainha devia mantê-lo glamourizado.

— Ele vai servir de exemplo.

Não é bem um corredor, mas um túnel, com o teto tão baixo que os dois têm que abaixar a cabeça enquanto andam. Ele leva rapidamente a uma escada escura, e Riaan conjura uma bola de luz para iluminar o caminho. Eu me mantenho a uma distância segura e me concentro em me misturar às sombras.

A cada degrau que descemos o ar fica mais frio, e os pelos dos meus braços arrepiam. Sebastian para ao pé da escada, afasta as pernas e cruza os braços, olhando para uma cela com grades. Não consigo enxergar lá dentro de onde estou, mas ouço a conversa.

— Jalek — diz Sebastian, e meu estômago, já prejudicado, se contrai. É o Jalek do grupo de Finn? O que está me ensinando a usar uma espada? — Que bom, voltou para casa para a comemoração.

O que está atrás das grades cospe na direção de Sebastian.

— Vai se ferrar — ele resmunga, e sei que é Jalek. Conheço aquela voz.

— Isso não é jeito de tratar o homem que tem seu destino nas mãos.

Jalek ri, e sua risada é rouca.

— Quer que eu acredite que existe alguma chance de você me libertar?

Sebastian põe as mãos nos bolsos e se apoia na parede na frente da cela.

— Talvez, se você contar com quem está trabalhando e onde encontramos todos.

— Eu trabalho sozinho.

— Não sou idiota. Eu sei que você trabalha com o Príncipe Finnian. Ele te mandou aqui? Se revelar quais são os planos dele, eu te protejo da punição.

— Não traio meu povo... diferente da sua rainha. — Ele fala *rainha* como se fosse uma ofensa, e Sebastian salta para a frente, agarra a camisa dele por entre as grades e o levanta do chão.

— Filho da mãe traidor.

Jalek arfa, abrindo e fechando a boca como um peixe fora d'água. Seu rosto fica vermelho, depois roxo, como se alguém o enforcasse. Não quero olhar. Não quero ver esse lado de Sebastian. Não quero acreditar que ele é capaz de ser cruel com alguém que considero bom e gentil. Mas me obrigo a ver cada movimento.

Sebastian o mantém fora do chão, mas de repente Jalek ofega e tosse, como se a pressão em seu pescoço diminuísse.

— Me dê um motivo para não te matar agora — Sebastian grunhe.

— Mate e ela nunca vai te dar a coroa.

Por que a rainha negaria a Sebastian seu direito de nascença por matar um traidor?

Sebastian o solta e recua, e suas narinas pulsam.

— O que você sabe sobre isso?

Jalek ri.

— O suficiente para saber que você não a enganou.

Um raio de luz joga Jalek no chão.

— Hoje você dorme aí — diz Sebastian. — Se mudar de ideia até amanhã, talvez a gente possa fazer um acordo. Se não, vou usar você como exemplo. Vou mostrar a todo o reino as consequências de ameaçar minha família.

Sebastian sobe a escada com passos furiosos e passa por mim, Riaan atrás dele.

Espero até chegarem ao corredor no topo da escada e sumirem. Só então libero as sombras e retomo a forma física.

Chego perto da cela massageando os braços. Faz muito frio aqui embaixo.

— Jalek?

Ele endireita o corpo ao me ver.

— Brie. Há quanto tempo está aqui?

— O suficiente.

Ele empalidece.

— Quanto você ouviu?

— O suficiente para saber que ele provavelmente vai te matar se você não trair Finn. — E não posso correr esse risco por inúmeras razões. — Tenho que tirar você daqui. — Deslizo as mãos pelas barras da grade, procurando a fechadura.

— É uma cela mágica. A entrada aparece e desaparece quando o Príncipe Ronan ordena.

Estremeço.

— Você vai congelar antes do amanhecer. Tem que ter um jeito. E sua magia?

Ele ri, uma risada baixa, seca e... sem esperança.

— A primeira coisa que fizeram foi injetar em mim uma toxina que bloqueia meus poderes. — Sua cabeça pende para o lado e ele fecha os olhos. — A sensação é de que injetaram chumbo nas minhas veias.

— Esse efeito não acaba? Talvez eu possa distrair Sebastian de manhã, e você...

— Agradeço pela oferta, mas não. Você poderia passar dias distraindo o príncipe e eles me manteriam cheio desse veneno.

— Não consigo imaginar Sebastian desse jeito. Se não tivesse visto...

— A guerra desperta o pior em todos nós. — Jalek balança a cabeça. — Diga ao Finn que eu sinto muito. Fale pra ele... — E segura a cabeça entre as mãos, resmungando uma sequência de palavrões. — Diga que ele estava certo sobre a rainha. Ela está morrendo, mas não rápido o suficiente.

Seguro as barras, querendo ter alguma coisa para dizer que o conforte. Mas tudo que tenho são perguntas.

— A rainha vai mesmo deixar de dar a coroa a Sebastian se ele te matar? Se isso for verdade, talvez ele te mantenha vivo enquanto ela viver.

Ele me encara e sorri com tristeza.

— Você sabe demais, e ainda não é o bastante.

— Então me fale o que eu preciso saber!

Ele fecha os olhos de novo e se encolhe como se quisesse se fechar em si mesmo enquanto sussurra:

— Maldições são feitas de segredos e sacrifício. Nós vamos sofrer enquanto ela paga o preço.

Quando saio do palácio, a celebração de Litha ainda está muito animada, e não tenho dificuldade para tirar um cavalo do estábulo. Fui levada à casa de Finn tantas vezes que o caminho está gravado na minha memória.

Cavalgo depressa, me mantendo nas sombras e não me permitindo pensar no que espreita da escuridão além das árvores.

Quando chego à casa de Finn, amarro o cavalo diante da entrada e não perco tempo batendo na porta. Em vez disso, atravesso a viela e me transformo em sombra para atravessar a parede do fundo da casa. Ouço vozes baixas na biblioteca e elas ficam ainda mais baixas.

Uma delas é de Finn, e, quando me aproximo, percebo que a outra é de Pretha. Eu poderia entrar e espionar, ver o que estão dizendo quando não pensam que estou aqui, mas hoje não tenho essa disposição. Ver Sebastian quase estrangular Jalek, e depois ver Jalek encolhido naquela cela, ver a derrota nos olhos dele, como um homem esperando pela execução, rompeu alguma coisa dentro de mim.

Não consigo mentir para essas criaturas que são meus... Pretha diz que eles estão tentando ser meus amigos. Estão? Não sei. Não sei mais se alguém é meu amigo, mas não posso deixar Jalek lá. Mesmo que ele não me traia ou a Finn, eu não suportaria viver comigo mesma se o abandonasse. Saio das sombras, abro a porta da biblioteca e entro.

Finn e Pretha param de falar e olham para mim.

— O que aconteceu? — Pretha pergunta.

— Jalek foi capturado. Sebastian está ameaçando... — Percebo que não sei exatamente o que Sebastian vai fazer se Jalek se recusar a dar a informação que ele quer. Matá-lo, imagino. Talvez pior. — Sebastian disse que vai usar Jalek como exemplo.

— Nós sabemos — Pretha responde em voz baixa, lançando um olhar demorado para Finn. — Estávamos aqui discutindo como podemos encontrar e libertar Jalek. Ninguém sabe como chegar às masmorras da rainha.

— Eu sei. Segui Sebastian até lá hoje, mas não consegui libertar Jalek. Não tem porta na cela, só grade.

— Só os mortais são bobos o suficiente para colocar portas nas celas dos prisioneiros, Princesa — diz Finn.

Pretha rói a unha do polegar.

— Vamos trocar alguma coisa por ele.

— O quê, por exemplo? — Finn quer saber.

— Acho que tenho uma ideia — digo.

— Informação — diz Pretha, como se eu nem tivesse falado. — Tem que haver alguma coisa.

Finn balança a cabeça.

— Não tem informação que eu possa dar ao Príncipe Ronan para conseguir essa troca.

— Eu sei o que podemos dar a ele — tento de novo.

— Mas tem — ela diz, olhando rapidamente para mim.

— Não — Finn resmunga. — Nós trabalhamos demais.

— Escutem — eu grito, e minha voz ecoa na sala de teto alto.

Finn levanta uma sobrancelha.

— Desculpe, Princesa. Não queríamos aborrecer você. Qual é a ideia? — As palavras respingam condescendência, e quase viro e vou embora só para ele aprender, mas... Jalek. Não posso deixá-lo lá.

— Não podemos abrir a cela, então tiramos ele de lá pelas paredes.

Os olhos dele se iluminam, e ela olha para Finn.

— Você conseguiria...

— Não — ele a interrompe. — Nem em um bom dia, e não agora, definitivamente.

— Eu acho... acho que consigo.

Pretha dá um passo à frente, a testa franzida.

— Então por que não fez isso quando estava lá?

Finn sufoca uma risadinha.

— Porque ela *não consegue*. — E olha para mim. — Seu otimismo é fofo, mas ainda não adiantamos seu treinamento o suficiente para isso. Você mal consegue controlar o pouco poder que tem, e, se perder o controle sobre ele enquanto estiver passando pelas barreiras mágicas da rainha, vai ter toda a guarda real atrás de você.

Meu rosto queima. Eu me sinto uma idiota por ter que fazer essa confissão, mas me obrigo a falar.

— Tem razão. Não consigo. Não sozinha, mas meu poder... fica mais forte quando você está por perto. E quando você me toca... — Eu me arrependo imediatamente dessas palavras. Parecem muito, *muito* íntimas. Meu rosto está ardendo, mas ergo o queixo e continuo. — Se você for comigo, acho que o reforço que vem de você vai me dar o poder e o controle de que preciso para isso.

Finn me encara.

Pretha balança a cabeça.

— É arriscado demais. E se você entrar naquela cela e não conseguir fazer nada? Vocês três ficam presos. Sem falar do problema que isso vai representar para nós, Brie. Quer mesmo correr o risco de seu príncipe descobrir o que você anda fazendo?

— Vamos mostrar para ela. — Finn se aproxima de mim e estende a mão.

Seguro a mão dele e arqueio as costas quando o poder desperta dentro de mim. A sala fica totalmente escura, e Pretha resmunga um palavrão, antes de eu segurar a mão dela e nós três atravessarmos a parede para a viela atrás da casa.

— Acorda, filho da mãe preguiçoso. — Finn cutuca Jalek com o sapato. — A menos que queira ser o café da manhã da rainha hoje.

Olho para Finn sem esconder a repulsa. Na escuridão da cela, quase não consigo ver os traços dele, apesar da minha excelente visão noturna.

— *Café da manhã?* Ela é canibal?

— Ela é um monstro. — Jalek se levanta do chão, olhando para nós de cara feia. — Como você dois entraram aqui? Estão querendo morrer?

Finn inclina a cabeça na minha direção e encolhe os ombros.

— A Princesa insistiu. Eu não quis desapontar a moça, não quando ela estava com toda essa disposição para uma aventura.

— Se você acabar se sacrificando por mim, eu te mato antes que a rainha tenha essa chance — Jalek avisa.

Ao ouvir o som de passos na escada, eu me viro de frente para a grade e tento ver quem se aproxima, mas o ângulo não permite. Quando passamos pela festa lá fora e entramos no castelo, havia dois guardas posicionados no corredor com a porta glamourizada e mais dois no alto da escada da masmorra.

— Tem alguém vindo — sussurro.

Finn olha para a escada, e, antes que eu consiga seguir a direção de seu olhar, ele já me puxou para o canto do fundo da cela. Lá nos tornamos escuridão.

Jalek arregala os olhos.

— Só pode ser brincadeira — ele resmunga.

Vejo a luz antes de ver o sentinela. Ele usa o traje tradicional da guarda de Arya e segura um globo de luz na palma da mão.

— Está falando sozinho, traidor? — pergunta o guarda uniformizado.

Jalek adota uma máscara de indiferença antes de olhar para a grade.

O sentinela ilumina o rosto dele com o globo, depois a cela. Finn continua segurando minha mão e me puxa contra o corpo, cola minhas costas ao seu peito. O contato me faz parar de respirar por um momento e meu corpo fica tenso.

— *Shh* — Finn sussurra, a respiração quente na minha orelha e a mão espalmada na minha barriga.

Fecho os olhos e engulo em seco. Odeio reagir a ele desse jeito. Odeio ainda mais que parte de mim anseie por essa mão se movendo, afagando a pele que queima sob o toque.

— Está se divertindo demais com isso — cochicho.

Seu peito treme contra minhas costas em uma risada silenciosa, e os lábios roçam minha orelha.

— Você não faz ideia.

O sentinela segue pelo corredor além da cela de Jalek, mas continuamos escondidos, esperando ele voltar ao seu posto no alto da escada.

O polegar de Finn desenha círculos lentos na minha barriga.

— Pare com isso. — O protesto é muito brando para parecer sincero.

— Como quiser.

Mas sentir os dedos afastados, imóveis, é quase pior, e tenho que me controlar para engolir um gemido. A escuridão pulsa à nossa volta.

— Relaxe, Princesa, se concentre na magia. Quando a gente sair daqui, você pode voltar a pensar em todos os jeitos como quer sentir minhas mãos.

Abro a boca para dizer que ele é um porco nojento e está completamente enganado sobre o rumo dos meus pensamentos, mas desisto de falar quando o sentinela volta. Ele direciona a luz para dentro da cela novamente. Quando nosso canto continua envolto em escuridão e ele olha só para Jalek, sem notar nada de errado, volto a respirar.

— Eu lembro da sua irmã — o sentinela comenta com um sorriso gelado. — Foi uma pena ver uma coisa tão linda pagar pelos crimes do irmão, mas você não se importou, não é? Eu mesmo tive que colocá-la no fogo. Nunca vou esquecer os gritos enquanto as chamas derretiam a pele dela.

Finn me segura mais forte, como se tivesse medo de me ver pulando em cima do guarda. O corpo todo de Jalek enrijece, as mãos se fecham, mas ele não responde.

A irmã dele foi queimada viva. Meu coração dói por ele, e me sinto mais dividida que nunca em relação a esses feéricos supostamente *bonzinhos*.

O sentinela encara Jalek com os olhos meio fechados, os lábios distendidos em um sorriso cruel.

— Espero que ela te deixe apodrecer aí. — Depois ele volta à escada, e todos nós contamos seus passos até o topo.

Finn me solta, deixando os dedos roçarem meu abdome mais devagar do que é necessário. Eu me viro e olho diretamente para ele.

Ele sorri, depois olha para Jalek.

— Quando a gente sair daqui, você vai ter que passar bem na frente dele.

Jalek se vira para nós, e consigo ver a tormenta em seus olhos, mesmo no escuro.

Finn atravessa a cela e para diante do amigo.

— Eu sei que você ia adorar destroçar o sujeito, mas vai ter que ficar para outro dia. Entendeu?

Jalek assente uma vez.

— Como vamos fazer isso? — ele pergunta em voz baixa, mas firme.

Finn segura minha mão, depois estende a outra para o amigo.

— Segure-a e deixe a gente cuidar do resto.

Capítulo 21

QUANDO VOLTAMOS À CASA de Finn, estou exausta como não me sentia desde que minha mãe partiu. Nunca usei tanta magia de uma vez só, e os acontecimentos dessa noite me deixaram emocionalmente esgotada.

Enquanto Jalek se reúne com os amigos, saio e sento em uma das cadeiras do pátio atrás da casa. Logo o dia vai nascer, e preciso voltar ao palácio antes que alguém note minha ausência, mas não consigo ir. Ainda não.

Levanto o rosto para as estrelas e fecho os olhos. Faz um tempo que sei que os Unseelie não são os demônios que a mitologia os faz parecer, mas esta noite meus olhos se abriram para a crueldade da corte de Sebastian. Queimar uma inocente viva para punir o irmão? Não consigo pensar nisso sem me sentir enojada.

Ouço o ruído da porta do fundo e, sem olhar para trás, sei que é Finn. Eu o *sinto*... outra coisa em que não quero pensar muito.

— Tudo bem?

Bem? O que é estar bem?

— Sim. Só cansada. — Giro os ombros para trás. — Você acha que eu corri o risco de sofrer um esgotamento esta noite? Estou me sentindo completamente acabada.

Ele balança a cabeça.

— Você mal começou a pôr em prática tudo de que é capaz. Só precisa treinar. Não está acostumada a usar tanto poder. Talvez se sinta... *desligada* por alguns dias. Na verdade, vou dizer a Pretha que você não vai treinar amanhã. Precisa descansar.

Olho para a lua que vai descendo em direção ao horizonte.

— Hoje, você quer dizer.

— Acho que sim. Amanhã, hoje... use o tempo que for necessário. Você foi ótima hoje. Assim que ultrapassarmos esse seu bloqueio, você vai...

Olho para ele.

— Vou o quê?

Sua expressão é solene quando ele me encara.

— Vai ser imparável.

— Por que Jalek saiu da Corte Seelie? — pergunto. — Se ele deixou queimarem a irmã para poder...

— Ele não *deixou* nada. Nem sabia o que tinham feito com Poppy. Quando soube, já era tarde demais.

Olho para ele esperando uma resposta para minha pergunta, e Finn suspira.

— Ele deixou a corte porque não queria trabalhar para a rainha. Partiu como uma forma de protesto, mas também porque queria me ajudar a tirar Arya do trono.

— Há quanto tempo isso aconteceu?

Ele senta na cadeira ao meu lado e se inclina, voltando o rosto para o céu.

— Há vinte anos.

— E ela ainda governa — sussurro. Não é um julgamento, e, quando Finn assente, acho que ele sabe disso. — Não sei por que tenho que agir como se estivesse feliz naquele palácio, se já vi como ela é capaz de ser cruel.

— Você ainda não viu nada.

— Jalek falou para Sebastian, naquela conversa que tiveram, que se ele o matasse, a rainha nunca lhe daria a coroa. Mas depois pareceu que a rainha planejava matar Jalek, então não entendi.

Finn deixa de olhar para o céu e olha para mim.

— Tem certeza absoluta de que ele estava falando sobre Arya?

— Sim, ele...

Finn arqueia uma sobrancelha, esperando eu me lembrar.

Mas não. Ele falou *ela*, não *a rainha*.

— Quem, então?

— Você impressionou todo o meu grupo com o que fez hoje, com o risco que assumiu — ele diz.

Eu devia insistir para ele responder à pergunta, mas já sei que seria inútil, e estou cansada demais para brigar.

— Todos vocês teriam feito a mesma coisa se fosse eu naquela cela.

Ele inspira profundamente, e vejo uma ruga surgir em sua testa.

— Não sei se teria sido assim antes desta noite, Princesa. Talvez você seja melhor que todos nós.

Lembro da noite que passei na masmorra do Rei Mordeus e do sonho que tive com Finn. Ele foi até lá? Esse é seu poder? A questão está na ponta da língua, mas a engulo. A última coisa de que preciso é revelar o impacto que ele exerceu sobre mim desde a primeira noite, quando nos conhecemos. Acho que vou morrer com esse segredo, nem que seja só para me salvar do constrangimento, caso aquilo tenha sido só um sonho.

— Pronta para voltar ao palácio?

Balanço a cabeça.

— Ainda não, se não se importa. Eu só... — Respiro fundo e solto o ar. — Preciso de mais alguns minutos.

— Como quiser.

Espero que ele se levante e volte para dentro da casa, mas ele fica, e, quando o encaro, vejo que está brincando com os cachos na parte de trás da cabeça e olhando para o céu.

— Eu costumava passar a noite toda sentada ao ar livre com minha mãe — conto. Não sei por que estou falando disso, mas quero me lembrar dela agora. — Ela amava o escuro, a lua, as constelações. Dizia para eu escolher uma estrela e fazer um pedido.

Finn não olha para mim. Fecha os olhos, como se imaginasse a cena.

— Ela deve ser incrível.

— Às vezes eu queria que não tivesse sido. Se ela não fosse tão maravilhosa, talvez não tivesse doído tanto quando ela foi embora. — Solto o ar lentamente. — E sua mãe? Ela está viva?

— Minha mãe morreu no parto do meu irmão mais novo há muitos, muitos anos. Imagino que ela fosse parecida com a sua em muitos aspectos. — Sua voz fica mais rouca. — Também amava a noite e punha os filhos acima de tudo.

Minha mãe não fez isso. Ela nos abandonou. Mas não o corrijo.

Ele segura minha mão e acaricia meus dedos. Sinto o poder se manifestar em ondas, efeito dessa conexão com minha magia, e as estrelas parecem brilhar com mais intensidade.

— Escolha uma estrela — ele diz. — Faça um pedido.

Balanço a cabeça. Mesmo com a onda de poder provocada pelo contato, estou muito cansada e muito perto das lágrimas. Não quero chorar.

— Não sei mais se acredito nisso.

— Ah, acredite. Eu sou feérico. Temos instinto para essas coisas.

— Quando eu era pequena, tinha muitas razões para acreditar, muitos motivos para ter esperança. Mas cada dia, cada semana, cada ano que passava depois que minha mãe foi embora... — Engulo o choro e solto a mão dele.

Isso... o que sinto quando ele me toca... me confunde demais. Não quero ter que lidar com isso, além de tudo que já enfrentei esta noite. — Depois que ela partiu, eu ainda conseguia ver as estrelas, mas era como se houvesse cada vez menos delas. Fazer esse tipo de pedido era para meninas que tinham pais, para pessoas que não estavam presas a contratos impossíveis. Se eu perder Jas, acho que não vai haver mais nenhuma estrela no céu para mim. — Mas neste momento, quando olho para o céu sentada ao lado desse feérico que me ajuda a ter acesso a um poder que nem sequer entendo, um poder que pode muito bem me permitir salvar minha irmã, consigo entender o que é esperança. Entendo quem faz pedidos às estrelas. Quase consigo acreditar que vou fazer esses pedidos por muito tempo.

Quando fica em pé, Finn olha para a mão que afastei da dele.

— Abriella, cada estrela no céu brilha para você.

Só depois que ele entra e fecha a porta, percebo que ele me chamou pelo nome.

Os dias seguintes ao resgate de Jalek da masmorra da rainha são longos. Finn cumpre a promessa de me dar um tempo do treinamento, mas ficar presa no palácio o dia todo é mais castigo que descanso, especialmente sem Sebastian por perto. Quando encontro Riaan treinando na cobertura, ele me diz que seu príncipe está *fora*. Como não vejo Sebastian desde o Litha, não sei o que ele ou a rainha pensam sobre o desaparecimento do prisioneiro – não que Sebastian fosse me contar, de qualquer maneira.

Na segunda noite depois do Litha, estou andando pelo quarto, enlouquecendo de tédio e frustrada por não ter progredido com o livro. Estou pensando em como entrar em contato com Pretha quando decido pedir ao espelho para me mostrar Jas novamente. Meu peito fica apertado quando vejo minha irmã, como acontece toda vez que a vejo pelo espelho.

Ela está costurando e contando a história da princesa feérica que se apaixonou pelo rei da sombra.

— Quando os pais da princesa dourada descobriram que a filha estava encontrando o rei da sombra no reino mortal, uniram seus poderes mágicos para trancar todos os portais entre o mundo dos humanos e Faerie, impedindo a filha de fazer contato com o amante, e o rei da sombra, de voltar para casa.

Quando a imagem desaparece, começo a baixar o espelho, mas decido tentar outra coisa.

— Mostre minha mãe. — Olho para meu reflexo por tanto tempo que acho que não vai funcionar, mas então ela aparece.

Não vejo minha mãe há nove anos, mas a mulher no espelho é exatamente como me lembro dela – alta e elegante, com o mesmo cabelo castanho de Jasalyn. O cabelo está preso em uma trança, que forma uma coroa no alto da cabeça. Ela anda por um cemitério, para ao lado de uma sepultura e cai de joelhos. O sol poente acentua os reflexos avermelhados em seu cabelo, e meu peito dói um pouco com a saudade inesperada. Ela era uma boa mãe. Nós ríamos juntas, e ela contava histórias. Sempre queria brincar e dar longas caminhadas conosco. Sempre nos pôs em primeiro lugar.

Até deixar de pôr.

Esse é o verdadeiro motivo para eu precisar proteger meu coração de Sebastian. Amar um feérico pode fazer você se perder. Pode fazer você se esquecer do que é mais importante. Minha mãe se esqueceu.

Por que ela está no cemitério? Esse túmulo pode ser do feérico que ela amava? Estudo a imagem no espelho muitas, muitas vezes. Alguma coisa nela é familiar. Então percebo o que é. Esse é o mesmo cemitério ao qual Finn me levou quando quis me mostrar o que meu poder poderia fazer. Não fica longe daqui.

A imagem no espelho desaparece, e tomo uma decisão rápida. Penduro uma bolsa de couro no ombro e guardo o espelho nela. Depois corro para o cemitério, e só resta uma faixa dourada de sol vespertino sobre o horizonte.

Se minha mãe está tão perto, talvez ela possa me ajudar a resgatar Jas. Sei que o feérico que ela amava era importante, um nobre, ela disse, alguém que amava seu povo e cuidava dele a ponto de sacrificar a própria felicidade. Talvez ele tenha algum tipo de conexão com o rei Unseelie. Talvez ela pudesse fazê-lo libertar Jas antes de eu recuperar todos os artefatos. Mesmo que ela não tenha essa força, seria um alívio tê-la por perto. Ter alguém em quem confiar e saber que não estou sozinha nisso.

Meus sapatos macios de tecido não são adequados para correr nesse terreno duro. As pedras machucam as solas dos meus pés, mas não diminuo a velocidade até encontrar os túmulos que vi no espelho.

O cemitério está vazio, e eu giro no lugar, esperando ver para onde minha mãe pode ter ido.

— Mãe! — chamo. — Mãe? — Minha voz treme, e alguma coisa transborda do meu peito.

Pego o espelho de novo.

— Mostre minha mãe.

O espelho mostra uma tumba, um cadáver em decomposição deitado no escuro, com os braços cruzados sobre o peito.

Solto o espelho como se ele me queimasse.

— Não. — Recuo, me afastando dele.

Não. Sebastian disse que talvez ele não funcionasse para os mortais. O fato de ter funcionado até agora não quer dizer... Não. Isso não significa nada.

Uma brisa fresca corre entre as lápides, e o que restava do sol desaparece, mas não estou pronta para voltar ao palácio.

Reúno coragem para pegar o espelho e guardá-lo na bolsa. *Aquela imagem não significa nada.*

— Brie! — Meu nome é um grito entre as árvores, e o som parece... — Brie! Me ajude! — Ando na direção do chamado, tentando me convencer de que a voz não é conhecida... não é uma voz que conheço melhor do que a minha.

Escuto o grito de novo... um grito e um soluço aterrorizado. Ao ouvir o berro desesperado da minha irmã, corro o mais depressa que posso para as árvores. O solo da floresta é cheio de arbustos, gravetos, galhos e folhas. Minha saia enrosca em um graveto, perco um sapato imprestável, mas continuo correndo.

— Socorro! Brie? Brie, me ajude!

Correndo em direção à voz de Jas, contorno árvores e atravesso áreas de densa vegetação rasteira, ouvindo seus gritos cada vez mais próximos e mais apavorados. Corro até minhas pernas queimarem e a garganta arder. Nem me surpreendo quando vejo a casa onde cresci, a casa de onde escapamos há quase dez anos. Aquela onde meu pai morreu.

Chamas dançam junto das paredes, lambem o teto e ficam cada vez mais altas. Como naquela noite.

Dou um passo para trás. *Isto não é real.*

O fogo crepita e estala, e a fumaça invade meu nariz. O calor das chamas queima meu rosto.

— Brie, por favor!

Corro para dentro da casa sem me permitir pensar.

Quando ela grita meu nome de novo, o rugido do fogo já domina meus ouvidos e mal consigo ouvi-la. Sei que a voz dela vai ficar cada vez mais baixa.

Sei porque já estive aqui antes. E sei que ela vai ficar completamente silenciosa antes que eu a encontre. Vai estar inconsciente no chão, embaixo da cama dela.

Parte da minha mente avisa que isto é uma ilusão. A casa não existe mais. Não pode estar aqui. Mas não consigo sair dela. Se não sou a garota que corre para o fogo para salvar a irmãzinha, não sou nada.

Jas grita de novo, e um estalo ecoa quando as vigas do teto desabam.

A fumaça é insuportável. Enche meus pulmões, não deixa espaço para o oxigênio enquanto me movimento com dificuldade entre destroços, me esquivando das chamas. Uma viga cai sobre minha perna e eu desabo no chão ardente.

— Jas — cochicho.

— Abriella! — O retumbar de uma voz profunda chega da frente da casa. — Abriella!

— Aqui atrás. — As palavras são fracas, meus pulmões estão cheios de fumaça. Ele não pode ter me ouvido em meio ao barulho do incêndio.

Empurro a viga, mas ela não se move. Meu nariz é dominado pelo cheiro da minha carne queimando. Não consigo sustentar a cabeça. Não consigo mais nem ouvir Jas.

— Mortal idiota!

A inconsciência me envolve como um cobertor pesado. Tento sair de baixo dele, mas não consigo.

— Eu tinha que salvá-la — sussurro. E tudo escurece.

Capítulo 22

— **O QUE ACONTECEU COM ELA?** — A voz baixa mal penetra meus pensamentos, sufocada pela dor tão intensa que se torna um animal gritando dentro da minha cabeça.

— O Sluagh a atraiu para a floresta. Ela foi cercada por chamas e fumaça. As pernas estão em mau estado, e a cabeça...

— Ela lutou contra nós, mesmo depois que os afugentamos — diz outra voz. — Falou que não ia abandonar a irmã.

Faço um esforço para abrir os olhos, agarrando-me à realidade.

— Jas? — Minha voz é rouca. Muita fumaça nos pulmões. *Foi real.* — Acharam minha irmã?

— *Shh.* Não fale. — Olhos prateados me examinam. *Finn.* Ele se vira para o lado. — Cure-a.

— Você está de brincadeira, porra? — pergunta outra voz masculina. *Kane?* — Isso é uma bênção. Um presente dos antigos deuses. *Aceite!*

Finn rosna um aviso que não consigo decifrar.

— Faça o que quiser, mas não vou ficar aqui vendo você jogar tudo fora. — Passos. Uma porta batendo.

— Também não quero vê-la sofrendo — diz Pretha. Quero abrir os olhos, mas isso exige mais força do que tenho. — Depois do que ela fez por Jalek, nenhum de nós quer, mas você precisa parar de cometer os mesmos erros hipócritas que me deixaram viúva.

— Não sou Vexius.

— E *ela* não é Isabel.

— Não se atreva — Finn rosna.

— Seu reino está condenado sem você, não entende? E esses ferimentos...

— Não venha falar sobre o meu reino, Pretha. Deixar ela morrer quando temos todos os meios para salvá-la é a mesma coisa que cometer assassinato. Quer que a magia se volte contra nós? — Silêncio. Um silêncio tão pesado que quase consigo abrir os olhos. — Cure-a. Agora!

Faço um esforço para abrir os olhos, e Pretha está ajoelhada ao lado da cama, com uma das mãos em minha testa, a outra em meu peito.

— Durma — ela pede. — Vai se sentir melhor quando acordar.

Vozes interrompem meu sonho. Finn. Pretha. Estão discutindo de novo.

— Ela vai ficar bem — diz Pretha. — Só precisa descansar.

— Graças a você — Finn responde. Sua voz exausta prolonga cada sílaba.

— Precisamos conversar sobre a decisão que você tomou esta noite.

— Não precisamos — ele retruca. — Está feito.

— Está dormindo com ela?

— Não — ele resmunga.

— Mas está se apaixonando. Vi como olhava para ela quando voltou com Jalek. Vi vocês dois no pátio, e vi...

— Não viu nada.

— Tem certeza disso? Porque você devia estar focado em...

— Conheço minha obrigação. E talvez seja hora de você se lembrar da sua.

O sono está me levando de volta quando escuto Pretha dizer:

— Você não é o único que tem algo em jogo, Finn.

Sonho com uma criança feérica com grandes olhos prateados e um sorriso travesso. Estamos em um campo florido, e ela saltita ao meu lado com um pirulito na boca. O sol é uma delícia, e o perfume das flores lembra o céu. Ela parece tão angelical com as bochechas rechonchudas que me pergunto se não é isso mesmo. Morri no fogo, como Lark me avisou que aconteceria.

— Eu morri? — pergunto.

— Só uma vez, mas não dessa vez. — Ela sorri para mim com a boca rosada e melada de doce. — Estou feliz. O outro caminho é melhor para todo mundo.

— *Outro* caminho?

— Bom, um deles. Alguns são ruins. Às vezes você morre para sempre, e a rainha dourada fica feliz. Mas outras vezes você se torna feérica. Outras vezes você vira *rainha*. — Ela joga fora o pirulito, e uma bola fofa de algodão-doce aparece na outra mão.

— Que tipo de rainha?

Ela sorri. Era como se esperasse minha pergunta.

— Um tipo diferente. Um tipo novo. — Fecha os olhos por um momento, e seu rosto fica sério, como se ela tentasse se concentrar em alguma coisa. — E às vezes um tipo ruim. Às vezes a raiva é demais, e você deixa ela te enfeiar por dentro. Não faça isso. Não gosto de você desse jeito. Finn vai explicar, se você deixar.

Ela fala por enigmas, e não consigo entender nada deles.

— E se eu não quiser ser feérica nem rainha? — pergunto.

— Por que não ia querer ser feérica? — Ela franze a testa, com a boca cheia de algodão-doce. — Prefere estar morta?

Não sei como responder.

— Não sei nada sobre ser rainha. Não gosto da ideia de ter muito quando outros não têm nada.

— Acho que isso é perfeito, então — ela diz. — Porque você vai perder tudo. — E belisca uma porção de algodão-doce, que oferece a mim.

Recuso com um movimento de cabeça, e ela põe o doce na boca.

— Você está sempre certa sobre o futuro? — pergunto.

— Impossível. Porque às vezes o futuro está errado sobre você. — Ela se vira para o outro lado. — Tenho que ir. Não fala para a minha mãe que eu estava aqui.

Capítulo 23

ESTOU EM UMA CAMA grande de dossel em um quarto que não reconheço. As cortinas estão fechadas e o quarto está escuro, mas, quando meus olhos se adaptam, vejo Finn sentado em uma poltrona estofada do outro lado do cômodo, entre os dois lobos.

Respiro fundo e levanto o corpo com muita dificuldade.

— O que aconteceu? — Minha voz é rouca. Lembro do fogo. Ir atrás de Jas. A velha casa que não poderia estar lá, porque foi queimada quando eu tinha oito anos. Tudo parecia muito real. Considerando a dor que sinto na garganta, o fogo certamente foi.

Afasto as cobertas para olhar minhas pernas, esperando encontrar curativos, queimaduras ou coisa pior, mas não tem nem sinal de machucado. Balanço a cabeça, tentando separar ilusão de realidade.

— O Sluagh atraiu você para a floresta ao lado do cemitério do Exército Dourado.

Engulo para amenizar a dor na garganta.

— Como?

— Jogos mentais. Ilusões. — Ele fecha o livro que eu não tinha visto em seu colo e o coloca embaixo do braço ao levantar. — Acessaram suas piores lembranças e prenderam você nelas. — Ele acende uma vela sobre a mesa de cabeceira e me examina como eu o examino. Sua pele escura parece mais pálida do que nunca, e, quando ele volta à cadeira, noto que está mancando.

Ele se machucou me salvando? De algum jeito, sei que ele não ia gostar se eu perguntasse.

— Quanto tempo passei desacordada?

— Um dia inteiro. Pretha curou você como pôde, e depois nós trouxemos um curandeiro de verdade para fazer o que faltava. Você fraturou uma perna e estava coberta de queimaduras, a maioria superficial, graças aos deuses. Esse nível de magia é pesado demais para um humano, por isso o curandeiro a fez dormir profundamente, para ajudar na recuperação.

Pretha me curou, não ele. Ele não tem magia ou só decidiu deixar que os outros fizessem o trabalho em seu lugar? Para alguém que parece ter tanta influência sobre as criaturas mágicas que o cercam, não imagino que não tenha habilidades próprias.

— Como você me encontrou?

— Dara e Luna sentiram que você estava com problemas. Eles me levaram até você.

Assinto, como se tudo isso fizesse perfeito sentido. Como se encontrar monstros que podem recriar minhas piores lembranças fosse algo que acontece todos os dias, como se fosse totalmente normal ter dois lobos agindo como meus anjos da guarda.

— Você tem sorte. Mais alguns minutos e...

— Eu sei — interrompo. Não quero ouvir o restante. Sei o que teria acontecido. O curandeiro amigo de minha mãe pode ter removido as queimaduras nove anos atrás, mas não apagou a lembrança das chamas lambendo minha pele ou da fumaça em meus pulmões. Sei bem qual é a sensação de estar morrendo em um incêndio. Balanço a cabeça outra vez. — Mas... não foi real? Ou foi?

— A ilusão do Sluagh se torna real quando você se relaciona com ela. O fogo era tão real porque o Sluagh se tornou o fogo quando você acreditou nele. E você correu diretamente para ele.

— Ouvi gritos.

— Sua irmã? Por isso correu para as chamas?

Confirmo com um movimento de cabeça.

— Parecia... real. — Fico feliz por ainda estar na cama, apoiada em travesseiros, mas minhas mãos tremem mesmo assim. — Quer dizer que o fogo era real, mas ela não?

— Não tinha mais ninguém na floresta com você. Quando espantamos o Sluagh, você estava sozinha.

— Minha bolsa? — Tento levantar.

— Fique aí. — Ele se inclina para pegar alguma coisa embaixo da cadeira. Quando se aproxima da cama, deixa a bolsa no meu colo. — Eu avisei para não usar aquele espelho.

— É verdade. — Levanto o queixo, mas não me sinto muito confiante em minhas decisões no momento. O espelho me enganou e me fez ir até o cemitério. E me levou para a armadilha do Sluagh.

— Você não pode confiar nele — ele diz.

— Eu sei — respondo em tom seco. Mas não sei. Não realmente. Às vezes parece dar certo, mas nem sempre, é óbvio. Ele mostrou minha mãe viva e bem, e depois a mostrou como um cadáver em uma espécie de sepultura. Não é possível que ambos sejam verdade.

— Então, por que você estava lá? — Ele me encara e espera. — O que estava procurando?

— Nada. Não... não importa. — Desvio o olhar. Mostrei que sou uma humana boba e descuidada, e parte de mim quer que ele saia para eu poder me esconder embaixo das cobertas. Outra parte choraria se ele fosse embora. *Ele salvou minha vida. De novo.*

— O espelho não funciona direito há anos — diz Finn. — Foi criado há eras, quando os governantes Seelie e Unseelie tinham uma aliança. Eles criaram vários objetos mágicos com a união de seus poderes e os dividiram entre as cortes como uma demonstração de boa-fé. Mas a magia foi corrompida quando a Corte Seelie roubou esses itens.

— Às vezes funciona — retruco, e pareço uma criança petulante.

Ele balança a cabeça.

— Você pode ordenar que ele mostre alguém ou alguma coisa, mas não pode confiar no que vê. Magia corrompida é perigosa. O que ela mostra pode atrair você para o perigo.

— Você não podia ter dito isso antes?

— Não sabia que "não use" era uma ordem difícil de entender. — Ele suspira e suaviza o tom de voz. — Um espelho como esse é perigoso para alguém como você.

Reviro os olhos.

— Uma humana?

— Não. Alguém com tanta esperança no coração.

Tanta esperança? Ele me conhece? Sou a pessoa menos esperançosa que conheço.

Então, de repente, entendo onde estou. Na cama. Na casa dele.

— Este é seu... *quarto*? — Quase pergunto se é a *cama* dele, mas me seguro. Teria sido ainda mais constrangedor.

— Sim. Era o lugar mais fácil para cuidar de você, e a cama é grande o bastante para o curandeiro ter espaço para trabalhar. Mas, agora que está acordada e mais ou menos recuperada, posso te transferir para o quarto extra.

Por que tanta gentileza comigo? Acho que na metade do tempo ele me odeia, e na outra metade... não gosto de pensar no que sinto que existe entre nós nesses momentos.

— Preciso voltar para o palácio. — Eu me levanto da cama com esforço, e o quarto gira. Sento novamente e caio deitada sobre os travesseiros.

— Fique quieta — diz Finn. — Está curada, mas vai ficar fraca durante alguns dias.

— Não posso simplesmente desaparecer. Eles virão me procurar.

— Pretha cuidou disso.

Não gosto dessa história. Posso perder alguma coisa importante e deixar a rainha brava. E se ela não permitir que eu continue no palácio, se me mandar para casa antes de eu ter os últimos artefatos de Mordeus?

— Como sua *professora* — Finn explica —, ela conseguiu permissão para tirar você do palácio por alguns dias para um treinamento. No momento você está visitando uma cidade no sul que é conhecida por suas apresentações musicais.

— Ah. — Afundo nos travesseiros. Estou muito cansada, de verdade, e a ideia de voltar ao palácio e fingir que estou bem... Bom, acho que neste momento não conseguiria. — Ela me falou sobre seu irmão. Vexius? Eu... sinto muito.

Ele assente, mas evita olhar nos meus olhos.

— Eu também.

O que foi que Pretha disse quando Finn ordenou que ela me curasse? *Parar de cometer os mesmos erros hipócritas que a deixaram viúva.* Quero saber o que ela quis dizer com isso, mas sei que Finn não vai responder.

— Tem mais irmãos?

— Nenhum que eu queira reconhecer. — Ele gira os ombros para trás como se, de repente, percebesse o quanto estava dolorido, depois de horas dormindo na cadeira. — Descanse, Princesa. Todos os seus problemas ainda estarão aqui de manhã.

Não quero acatar as ordens dele como um cachorrinho obediente, mas me ajeito nos travesseiros e sinto os olhos fechando mesmo assim.

— Você deve estar com fome. Vou mandar trazerem algo para você comer.

— Finn? — Ele para na porta e olha para trás. — Obrigada. Por me salvar. De novo.

Vejo o movimento em sua garganta quando ele engole.

— Espero que o que você está procurando valha a pena. — E olha para a bolsa no meu colo. — Não confie nesse espelho.

— Alguma pista do Grimoricon? — Finn pergunta na manhã seguinte.

Estamos na biblioteca, e seus lobos dormem no chão, um de cada lado dele, onde parecem preferir ficar.

Considerando que ele acabou de me salvar de um problema em que me meti por seguir o espelho, não quero falar sobre a biblioteca que ele me mostrou.

— Não. Tem alguma ideia?

— A rainha tem medo do Grimoricon, então duvido que ela o mantenha por perto. Minhas fontes dizem que ele nunca esteve no Palácio Dourado.

Que ótimo.

— Bom, diga para as suas *fontes* que seria muito útil se elas pudessem ser mais específicas.

— Vou dizer — ele resmunga.

Estou me sentindo bem o bastante para brincar com meu poder, embora Finn não permita. Até agora, tudo que aprendi foi envolver objetos em sombra para poder escondê-los em mim. Quero treinar para transformar outros seres em sombra, mas Finn disse que é muito exaustivo, e vou trabalhando com objetos cada vez maiores. Guardo uma espada na bainha de um lado do meu corpo e a envolvo em sombra, antes de olhar para Finn.

— Bom trabalho — ele aprova, mas não parece impressionado. Nada do que fiz com minha magia impressiona o príncipe da sombra. Não que eu me importe.

— Como o garoto tem te tratado? A agenda deixa um tempo para ele poder te seduzir?

— Que garoto? — pergunto, com ar confuso.

— Príncipe Ronan, o filho dourado... acho que você o chama de *Sebastian*?

Eu bufo.

— Por que você chama o Sebastian de garoto? Ele tem vinte e um anos. — Finn me ignora, mas considero a pergunta que fiz. — Quantos anos *você* tem?

— Sou mais velho que ele.

— Não foi isso que perguntei.

Ele coça a cabeça do lobo adormecido como se estivesse distraído.

— Tenho idade suficiente para ter lutado na Grande Guerra Feérica, e sou jovem o bastante para não lembrar de um tempo em que nossas cortes não estivessem determinadas a destruir uma à outra.

Isso o coloca em algum lugar entre cinquenta e quinhentos anos. Também não é uma resposta, mas é mais informação do que tive antes. Inclino a cabeça de lado e o estudo. Ele é mais velho que Sebastian, obviamente, mas aparenta a mesma idade. Arya e Mordeus parecem mais velhos. Se fossem humanos, acho que teriam a idade da minha mãe. E tem Lark, que parece crescer como uma criança humana.

— Como o envelhecimento afeta os feéricos?

Ele suspira.

— Depende da raça. Alguns têm vida muito curta. A maioria dos sprites, por exemplo, vive menos de cinco anos. Outros feéricos podem viver milhares de anos.

Por que ele tem sempre que ser tão obtuso?

— Estou perguntando sobre feéricos como você, sabe muito bem disso. — Ele reluta em responder, e eu aviso: — Se não falar, vou ter que perguntar ao Sebastian.

— Os élficos, *como eu* — ele se rende —, envelhecem tipicamente como humanos até a puberdade, depois disso continuam envelhecendo significativamente mais devagar. Várias centenas de anos entre nós podem parecer uma década para o olhar humano.

— Tipicamente? E quando não é um envelhecimento típico?

Ele encolhe os ombros.

— Arya, por exemplo, está mais perto de mim que de Mordeus.

— Jalek falou que ela está morrendo. Por isso parece muito mais velha?

— Agora é sua vez de responder perguntas — Finn decide. — Como é que o príncipe dourado está te tratando?

— Tudo bem com *Sebastian* — respondo. Percebo que não sei muito sobre o que ele faz com o próprio tempo. — Ele anda ocupado, é verdade, mas, se acha que vou dizer alguma coisa que possa usar contra ele, você não me conhece.

— Ah, já sei que você vai proteger o príncipe. Já deixou isso bem claro. Para ser justo, ele também está te protegendo. — Finn projeta o queixo na direção do meu pulso, onde a cicatriz continua glamourizada. Antes eu me assustava quando não a via ali, mas agora quase nem lembro dela.

— Como é que esconder minha cicatriz pode me proteger?

Ele fica tenso, depois balança a cabeça.

— Eu estava falando sobre o ataque do Barghest.

Estava?

— Ele já conseguiu fazer você mudar de ideia sobre se tornar rainha?

— *Não*. Por que você acha que vou mudar de ideia?

— Porque está apaixonada por ele.

— O que uma coisa tem a ver com a outra? — Formo uma bola de sombra na mão e jogo no peito dele.

Ele a pega e segura na palma da mão, antes de fazê-la girar.

— Normalmente, quando você ama alguém desse jeito, encontra um modo de ficar com a pessoa.

— Assim que ele perceber que andei roubando coisas dele, tenho certeza de que não vai me querer.

A bola de sombra se desintegra.

— Ah. Então a verdade é revelada. Não é que você não queira ficar com ele. É que você acha que ele não vai te perdoar quando descobrir o que você fez para salvar sua irmã.

— Por que você insiste tanto nisso? *Você quer* que eu seja a rainha dele?

— Não quero surpresas — ele dispara, depois se dirige à porta. — Pretha vai te levar de volta ao palácio.

— Por que você nunca usa sua magia? — pergunto antes de ele sair.

Finn se vira para mim devagar e inclina a cabeça, e um cacho escuro cai sobre seus olhos.

— Eu uso.

— Nunca vi.

— Meus dons não existem para o seu entretenimento, Princesa.

Reviro os olhos. Entendo essa resposta pelo que é, uma fuga. Finn não quer revelar por que não usa seus poderes. E por que revelaria? Se, por alguma razão, ele realmente não é capaz de usá-los, essa seria uma fraqueza incrível. Uma fraqueza que pode causar sua morte, se os inimigos dele descobrirem.

Ainda não consigo parar de pensar que isso tem alguma coisa a ver com a coroa do pai dele e o feérico errado ocupando o Trono das Sombras.

— Finn, você merece estar naquele trono. Quando eu encontrar minha irmã e a levar para casa, vou querer te ajudar a encontrar a coroa do seu pai.

Ele recua um passo, seus olhos brilham. Abre a boca, e acho que vai me criticar, mas volta a fechá-la, vira-se e sai da biblioteca.

Os lobos se levantam de onde estavam dormindo, e juro que vejo desgosto nos olhos dele quando me encaram, antes de seguir o dono.

Afundo na cadeira e engulo as lágrimas. Quero ajudar, mas eles não confiam em mim o suficiente para aceitar minha ajuda. Sim, estou reunindo as relíquias que vão ajudar o reino deles a longo prazo, mas eles escondem tanta coisa de mim que nem sequer entendo como isso vai ajudar.

Pego o espelho e olho para meu reflexo. Eu sabia que a coroa estava desaparecida, então por que nunca pensei em perguntar ao espelho?

Porque você não pode confiar nele.

Mas às vezes ele acerta. E talvez agora seja uma dessas vezes.

— Mostre a coroa do Rei Oberon — falo em voz baixa. Mas a imagem no espelho não muda, e, por mais que eu repita a ordem muitas vezes, continuo olhando para meu reflexo.

Capítulo 24

— **ADIVINHA QUEM VOLTOU AO PALÁCIO** e pediu para te ver — Emmaline brinca enquanto escova meu cabelo.

Eu me viro e olho em seus grandes olhos azuis.

— Sebastian?

Voltei ontem à tarde, mas, quando descobri que Sebastian estava fora desde o Litha, comecei a me preocupar, pensando que ele podia estar ferido, que tinha descoberto que libertei seu prisioneiro, que ele sabia que eu estava na casa de Finn. Ninguém sabia onde ele estava, e minha mente ficou mais que satisfeita por poder me oferecer terríveis possibilidades, por mais que fossem improváveis, paranoicas e autocentradas.

Emmaline sorri.

— Sim, Sebastian, é claro. Ele pediu para avisarmos que virá hoje à tarde, depois do pôr do sol, e gostaria de sair para *caminhar*. — O tom de voz agudo dá a impressão de que *caminhar* é um código para algo muito mais escandaloso.

— Ele estava... empolgado para me ver, ou sério?

Observo Tess pelo espelho sobre a penteadeira. Ela está arrumando minha cama.

— Seriamente empolgado — ela responde, com uma piscada.

Então ele não está zangado. Já é um começo, principalmente porque sei onde está o livro e preciso pedir outro favor.

— Quanto de Faerie você viu durante o tempo em que está com a rainha? — pergunto a Emmaline.

Ela sorri e torce meu cabelo para trás.

— Servimos a Corte Seelie. Aonde eles vão, nós vamos. — Ela dá uma atenção especial aos cabelos mais curtos na região da nuca. — Eu queria pôr as mãos na imbecil incompetente que cortou seu cabelo.

— Já falei que foi um acidente — lembro, tentando encerrar a queixa habitual. — Deixe a parte de trás solta, assim não aparece. A rainha tem *outros* palácios, então?

— É claro que sim — responde Tess.

— Muitos — acrescenta Emmaline.

Isso devia ser evidente para mim, mas ontem, quando Finn disse que o livro não estava neste palácio, me ocorreu que a biblioteca que eu procuro também não fica aqui.

Por outro lado, depois do encontro com o Sluagh, eu não devia mais confiar no espelho. Mas não tenho outras pistas do Grimoricon, o que me deixa sem opções. Nova estratégia? Usar o espelho, mas agir com cautela.

Quando voltei a dar a ordem ao espelho hoje de manhã, estudei a imagem com mais atenção do que na primeira vez, e a resposta estava bem ali, na minha frente. Ondas quebravam logo além das janelas da biblioteca. Se eu tivesse notado esse detalhe da primeira vez que olhei, não teria perdido tempo pensando que havia alguma outra biblioteca secreta neste palácio. De tudo que vi aqui até agora, não estamos perto do mar.

Tess serve uma xícara de chá para mim, e Emmaline continua lutando com meus cachos rebeldes, escondendo as mechas cortadas.

— A rainha tem vários palácios neste território. Esta é sua residência principal, e o local onde acontecem os eventos mais formais, mas ela passa apenas metade do ano aqui. A outra metade é dividida entre seus três outros palácios.

Faço o possível para encenar um suspiro sonhador.

— Se eu fosse uma rainha poderosa, acho que ia querer passar uns dias perto do mar.

As gêmeas riem.

— Talvez por ser parecido com *os olhos* de um certo príncipe? — brinca Emmaline.

— *Quando* você for rainha — diz Tess —, vai poder escolher onde quer passar seus dias.

— O Palácio da Serenidade, o castelo à beira-mar, é lindo, mas não é adequado para toda a corte. É mais um retiro para a família real — conta Emmaline. — Mas acho que você poderia mudar isso.

— *Existe* um castelo no litoral, então? — pergunto.

— É claro. Muitos consideram o litoral sul a parte mais bonita do território Seelie. Dizem que os pais da rainha tinham um carinho especial pelo Palácio da Serenidade.

— Talvez por isso ela raramente visite esse castelo — diz Tess.

Emmaline olha para ela com ar de censura, e Tess abaixa a cabeça.

— Por que ela não desejaria visitar o lugar de que os pais gostavam? — pergunto. Tem alguma coisa além de dor e luto aqui, uma vez que elas não devem falar sobre isso.

Emmaline balança a cabeça.

— Não sabemos, milady. Estamos a serviço da rainha há dez anos apenas. Os pais dela morreram há vinte e um.

Elas trocam mais um olhar preocupado. Tenho certeza de que sabem mais e estão com medo de falar, então decido não insistir.

— Tenho uma ideia — digo a Sebastian quando caminhamos pelos jardins naquela noite. — Promete que não vai rir de mim?

O dia quente ficou mais fresco depois que o sol se pôs, e me arrepio no vestido leve e sem mangas. Sebastian me puxa para perto, aquecendo-me com o calor de seu corpo.

— Depende da ideia — ele responde, sorrindo.

Hoje de manhã ele me contou que esteve fora participando de reuniões importantes. Acho que acredito nele, mas queria saber o que pensa sobre o prisioneiro desaparecido. Não quero acreditar que ele teria realmente matado Jalek, mas a incerteza está me deixando nervosa.

— Qual é a ideia? — ele pergunta.

— As criadas falaram sobre um belo palácio à beira-mar que sua mãe raramente usa. Fica no litoral sul? Acho que seria legal você e eu fugirmos de todas as pressões e exigências da corte. Passar uns dias em algum lugar onde seja possível dar atenção um ao outro.

Ele sorri e balança as sobrancelhas.

— Ah, é?

Cutuco sua cintura com o cotovelo.

— Não é isso que estou sugerindo, e você sabe.

— Que pena — ele responde, rindo.

— Diz o homem que mal quer me beijar — provoco, e, quando o humor desaparece de seu rosto, lembro que ele não é humano. Estranho; quando estamos sozinhos, é fácil esquecer. — Ser do gênero masculino, quero dizer. Desculpa. — Encerro o momento de desconforto com um sorriso.

Ele suspira.

— Homem, ser do gênero masculino, tanto faz. Depois de dois anos vivendo como humano, o rótulo não faz diferença. Foi a *outra parte*...

Olho para ele intrigada, sem entender, e Sebastian explica:

— Você acha que não *quero* te beijar?

— Bom... — Mordo o lábio, e os olhos dele acompanham o gesto.

— Passo metade do meu tempo pensando só nisso.

— Mas não me beija — insisto, pensando na conversa que tive com Finn, na revelação de que eu *quero* Sebastian, mas não quero correr o risco de ser rejeitada quando ele descobrir a verdade. Ele estava certo, embora eu preferisse não admitir.

Sebastian faz uma careta.

— Não percebeu que estou me fazendo de difícil?

Dou risada.

— Ah, eu percebi. Faz uns anos, acho.

Ele segura meu queixo e passa o polegar pelos meus lábios. O contato é como o primeiro gole de vinho espumante, doce, intenso, com gosto de quero mais.

— Está dando certo?

— Talvez — murmuro.

— Quer mesmo sair comigo? Só nós dois?

— Não seria legal ir a algum lugar onde não haja tantos olhos em cima de nós o tempo todo?

— Brie, a realidade da minha vida é que sempre tem alguém olhando. Eu queria dizer que posso te dar tudo, mas a verdade sobre governar é que não existe vida privada.

E, para ficar com ele, essa é uma realidade que vou ter que aceitar. *Esse é o menor dos nossos problemas, Bash.*

— Sair de perto do exército de cortesãos já seria alguma coisa — digo. — Sempre amei o mar, e adoraria ver como ele é no seu mundo.

Seus olhos ficam mais suaves, e ele beija o alto da minha cabeça.

— Para ser bem honesto, a ideia de ter você só para mim por uns dias é muito interessante. Vou ver o que consigo fazer. Tenho que sair amanhã bem cedo, e acho que vou passar o dia todo fora.

Meu coração fica apertado, mas não sei se é porque estou ansiosa para pegar o livro ou porque não quero que ele parta novamente.

— Para onde você vai dessa vez?

— Tivemos problemas na fronteira oriental. — Ele enruga a testa. — Nossa segurança não é mais como antes.

— Está falando dos campos? — Hesito ao ver sua expressão mais dura, mas, agora que já falei, melhor continuar. Isso é importante demais. — Você não ajuda a prender aqueles inocentes, ajuda?

— O que você sabe sobre os campos?

— Eu... não muito. Só que os Unseelie tentam fugir do governo opressor de Mordeus e... Eles só querem uma vida melhor, Bash. — Vejo nos olhos dele que eu não deveria saber nem metade disso. — Nunca acreditei que você tivesse alguma coisa a ver com isso. Pensei que quisesse ajudar as pessoas, independentemente da corte de onde saíam.

— É claro que quero. Mas você precisa entender que... — Ele balança a cabeça. — Não importa. Não precisa saber dos detalhes. Quem te contou isso?

— Eu só... ouvi as pessoas conversando.

— Que pessoas?

A raiva nos olhos dele me preocupa... não por mim, mas por alguém que eu possa implicar. Depois de vê-lo com Jalek, não tenho muita certeza sobre com quem estou lidando.

— Não sei.

— Posso confiar em você, Brie?

Você nunca pode confiar em uma ladra que convidou para entrar em sua casa.

— É claro. — A mentira é amarga em minha boca.

Os ombros dele relaxam.

— Eu confio, você sabe. — Ele segura minha mão e a leva aos lábios, beija os dedos antes de me levar de volta ao palácio e ao meu quarto.

Passo metade da noite acordada, com o estômago protestando contra o gosto amargo em minha boca.

Pretha me tira do quarto logo depois do café da manhã, e a culpa me acompanha a cada passo do caminho para a carruagem, a curva da estrada para a casa de Finn.

Posso confiar em você, Brie?

Ele não pode confiar em mim, e tenho que manter isso em segredo até Jas estar segura em casa. Quando penso em escolher entre os sentimentos de Sebastian e a liberdade de Jas, a escolha é óbvia. É fácil. Então, por que me sinto assim?

— O que você tem? — Pretha pergunta quando a carruagem para no vilarejo.

— Nada. — Desço do veículo atrás dela e andamos em silêncio para a casa. Ela para na frente da porta.

— Não minta para mim, Brie. É perda de tempo.

— Só quero minha irmã de volta. Quero encontrar a porcaria do livro, assim Mordeus pode me dizer qual é o próximo objeto. Estou cansada de todo mundo se comportando como se tivéssemos todo o tempo do mundo. Quero terminar isso logo e levar minha irmã para casa. — Mas minha voz hesita na última palavra. *Casa?* Não vamos poder ficar em Fairscape. Gorst nunca vai desistir de me caçar por ter roubado o que era dele, e voltar para Elora, seja como for, significa dar adeus a Sebastian... e a Finn, Pretha e todo o grupo de feéricos desajustados.

Quando levanto a cabeça, Pretha está me analisando. Talvez seja só a natureza da forma de Eurelody, mas sua expressão parece quase solidária.

— Você e Sebastian têm brigado?

— Não, nunca. — Balanço a cabeça e desvio o olhar. Do outro lado da rua de paralelepípedos, uma feérica com asas transparentes e chifres curvos varre a varanda de sua casa. — O problema é que ele confia em mim e eu preciso dessa confiança, mas me sinto um lixo cada vez que tiro proveito dela.

Ela franze a testa.

— Você foi posta em uma situação muito complicada.

Espero que ela me dê algum conselho sábio ou me ajude a sair dessa situação complicada, mas ela só entra e gesticula para eu a seguir e fechar a porta. Depois retoma sua forma e segue para a biblioteca.

A porta no fundo do corredor escuro está fechada, e Kane está de guarda, de braços cruzados, os olhos vermelhos brilhando na penumbra.

Pretha olha para ele, depois para a porta fechada, e uma ruga surge em sua testa.

— Meu irmão chegou cedo?

— O rei e a rainha estão conversando com Finn e Tynan, mas a rainha espera que você almoce com eles. — Kane faz uma careta contrariada. — Quer que eu invente uma desculpa por você?

Pretha balança a cabeça.

— Eu já esperava por isso. Almoço, jantar? Faz diferença? — O tom de voz é casual, mas o andar, quando ela se vira e volta à sala de estar, não é.

Olho para Kane, depois para o corredor escuro por onde Pretha desapareceu e começo a perguntar:

— É melhor deixar ela sozinha ou...

Kane levanta as mãos abertas e pergunta:

— Não sabe fazer essa coisa de fêmeas?

— Coisa de *fêmeas*?

— É, sabe? Falar coisas legais para ela se sentir melhor, apesar de estar com o coração partido e amar uma cretina?

— Ah, eu... por que isso é coisa de *fêmea*?

— E você acha que *eu* sou uma boa opção para a tarefa? Não consigo nem desejar bom dia a alguém sem dar a impressão de que, por dentro, quero que a criatura morra.

Ele tem razão. Penso um pouco.

— Ela está de coração partido? Por quem?

— Se quer saber, faz logo essa coisa.

Pelo jeito como Kane olha para o espaço onde Pretha sumiu, percebo que ele odeia não poder ser esse tipo de amigo para ela, mas também não tenho certeza de ser uma boa candidata à posição.

De qualquer maneira, vou para a sala. Pretha está em pé na frente da janela, olhando para a rua com uma expressão vazia, um olhar frio.

— Quer conversar?

Ela fica tensa.

— Admitir que tenho alguma coisa para falar sobre isso é como trair meu marido.

Ah. Bom, então...

— Quando Vexius morreu?

— Há quatro anos. Ele foi ferido quando levava um grupo de refugiados Unseelie para um portal no território da Floresta Selvagem. E não se recuperou.

Por isso ela ficou tão abalada quando Finn se machucou nas mesmas circunstâncias.

— Quatro anos é muito tempo. Certamente você pode se perdoar por sentir alguma coisa por outro alguém.

Ela olha para mim. Nunca a vi com uma aparência tão envelhecida ou tão cansada.

— O que sinto por Amira já existia antes de eu conhecer Vexius. Muito antes de um de nós se casar.

O nome provoca minha memória. Esse é o encontro que ela temia.

— Amira é a rainha do povo da Floresta Selvagem?

Pretha confirma com um movimento de cabeça e desvia o olhar.

— E esposa do meu irmão.

— Ah. — É aflitivo tentar imaginar isso. — Puxa, Pretha. Sinto muito.

— É, eu também. — Sua respiração embaça o vidro da janela. — Amira e eu tínhamos a sua idade quando ela foi levada para o palácio da minha família. Estava lá para se preparar para ser noiva de Misha, mas me apaixonei assim que a vi pela primeira vez.

— Que lindo. — Minha voz é carregada de tristeza. Já sei para onde vai essa história. — E aí ela o escolheu? — É horrível ouvir a pergunta. Se Kane estivesse aqui para testemunhar minha falta de tato, talvez lidasse ele mesmo com a situação.

Pretha ri baixinho.

— Não. Não existia a possibilidade de escolha para nós duas. O povo da Floresta Selvagem é mais acolhedor que os Seelie com gente como Amira e eu. Meus pais nos criaram para acreditar que o amor é bonito em todas as formas, mas eu sempre soube que essa aceitação não passava pelas portas do palácio. Fazer parte da família real significa viver de acordo com um conjunto de regras diferente.

— Por quê? — pergunto. — Qual é a diferença?

— Eles falam sobre o poder do sangue, mas a verdade é que tem a ver com aparências. E com o desconforto deles diante do amor da filha por outra fêmea. — Ela suspira. — Mas durante três anos Amira e eu ficamos juntas enquanto eles a preparavam para a vida de rainha. Misha não se incomodava. Não ia se casar com ela por amor, só para fortalecer a aliança entre nossas famílias. Mas quando nossos *pais* descobriram... — Ela sorri com... humor? Irritação? Raiva? Talvez uma combinação dos três. — Consegue imaginar meu horror quando eles me mandaram para longe para ser a noiva do irmão mais novo do Príncipe Unseelie?

— Vexius — concluo em voz baixa. Não consigo imaginar o que é ter que se casar com alguém por motivos políticos. Não consigo imaginar o amor tendo tão pouca importância na lista de razões para decidir passar a vida com alguém. Mas é exatamente isso que vai acontecer com Sebastian se eu decidir não ficar com ele. — Mas você acabou gostando dele com o tempo?

— Às vezes queria não ter gostado — ela declara, levando a mão fechada ao peito como se tentasse expulsar a dor. — Mas ele era muito fácil de amar.

— Está melhorando — diz Finn.

Olho para ele de queixo caído.

— Isso foi um elogio?

Estamos no andar de cima, enquanto Pretha almoça com o irmão e a rainha do povo da Floresta Selvagem. Eu não esperava ser convidada para o almoço, mas esperava que Finn estivesse presente para dar apoio moral à cunhada. Só que isso não aconteceu. O rei e a rainha pediram privacidade.

— Concentre-se — diz Finn.

Tynan cruza os braços e levanta o queixo como se me desafiasse.

O objetivo é envolvê-lo em sombra, não como eu faria para levar alguém comigo através de uma parede, mas para *prendê-lo* nas minhas sombras. Uma manobra de defesa que Jalek jura ser minha única esperança em combate, já que sou patética com a espada.

Mobilizo meu poder, concentro a atenção em Tynan e o envolvo em sombra, mas o casulo desaparece quando ele move os ombros.

— Vai funcionar bem — Tynan comenta, meio debochado —, desde que o inimigo *não se mexa*.

Faço um gesto vulgar para ele, mas dou risada. Ainda sou péssima nisso, mas estou melhorando.

— Finn. — Kane aparece na porta. — Temos um problema. O Príncipe Ronan está lá fora.

Um nome e meu bom humor desaparece. O estômago se contrai intensamente. Era disso que eu tinha medo. Ele vai descobrir minha traição. Como me encontrou aqui?

Finn parece ter a mesma dúvida.

— Você contou a ele onde passa seus dias?

Balanço a cabeça.

— Não. Ele só sabe que estou com minha professora particular.

— Fizemos planos para isso — Finn diz a Kane. — É por isso que estamos aqui, não é? Mande Eurelody ir falar com ele. Amira e Misha vão perdoar a interrupção.

— Sim, mas... Ele trouxe a verdadeira Eurelody. O príncipe a procurou, e ela confessou ter deixado de servir a rainha há anos.

Finn resmunga um palavrão.

Tynan faz uma careta.

— Precisamos tirar o príncipe daqui, antes que ele perceba a presença de Misha e Amira.

— Eu posso ir falar com ele — sugiro, mesmo sem ter ideia do que vou dizer. Só quero me livrar dessa sensação horrível no estômago. O que vai acontecer com Jas se Sebastian me mandar embora?

Finn levanta as sobrancelhas.

— Quer que ele tenha certeza de que você está aqui? Que está trabalhando com a gente?

Fecho os olhos.

— Foi o que eu pensei. Fique aqui. — Ele sai do quarto atrás de Tynan e fecha a porta.

Ouço vozes masculinas e abafadas lá embaixo.

Reconheço a voz de Finn e a de Sebastian, mas não consigo entender o que dizem.

Mais uma troca abafada, depois silêncio. Não suporto mais.

A porta range quando a abro com cuidado, e eu saio e caminho descalça até o alto da escada.

— Quero entrar... — O grunhido de Sebastian praticamente sacode a casa. Ele está frente a frente com Finn, que está acompanhado por Tynan. A imagem dos dois príncipes é formidável, ambos ameaçadores, com ombros largos, se encarando. — Eu sei que ela está aqui.

— Talvez sua magia esteja com problemas, Príncipe. Tenho certeza de que vai dar um jeito nisso bem depressa, com todas aquelas oportunidades à sua espera no palácio.

Não consigo ver o rosto de Finn, mas ouço o escárnio na voz dele.

— Cale a boca — Sebastian grunhe. — Não se comporte como se fosse melhor do que eu.

— Vá embora, garoto. Volte para o castelo e para sua mãe devotada. Volte para o seu rebanho de humanas desesperadas para entregar a vida a você. — Finn recua dois passos, retorna para dentro da casa, mas Tynan continua onde está, inflando o peito, pronto para atacar.

— Finnian, você é mais babaca do que eu lembrava.

Finn faz uma reverência debochada, e Sebastian se vira e vai embora. Tynan bate a porta e olha para Finn com a mandíbula contraída.

— Pensei que pudéssemos confiar nela.

— E podemos — responde Finn.

— E como você explica *isso*?

Finn balança a cabeça.

— Não tire conclusões. Vou cuidar disso.

Percebo que Finn se dirige à escada, e corro de volta ao quarto e fecho a porta. Pela janela, procuro Sebastian na rua, mas ele não está lá. Deve ter vindo com um goblin, que o levou de volta ao palácio.

A porta do quarto range ao ser aberta.

— Tentando dar uma olhada no seu verdadeiro amor? — pergunta Finn.

Não olho para trás.

— Não costuma bater na porta?

— Não na minha casa.

— Então, talvez eu deva... — Não tenho chance de concluir a ameaça vazia, porque ele me vira e puxa o amuleto que mantenho escondido embaixo do vestido.

— Por que não me falou sobre isto? — Finn passa mais tempo irritado e azedo do que feliz, mas nunca o vi nesse estado. A raiva queima em seus olhos e tinge o prata de branco em torno das pupilas.

— Isso não é da sua conta.

— Não fale bobagem. Se vou manter você aqui, se vou pôr *meu povo* em risco para te proteger, é da minha conta, sim. Onde conseguiu isso?

Não posso correr o risco de ficar sem o amuleto. Quase morri duas vezes desde que cheguei a este reino amaldiçoado. Qualquer proteção oferecida pelo amuleto de Sebastian é necessária.

— Minha mãe me deu.

Ele fecha os dedos em torno do amuleto e puxa com força, arrebentando a corrente. Depois sai do quarto.

— O que acha que está fazendo? — Vou atrás dele. Os amigos podem ter medo dele, mas eu não tenho. — Isso é meu. Você não tem o direito...

— Não tenho o direito de destruir o *amuleto rastreador* do Príncipe Ronan? Não tenho o direito de impedir que ele e a rainha saibam onde você tem estado? — Finn segura o amuleto com tanta força que seus dedos empalidecem.

— Você não sabe o que está dizendo. Isso é um amuleto de *proteção*.

— Ah, é? E serviu para alguma coisa quando o Sluagh te pegou? Como acha que seu príncipe te encontrou na noite em que o Barghest te atacou na floresta?

— Eu... — Perco a força para lutar e, tremendo, me sento na cama. Nunca parei para pensar em como Sebastian me achou naquela noite. Só fiquei aliviada por ter sido salva, e imaginei... Imaginei que ele fosse uma criatura mágica, e não foi difícil de acreditar que ele poderia me localizar.

Finn abre a mão para eu poder ver o amuleto. Antes brilhante e vivo, tem cor de água suja agora que Finn o arrancou do meu pescoço.

— Ele estava rastreando você com esta coisa, por isso veio bater na minha porta.

— Desculpa — sussurro. *Me rastreando*. Ele disse que o amuleto me protegeria, mas tudo que queria era me controlar. Um pensamento terrível passa pela minha cabeça, e olho para Finn. — A Corte Unseelie. Eu usei o amuleto nas duas vezes que fui falar com Mordeus. — Se Sebastian sabe que estou mentindo para ele, se sabe que estou trabalhando para Mordeus e roubando coisas de sua corte...

— O amuleto é fraco demais para funcionar em distâncias tão grandes. — Finn balança a cabeça. — Ele não sabe que você esteve com Mordeus, não pelo amuleto, pelo menos. — E se dirige à janela. — Vou pedir para Pretha levar você de volta ao palácio logo. Sebastian vai te procurar, agora que desconfia que esteve com a gente, e não posso correr o risco de ele descobrir nossa aliança. Pretha vai glamourizar alguma outra tutora para criar a ideia de que ela esteve trabalhando com você esse tempo todo.

Concordo. É claro. Temos que cuidar disso. Mas essas providências serão suficientes para convencer Sebastian?

— Não venha procurar a gente. Vamos ter que mudar de lugar. Pretha vai te procurar quando for seguro.

Ele vai ter que se mudar. Transferir seu povo e Lark. Tudo por minha causa.

— Desculpa.

Ele encolhe os ombros, mas percebo a fadiga em sua expressão.

— Era um lar temporário, de qualquer maneira. Isso faz parte da vida no exílio. Nada que não tenhamos feito antes.

— Você e Sebastian... vocês não brigaram.

Quando ele olha para mim, a exaustão pesa em seus ombros.

— Você acha que aquilo foi um encontro *amigável*?

— Não, mas eu tinha a impressão de que vocês se odiavam. Eu achava que poderiam tentar se matar se estivessem no mesmo lugar.

Ele estuda o amuleto em sua mão.

— Não sei o que ele te falou sobre mim, mas não desejo nenhum mal ao seu príncipe. À mãe dele, por outro lado... — Ele inclina a cabeça, alongando o pescoço. A raiva domina sua expressão, mas desaparece com a mesma rapidez. — Sebastian não é meu inimigo.

É um alívio ouvir isso, e, quando volto ao palácio, quase consigo me convencer de que tudo vai ficar bem.

Porém, quando abro a porta dos meus aposentos, Sebastian está esperando perto da janela.

— Como vai o Príncipe Finnian?

Capítulo 25

A POSIÇÃO DOS OMBROS me diz que ele está bravo.

— Bash? — digo em voz baixa. A culpa e a vergonha me invadem. Sempre estiveram ali, lambendo meus pés, tentando me fazer parar, mas agora elas formam uma onda que ameaça me afogar. — O q... o que você...

— *Príncipe Finnian*. Eu sei que você tem estado com ele. — Sua voz é áspera, como se tivesse gritado.

Abraço meu corpo.

— Eu... — Tento negar, ou isso só vai piorar a situação? — E daí? Ele é um amigo.

Os olhos de Sebastian estão vermelhos, a mandíbula permanece contraída. Há quanto tempo ele está esperando aqui no meu quarto, sabendo onde eu estava?

— Está apaixonada por ele?

— O quê? Por que essa pergunta? — Mas é possível que ele não esteja tão longe da realidade, porque a pergunta me faz querer sair correndo. Fugir de Sebastian. Daqueles olhos verdes-mar que parecem ver demais. Dos meus sentimentos confusos. Eu amo Sebastian. Talvez nunca consiga me casar com ele, mas o amo. É horrível pensar que ele sente necessidade de perguntar se estou apaixonada por outro feérico. É horrível pensar que, mesmo não amando Finn, sinto *alguma coisa* por ele. Sinto mais do que deveria sentir.

— Ele é meu *inimigo*, Abriella.

— Bom, mas você não é inimigo dele, então talvez deva repensar essa sua posição — disparo. Sei que não é hora para isso, mas não quero mais segredos. Não quero me sentir como se estivesse traindo um príncipe por outro, quando os dois são bons e querem o melhor para seu povo.

— Foi isso que ele disse? Foi assim que ele conquistou sua confiança? Fingindo que somos amigos?

— Eu não disse que vocês eram amigos. Não sou tão ingênua. Mas ele não é um monstro, como Mordeus, e, se você quer o que é melhor para o seu povo, devia fazer tudo que está ao seu alcance para levar Finn ao Trono das Sombras, que é o lugar dele.

Ele parece se encolher. *Se encolher!*

— Sebastian. — Ele não olha para mim, e eu caminho devagar na direção dele. Quando toco seu braço, ele fecha os olhos. Saboreando ou suportando o toque? Não sei. — Olhe para mim. Por favor.

— Não posso. Você tem se associado ao *meu inimigo* enquanto está sob o meu teto, e me fez acreditar... — Sebastian balança a cabeça, e não olha para mim ao perguntar: — Está considerando minha proposta pelo menos, ou só finge que sim, para poder levar até ele as informações que vão destruir minha corte?

— Não... — Posso ser horrível, posso ter enganado e traído Sebastian, mas nunca tentaria ajudar Finn a destruir a Corte Seelie. — Eu não faria isso. E não é isso que Finn quer. — Minha voz treme.

— Então o que está fazendo com ele?

Sebastian está tão arrasado que isso parte meu coração. *Você não sabe da pior das traições, Sebastian. Não mereço você.*

Por causa do acordo que fiz com Mordeus, nunca vou poder contar a Sebastian toda a verdade do que estou fazendo com Finn, como e por que preciso da ajuda dele. Mesmo que pudesse, não sei se contaria. Às vezes acredito que Sebastian faria tudo para me ajudar a levar Jas de volta à segurança, mas outras vezes... Em noites como a do Litha, quando o vi atacar Jalek naquela cela, percebo que ainda tem muita coisa que não sei sobre este mundo e o papel que Sebastian representa nele. Tem muita coisa que ainda não entendo sobre a dinâmica entre as cortes e dentro delas.

Sebastian se vira de frente para mim, e raiva e desespero se misturam em partes iguais naqueles olhos lindos.

— Responda.

— Ele está me treinando — falo. — Está me ajudando a aprender a usar os poderes que se manifestaram quando cheguei a Faerie.

— Poderes. — Parte da aflição desaparece de seu rosto. — Como assim?

Umedeço os lábios, querendo explicar de um jeito que o ajude a me perdoar por conviver com seu inimigo.

— Você sabe que sempre me movimentei bem no escuro, mas, quando cheguei aqui, de repente conseguia me fundir à escuridão e às sombras. Podia desaparecer dentro delas.

Ele estuda meu rosto com uma expressão indecifrável.

— E você sabe de onde vêm esses poderes?

Balanço a cabeça.

— Não. Eles simplesmente *aparecem*, embora eu não saiba muito bem como usá-los. Finn se ofereceu para ajudar.

— Em troca *do quê*?

Fecho os olhos. Não posso responder a essa pergunta sem revelar meu acordo.

— Não sei — murmuro, e, assim que a mentira sai da minha boca, percebo que não existe mentira que eu não conte, nem objeto que eu não roube para salvar minha irmã.

— Por que não pediu *para mim*?

Porque eu não queria que você soubesse sobre meus poderes. Não queria que soubesse que tenho habilidades que me permitem andar invisível pelo seu palácio, que me permitem roubar, espionar e libertar prisioneiros. Abaixo a cabeça.

— Desculpa.

Ele afaga meu rosto e levanta meu queixo até me fazer encará-lo de novo.

— Estou *maluco* de ciúme. Estava aqui enlouquecendo, pensando que ele podia estar conquistando seu coração. Tentei me convencer de que só me importava com a segurança do meu reino, mas a verdade... — ele se inclina e encosta a testa na minha — a verdade é que faz muito tempo que eu pus você acima do meu reino. — Ele traça o contorno do meu queixo com o polegar áspero, e me inclino na direção desse toque, de seu calor e conforto. — Posso mesmo confiar em você, Abriella?

Se pudesse, ele não estaria perguntando de novo. Mas nada mudou. Preciso da confiança de Sebastian. Preciso dele para me levar ao palácio de verão, e preciso dele para ficar aqui e recuperar o terceiro artefato.

— É claro.

— Mesmo? — Ele suspira profundamente. — Talvez você não entenda como é a situação entre mim e Finn, entre nossas famílias, os séculos de animosidade. Tenho te protegido durante todo esse tempo, e enquanto isso você estava convivendo com ele. Não posso fingir que isso não é uma traição.

— Bash, pode confiar em mim. Como posso provar o que digo? — *Como posso te convencer dessa mentira horrível?*

— Você... nós podíamos... — Ele para e pensa no que vai dizer, mas balança a cabeça. — Não vou te apressar, se não está pronta para isso.

Deslizo as mãos até o pescoço dele, me ergo na ponta dos pés e beijo sua boca. Se alguma vez questionei o que sinto por Sebastian, esse beijo é a resposta. Um simples roçar de lábios e quero me enroscar inteira nele.

Mas é Sebastian quem se afasta. Seus olhos estão nebulosos de desejo, mas ele respira fundo, se controla e dá um passo para trás.

Seguro a mão dele.

— Aonde vai?

Ele sorri.

— Se eu ficar aqui, vou te beijar de novo.

Dou um passo na direção dele.

— Acho ótimo.

Os olhos dele escurecem.

— Não brinque comigo, Brie. Não sei lidar com isso.

Dou mais um passo e apoio as mãos em seu peito.

— Não estou brincando. — E talvez em algum outro momento isso fosse mentira, mas agora é verdade. Tudo que quero é o beijo dele, seu toque, seu carinho. Quero absorver tudo dele, o máximo que puder, antes que ele descubra a verdade sobre mim e me afaste.

Lentamente, ele aproxima a boca da minha.

— Meu coração está em suas mãos, Abriella — ele diz, um instante antes de nossos lábios se encontrarem.

Não sei se são as palavras dele ou a suavidade com que afasta meus lábios com os seus, mas me esqueço de todo o resto por um momento. Minha mente fica confusa e meu corpo ganha vida. As mãos de Sebastian afagam meus braços, e cada movimento dos dedos calejados provoca em mim um pulso elétrico. Seria bom deixar tudo em suas mãos. Ele está fazendo o que pode para trazer Jas de volta, me proteger. Não quero mais mentir para ele ou agir às escondidas. Não quero carregar esse fardo sozinha.

Logo. Essa é uma promessa que faço a mim mesma. Uma promessa silenciosa que estou fazendo a Sebastian. Assim que meu acordo com Mordeus estiver cumprido e minha irmã estiver segura, não terei mais segredos com ele. Vou encontrar um jeito de ser digna desse amor que ele me oferece. Se ele me quiser.

Mergulho os dedos em seu cabelo, e a tira de couro que o mantém preso se solta. Passo a língua na dele, e ele geme em minha boca, e a vibração do som cria raios de prazer que descem pelas minhas costas. O beijo fica mais profundo, mais exigente.

Ele beija meu pescoço e vai descendo, beija a curva sobre os seios, enfia a língua embaixo do vestido. Minha pele queima com a urgência por mais, por *ele*.

Sebastian vai me empurrando até a parte de trás das minhas coxas encontrar a lateral da cama. Eu me deito nela e, com as mãos em seu quadril, o trago comigo.

— Não consigo raciocinar direito quando estou com você, Brie — ele diz, e sinto seu hálito morno em meu pescoço. — Tenho obrigações com minha família e com meu povo, mas é só sentir seu sabor que quero esquecer tudo.

Seguro seu rosto entre as mãos e olho em seus olhos. São escuros, turvos de prazer, e a boca permanece entreaberta.

— Vamos esquecer, então. Só durante estes momentos. Vamos fingir que não existe mais nada.

As narinas dele se dilatam, e ele se inclina e prende meu lábio inferior entre os dentes. Gemendo, segura a bainha do meu vestido, e levanto o quadril para deixar passar o tecido, que ele empurra até minha cintura. Sebastian se coloca entre minhas pernas, e posso sentir o quanto ele me quer. Eu me perco na doçura de sentir seu peso sobre mim, no prazer doloroso da mão no meu quadril, do polegar afagando minha pele e me deixando louca.

Ele abaixa a cabeça, e a boca encontra meus seios através do tecido. Deixo escapar um grito e arqueio as costas. Minhas mãos estão em todo lugar – em seus ombros, no peito poderoso e dos dois lados do corpo, depois em seu cinto. Não me contento com o que posso sentir dele em cada momento.

Ele recua e olha nos meus olhos outra vez.

— Diga que vai ser minha — murmura. — Diga que vai ficar aqui comigo.

— Estou aqui com você agora. — Tristeza se mistura à paixão, e minha voz treme quando faço a única promessa de que sou capaz. — Esta noite eu sou sua.

Ele se afasta bruscamente, e de repente não está mais sobre mim, mas sentado na beirada da cama, ofegante e de cabeça baixa.

— Desculpe.

Eu me apoio sobre os cotovelos.

— Por quê? Qual é o problema?

Ele fica em pé.

— Foi rápido demais. Estamos indo depressa demais.

Estamos? Eu não achei. Na verdade, achei *perfeito*. Tranquilo. E sei que, se ele não parasse, eu teria permitido que ele continuasse pelo tempo que quisesse. Teria sido tão ruim assim?

Eu me levanto da cama e ajeito o vestido, antes de me sentar na frente dele.

— Ei. — Toco seu rosto, e ele vira a cabeça para me dar um beijo. — Não me incomodei. Volte para a cama.

Ele olha nos meus olhos por tanto tempo que tenho certeza de que é capaz de ver meus segredos. Todas as minhas traições.

— Quero mais que seus beijos, Brie.

Evito um sorriso.

— Se voltar para aquela cama comigo, vou te dar mais, *muito* mais que uns beijos.

Os olhos dele ficam mais escuros.

— Pelos deuses, você é uma tentação, mulher.

Suspiro.

— Mas não o suficiente, se você vai mesmo me deixar aqui.

Ele olha para a porta, depois para mim.

— Não quero ir, mas tenho uma reunião. — Tento não deixar a decepção transparecer em meu rosto, mas acho que falho, porque ele diz: — Lamento estar sempre tão ocupado. Vou te compensar por isso. — Ele segura meu queixo. — E se a gente fizer aquela viagem que você quer tanto para o palácio de verão?

Minha mente está atordoada com os beijos, e demoro um instante para me lembrar por que quero ir ao palácio de verão e o que preciso fazer lá.

— Sério?

— Sério. Acho que você está certa. Seria bom sair daqui um pouco e ter um tempo só para nós dois. — Ele beija minha boca de leve. — Quando finalmente me deitar com você, não vai ser uma coisa apressada.

Meu estômago dá um pulinho, depois revira infeliz. Ele quer tempo para nós dois, quer passar um tempo comigo no palácio de verão fazendo amor e se conectando comigo, e eu só preciso procurar e roubar um objeto sagrado da biblioteca da mãe dele.

Sebastian deve ter visto a tormenta em meu rosto. Ele fica sério.

— Se mudou de ideia sobre o palácio... ou sobre... ficarmos juntos...

— Não — declaro. — Nenhum dos dois. Estou... impaciente, mas você tem coisas para fazer. Tudo bem. Obrigada. — Por Jas, vou mentir para ele um pouco mais. Por Jas, vou ser menor que a mulher que ele pensa que sou.

Mas *logo* vou ser melhor. *Logo.*

Ele estuda meu rosto como se tentasse montar o quebra-cabeça do que vê ali.

— Talvez a espera te dê uma chance de pensar em... nós. Pensar no futuro.

— Sebastian... — Mordo a boca. *Diga que vai ser minha.* Não quero dizer que não. Não quero nem dizer que não sei. Porque sei o que quero dizer, mas não combina com o que eu preciso fazer. Por isso não posso dizer sim. Ainda não.

Logo.

Ele toca meus lábios com um dedo.

— Não precisa dizer nada. Eu sei que não está pronta.

Sebastian sai do meu quarto e fecha a porta.

Sebastian vai me levar ao palácio de verão, e, até que isso aconteça, não tem nada que eu possa fazer... nada além de treinar.

Depois que ele vai embora, eu me fundo às sombras e exploro o palácio como fiz tantas vezes antes. Passo por Riaan e por alguns membros da guarda real, que conversam em voz baixa sobre alguma coisa. Penso em parar, mas não tenho interesse em espionar os sentinelas de Sebastian hoje, não quando a culpa está me corroendo. Mas preciso testar minha habilidade.

Nunca vou à ala leste do castelo, onde ficam os aposentos da família real. Ali tudo é sempre muito iluminado, mas tenho que me forçar a tentar usar meus dons em áreas claras. Se eu conseguir escurecer o corredor radiante que leva aos aposentos de Sebastian, talvez encontre coragem para tentar alguma coisa ainda mais difícil.

Sorrio ao passar por mais um quarto e chegar perto da porta. Meu sorriso fica ainda mais largo quando me lembro de que agora Sebastian sabe sobre meus poderes. *Um segredo a menos.* Talvez deixe um bilhetinho para ele contando que estive aqui. Talvez sugira um encontro depois que ele voltar da reunião.

Ouço vozes lá dentro e atravesso a porta sem abri-la. Talvez o surpreenda agora.

Quando entro no quarto, sou surpreendida por uma risada feminina, e em seguida uma voz diz:

— Príncipe Ronan, você é um diabo.

A imagem na minha frente é como um soco em meu peito. Arfo, mas não consigo respirar. Não tem espaço para meus pulmões se expandirem, porque todo o espaço em torno deles é ocupado por fragmentos do meu coração. Sebastian e uma humana, abraçados. A voz dele é baixa e rouca quando murmura alguma coisa no ouvido da garota. A saia dela está levantada, amontoada na cintura, e uma perna pálida envolve o quadril dele. A boca de Sebastian encontra seu pescoço, e ela geme de prazer.

— Não. — A palavra sai de minha boca antes que eu consiga evitar, mas eles estão ocupados demais para ouvir. Recuo e me choco contra a porta que não abri.

Perco o controle sobre as sombras, e preciso de toda a minha concentração para me tornar sombra de novo e voltar ao corredor, de todo o controle para manter ativa minha magia enquanto corro de volta ao quarto. Mal chego ao corredor da ala de hóspedes e minha forma física retorna, e quando entro em meu quarto não me dou ao trabalho de fechar a porta antes de cair no chão, tremendo.

Não pode ser. Ele não faria isso. Não era Sebastian.

Talvez um feérico mutante fingindo ser ele para pegar as garotas, ou talvez... talvez...

Talvez Sebastian não acredite que vou aceitar me casar com ele e esteja fazendo exatamente o que disse que faria. Talvez ele esteja tentando encontrar uma noiva. Tentando cumprir seu dever para com o reino.

Mas de alguma forma... de alguma forma, nunca pensei que, quando não está comigo, quando não está me beijando e me seduzindo, ele está com uma delas. Sebastian está dormindo com as outras garotas? Fui muito ingênua por pensar que ele não faria isso? Eu sabia que ele se preparava para a possibilidade de ter outra noiva, mas essa dor que sinto não é porque ele a estava beijando, mas porque parecia não querer parar. O que vi não era nenhum *dever* da coroa, era paixão e prazer, exatamente o que eu estava oferecendo quando ele saiu do meu quarto para ir a uma *reunião*.

Sinto como se meu coração tivesse sido arrancado, e não consigo decidir se quero chorar ou invadir o quarto e gritar com ele. Tudo que sei é que não posso fazer nada. Não posso ficar aqui sentada e ser uma garotinha triste até ele voltar para explicar por que mentiu, por que saiu correndo da minha cama para ir encontrar outra mulher.

Dói. Levo a mão fechada ao peito, querendo poder enfiá-la lá dentro, desesperada para acabar com essa dor. Não quero ser uma garota que desaba por causa de um homem, mas não sei como ficar bem depois do que vi. Respiro fundo várias vezes. Não vou deixar Sebastian me transformar em uma idiota chorona. Pensei que ele me quisesse. Fui muito boba por pensar que ele *me* considerava especial.

Quando descobri quem ele realmente era, não esperava tê-lo para mim nunca. Não me dei conta de que pensar nele com outra pessoa doeria tanto. Quando percebi que meus sentimentos não haviam desaparecido com a descoberta da mentira, acreditei quando ele disse que era eu que ele queria. Nunca duvidei disso nem por um momento.

Eu devia conversar com ele. No mínimo devia contar como me sentia, mas não posso correr o risco de brigar com ele. Não posso correr o risco de ele cancelar nossa viagem ao Palácio da Serenidade ou desconfiar dos meus motivos para ficar e fingir que está tudo bem. Sebastian *me conhece*. Ele nunca acreditaria que o vi com outra mulher e fingi não ter visto nada.

Levanto do chão, decidida a segurar minha onda. Estou aqui por um objetivo, que é salvar minha irmã. Talvez eu estivesse começando a pensar que poderia ter mais alguma coisa com isso, que Sebastian e eu, um dia...

Não importa. Se Sebastian quer se afastar de mim quando as coisas esquentam e aceleram para ir beijar outras garotas, azar o dele. Vamos ao Palácio da Serenidade, e isso é tudo que importa. Até lá, não vou ser a garota que fica trancada no quarto chorando por um cara.

Só preciso dançar um pouco e beber vinho feérico. Vou me dar uma noite para superar essa experiência. Me perder. E amanhã vou estar pronta para me concentrar de novo na minha tarefa. É melhor assim. Melhor que eu saiba em que terreno estou pisando. Melhor não me distrair com Sebastian e um futuro impossível.

Quando entro no salão de baile com sua música estridente e a multidão de corpos dançantes, vejo Riaan e forço um sorriso para o amigo loiro de Sebastian.

— Boa noite.

— Abriella. — Ele me cumprimenta. — Que bom te ver. Cadê o Sebastian?

— Com outra mulher. — Falo antes de pensar, mas disfarço com um sorriso, como se as palavras não fossem uma faca sendo torcida constantemente no meu peito. Cada vez que pisco, vejo a mão de Sebastian levantando a saia daquela garota. É como apanhar no mesmo lugar várias vezes. Uma ferida aberta que se aprofunda e se alarga a cada pancada.

O sorriso dele desaparece.

— Tenho certeza de que ele ia preferir estar com você.

— De jeito nenhum. — Olho para a festa, evitando aqueles olhos penetrantes e observadores. — Ele me deixou para ir ficar com ela. Mas tudo bem. Pelo menos sei em que terreno estou pisando.

— Não sabe. — Ele balança a cabeça. — Ele te daria tudo. Abriella, olhe para mim. — Quando olho, ele se abaixa um pouco para ficarmos frente a frente. — Meu príncipe quer você *desesperadamente*. Se está com outra mulher agora, é porque ficou magoado quando soube que você estava se encontrando com Finnian.

Riaan também sabe? Não guardei segredo nenhum?

— Ele me conta tudo. Se você gosta dele, se não quer perder o que vocês dois têm, precisa recuperar a confiança dele.

— Eu quero — respondo, mas não é um querer. Neste momento, meu coração não dá a mínima para a confiança de Sebastian, mas minha missão... *precisa* da confiança dele. — Só que, quando perguntei a ele como isso seria possível, ele disse que não queria me pressionar a fazer alguma coisa para a qual eu ainda não estava pronta.

— Só existe uma demonstração de confiança real entre uma humana e um feérico.

— O vínculo — sussurro. Era a isso que Sebastian se referia. Ele quer dividir comigo um vínculo vitalício. Mas eu não posso. Não antes de recuperar os artefatos de Mordeus. Não quando o vínculo significaria Sebastian saber, ou mesmo ter uma vaga sensação, de onde estou e do que estou fazendo. No entanto, depois que Jas estiver segura, quando eu puder finalmente contar a verdade a Sebastian, vou me dispor a aceitar o vínculo com ele para provar que mereço confiança? Não é questão de Sebastian confiar em mim, no entanto. Depois do que vi esta noite, não sei se *eu* confio nele o suficiente.

— Não tenha medo disso — diz Riaan, com um sorriso sereno. — É um tipo de intimidade que você simplesmente não pode imaginar. Uma conexão mais profunda que qualquer outra que já conheci. Só... considere. — Ele endireita as costas quando alguém o chama do outro lado da sala. Acena antes de olhar de novo para mim. — Agora, me fale, o que posso fazer para você aproveitar esta festa?

— Pode ir. Eu vou ficar bem.

Ele me encara por um instante.

— Tem certeza?

— Eu vou *dançar* — respondo, forçando um sorriso.

— É isso aí, garota. — Ele toca na ponta do meu nariz, se vira e vai encontrar os amigos.

Toda noite há uma festa na Corte Seelie. Parece que a maioria dos moradores do palácio passam as noites dançando e bebendo, mas, com exceção do Litha, eu nunca quis comparecer. Sempre inventei desculpas. Se minha presença era necessária, eu fazia uma aparição educada e saía discretamente momentos depois. Mas hoje não recuso o vinho feérico que me oferecem. Pego a taça da mão do garçom e a esvazio com dois goles, depois pego outra.

Quero a leveza que senti ao dançar naquela primeira noite, quando cheguei aqui. Quero o calor reconfortante que senti quando bebi o vinho de Mordeus. Quero esquecer essa preocupação e essa dor. Uso a bebida e espero que ela me roube algumas horas, assim não vou ter que suportar a sensação de ser esmagada pelo peso da decepção com Sebastian e comigo mesma.

Quando a segunda taça toca meus lábios, já estou dançando. Sinto as pernas mais leves e a cabeça livre da preocupação constante. Neste momento, sou livre. Sou as aves que voam no céu da noite. A pipa com a linha cortada, flutuando ao sabor da brisa sobre as ondas.

Tenho vaga consciência dos aplausos, dos sorrisos e das risadas das pessoas à minha volta, mas estou em outro lugar. Estou aqui e em nenhum lugar ao mesmo tempo. Estou livre.

Não sei há quanto tempo estou dançando quando percebo Riaan ao meu lado de novo. O sorriso dele é largo.

— Como se sente, Abriella?

Deixo a cabeça cair de lado e sorrio.

— Bonita.

Ele aproxima a boca da minha orelha e sussurra:

— Não se negue a quem você quer. Não tenha medo dessa vida.

Levanto os braços e balanço o quadril no ritmo da música.

— Esta noite não tenho medo de nada.

— Que bom. — Ele me segura pela cintura e me leva em direção à porta do salão. — Ele mandou a garota para casa. Está sozinho no quarto. Talvez vocês dois possam ter o que você quer hoje.

Escapo do braço que me enlaça e olho para ele.

— Está falando do vínculo?

Os olhos dele cintilam sugestivos, e um canto da boca se ergue em um sorriso torto.

— Entre outras coisas.

— Mas eu não posso — choramingo. As palavras são arrastadas. Acho que ainda estou dançando. Não sei como parar. Não quero parar. — Não posso nem contar por quê, ou perco minha irmã para sempre.

Alguma coisa se acende em sua expressão, e aqueles olhos ficam sérios demais por um instante.

— Sebastian sempre vai encontrar um jeito de lhe dar o que você quer.

— Eu quero *dançar*. — Pego outra taça de vinho de um garçom que passa por nós.

— Então dance. — Riaan bate com a taça na minha. — É um prazer servir a minha futura rainha.

Essas palavras trazem lembranças de Sebastian e da garota abraçados nas sombras no quarto dele. Não quero esses pensamentos. Não quero os sentimentos ruins que acompanham essa recordação, por isso bebo de uma vez o conteúdo da terceira taça, bebo tão depressa que tusso.

A música muda... ou sou eu, e meu corpo leve parece muito diferente de repente. Tenho uma consciência muito aguçada dos membros se movendo no ar, do quadril balançando. Por que nunca notei como é bom ter um corpo? Ter braços e mãos? Sentir o ar na pele?

Quero *mais* disso.

Levo a mão às costas para desamarrar o corpete, mas alguém me impede.

— Abriella, pare. — Emmaline me segura pelos ombros.

Olho para minha criada e pisco algumas vezes, mas ela aparece e some do foco, e, quando aperto um pouco os olhos, ela não é uma das gêmeas, é *Pretha*.

— Preeetha — resmungo, arrastando a primeira sílaba. Passo a mão por seu rosto liso, tentando ver a verdadeira forma da linda encantada. — Você é tão bonita. Por que sempre muda de forma para ser alguém que não é?

— Vamos embora — ela diz. — Pare com isso. — E bate nas minhas mãos, afastando-as das fitas do vestido.

— Devíamos tirar a roupa e sentir o ar na pele — sussurro em tom conspirador. — É muito bom ter uma pele tão sensível. Só quero *sentir* com a pele, não com o idiota do meu coração.

— Você foi drogada — ela avisa. — Não sabe *o que* quer.

— Aí você tem razão. — Deixo que ela me arraste para fora do salão de baile, principalmente porque é mais fácil que resistir. Por que eu ia querer brigar e estragar esse sentimento maravilhoso?

Sempre saímos do palácio em uma carruagem, mas hoje ela me leva por uma nova porta no corredor.

— De onde veio isso? — pergunto, mas ela já está me empurrando para dentro, e de repente estamos na sala de estar de uma casa quente.

Capítulo 26

— **MAGIA TEM GOSTO DE ARCO-ÍRIS** — falo, balançando de um lado para o outro.

— Pelos deuses — Pretha resmunga.

Tem um tapete no chão e velas acesas em arandelas nas paredes. Seria um ótimo lugar para ler um livro, mas hoje não quero ler. Quero *sentir*.

Seguro o braço dela.

— Esta é sua casa nova? Desculpa, você teve que mudar por minha causa. Sinto muito, ele estava beijando outra mulher por minha causa.

Ela balança a cabeça e se vira para o outro lado. Que pena. Ela voltou à sua verdadeira forma, e é muito bonita, mas então vejo para quem está olhando e entendo.

— Finn — chamo, cambaleando na direção dele. — Você também é bonito. Tão bonito que fico distraída quando estou perto de você. Já falei isso? Sebastian ficaria muito bravo se soubesse. — Dou risada. — Talvez a gente deva contar para ele. Seria bem-feito.

— Ela foi dopada — diz Pretha.

— É óbvio — Finn responde. Os impressionantes olhos prateados têm um brilho bem-humorado. — Vamos levá-la lá para cima.

Finn segue na frente pela escada larga, e Pretha me ampara e me mantém em pé enquanto o seguimos até o andar de cima, para um quarto amplo. Registro todos os detalhes possíveis, os tapetes grandes e gastos, o candelabro, a cama enorme. Meus olhos se detêm na cama, até a cabeça começar a criar imagens de Finn deitado de lado, apoiado sobre um cotovelo. Ele sorri para mim, e eu sinto os lençóis brancos na pele nua, um contraste com o calor dos dedos passeando pelo meu ventre, como passearam quando nos escondemos no fundo daquela cela.

Meus olhos se fecham de novo quando deixo a fantasia me envolver. Tenho uma vaga consciência de escorregar para o chão.

Sinto o calor de um lado do corpo quando alguém me pega nos braços. Finn me tirou do chão, e o cheiro dele, tão próximo, acende um interruptor dentro de mim. A pulsão sexual surda se torna mais intensa e persistente, até ser uma necessidade imediata. Enlaço o pescoço dele com os braços e escondo o rosto em seu peito.

Ele fica tenso e murmura:

— Obrigado.

Eu falei alguma coisa? Talvez sobre como ele cheira bem ou como às vezes penso naquelas mãos grandes, em como aqueles olhos hipnóticos podem mudar quando ele fica excitado... não, isso não. Ele não agradeceria por isso.

— O que você bebeu? E quanto?

O som da voz dele me faz abrir os olhos. Quando foi que os fechei? Seu rosto fica muito próximo quando ele me carrega desse jeito. Aqueles lábios pairando acima dos meus...

— Só um, dois, três — respondo. — Queria mais, por favor.

— Imagino — ele resmunga, e desvia o olhar de mim. Não quero que ele olhe para ninguém, só para mim. — O elixir não vai resolver. Ela está intoxicada demais.

— Vou morrer? — Devo estar morrendo, porque Finn me carrega nos braços e me toca com ternura. Uma das mãos está nas minhas costas, a outra afaga um lado do meu pescoço.

— Não vai morrer. Você está *chapada*. — Mas ele nem olha para mim.

— O príncipe não estava lá — Pretha avisa. — E a rainha não voltou ao palácio desde o Litha. Por outro lado, ainda não temos motivo para acreditar que ela sabe quem é Abriella.

— Então, quem fez isso? — ele pergunta. Tem uma nota de violência em sua voz, e sei que isso deveria me assustar, *ele* deveria me assustar, mas em vez disso o som aumenta o volume da pulsação entre minhas pernas.

Chapada. Bêbada. Drogada. Seja o que for isso, sou grata, porque neste momento me sinto diferente. *Essa* Brie não tem medo. *Essa* Brie não tem que lidar com um coração partido e uma culpa idiota. Ela fala e faz o que quer, e ela quer sentir o cabelo de Finn entre os dedos.

— Seus cachos são macios. — Enrosco um no meu dedo.

Finn resmunga um palavrão.

— Ela está superaquecendo.

Mudo de posição em seus braços, deslizo a mão do cabelo até a nuca e aproximo a boca de sua orelha.

— Preciso te contar um segredo.

— Ela vai ficar bem? — Pretha pergunta.

Sinto quando ele inspira profundamente. Estou tão perto de seu corpo que me movo cada vez que ele respira.

— Eu cuido dela. Vá ver se descobre alguma coisa.

Minha pele queima ao ser tocada, e passo o nariz no pescoço dele.

— Brie. — Sua voz é grave e profunda. O timbre rouco afeta minhas terminações nervosas sensíveis, enquanto algumas partes distantes do meu corpo registram o alerta.

— Eu vi você com ela.

— Do que está falando? — Ele está me levando para algum lugar. Algum lugar longe da cama, percebo decepcionada, mas ainda está me segurando, então, não protesto.

— Ela estava na biblioteca com você. E te beijou. Eu vi.

— Quem? Kyla?

— É esse o nome dela? O que aconteceu com ela?

Ele me põe no chão com cuidado.

— Anda espionando demais, Princesa.

— Estava tentando encontrar respostas. Não que tenha servido para alguma coisa. — Dou risada e tropeço na beirada de um tapete. Ele me segura, e os polegares roçam a parte de baixo dos meus seios. Eu me inclino para o toque e olho em seus olhos, hoje mais cinzentos que prateados. Estendo a mão e traço o contorno de sua boca. — Você é bonito. Acho que quero um beijo. Só um.

A expressão dele muda, e, por um instante, acredito ver algo nela. Calor? Seja o que for, desapareceu.

— Você foi drogada. Essa não é você.

— Tem razão. Não sou eu. Eu sou Abriella, a responsável. A durona. A *chata*. — Fecho os olhos e apoio a mão sobre a dele, em meu abdome, e sussurro: — A que é sozinha.

— Precisamos baixar a sua temperatura.

Adoro o som da voz dele. É como uma massagem suave na pele. Ele continua falando umas bobagens chatas sobre temperatura corporal, água e blá-blá-blá, mas me aninho em seu peito e guio a mão dele para acariciar minha barriga.

— Brie! Abriella!

Abro os olhos. Estamos em um banheiro enorme. Como chegamos aqui? Quando?

Ele está mexendo nos controles do chuveiro. Depois diz:

— Entre.

Continuo olhando para ele enquanto desamarro o vestido. Deixo a roupa cair deslizando pelo corpo e formar uma poça de cetim em torno dos meus pés, me deixando quase nua. Os olhos dele permanecem cravados no meu rosto.

— Você é sem graça — provoco, andando em volta dele. — O que Kyla tem que eu não tenho? O que a garota do Sebastian tem que eu não tenho?

Um músculo se contrai em sua mandíbula.

— Entre no banho.

Dou um passo à frente para obedecer, mas balanço um pouco. Ainda estou com as roupas de baixo, as peças de renda delicada que Emmaline e Tess sempre escolhem para mim, mas vou ficar com elas. Quero que *ele* as tire. Quero que ele entre no banho comigo, com a água quente correndo em nossa pele, as mãos no meu corpo. Sebastian não é o único que pode encontrar companhia em outro lugar.

Mas, quando entro no box de ladrilhos, meu corpo é atingido por um jato de água gelada, e eu pulo para trás.

Finn me impede de sair. As pernas afastadas e os ombros largos ocupam o espaço.

Estremeço.

— Está gelada.

— Não está. A temperatura do seu corpo está muito alta.

Olho para ele confusa enquanto a água continua caindo sobre mim, molhando meu cabelo e as roupas íntimas.

— Me deixe sair.

— Não posso.

— Tudo bem, então. — Estendo a mão, engancho dois dedos embaixo de seu cinto e o puxo para mim.

Ele fecha os olhos, e vejo a verdade na expressão tensa. Ele me quer. Finn *me quer* e está tentando resistir.

Com a camisa molhada, consigo ver as tatuagens embaixo do tecido. Traço o desenho das runas com o polegar dos dois lados do peito.

— Adoro suas tatuagens.

Ele abre os olhos e seus músculos se contraem.

— Não faça isso.

Ele se refere ao contato físico ou...

— Isso o quê? — Faço um teste e deslizo o dedo em volta de uma tatuagem que tem a forma de uma chama. — Isso?

Ele estremece, seu peito arfa, sobe e desce rapidamente algumas vezes, como se ele estivesse correndo.

— Não elogie minhas tatuagens. Não romantize uma coisa sobre a qual não sabe nada.

— Meu príncipe da sombra mal-humorado. — Deixo os dedos escorregarem até o abdome e traço os desenhos nele. — Não gosta delas?

— Não muito.

— Então, por que as fez? — Levanto a camisa e estudo uma que desce além da cintura da calça. Parece uma estrela de cinco pontas com uma linha curva atravessando o meio. Toco o desenho com o polegar e levanto a cabeça para olhar nos olhos dele. — Quero sentir o gosto desta.

Suas narinas pulsam. Com um grunhido baixo, ele segura meus pulsos e levanta minhas mãos para o chuveiro, acima da cabeça.

— Brie. Fique quieta.

— Por quê? Finn... — Sussurro o nome dele como um segredo. Com as mãos imobilizadas, só consigo tocá-lo se arquear as costas e me pressionar contra o corpo dele, e é o que faço. — Por favor. Quero ser desejada. Sem condições, sem expectativas. Um beijo sem a exigência de uma promessa que não posso fazer. Só desta vez.

Ele me encara sério. Parece mais novo quando enruga a testa desse jeito. Menos sério, o que é bizarro. Quem parece menos sério quando franze a testa?

— Sebastian queria a garota que estava beijando. Mas ele não me quer. Não daquele jeito.

— Confie em mim. Sebastian te quer. Desesperadamente. — Seu rosto se transforma quando ele diz isso, mas o ar de revolta desaparece quando movo o quadril, esfregando o corpo no dele. O pomo-de-adão sobe e desce em sua garganta.

Balanço a cabeça.

— Todo mundo quer alguma coisa de mim, mas ninguém *me* quer. Ele sempre se afasta quando o beijo. Acho que é porque não prometo que vou ser a noiva dele. Mas ele não quis sair de perto *da garota*. Quis *continuar* beijando aquela boca.

— Ele é um idiota.

Isso me faz sorrir, mas tento engolir o sorriso.

— Mas você... às vezes olha para mim como se me quisesse... isto é, quando não está olhando para mim como se me odiasse. Finn... — Suspiro, e o som lembra um choramingo. — Me toque.

— Não vou te levar para a cama só porque está magoada com seu príncipe.

Tento soltar as mãos, mas ele as segura com mais força.

— Não pode fingir? — pergunto. — Só por um minuto? Me beijar como beijou aquela garota?

— Quem? — O peito dele sobe e desce cada vez que ele respira, e o olhar retorna à minha boca, por mais que ele o desvie.

— A humana que Kane trouxe para você. O tributo. Eu vi vocês juntos e... quis estar no lugar dela.

Finn fica parado por um longo instante. O único movimento dele era o da garganta.

Minha pele está muito quente. Quente demais. E a água está muito fria. E os únicos lugares do meu corpo que parecem estar bem são aqueles em contato com o corpo dele. E, se Sebastian soubesse sobre essas coisas que sinto por Finn, se soubesse que uma parte de mim *deseja* Finn, ele nunca me perdoaria. Mas o que é mais uma transgressão contra ele? Teria alguma importância, afinal? Ele não me escolheu esta noite. Por que me escolheria depois de saber a verdade?

— Ele ainda escolheria você — diz Finn. Quanto eu falei em voz alta? Não consigo me importar com nada disso agora, não quando minha pele formiga como se fosse feita para ser tocada. Não quando, ao ajustar os dedos que imobilizam minhas mãos, ele afaga de leve a parte interna dos meus pulsos com os polegares.

— Me deixe tocar você. — Movo o corpo novamente.

Finn usa o corpo para me empurrar contra a parede e impedir meus movimentos, encaixando uma das coxas entre minhas pernas. Ele aproxima a boca do meu pescoço. Minha pele está tão quente que o hálito é uma carícia fria.

— Só... fique quieta. Essa sensação vai passar.

Balanço o corpo contra o dele, buscando alívio.

— Dói. — Não me incomoda ser patética. *Desesperada*. Nada importa, só o calor que queima a parte inferior do meu ventre e a necessidade que faz meu sangue ferver.

— Eu sei. — Ele mantém o rosto escondido em meu pescoço, e quase não consigo ouvir as palavras sussurradas em meus ouvidos, onde se instalou um retumbar constante.

— Sou eu? — Minha voz treme. *Sou eu. Não sou suficiente.*

— Nunca.

— Prove.

A dor repentina dos dentes no meu pescoço me faz sufocar um grito, mas em seguida a língua desliza sobre minha pele, transformando dor em prazer. Meu sangue pulsa naquele local, implorando silenciosamente por mais atenção.

Deixo o instinto assumir o comando, o instinto e essa necessidade de escapar dos meus pensamentos cíclicos. Movo o quadril, esfregando o centro do corpo na coxa musculosa, implorando com o corpo por *mais*, mas ele continua segurando minhas mãos, movendo boca e língua quentes, deliciosas, em meu pescoço, mordendo uma orelha. Concentro a atenção naquele ponto de atrito entre nós, perseguindo o prazer até ele pulsar em mim.

Finn geme no meu pescoço.

— Brie — sussurra, e o hálito quente acaricia minha pele. — Porra.

Caio contra a parede, sem forças e tremendo, e Finn me carrega para a cama.

Capítulo 27

EU ME VIRO de lado e levo a mão à testa. Minha boca parece estar cheia de areia. Todos os músculos doem. Eu me encolho e choramingo.

— Sem drama — diz Finn.

Abro os olhos e me sento tão depressa que o quarto gira. Imagens chegam em ondas. A festa. A dança e o vinho. Emmaline... não, *Pretha* segurando meu braço e me levando embora.

Depois Finn. O banho. A *súplica*.

Por todos os deuses... *eu implorei demais*.

Meu rosto queima, e Finn ri com sarcasmo.

— Problemas, Princesa?

Eu quis estar no lugar dela. Não tinha admitido nem para mim mesma, mas disse isso a ele ontem à noite. Eu me joguei em cima dele, e ele me rejeitou. Finn me imobilizou, enquanto eu implorava por seu toque. E, mesmo no meio de toda essa humilhação, pensar naquela boca em minha pele me faz sentir quente.

Caio deitada na cama e cubro o rosto com as duas mãos.

— Vá embora.

Ele ri.

— Ontem à noite você não queria que eu fosse embora. Na verdade, quando coloquei você na cama, ainda estava implorando para eu ficar. Tenho que admitir, suas promessas foram bem intrigantes.

Olho para ele por entre os dedos, e, como eu esperava, o babaca está sorrindo. Ele nunca sorri, mas é claro, nesta manhã mortificante da minha vida, ele acha que é oportuno exibir esse sorriso de orelha a orelha.

— Odeio você.

— Também não foi isso que disse ontem.

Viro de bruços e enterro o rosto no travesseiro.

— Eu estava bêbada de vinho feérico. Não falei sério. — As palavras soam abafadas, mas ele as ouviu mesmo assim, considerando a risadinha.

— Não é assim que funciona, Princesa. O vinho removeu suas inibições, deixou você excitada, sim, mas pense bem, não foi a Pretha que você puxou para baixo do chuveiro, não foi a ela que implorou para te tocar.

Não. Eu queria *Finn*, especificamente, e ele resistiu aos meus apelos patéticos.

— Se tivesse bom gosto, teria feito isso — resmungo. Eu me viro de barriga para cima e enrugo a testa. — Vinho feérico nunca teve esse efeito em mim.

— Não foi culpa do vinho. O problema foi *o que misturaram* ao vinho. — ele coloca três frasquinhos sobre a mesa de cabeceira. — Se alguma coisa fizer você se sentir desse jeito de novo, tome um desses ao primeiro sinal e vá para algum lugar seguro. O elixir anula os efeitos da droga, mas tem que ser tomado imediatamente. Quando Pretha achou você ontem, a substância já estava agindo no seu organismo, e tivemos que esperar o efeito passar. Muitos feéricos teriam tirado proveito se tivessem te encontrado naquele estado. Podiam ter te induzido a tomar decisões que... talvez não esteja pronta para tomar.

Mas não Finn.

— Obrigada — digo, mas não consigo suavizar a expressão carrancuda.

Ele joga roupas em cima da cama.

— Pare de sentir pena de você mesma e se vista.

Jogo o travesseiro nele. Ele o pega no ar com uma das mãos e ri. Não ri de mim, mas *sorri*. Alguma coisa mudou entre nós, por isso me arrisco a fazer uma pergunta.

— Quem é Isabel?

A pele marrom-clara empalidece, mas ele não foge da questão.

— Isabel era a mulher que eu amava. Com quem eu planejava me casar e ter filhos. Mas ela morreu.

— O que aconteceu?

Seus olhos cor de prata estão atormentados.

— Ela era mortal.

— Sinto muito, Finn.

— Mas não lamenta ter finalmente arrancado alguma informação de mim?

Reviro os olhos, e ele aponta para as roupas que me jogou.

— É melhor se vestir.

— Por quê?

— O príncipe tem planos de te levar para o palácio de verão esta noite.

Não quero saber como ele sabe mais do que eu sobre os planos de Sebastian comigo.

— Ainda quer ir, não quer? Ao palácio, encontrar o livro, libertar sua irmã.

— É claro.

— Então se vista.

Aponto para a porta.

— Assim que você sair.

Os lábios perfeitos se curvam em um sorriso debochado, e lembro como foi sentir o corpo dele contra o meu, a dor e o prazer quando ele me mordeu.

— Não se incomodou quando ficou sem roupa na minha frente ontem à noite.

— Saia!

Não conheço a casa, mas é fácil encontrar a cozinha. Finn e Kane estão esperando quando desço. Os dois usam calça de montaria de couro e colete, e levam a espada pendurada às costas e uma faca presa à coxa. É difícil não olhar para as pernas fortes de Finn, não lembrar como me tornei íntima daqueles músculos na noite passada.

Finn levanta a caneca e vejo o humor em seus olhos.

— Tem café.

Constrangimento, culpa e vergonha se misturam em um coquetel que faz meu rosto esquentar ainda mais que ontem à noite.

Assinto. Minha cabeça ainda dói, os pensamentos estão mais confusos do que eu gostaria.

— Obrigada. — Atravesso a cozinha e sirvo a bebida escura e fumegante em uma caneca.

— Eu soube que você teve uma noite animada — Kane comenta, e move as sobrancelhas para cima e para baixo. — Estou arrependido de ter saído em patrulha quando Finn quis trocar de turno comigo. Eu teria te ajudado nos piores momentos. — Ele pisca, e Finn o encara com uma expressão séria.

Sustento o olhar lascivo de Kane.

— Não tem droga suficiente no mundo para criar uma situação dessa.

— Azar o seu — ele resmunga. — Pelo menos eu sei cuidar de quem foi drogado com erva-de-fada. Alguém bom de verdade não teria deixado você implorando.

Olho para Finn boquiaberta, horrorizada, e ele levanta as duas mãos.

— Não falei uma palavra sequer — declara.

Kane ri.

— Jalek ouviu tudo através da parede. Casa antiga...

Quando acordei, não imaginei que as lembranças da noite passada pudessem ser mais constrangedoras do que eram. Estava enganada.

— De que você lembra? — pergunta Finn.

Olho para ele, depois para Kane. Abro e fecho a boca, porque, sério, com ou sem paredes finas, não quero ter essa conversa na frente de ninguém, especialmente Kane. Mas percebo que ninguém mais parece estar se divertindo.

— *Antes* de Pretha trazer você para cá — Finn explica. — Quem serviu o vinho?

Mexo o café e espero as lembranças ficarem mais nítidas. Elas continuam meio confusas, mas...

— Tinha muita gente lá. Peguei o vinho da bandeja de um garçom, como todo mundo. — A menos que todo o vinho estivesse turbinado.

Ele parece ver o pensamento estampado em meu rosto.

— Não soube de mais ninguém com efeitos colaterais depois de beber o vinho — comenta. — Se mais alguém foi drogado, isso ficou em segredo, o que certamente não poderia acontecer se a festa inteira tivesse consumido vinho temperado com droga.

Inspiro profundamente quando uma ideia me percorre, mas balanço a cabeça, tentando descartar o pensamento.

— Que foi? — Finn pergunta. — Você desconfia de alguém. Quem?

— O amigo de Sebastian, Riaan, conversou comigo na festa.

Kane resmunga um palavrão.

— É claro. Estava fazendo o trabalho sujo pelo príncipe.

— Quê? Não. Bash nunca teria me drogado, mas Riaan me encontrou depois que eu tinha bebido umas duas taças e...

— O quê? — Finn pergunta em tom manso.

— É pessoal.

Ele levanta as sobrancelhas, como se dissesse: *E ontem à noite não foi?*

— Não importa.

— Ah, importa — Kane interfere. — O que ele fez?

— Ele *não fez nada*. — Meu peito esquenta quando me lembro da conversa com Riaan e a sugestão dele sobre eu ir resolver as coisas com Sebastian. — Ele estava tentando ser um bom amigo.

— O que ele *disse*? — Finn insiste.

— Eu estava chateada, porque tinha visto Sebastian com outra garota... uma das que ele considera para o papel de esposa.

Finn cruza os braços.

— Você mencionou isso ontem à noite.

— Fui à festa para tirar isso da cabeça, mas encontrei Riaan e comentei com ele o que tinha acontecido. Ele me encontrou novamente mais tarde, contou que a garota não estava mais com Sebastian e que era um bom momento para... reconquistar a confiança *dele*.

Kane olha para mim intrigado.

— Por que você precisava reconquistar a confiança dele, se era ele quem estava com outra mulher?

Abaixo a cabeça.

— Ele está escolhendo uma noiva. Como eu não aceito a posição, não é justo me importar com isso.

Kane ri baixinho.

— Bem conveniente para ele.

Milhares de desculpas para o comportamento de Sebastian se enfileiram na ponta da língua, mas todas têm um gosto meio azedo, mesmo à luz de um novo dia, e eu as engulo. Sim, queria que ele tivesse sido mais honesto comigo sobre se relacionar com as outras garotas. Sim, machuca ele ter me deixado no quarto e ter levado outra mulher para o dele. Mas meus sentimentos complicados por Sebastian ficam ainda mais confusos depois do que aconteceu esta noite com Finn... ou não aconteceu, mas poderia facilmente ter acontecido

— Riaan sugeriu que você fosse se vincular ao príncipe? — Finn pergunta, e percebo o músculo pulsando em sua mandíbula.

— Sim, mas eu estava magoada, e é claro que não posso fazer isso, não sem pôr em risco minha missão de salvar Jas.

— Interessante — diz Finn. — Esse discurso é bem diferente daquele que você repetia antes, sobre não querer o vínculo *nunca*.

— É claro — responde Kane. — O príncipe dourado a colocou exatamente onde queria.

Estou ficando furiosa.

— Vá se ferrar, Kane. — Olho para Finn. — Por que se importa tanto com aqueles a quem me vinculo... ou se vou aceitar o vínculo algum dia?

— Porque, Princesa — ele explica com uma nota furiosa que me surpreende —, vínculos têm consequências. Se você acha que... — A batida da porta da frente o interrompe.

Pretha entra na cozinha correndo, carregando Lark nos braços. Uma das pernas da criança está sangrando, e ela chora quando a mãe a coloca sobre a bancada.

Finn toca o ombro da sobrinha.

— Tudo bem. É só um arranhão. Vai cicatrizar.

Lark concorda, balançando a cabeça, mas continua chorando. Finn umedece uma toalha e a aperta com delicadeza contra o joelho da menina.

Pretha vê que estou observando a cena e cruza os braços.

— Ela não cicatriza.

— Vai cicatrizar, sim — Finn fala por cima de um ombro. Depois olha de novo para a sobrinha e sorri para ela. — Não vai?

A criança assente e enxuga as lágrimas, determinada a demonstrar coragem.

— Ela cicatriza como uma *mortal* — insiste Pretha, cuspindo a palavra *mortal* como se ela tivesse um sabor de coisa podre em sua boca.

Finn olha para ela como se a alertasse, antes de se concentrar novamente no machucado de Lark.

— Está doendo?

— Pode infeccionar... como o seu. E se acontecer, Finn? — pergunta Pretha. Nunca ouvi tanto pânico na voz dela.

— Abriella, por favor, leve a Pretha lá para fora enquanto eu cuido da Lark.

Quero ficar e entender por que um machucado no joelho dá a Pretha tanta certeza de que sua filha imortal está em perigo, mas entendo que Finn precisa de mim para tirá-la dali. A cada palavra apavorada que sai da boca de Pretha, Lark fica mais assustada, e mais lágrimas rolam.

— Venha — falo, e toco o braço dela de um jeito gentil.

— Está tudo bem — Pretha responde. Ela ergue o queixo, e entendo que precisa de mais coragem que Lark para enfrentar o momento. — Vou me acalmar.

— Vá dar uma volta — Finn insiste, sem desviar o olhar do joelho de Lark. — Estou resolvendo tudo. É só um machucado. Nada profundo.

Puxo a mão da minha amiga e a levo para a porta dos fundos. Ela me acompanha relutante, mas não sem um último olhar desesperado para a filha, antes de sairmos.

— Por quê? — pergunto a Pretha quando estamos sozinhas no pátio. Ela sabe o que quero dizer. *Por que Lark cicatriza como uma mortal?*

— É... como uma doença. Ela é assim desde sempre. — Para alguém que cicatriza depressa e com facilidade, deve ser aterrorizante ver a filha se curar com a lentidão de uma mortal.

— Tem cura?

Ela ri, mas não há humor em seus olhos, só lágrimas que ela enxuga.

— O que você acha que estamos fazendo aqui?

Balanço a cabeça. Acho que não sei. *Pensei* que eles estivessem procurando a coroa do Rei Oberon para Finn poder ocupar seu lugar no trono. O que isso tem a ver com Lark? De repente vejo a conexão óbvia, e meu coração fica apertado.

— Essa doença... Finn também a tem, não é?

Pretha levanta a cabeça devagar. Ela me estuda por um longo instante, como se tentasse decidir alguma coisa muito importante.

— Abriella, todo feérico da sombra envelhece e se cura como os mortais. É assim há vinte anos.

— Mas eu vi feéricos se curarem depressa, tenho certeza.

Ela concorda com um movimento de cabeça, agora mais calma, mas arrasada.

— Sim, mas não um Unseelie.

— É por isso que Finn não usa a magia dele? E você diz para Lark não usar a dela, é por isso? Porque é perigoso, de algum jeito, e agora eles são... mortais?

— Sim e não. Para um feérico, magia e vida são uma coisa só. Não existe uma sem a outra. Enquanto os Unseelie estiverem envelhecendo e se curando como mortais, usar a magia é muito penoso.

Vida é magia. Magia é vida. Finn tentou me explicar isso quando começamos a treinar juntos. Não é à toa que Pretha entra em pânico quando vê Lark usando magia. Sem saber, a criança está abreviando a própria vida.

— Por quê? Como isso acontece com eles?

Pretha chega mais perto de mim, e a teia prateada em sua testa brilha quando ela segura meus ombros.

— Queria poder te contar mais, Abriella, mas não posso.

— Como eu vou ajudar se nenhum de vocês me conta nada? Quantas vezes perguntei sobre Finn e a magia dele? Ou por que ele não cicatriza?

— Trouxemos você à nossa casa, embora você ame e more com alguém que gostaria de ver toda a Corte Unseelie destruída. Como podemos confiar em você a ponto de revelar toda a verdade? Como podemos compartilhar nossa vulnerabilidade?

— Mas agora... Agora vocês confiam em mim?

Ela diminui a pressão das mãos nos meus ombros e afaga meus braços.

— Apesar de estar aqui consciente de que você pode dar seu coração e sua vida ao príncipe errado, eu confio em você. E, Abriella, você deve saber que isso não é pouco.

Príncipe errado? Isso implica que *Finn* quer meu coração. Ele quer? Não devia fazer diferença. Eu amo *Sebastian*. Mas...

— Fale mais. Me explique isso. *Por favor.*

— Não posso. Se eu tentar... — Ela abre a boca, mas nenhum som sai dela, e Pretha segura o próprio pescoço com as duas mãos como se sufocasse.

Dou um passo na direção dela.

— Pretha? Você está bem?

Ela abaixa as mãos, e seu corpo inteiro estremece.

— Como eu disse... — responde, com a voz rouca. — Não posso.

— Foi encantada para não conseguir falar sobre isso?

Ela nega com um movimento de cabeça, mas vejo em seu olhar, no jeito como ela olha para mim, Pretha é fisicamente incapaz de falar mais sobre o assunto.

— Tudo bem. — Não quero que ela se prejudique de novo. — Eu entendo. Diga o que posso fazer para ajudar.

— Encontrar o Grimoricon e devolver para a Corte Unseelie.

A Corte Unseelie. *Mordeus.*

— Mordeus tem magia — comento. — E eu o vi usando essa magia muitas vezes. Essa doença não tem efeito sobre ele? — Porque ele certamente não abreviaria a própria vida usando sua magia em coisas tão triviais quanto fazer aparecer em sua mão uma garrafa de vinho.

— Mordeus já demonstrou que é capaz de tudo para se manter no poder... e de ir muito mais longe para obter ainda mais poder. Magia é uma parte importante disso.

— Não entendo.

— Eu sei. — Ela suspira e olha para a porta. — Antes eu pensava que era melhor daquele jeito, mas agora não tenho mais tanta certeza.

— Pretha — falo quando ela segura a maçaneta —, depois que eu pegar as últimas relíquias para Mordeus, vou ter que entender muitas coisas, mas, seja qual for minha decisão, espero que você... espero que todo mundo entenda que não é fácil para mim. Gostei de Sebastian durante dois anos, mas Finn... — Olho para a janela da cozinha. Lá dentro, Finn está limpando o joelho de Lark e fazendo a menina rir. Penso em como ele me rejeitou ontem à noite, quando eu estava drogada e fora de mim, implorando. Penso em seu sorriso arrogante hoje cedo. — Finn é meu *amigo*. Não quero perder nenhum deles.

Ela olha para mim com um sorriso triste.

— Em algum momento você vai ter que escolher.

Penso em Sebastian e em como doeu vê-lo com outra garota. Penso em como é tentador perdoar tudo isso só para não ter que sacrificar o pouco tempo que tenho com ele, antes de ele descobrir que, entre nós dois, minhas traições podem ser as piores.

Pretha não percebe que está errada. Que não vou ter escolha.

Capítulo 28

ARRANCO UM FIO DO BRACELETE, e, antes que consiga preparar uma mecha de cabelo para Bakken, ele está sentado no meu quarto no Palácio Dourado, de pernas cruzadas, olhos fechados, as mãos com as palmas voltadas para cima sobre os joelhos. Acho que o peguei *meditando*.

Ele suspira, um suspiro pesado, depois exibe aqueles dentes pontudos em um sorriso horroroso quando me vê.

— Menina de Fogo. Eu disse para não me convocar dentro do palácio da rainha.

Ele disse, é verdade, mas eu esqueci. Encolho os ombros.

— Que pena.

Ele se levanta com uma elegância surpreendente e estende uma das mãos.

— Pagamento, então?

Pego uma mecha de cabelo da parte de trás, perto de onde cortei a última. Corto a mecha e a entrego rapidamente.

— O que você faz com isso?

— É *isso* que você quer saber hoje?

— Não! — Que desperdício de cabelo. Não ligo, na verdade. Provavelmente nem quero saber, pra ser sincera. — Tenho outra pergunta. Quero saber sobre a doença que faz os Unseelie envelhecerem e se curarem como mortais.

— Não tem doença nenhuma.

— *O que é*, então? Por que eles se curam como mortais?

Ele afaga minha mecha de cabelo vermelho-alaranjado entre dois dedos, enquanto diz:

— Ela fica mais sábia.

— Ela fica *impaciente* — digo, olhando para a porta do meu quarto. Devo partir para o palácio de verão com Sebastian hoje à noite. Quando voltei ao palácio, mandei minhas criadas o avisarem de que eu estava me preparando para ir e precisava de mais uma hora. Não posso correr o risco de Bakken estar aqui quando Sebastian chegar, mas também não posso mais esperar por respostas. — Fale.

— Há vinte anos, quando o Rei Oberon voltou da longa noite no reino humano, a Rainha Arya correu para ele, desesperada para se reunir ao primeiro e único amor. Mas Oberon a rejeitou. Enquanto esteve trancado no reino mortal, o rei se apaixonou por uma humana. Ele disse que não poderia ficar com a rainha quando seu coração pertencia a outra. Ferida e ressentida por ele ter escolhido uma mortal fraca em vez dela, a rainha amaldiçoou o rei Unseelie e todo o seu povo. Sob essa maldição, eles não eram mais imortais como antes. Eles envelheceriam e ficariam fracos como os humanos.

— Então por que Mordeus tem tanto poder? Ele não é Unseelie?

— Ah, mas a rainha é vingativa. Ela queria que os mortais fossem punidos com Oberon e seu povo. Por isso deu aos Unseelie um jeito de manter seus poderes e sua vida. Se o rei não quisesse morrer ou ficar fraco, teria que tirar a vida de um humano, *muitos* humanos, se quisesse uma vida longa, e muitos mais, se quisesse usar sua magia durante essa vida.

Os pelos dos meus braços arrepiam. Por que os humanos querem magia, quando é isso que se faz com ela? Não consigo imaginar um mundo no qual o mais ganancioso da minha espécie pudesse usar esse tipo de poder.

Então as implicações disso ficam claras, e envolvo meu corpo com os braços. Eles têm que tirar vidas humanas para cicatrizar ou ter acesso aos seus poderes, e foi por isso que o tributo apareceu quando Finn estava doente. Mas não. Finn não faria isso. Ele não é um assassino. Deve ter encontrado algum jeito de escapar da maldição.

Afasto o pensamento e massageio os braços, tentando provocar algum calor.

— Por que eles não... devolvem a maldição, simplesmente?

— O poder deles é muito fraco, mesmo que sacrifiquem um humano depois do outro. — Seus olhos ficam distantes, como se ele nem estivesse ali. Como se olhasse para um passado distante, não para mim.

— Como isso é possível? Por que não aconteceu antes, se é tão fácil neutralizar uma corte inteira?

Ele balança a cabeça.

— Porque o custo desse poder é muito grande. A rainha ficou louca de ciúme quando lançou essa maldição, e, junto com seu sacrifício do solstício de verão, ela ofereceu mais alguma coisa para submeter a magia à sua vontade. Deixou os Seelie impotentes para prejudicar os Unseelie, e foi assim que acabou a Grande Guerra Feérica.

— Não pode ser verdade — respondo, e balanço a cabeça. — Finn foi ferido por um dos sentinelas da rainha. Eu mesma o costurei.

— Talvez o sentinela trabalhasse para a rainha, mas os Seelie não podem ferir os Unseelie.

Lembro o que Finn disse sobre ter deduzido que os guardas eram Seelie, quando na verdade eram do povo da Floresta Selvagem a serviço da rainha dourada. Eu não conseguia entender por que o povo da Floresta Selvagem era mais perigoso para ele que os Seelie. Agora sei.

— Por que ninguém me contou nada disso?

— A maldição impede os feéricos de falarem sobre isso, uma lacuna que a rainha criou para impedir que os humanos descobrissem a verdade.

— Então por que *você* pode falar?

— Os goblins são os guardiões dos reinos. Nós reunimos os segredos, as histórias e os relatos. Nenhuma maldição, nenhum encantamento pode nos impedir de reunir ou compartilhar a informação que escolhermos, embora minha gente e eu saibamos que não é bom enfurecer a rainha divulgando seus segredos amplamente. Sua ira é grande. Pergunte ao Sluagh o que se esconde no palácio à beira-mar. — Ele sorri.

— Por que ela permitiria que eles usassem humanos para recuperar seus poderes? Por que dar a eles essa oportunidade quando os feéricos têm tão pouca consideração pela vida humana?

— Porque a rainha queria que os Unseelie se tornassem tão maus quanto se dizia que eram. Ela *quer* que eles matem humanos. É seu jeito de punir todos os humanos por aquela que roubou o coração do Rei Oberon.

— No entanto, ela quer que o próprio filho se case com uma humana. — Nunca *gostei* da rainha. Posso ter tido pena dela naquela primeira noite, quando vi o vazio em seus olhos, mas, quando soube sobre os campos, comecei a odiá-la. Só que ainda é difícil imaginar o doce aprendiz de mago por quem me apaixonei nascendo de uma pessoa tão rancorosa. Tão diabólica.

— Ela quer que o filho *progrida*, que continue com tudo depois dela e seja mais poderoso até do que ela mesma conseguiu ser. É o filho dela que quer se casar com uma humana, uma humana muito específica com o mais lindo cabelo vermelho-fogo.

Ele guarda a mecha na bolsinha em sua cintura.

— Já te dei mais do que o justo pela sua oferta. — Ele levanta a mão e se prepara para estalar os dedos.

— Espere!

Ele deixa as mãos caírem.

— Sim?

— A maldição pode ser quebrada?

Ele balança a cabeça.

— Você abusa da sorte. Boa noite, Menina de Fogo.

— Pare. — Puxo outra mecha de cabelo para a frente. — Se eu te der mais cabelo, você me diz como quebrar a maldição?

Ele só estende a mão aberta.

Fecho os olhos e corto outra mecha. Minhas criadas vão ter um ataque quando virem o que fiz comigo. Mas, se posso salvar Finn e aquelas crianças nos campos, se posso salvar Lark e impedir que Pretha entre em pânico por causa de um simples arranhão...

Ponho a mecha no centro da mão enrugada.

— *Você* pode quebrar a maldição. Durante vinte anos, os Unseelie tentaram e fracassaram, mas você é única no sentido de ter dois caminhos para pôr fim ao tormento Unseelie.

Ele ameaça guardar meu cabelo, mas o seguro antes que consiga.

— Como?

A raiva ilumina seus olhos, e ele arranca o cabelo da minha mão.

— A maldição é fruto do coração amargo e escurecido da rainha. Enquanto ela sacrificar alguém do próprio povo todos os anos para alimentar a maldição, nada muda.

— Sacrificar alguém do próprio povo?

— Em cada solstício de verão, um feérico dourado deve ser oferecido às fogueiras que alimentam a maldição.

Meu estômago revira. *A irmã de Jalek.* Quem ela sacrificou este ano? Os refugiados Unseelie não podem esperar mais um ano, mas...

— Se o sacrifício for impedido, a maldição é quebrada?

— Enfraquecida, sim, mas não quebrada.

Odeio como os goblins falam em círculos.

— Me fale como quebrar a maldição e devolver os poderes aos Unseelie.

— Menina de Fogo, você tem dois caminhos. Qual deles quer saber? Aquele em que você morre ou aquele em que vive?

Um espectro frio me envolve, e eu engulo em seco.

— O caminho em que eu vivo.

— Se é essa sua escolha... — O sorriso dele é perverso. — Para encerrar a maldição e viver, você tem que matar a rainha.

Alguém bate na porta. *Lá se vai minha hora.*

Abro a boca para mandar Bakken embora, mas ele já foi.

— Abriella?

O som da voz de Sebastian lá fora me aquece e esfria ao mesmo tempo. Tive medo do momento em que o veria de novo depois da noite passada, mas, apesar de qualquer mágoa residual, preciso dele mais do que nunca.

Sebastian sabe sobre a maldição? Deve saber, parece que todos os feéricos sabem, mas ele sabe que a mãe dele é a responsável? Ele entende que um batalhão de feéricos a quer morta, não só por causa da rixa entre as cortes, mas porque ela os está matando, literalmente? Não consigo acreditar que ele sancionaria a morte de alguém de seu povo simplesmente para manter viva a maldição. Por outro lado, tem muita cosia sobre Sebastian que eu nunca teria imaginado, e é exatamente por isso que não posso confiar nele.

Escondo o Espelho da Descoberta embaixo da saia e o envolvo em sombra. Respiro fundo para me fortalecer, abro a porta e me vejo diante dos olhos profundos e do rosto sorridente de Sebastian. Todos os pensamentos sobre maldições e sacrifícios desaparecem da minha cabeça, que é invadida por imagens das mãos dele naquela outra mulher.

Segura a onda, Brie. Foco.

Engulo em seco e o convido a entrar.

— Oi.

Uma palavra, e a dúvida é inevitável. Não sei se consigo fingir que a noite passada não existiu.

— Precisamos conversar.

— Tudo bem... — Abaixo a cabeça. Estou muito cansada de ter segredos com ele, mas, se pegar o Grimoricon do palácio de verão, vou estar muito mais perto do fim dessas mentiras e de toda essa farsa. Muito mais perto de ajudar Finn e seu povo... e estou percebendo que isso é algo que realmente quero fazer.

Não preciso levantar a cabeça para saber que Sebastian está se aproximando. Sempre *sinto* quando ele está perto. Ele levanta meu rosto, olha dentro dos meus olhos.

— Eu soube sobre ontem à noite — diz.

Tudo dentro de mim paralisa, imagens passam diante dos meus olhos. O banho, a água gelada na minha pele quente, a pressão firme e constante do corpo de Finn contra o meu, sua boca no meu pescoço. O jeito como *implorei* para ele...

— Riaan acabou de me contar. Ele teria me contado mais cedo, mas por algum motivo imaginou que você tinha ido para o meu quarto depois que saiu da festa. — E balança a cabeça. — Queria que tivesse ido.

Ah. *Ah!* Só consigo olhar para ele. Minha cabeça é uma confusão de perguntas, dor e justificativas que sei que não devia oferecer a mim mesma. Mas, quando me perco naqueles olhos verdes, sinto a tentação do perdão fácil. Tudo seria muito mais fácil se pudéssemos só voltar ao jeito como as coisas eram quando ele saiu do meu quarto ontem.

— Sinto muito sobre a outra garota — ele sussurra. — Não queria te magoar.

— Bash, minutos antes você estava aqui *me* beijando. — Apontar isso me faz sentir uma completa hipócrita. Poucas horas depois *disso* eu estava implorando para Finn me tocar, me beijar. Não importa que não tenha acontecido. Eu teria permitido se ele quisesse, e isso é traição suficiente. Sim, posso pôr a culpa no coquetel de drogas e na mágoa, mas...

Sebastian dá um passo para trás e seus olhos brilham. Vejo muito naquele rosto bonito – frustração, raiva, talvez uma pitada de repúdio por ele mesmo.

— Eu disse que tenho que escolher uma esposa, e, embora você tente se convencer a pelo menos considerar essa oferta, muitas mulheres *querem* essa posição.

— Convidei você para ficar na minha cama e você foi embora e ficou com *ela*. — Ele fecha os olhos com força.

— Acho que estava tentando me convencer de que o que sentia com você não era especial. Queria acreditar que podia sentir isso com uma delas também.

As palavras me atingem como uma pancada.

— E sentiu?

Ele olha para minha boca e balança a cabeça lentamente.

— Não. Nunca sinto, não importa o quanto eu queira sentir.

Eu me viro e vou até a janela, odiando que ele queira não sentir tanto por mim e entendendo, mesmo assim. Essa é a pior parte: *eu entendo*. Não entendo a pressa de encontrar uma esposa ou um mundo onde essas decisões geralmente *não sejam* emocionais, mas tentar se conectar com alguém com quem ele possa se casar quando o prazo estabelecido pela mãe está chegando ao fim? Com isso eu posso me identificar.

— Você parecia sentir tudo muito bem — digo.

— Queria sentir, mas *não senti*. — Ele suspira. — Se eu sentisse por ela o que sinto por você, não teria mandado a garota para casa.

— Tudo bem. — A culpa rasga meu peito junto com a dor. Passei a noite implorando para Finn. Passei esta manhã amando o riso em seus olhos quando ele me provocava, e a tarde inteira tentando descobrir como salvá-lo. E não sei onde isso me coloca com Sebastian.

— Podemos deixar tudo isso de lado por enquanto? — ele pergunta. Sua mão quente desliza pelo meu braço até os dedos envolverem meu pulso. — Quero me concentrar em nós nos próximos dois dias. Não quero pensar em você treinando com Finnian, ou em minha mãe me pressionando para escolher uma noiva, ou daqui a quanto tempo vou ter que assumir meu lugar como rei. Podemos pensar só em nós por um tempo?

— Seria bom. — *Mentirosa*. Enquanto ele pensa que está me levando ao Palácio da Serenidade para podermos ter algum tempo juntos, meu foco vai ser encontrar o Grimoricon e devolvê-lo a Mordeus.

Ele sorri.

— Está se sentindo bem?

Olho para ele intrigada. Sebastian sabe que alguém me drogou ontem à noite? Riaan *estava* envolvido?

— Sim, por quê?

— Fui ao seu quarto depois do café da manhã e suas criadas disseram que você ainda estava dormindo. Achei estranho.

Pretha deve ter usado algum tipo de glamour no meu quarto para fazer as criadas pensarem que eu estava aqui dormindo... ou enfeitiçou alguém para se parecer comigo e se passar por mim.

— Bebi alguns copos de vinho na festa ontem à noite — conto.

— Que bom que você foi. — Seus olhos ficam mais suaves. — Gosto de te ver participando dos eventos no palácio.

Mas um pouco mais de honestidade talvez fosse melhor.

— Bash, acho que fui drogada.

Ele fica pálido, e aqueles olhos lindos ficam tão violentos quanto um mar revolto.

— O quê?

— Não me senti bem. Fiquei toda quente, sem inibições. — Minhas bochechas esquentam de vergonha. Graças aos deuses, só Finn viu o pior. — Quando minha... minha criada me encontrou na festa, eu estava tentando tirar a roupa.

Sua mandíbula enrijece, e os olhos brilham furiosos.

— Preciso te perguntar uma coisa, e você tem que ser honesta comigo.

Como ele e eu podemos ter alguma chance quando honestidade é algo com que nunca posso concordar?

Sebastian me segura pelos ombros e seu rosto fica solene.

— Você viu Finn ou alguém do pessoal dele ontem à noite?

— Você acha que *eles* me drogaram?

— Acho que não tem nada que Finn gostaria mais do que ganhar sua confiança e então baixar suas inibições para você fazer alguma coisa imprudente... como aceitar se vincular a ele.

— Não me vinculei a *ninguém*.

— Eu sei. — Ele afaga meus ombros com delicadeza. — Quero saber se eles *tentaram*.

O único com quem me senti tentada a me relacionar ontem à noite foi Sebastian, e o acordo com o rei me impediu de satisfazer esse desejo.

— Mas... por quê? Por que todos vocês se importam tanto com esse vínculo? Você age como se isso importasse mais que... — *Mais que eu*. Esse foi o motivo das minhas súplicas no chuveiro, não foi? Era como se Sebastian não pudesse me querer sem a promessa do vínculo, e eu queria me sentir suficiente mesmo sem ele. Não posso culpar as drogas por isso.

— Porque é importante. — Ele estuda meu rosto. Está tentando me dizer mais alguma coisa. Talvez não possa. Alguma coisa sobre a maldição? — Finn e o pessoal dele seriam capazes disso. Uma simples cerimônia de vínculo e ele poderia tirar você de mim para sempre.

Finn não me deu um aviso parecido sobre Mordeus quando cheguei aqui? Por que os dois me preveniram desse jeito? E Finn ficou *zangado* hoje de manhã, quando admitiu que o acordo com Mordeus é o que realmente me impede de aceitar o vínculo com Sebastian. O que mais ele teria dito se Pretha não tivesse entrado com Lark?

Não posso me dar ao luxo de brigar com Sebastian agora, e defender Finn e seus amigos só vai prolongar essa discussão, então engulo o impulso e balanço a cabeça.

— Não sei quem me drogou.

Ele segura minha mão.

— Se estivéssemos vinculados, eu saberia quando você está com algum problema. Teria te encontrado ontem à noite e impedido que alguém pudesse tirar proveito da sua situação. Odeio saber o quanto você é vulnerável.

— Não sou vulnerável, não como já fui um dia. Estou melhorando no controle e no uso dos meus poderes.

Mas ele não parece tranquilo.

— Às vezes é o seu poder que a torna tão vulnerável.

— Por quê?

— Não importa. — Ele me abraça, e posso ouvir seu coração acelerado. — Tudo que importa é que você está segura.

— É tão raro assim um humano ter magia?

Ele ri.

— De verdade. — Ele encosta a testa na minha. — Você é muito especial, e Finn sabe disso. Mesmo que ele não seja responsável por você ter sido drogada ontem à noite, *vai tentar* te convencer a se vincular a ele. Seja como for, recuse essa proposta. Ninguém pode forçar o vínculo. Ele tem que ser celebrado pelas duas partes espontaneamente.

— Por que Finn iria querer esse vínculo? O que ele poderia ganhar com isso?

Sebastian balança a cabeça, desliza as mãos pelas minhas costas e pela cintura, e puxa meu quadril de encontro ao dele.

— Ele teria... acesso ao seu poder.

E, como Finn não pode usar o próprio poder sem encurtar sua vida ou se tornar um serial killer de humanos, ele *precisa* do meu poder. Por isso flertou hoje de manhã e foi tão bom comigo ontem à noite? Essa é a verdadeira razão para ele estar me treinando? Isso tudo é um jogo para ganhar minha confiança e me transformar em marionete?

Não consigo acreditar. Por outro lado, uma vez Finn me disse que tudo que faz é para proteger seu povo. Por que pensar que suas atitudes comigo eram diferentes?

— Eu não me vincularia ao Finn — digo, quase para mim mesma.

Sebastian sorri para mim sem muita segurança.

— Quando estiver pronta, vai ser uma honra, para mim, me vincular a você. Eu usaria o vínculo para te proteger. Não deixaria nada acontecer com você. — Ele abaixa a cabeça e beija minha boca de leve. — Está preparada? — pergunta.

Engulo em seco.

— Bash... não posso. Preciso de mais tempo se...

— Para ir ao palácio de verão. — Ele desliza os dedos pelo meu queixo. — O vínculo pode esperar. Por enquanto. — Ele se vira para o corredor e assobia baixinho.

Um goblin entra no quarto mancando. A cabeça abaixada se vira bruscamente para o lado e as narinas dilatam. Ele fareja o ar, depois olha para mim com olhos acusadores. Sentiu o cheiro de Bakken? Sabe que alguém de sua espécie esteve aqui?

— Leve-nos ao palácio de verão — diz Sebastian.

— Sim, Alteza — o goblin responde, mas quando estende a mão para mim ele sorri, uma criatura perigosa que guarda meu segredo. Sebastian segura a mão ossuda do goblin e eu faço a mesma coisa.

Antes que eu possa respirar para me preparar para a queda livre do transporte goblin, ouço o som do mar batendo na praia. Vejo a luz da lua brilhando na água e sinto a areia sob os pés.

O ar salgado faz cócegas no meu nariz, e o barulho das ondas invade meus sentidos ao mesmo tempo que o palácio de verão aparece. Eu não chamaria isso de pequeno, nem com muita imaginação. Suas diversas torres parecem pairar sobre o mar, mas bem na minha frente vejo as grandes janelas que sei que levam à biblioteca. E ao Grimoricon.

Capítulo 29

— **Obrigado** — **diz Sebastian**, soltando a mão do goblin.

— Ao seu dispor, Alteza. — O goblin comprime os lábios e sorri para mim pela última vez, antes de desaparecer.

Elora tem praias, mas só vi o mar uma vez quando era mais nova. Quase não consigo me lembrar dessa viagem, de cavalgar com minha mãe, com meu pai cavalgando ao nosso lado, depois meus primeiros passos hesitantes para a água, rindo quando as ondas me derrubavam. O cabelo branco de Sebastian é soprado pela brisa, enquanto ele olha para o horizonte e vê o sol mergulhando no mar.

— Vamos caminhar? — ele pergunta.

Dou as costas para o palácio e me viro de frente para o mar.

— Vou gostar muito.

Ele me conduz pela praia, segurando meu braço o tempo todo, como se tivesse medo de eu desaparecer.

— Este é meu lugar favorito — diz, andando devagar. — O barulho das ondas quebrando sempre me trouxe conforto. O Palácio Dourado está sempre cheio de criados e cortesãos. Eu prefiro este aqui desde pequeno, mas não vim com tanta frequência quanto gostaria.

— É lindo. Muito tranquilo.

Ele concorda balançando a cabeça.

— Vim aqui algumas vezes desde que você chegou ao palácio. — E olha para mim por um longo instante. — Tinha muito em que pensar.

Meus olhos ardem. Sinto que estou muito perto de salvar Jas e, mais do que nunca, estou morrendo de medo de perder todo o resto no momento em que a salvar. Ou pior, que Mordeus de alguma forma cancele o acordo e eu a perca.

Não foi isso que Lark disse quando a vi no meu sonho? Falei para ela que não queria ser uma rainha com tanto quando outros não tinham nada, e ela disse que eu perderia tudo. Foi a criança me visitando, na verdade, ou apenas um sonho?

— Ei — ele sussurra. — Por que as lágrimas?

Engulo o choro.

— Jas adoraria isto aqui.

Ele abaixa a cabeça.

— Lamento não ter conseguido resgatar sua irmã. Mordeus... Ele usou sua essência para esconder Jas. — Seu tom sugere que essa é uma notícia terrível.

— O que isso significa?

— Isso significa que, enquanto ele estiver vivo, não vamos conseguir fazer contato com ela fisicamente — Ele gira os ombros para trás. — Significa que a única maneira de salvar sua irmã é alguém matar o rei.

— Mas você não pode — deixo escapar. — Os Seelie não podem ferir os Unseelie. — Ele arregala os olhos, e me dou conta do que falei. — Não é verdade?

A respiração dele fica mais rápida, e Sebastian umedece os lábios.

— Me conta o que você sabe.

Que mal pode haver em admitir o que descobri? Odeio mentir para Sebastian, e dizer que não sei nada, depois de deixar escapar o que falei, é inútil.

— Eu sei que os Unseelie perderam magia e imortalidade com a maldição que sua mãe lançou sobre eles.

Eu o observo enquanto falo, mas ele não reage. Não nega nem confirma. Ele não pode falar sobre a maldição.

— Sempre acreditei que os Unseelie fossem maus — continuo —, mas não acredito mais nisso. Alguns feéricos das sombras são maus e alguns são bons. E alguns feéricos dourados são maus e alguns são bons. Mas talvez... talvez os Unseelie que parecem maus estejam apenas tentando tirar o melhor possível de uma situação ruim.

Sebastian para de andar e olha para o mar.

— Eu não te contei, mas tentaram matar minha mãe na noite do Litha. Foi um membro da corte dos meus avós que desertou depois que minha mãe assumiu o trono. — Ele balança a cabeça. — O traidor foi capturado antes de conseguir atacá-la, mas de alguma forma... de alguma forma, o pessoal do Finn conseguiu se infiltrar no castelo, passar pelos meus guardas e pelas nossas proteções e libertar o traidor que planejava enfiar uma faca no coração de sua rainha.

Abaixo a cabeça, mas estou morrendo de medo de ele sentir o cheiro da minha culpa.

— Mas... pelo jeito você já sabia — ele diz. A dor em sua voz afeta minha consciência. — Sabia que Jalek queria matar minha mãe e não me disse nada.

— Eu *não sabia* dos planos de Jalek. — É verdade, mas mesmo assim... Suavizo o tom de voz antes de continuar. — Mas não vou fingir que o teria impedido se soubesse. — Levanto o queixo e olho nos olhos dele. — Eu sei como é trabalhar sem parar e ainda ser prisioneiro das próprias circunstâncias. Os *campos* da sua mãe? É difícil não desejar coisa pior que a morte a alguém capaz de fazer isso com inocentes.

— Não vou defender esses campos — Sebastian diz com a voz trêmula. — Mas, com tantos Unseelie fugindo do reinado de Mordeus, nossa corte foi invadida. *Nosso* povo está sofrendo, e a rainha está colocando os súditos em primeiro lugar, protegendo a nossa gente dos feéricos da sombra.

— E se os feéricos da sombra forem os que precisam de proteção?

— Finn te contou sobre os campos, mas ele falou sobre as centenas em minha corte massacradas a sangue-frio para que os que fugiam da corte *dele* pudessem se apoderar de suas casas?

E, por causa da maldição da rainha, esses feéricos dourados não podiam se proteger dos Unseelie. É uma imagem repugnante.

— Não vou dizer que todos os Unseelie são bons — falo —, ou que situações terríveis não possam despertar o que as pessoas têm de pior, mas...

— Elas ainda têm o livre-arbítrio. Fazem as próprias escolhas, e através dessas escolhas provam quem realmente são.

— Mas você não pode definir uma corte inteira a partir das atitudes dos piores nela. Eu acredito que Finn é bom.

Os olhos de Sebastian queimam quando ele se vira para mim.

— Se acha que ele é tão bom, deveria usar esses seus poderes para encontrar as catacumbas dele nas Terras da Floresta Selvagem. Veja o que ele guarda lá, depois me diga se ainda acredita que ele é tão nobre.

O que Finn poderia guardar em suas catacumbas que pudesse provar que ele é tão mau quanto Sebastian quer que eu pense que é?

— Não suporto pensar em como ele se aproximou de você, fez você pensar que pode confiar nele.

— Ele se tornou... *um amigo*.

— Isso é o que ele quer que você pense. Estou implorando para você não cair nessa.

— Não entendo. Por que você se opõe tanto a Finn e seu povo se sua mãe é a causa do sofrimento deles?

— Eu não estou contra os Unseelie. — Ele balança a cabeça. — De jeito nenhum, Brie. Odeio o que está acontecendo com eles sob o reinado de Mordeus. Faerie não pode existir sem a luz e a escuridão, o sol e a sombra. Minha mãe sabia disso, e, não fosse por ela, milhares de feéricos continuariam morrendo todos os dias na Grande Guerra Feérica.

— Ela acabou com a guerra?

— Graças ao sacrifício *dela*, a luta acabou.

Ele quer acreditar que ela é boa. Posso criticá-lo por isso? É a mãe dele. Mas ele é inteligente demais para fechar os olhos para tudo que ela fez.

— Não vejo isso como você vê.

— Você não conhece toda a história.

— Então me conte, me fale o que pode falar.

Ele hesita.

— Minha mãe foi a princesa feérica dourada. Jovem e inexperiente, ela foi seduzida pelo Rei Oberon. Ela se apaixonou por ele, mas os dois reinos lutaram por centenas de anos, e os pais deles eram inimigos jurados do rei e seu reino. Enquanto a rainha dourada e o rei dourado governassem, a princesa nunca poderia estar com seu rei das sombras livremente. Quando podiam, eles saíam escondido de suas terras e se disfarçavam de humanos para se encontrarem no reino mortal. Lá não seriam condenados por seu amor. O poder deles era tão grande e a magia tão intensa, que o amor entre eles podia mover o sol e a lua, criando o que os humanos chamavam de eclipse.

Eu conheço essa história. Minha mãe contava a história do rei das sombras e da princesa dourada. Quando Sebastian para, continuo por ele.

— Um dia Oberon foi para o reino humano, mas Arya não conseguiu ir. Os pais descobriram o que ela estava fazendo e combinaram seus poderes mágicos para trancar todos os portais entre o reino humano e Faerie, impedindo que a filha fizesse contato com o amante e que o rei das sombras voltasse para casa. Os humanos sacrificaram inocentes na tentativa de apaziguar seus deuses e recuperar o sol.

Foi isso que Bakken quis dizer quando se referiu à longa noite? A mesma longa noite sobre a qual ouvi histórias quando era criança?

Sebastian espera, e seus olhos me incentivam a continuar.

— Mesmo com todas as orações ou sacrifícios, os humanos não conseguiram encerrar a longa noite. Não tinham poder sobre os portais, e o rei da sombra permaneceu trancado fora de seu mundo, procurando outro caminho para casa. Sua magia ficava mais fraca a cada dia, até que ele não conseguia mais disfarçar a verdadeira forma. Sem magia para se proteger dos humanos e seu preconceito, ele foi espancado e brutalizado, teve a ponta das orelhas cortadas e o rosto destroçado por socos. Foi então que ele conheceu a mulher humana. Ela o encontrou do lado de fora de sua casa e teve pena, e deu a ele os tônicos de cura que tinha. Ela não suportava ver nenhuma criatura sofrer. Deu a ele um lugar para ficar, cuidou dele e usou suas poções para curá-lo. À medida que a longa noite se prolongava, eles se apaixonaram. Ele nunca esqueceu a princesa feérica dourada, mas seu amor pela mulher era muito intenso para ser negado. Quando os portais reabriram, ele sabia que tinha que voltar para casa, mas a humana se recusou a acompanhá-lo. Não queria deixar seu mundo. Mesmo assim, o rei da sombra sabia que não poderia mais ficar com a princesa. Seu coração pertencia à humana.

Os olhos de Sebastian brilham de raiva, e ele continua contando a história.

— Enquanto isso, na Corte da Lua, o irmão do rei da sombra tinha chegado para assumir seu império, aproveitando a ausência do irmão. Oberon voltou e descobriu que o irmão havia conquistado a lealdade de metade da Corte Unseelie, e Oberon não poderia voltar ao trono sem correr o risco de provocar uma guerra civil, que seu povo não poderia sustentar enquanto a Grande Guerra Feérica continuava. Do outro lado do reino, minha mãe ocupou seu lugar como rainha dos feéricos dourados. Ela implorou ao rei da sombra para se casar com ela como haviam planejado um dia, se não por amor, pelo bem dos reinos. Ela prometeu que, se eles se casassem, ela o ajudaria a tirar seu irmão do trono, e então eles poderiam unir as duas cortes e acabar com a guerra entre eles. Mas Oberon se recusou. Não faria isso nem mesmo pela paz entre seus povos. Não estava mais apaixonado por ela, e ainda acreditava que um dia poderia convencer seu amor mortal a se juntar a ele em seu mundo.

Sebastian interrompe a história aí, e eu a concluo.

— Então a rainha amaldiçoou os Unseelie.

Espero a confirmação, mas ele fica paralisado.

— Você *sabe* sobre a maldição — continuo —, mas não pode falar sobre isso.

Mais uma vez, é como se ele não pudesse sequer balançar a cabeça para confirmar o que digo.

— A magia mais poderosa em Faerie vem de seus governantes — diz ele. — Minha mãe foi a rainha mais poderosa que já assumiu o trono, mas uma magia tão grande tem um preço, um preço muito mais alto do que ser alvo do ódio de toda uma corte.

— E como não a odiariam? — pergunto, tentando manter o tom gentil.

— Ela salvou milhares de feéricos da morte ao acabar com a guerra — argumenta Sebastian. — Oberon se preocupava mais com ele mesmo do que com seu povo. Poderia ter acabado com a guerra se casando com minha mãe, um sacrifício tão pequeno, mas se recusou. Enquanto isso, o sacrifício de minha mãe foi enorme e salvou milhares, mas agora ela está morrendo para pagar o preço de... — Ele para, engole o que ia dizer.

Pagar o preço de ter *amaldiçoado* os Unseelie e por ter tornado o próprio povo indefeso contra eles, penso, mas fico de boca fechada. A rainha é mãe dele e está morrendo. Não posso criticá-lo por não enxergar os erros dela, quando sente que a está perdendo e se vê impotente para impedir que isso aconteça.

— Por que ela não acaba com a maldição?

Quando Sebastian me encara e não responde, lembro que ele não consegue falar assim, diretamente, sobre a maldição. O tormento em seus olhos pesa em mim, e eu abraço sua cintura.

As mãos dele deslizam pelo meu cabelo, e ele se afasta quando os dedos encontram as mechas mais curtas que escondo sob os cachos grossos.

— O que aconteceu aqui atrás? — Abaixo a cabeça, mas ele levanta meu queixo, me fazendo encará-lo. — Não precisa esconder nada de mim.

Já disse o que sei sobre a maldição, então posso contar como consegui a informação.

— Dei umas mechas do meu cabelo ao Bakken para ele me contar sobre a maldição. — Mais uma vez, a palavra *maldição* o faz recuar, como se ela fosse uma faca cravada em suas costas o tempo todo.

Ele desliza a mão por um lado do meu rosto e brinca com as mechas mais curtas que encontra ali.

— E estas?

— Cortei em Elora. Ele me disse que Mordeus tinha comprado Jas. — Encolho os ombros diante da cara contrariada. — Tem coisas que você não pode me dizer, e tem coisas que eu não queria que você soubesse que eu estava fazendo. — *Ainda tem.* — E eu confio em Bakken.

— Os segredos dos goblins geralmente não são tão fáceis de comprar. Ele deve... deve pensar que tem alguma coisa a ganhar conquistando sua simpatia. Mas tenha cuidado, não confie muito nessa espécie. Se eles descobrirem seus pontos fracos, vão pegar mais e mais, até você descobrir que deu tudo que tinha.

Belisco de leve sua cintura.

— Não fique tão preocupado, Sebastian. Tem mais de onde saiu esse.

— Nem todos os segredos podem ser comprados com uma mecha de cabelo, Brie.

Entrelaço os dedos nos dele e sorrio com tristeza, puxando um cacho.

— Que pena que não.

Sebastian olha para o horizonte, onde as luzes douradas e vermelhas do crepúsculo se estendem sobre a água.

— Temos que entrar. — Sua voz tem uma nota urgente.

— Por quê?

Ele acena com a cabeça na direção da praia, e vejo um bando de corvos agitados.

— O Sluagh? — pergunto.

— Sim. Eles vagam pela praia à noite. Essa é uma das razões para minha mãe não vir mais aqui.

— Por que haveria um Sluagh aqui? Quem morreu na praia?

Alguma coisa cintila em seus olhos. Quando ele não responde, percebo que não é porque não sabe, mas por não poder ou não querer me contar. Ainda há muitos segredos entre nós, mas agora está mais claro que alguns ele não guarda porque quer, pelo menos.

— Vamos. — Ele me puxa em direção ao palácio e eu não resisto. Sei que não se deve baixar a guarda com um Sluagh por perto.

Sebastian diz aos criados que vai me mostrar o palácio enquanto eles preparam nosso jantar.

— O Rei Mordeus não tem direito ao Trono das Sombras — Sebastian fala quando estamos sozinhos, continuando de onde paramos lá fora. — E toda a Faerie sofre por isso. Mas ele vai fazer qualquer coisa para ter a coroa, para ser aceito pelo trono.

Ele segura minha mão e me leva por uma escada bem iluminada. Quando empurra uma porta pesada, percebo que me trouxe a algum tipo de arsenal. Arregalo os olhos diante de tantas armas, da variedade de facas e espadas, fileiras de armaduras e prateleiras de arcos de madeira.

Ele vai diretamente até a parede do outro lado e seleciona uma adaga preta e brilhante, antes de se virar para mim.

— Isto é feito de diamante e ferro — conta. — Foi afiada com lâminas de diamante pelo próprio ferreiro da rainha, e sua magia deixa vestígios de ferro em qualquer pessoa em quem seja usada.

Pego a adaga. É pesada, mas não muito desajeitada. Quando seguro o cabo, um estranho choque de poder percorre meu corpo. Parece que ela foi feita para encaixar na palma da minha mão.

— Só isso pode matar o rei — diz Sebastian. — Mantenha com você o tempo todo.

Olho nos olhos dele. Sebastian não sabe que tenho trabalhado para o rei, então por que pensaria que preciso de uma adaga capaz de matá-lo?

— Riaan me disse que vocês dois conversaram ontem à noite — ele comenta tranquilo. — Ele falou que você admitiu ter segredos. Segredos que é forçada a guardar, ou corre o risco de perder sua irmã. — Ele pega uma bainha de uma gaveta e desafivela o pequeno cinto preso a ela. — Talvez os mesmos segredos que te levaram a me entregar uma falsificação e ficar com o Espelho da Descoberta.

Eu suspiro.

— Você sabia?

— Sim. Esperei que explicasse, que confiasse em mim, mas agora entendo que não pode.

— Eu... — *Ele sabia.* — Não acredito que você não disse nada.

— Confio em você, Brie. Independentemente de você confiar ou não em mim.

Com o coração pesado, vejo-o se ajoelhar diante de mim e levantar minha saia. Seus dedos roçam minha pele quando ele ajusta a bainha em volta da minha panturrilha e a prende no lugar. Quando ele estende a mão para pegar o punhal, eu o entrego pelo cabo.

— Mantenha isso com você o tempo todo para se proteger. Use sua magia para escondê-la, se puder.

— Eu... — Quanto ele sabe sobre minha magia? Sobre meus segredos? — Eu posso. Tenho melhorado...

Ele encaixa o punhal na bainha, e tem algo de reconfortante no abraço do cinto, no peso da lâmina na minha panturrilha. Quando se levanta, seu rosto é solene.

— Essa lâmina também funciona contra Finn.

Engulo em seco. Talvez seja por isso que ele me deu a arma, afinal, não tanto por achar que vou precisar dela contra Mordeus, mas porque espera que a use contra Finn.

— Você disse que não quer Mordeus no Trono das Sombras, mas quem admitiria no lugar dele, senão Finn?

Ele balança a cabeça.

— Faerie foi dividida por muito tempo, e é hora de as metades se unirem sob um governante.

Mordo o lábio. Não quero discutir sobre Finn ou quem deveria ou não estar no Trono das Sombras. Tudo o que me importa é salvar minha irmã.

Mas isso não é mais verdade. Talvez não seja verdade há algum tempo.

Eu me importo com o reino que um dia desprezei e com as criaturas que residem nele, e agora estou dividida entre reinos em guerra, quando nunca quis sentir lealdade por nenhum deles.

— Quer ir conhecer o resto do palácio? — Sebastian pergunta.

Balanço a cabeça para dizer que sim, mas durante toda a visita estou pensando na lâmina inflexível amarrada em minha perna e nas palavras contidas de Sebastian, *Também funciona contra Finn.*

Estou tão distraída que sou pega de surpresa quando ele me leva à biblioteca no último andar do palácio.

— Esta é a joia do Palácio da Serenidade — ele anuncia logo que passamos pela porta. — É mais bonito quando o sol está brilhando através das claraboias, por isso vou trazer você de novo amanhã.

Mas eu gosto do que vejo agora, o luar prateado dançando no vidro e mal iluminando o centro da sala. Poderia explorar as pilhas de livros na escuridão. Imagino que seria como ir à biblioteca com minha mãe quando eu era criança, aquela sensação de segurança e possibilidades infinitas.

Entro no ambiente, olho em volta e deixo o olhar passar rapidamente pelo pedestal no centro do espaço. Não quero parecer muito interessada, mas Sebastian parece sentir, mesmo assim.

— Esse é o Grimoricon — ele diz. Depois segura minha mão e me leva para o centro da sala, onde paramos a um passo do livro. Tão perto que eu poderia estender a mão e tocá-lo.

— O que é isso? — pergunto como se não soubesse.

— É o grande livro do nosso povo. A Corte da Lua uma vez o reivindicou como se fosse dela, mas detesto imaginar a destruição que Mordeus traria ao nosso mundo se o tivesse.

Meu coração fica apertado. Posso estar confusa sobre muitas coisas, mas tenho clareza sobre o caráter de Mordeus. Ele é mau, cruel e calculista, e Faerie não vai se beneficiar se alguém como ele tiver ainda mais poder. Entrei em uma missão para salvar Jas a qualquer custo, mas pela primeira vez vejo que estou colocando em risco o destino de um reino inteiro pela vida de minha irmã. Mas qual a alternativa? É inimaginável. Reprimo minha nova dúvida e me concentro no livro.

— O que tem nele?

— Ele contém os feitiços de nossos Anciãos e orientação para explorar seus poderes. Assim que eu assumir o trono, é este livro que vai me conduzir no governo do meu reino. Meus avós fizeram um grande esforço para recuperá-lo e perderam muitos feéricos bons nessa empreitada. Agora ele pode ser a única coisa que mantém minha mãe viva.

Olho para ele sem disfarçar o espanto.

— O quê?

— Magia é vida. E isto — ele aponta para o livro — é uma de nossas magias mais poderosas. Minha mãe está morrendo há anos. Ela só está viva hoje, provavelmente, porque sua vida foi magicamente ligada a este livro.

Estendo a mão devagar, mas ele a segura antes que eu possa tocar o livro.

— Não. — Seus olhos estão muito abertos, a veia pulsa rapidamente em seu pescoço.

— É perigoso?

— Não sei o que aconteceria com você se sua pele mortal entrasse em contato com uma magia tão grande. E, se o livro for incomodado... Se alguém mexer nele, temo pelo que aconteceria com minha mãe.

É por isso que Mordeus quer que eu o roube? Sim, pela magia poderosa, mas também porque sabe que o livro está ligado à vida da rainha? É por isso que *Finn* quer que eu o roube?

Engulo o nó desconfortável que se formou em minha garganta.

— Você realmente ama sua mãe, não é?

Sua expressão é de dor. Conflito.

— Não sou cego para os defeitos dela, mas é minha mãe, e ela se sacrificou muito pela nossa corte... talvez ainda mais por mim.

Se eu entregar o livro a Mordeus e Arya morrer, a maldição será quebrada e Jas estará salva. Mas Sebastian nunca vai me perdoar. E, se Mordeus usar o livro para destruir a vida de mais feéricos inocentes, talvez *eu* nunca me perdoe.

Quando a criadagem do palácio serve o jantar, ainda estou pensando em Finn, no Trono das Sombras e no comentário de Sebastian sobre o que Finn mantém em suas catacumbas ser a prova de sua verdadeira natureza.

— Brie?

Levanto a cabeça ao ouvir meu nome e encontro o olhar de Sebastian do outro lado da mesa. Há quanto tempo ele está esperando uma resposta? A julgar pelo prato dele, meio vazio, passei um bom tempo distraída.

— Onde está essa sua cabeça?

Deixo escapar um suspiro.

— Desculpa, Sebastian. Estou distraída hoje. — Olho em volta e percebo que ainda não tinha notado os detalhes do jantar romântico que provavelmente foi preparado para me impressionar.

Velas iluminam a mesa e lírios-do-dia transbordam dos vasos em todos os cantos da sala. Eu mais empurrei a comida pelo prato do que comi, e estou bem chateada comigo mesma. A antiga eu também ficaria aborrecida. Não só estou comendo pratos de dar água na boca, enquanto as crianças do reino humano não têm nada, como estou aqui com Sebastian. Quantas vezes antes de passar pelo portal desejei que pudéssemos passar mais tempo juntos? E era como se nunca estivéssemos sozinhos. Se Jas não estava conosco, minhas primas estavam por perto, prontas para contar a minha tia qualquer coisa que ouvissem ou vissem.

— Em que está pensando agora?

— Na rapidez com que passei a aceitar esses luxos como uma coisa garantida. — Mostro meu prato com um gesto. — Sei que nunca se deve tratar com indiferença a bênção de uma barriga cheia, mas, depois de apenas algumas semanas, sou capaz de sentar aqui para uma refeição e nem provar os deliciosos sabores. Enquanto isso, minha irmã... — Minha garganta fica apertada.

Sebastian estende a mão sobre a mesa e segura a minha.

— Apesar de tudo que ele faz para manter o poder, o rei está mais fraco que nunca. É questão de tempo até estarmos perto o suficiente para agir. Eu não desisti.

Mas o que acontece com a gente depois que Jas estiver em segurança? Não verbalizo a pergunta. Ele está tão ansioso por uma resposta quanto eu, e ainda não tenho uma. Quero ficar com Sebastian? Quero viver em um castelo com a rainha que é responsável pela maldição e pelo tratamento horrível dispensado aos Unseelie em seus campos? Se o que Sebastian diz é verdade e ela está morrendo, talvez isso signifique que a maldição será quebrada em breve. Se ter o Grimoricon é a única coisa que a mantém viva...

Para acabar com a maldição e viver, você tem que matar a rainha. A lembrança das palavras de Bakken faz meu estômago revirar. Se eu matar a mãe dele, além de tudo, realmente vou perder Sebastian.

— Praticamente posso ver você se afastando em seus pensamentos. — Rindo, ele limpa a boca com o guardanapo, depois pega uma garrafa de vinho e serve a bebida nos copos. — Beba comigo e relaxe por uma hora.

Depois que ele for para a cama, vou ter que ir à biblioteca e pensar em um plano para o Grimoricon. De início a ideia era levá-lo imediatamente – odeio esperar –, mas Sebastian pode ficar desconfiado se o livro não estiver no lugar quando ele me levar de volta à biblioteca amanhã. E, como não tenho uma réplica daquela relíquia, vou ter de esperar.

Posso dar uma hora a ele. Depois de tudo que fez por mim, tudo que suportou e provavelmente vai ter de suportar, ele merece isso e muito mais. E talvez eu também mereça. *Uma hora.*

Levo o copo aos lábios e bebo. Em minutos, minhas preocupações desaparecem.

Capítulo 30

SEBASTIAN ME GIRA e pressiona minhas costas contra uma porta alta de madeira.

— Este é o seu quarto — ele sussurra contra meus lábios.

Minha pele está quente, as bochechas estão coradas pelo vinho, e o coração se encheu com nossa conversa. Uma hora se tornou duas, e foi como nos velhos tempos – só nós dois, conversando e rindo.

— É aqui que eu devo dizer boa-noite. — As mãos deslizam lentamente pelas laterais do meu corpo, as pontas dos dedos deixando um rastro de fogo. Quando ele chega ao quadril, aperta com delicadeza.

Deslizo uma das mãos até sua nuca e estudo aquele rosto. Amo as linhas fortes do queixo, a beleza penetrante dos olhos verdes-mar, os lábios exuberantes ligeiramente entreabertos.

— Tão cedo?

Sorrindo, ele roça os lábios nos meus. Uma, duas vezes. Na terceira vez, a língua desliza pelo meu lábio inferior e eu me derreto um pouco.

— Obrigado por isso. Sei que nada é simples agora, mas estou feliz por estarmos aqui.

Eu também. Sei que é o vinho, mas agora estou feliz por tudo, desde o calor de seu corpo até a cama do outro lado desta porta.

— Preciso te contar um segredo — sussurro.

Ele se afasta, os olhos buscam os meus, o rosto é solene.

— Ah, é?

— Eu não mereço você. — Pensei que pudesse fazer uma piada com isso, mas lágrimas surgem em meus olhos. — E um dia você vai perceber isso. — *Vai perceber que te usei para dar a Mordeus o que ele quer. Vai perceber que enfraqueci seu reino para salvar minha irmã. E vai saber que, mesmo sentindo que isso vai te machucar, se fosse para salvar Jas, eu faria tudo de novo.*

— Ei. — Ele acaricia um lado do meu rosto com o polegar. — Nada disso. A gente estava se divertindo, e essas lágrimas acabam comigo. Sou eu que não te mereço, mas sou egoísta demais para desistir de você.

Enterro o rosto em seu peito e balanço a cabeça.

— Não desista de mim. Você precisa insistir, aguentar.

— Pensei que pudesse ficar afastado até que fosse seguro, mas estava enganado.

Levanto a cabeça.

— Até que fosse seguro?

— Você está em perigo a cada momento que permanece em meu reino, mas não consigo me forçar a... — Ele olha nos meus olhos. — Você ainda não entende, mas *preciso* de você.

— Bash... — Fico na ponta dos pés e colo a boca à dele.

Quero arrastá-lo para a cama e implorar como as drogas me fizeram implorar a Finn. Quando Sebastian me toca, é como caminhar ao sol depois de uma semana presa no porão de Madame V. Esqueço tudo sobre os sentimentos conflitantes pelo príncipe Unseelie. Sobre os segredos de Finn e seus tributos. Sobre a rainha e o livro. Sobre a profecia de uma garotinha e a alegria de um goblin ao me dizer que tenho que matar a rainha se quiser quebrar a maldição Unseelie sem morrer.

Sebastian me beija com mais intensidade que antes. Suas mãos mergulham no meu cabelo, e ele encaixa minha boca na dele. Quero absorvê-lo em mim. Viver esses momentos até estar encharcada deles. Seja qual for a vida que vou ter depois que ele descobrir a verdade, quero ser capaz de me lembrar deste sentimento, o de ser amada e protegida por Sebastian. Não o Príncipe Ronan, não o próximo rei Seelie, mas o *meu Bash*.

Quando ele se afasta, sua respiração é irregular. Ele encosta a testa na minha.

— Posso ir para o meu quarto, ou posso ficar com você. — Ele respira fundo. — Mas, se for para eu ficar, você precisa pedir. Tenho que saber que é isso que você quer. Que está preparada.

Afago seu queixo de leve, me deliciando com a sensação da barba curta. Meus sentimentos podem ser tão complicados quanto minha lealdade, mas o que eu quero dele agora não é nada complicado.

— Quero que você entre. Quero que você fique.

O peito dele sobe e desce com a respiração profunda e talvez algo mais. Talvez, como eu, ele esteja navegando por emoções mais pesadas e complicadas que as histórias nos ensinam que o amor deveria ser. Seguro a mão dele e o levo para meu quarto.

Ele faz um gesto, e uma brisa suave fecha a porta assim que entramos.

— Tem certeza?

— Sim. — Talvez eu seja egoísta. Talvez isso piore tudo, quando ele descobrir a verdade, mas... — Eu quero.

Ele se aproxima, me envolve com os braços e desamarra meu vestido. Deixo o tecido escorregar dos meus ombros e fico parada na frente dele, vestida apenas com um top fino de renda, calcinha igual e a adaga que ele prendeu na minha panturrilha. Deixo ele olhar para mim, e, quando Sebastian levanta a cabeça para me encarar, os olhos dele são quentes, escuros. Eu me sinto bonita. Se a culpa surge de um canto da mente para me incomodar, eu a sufoco para me concentrar nele.

— Você é perfeita — ele sussurra. — Não tem ideia de quanto tempo faz que eu queria fazer isso.

— Então, por que não fez?

Assim que falo, vejo a vulnerabilidade em seus olhos e me odeio pela pergunta. Ele não me beijou até aquele último dia em Fairscape porque sabia que eu odiava os feéricos. Acreditava que eu o odiaria quando descobrisse a verdade.

Não tenho muito tempo para refletir sobre essa percepção, porque ele está me pegando nos braços e levantando meu rosto. Ele me beija, um beijo longo e intenso, as mãos subindo e descendo pelas minhas costas, pelos ombros e os seios, pelo ventre. Segura meu quadril com as mãos grandes e beija meu pescoço, mordendo de leve e chupando a região sensível, deixando em chamas minha pele aquecida pelo vinho a cada beijo, cada pressão dos dentes e cada movimento da língua.

Os dedos ásperos se fecham sob a parte superior do meu traje. A alça fina se rompe quando ele a puxa para baixo, expondo-me à boca e à língua perversa. Meus olhos se fecham e a cabeça pende para trás. Nada importa, só a sensação de seus beijos, as mãos no meu corpo, o roçar dos dentes naquela saliência sensível. O centro do meu corpo se contrai de prazer, de necessidade, e eu chego ainda mais perto, expressando minha necessidade com o movimento de arquear as costas e os sons suaves que saem da minha boca.

Puxo o cabelo dele até a boca encontrar a minha novamente, e as línguas se procuram e acariciam. Ele nunca me beijou desse jeito. Direto, selvagem, voraz. Desaboto sua túnica e a empurro de cima de seus ombros. Quero aquela pele dourada de sol em cima de mim. Mas então ele se afasta, e eu protesto com um gemido.

Seus lábios se curvam em um sorriso arrogante.

— Não vou muito longe. Prometo. — Ele pressiona um único dedo no centro do meu peito, e a pele formiga enquanto a mão dele brilha iluminada. O dedo escorrega para baixo entre meus seios, sobre o ventre, sobre cada lado do quadril, deixando um caminho cintilante por onde passa. À medida que a luz diminui, o tecido cai, até a bainha e a adaga caem no chão com um *baque surdo*, me deixando completamente nua, as roupas de baixo rasgadas no chão.

Ele devora cada centímetro de mim com o olhar, os lábios entreabertos, a respiração irregular.

— Exibicionismo mágico — comento, sorrindo e estendendo as mãos para ele.

Seus dedos habilidosos acariciam minhas costas, passam por cima do meu quadril e voltam.

— Para que serve a magia se não posso usá-la para impressionar a mulher que amo?

Meu coração fica apertado com essas palavras, e eu congelo. Eu sabia que amava Sebastian há muito tempo, mas não sei se alguma vez acreditei que ele pudesse retribuir esse sentimento. Não acreditei que fosse digna de seu amor, e ele está me dando esse amor agora, quando minhas atitudes provam que não sou digna dele.

— Eu te amo, você sabe. — As pálpebras parecem mais pesadas quando ele olha para mim. — Isso te assusta? Sabendo... quem... o que eu sou?

A culpa sai da jaula e me ataca.

— Eu era muito ignorante, Sebastian, e grande parte do meu preconceito era consequência das escolhas da minha mãe. Mas *você*... — Traço o contorno de sua orelha com a ponta do dedo, me detendo na ponta pronunciada. Ele fecha os olhos e estremece. — Amei você em Fairscape, amei o aprendiz de mago que me manteve longe do desespero, e amo você agora. O príncipe feérico dourado que ama sua família e quer encontrar uma maneira de reinos rivais encontrarem a verdadeira paz. — Olho em seus olhos e faço uma rara oração aos deuses: o que quer que aconteça esta noite, o que quer que aconteça entre mim e Sebastian, que ele nunca duvide de que fui sincera quando disse essas palavras. — Sinto muito por algum dia ter pensado que queria que você fosse diferente. Amo você do jeito que é.

Ele abre uma das mãos e uma pilha de joias brilhantes aparece nela. A outra mão se abre e pétalas sedosas de rosas vermelhas caem no chão.

— Tudo que você quiser, Brie. Qualquer coisa que eu puder te dar você vai ter.

Eu varro o conteúdo das duas mãos, fazendo as joias caírem no chão tilintando e as pétalas se espalharem à nossa volta. Dou um passo à frente e guio seus braços para envolverem meu corpo. — Não preciso de flores ou joias. Só quero você. — Colo a boca à dele e deslizo as mãos pelas suas costas, saboreando a sensação da pele quente em minhas mãos e nos seios. — É isso que eu quero.

Ele aninha o rosto no meu pescoço e respira profundamente.

— Você já fez isso antes?

Balanço a cabeça para dizer que sim. Foi no ano passado, poucas vezes, com um garoto que trabalhava em uma das casas que eu limpava. Não havia emoção verdadeira entre nós, só conexão física. Fuga. Foi bom, mas com Sebastian vai ser muito mais.

— Tudo bem?

Ele ri, um som baixo e quente que me enche de desejo.

— Tudo bem. Só não quero saber dos detalhes, combinado?

Balanço a cabeça de novo.

— Nada disso é importante.

Ele segura meu rosto, mas está tremendo muito.

— Sebastian. — Seguro as mãos dele. Tão grandes e largas, ásperas e calejadas. — *Você* já fez isso antes?

— Não. Sim, quero dizer... — Ele respira fundo. — Já fiz, mas nunca com alguém que amo. — E engole em seco. — Nunca senti isso por ninguém, e isso me assusta um pouco, o que eu sinto por você. O quanto eu preciso de você. Me assusta como... como tudo isso aconteceu.

Eu sorrio.

— E estamos aqui. Contrariando todas as probabilidades. — Abro o botão em sua cintura, e nossas mãos se embaralham enquanto trabalhamos juntos para livrá-lo da calça.

Não me acanho quando olho para ele, para a pele bronzeada e o peito forte, para os músculos rígidos do abdome e as coxas poderosas e... o resto dele. Fico vermelha, mas não tímida. Sei o que eu quero. Ando até a cama. Mantendo os olhos cravados, me acomodo no colchão macio de penas e flexiono um dedo, chamando Sebastian para se deitar comigo.

Ele olha para mim de novo e de novo, e minha pele fica mais quente a cada passagem dos olhos. Quando finalmente vem para a cama, ele se deita ao meu lado e se apoia sobre um cotovelo. Com a mão livre, acaricia meu corpo, descendo além do umbigo e me fazendo parar de respirar, depois subindo, entre os seios e por cima deles.

Sustento seu olhar e arqueio as costas sob o toque, guiando seus dedos para o local onde os quero.

— Imaginei isso — sussurro, estendendo a mão para ele. — Imaginei você assim. Nunca pensei que isso aconteceria. Não vá embora agora, está bem?

— Nem se eu quisesse, não conseguiria. — Seus olhos escurecem, e ele se move e se acomoda sobre mim. Seu peso provoca um prazer delicioso que se acumula em meu ventre. Flexiono os joelhos e o puxo entre minhas coxas, arfando ao sentir a pressão do corpo na minha região mais sensível.

— Você está bem?

Assinto, mas *bem* não é a palavra certa. Estou desesperada e carente. Sou grata por este momento e com medo do que vem a seguir. Amo, sou amada e não mereço isso. Não estou *bem*, mas eu quero isso.

— E você?

Ele sorri.

— Melhor do que nunca. — A tristeza encobre aquele sorriso, como se ele sentisse a direção dos meus pensamentos. — Quero mais que isso, mas, se esta noite é tudo que eu tenho, eu aceito.

— Eu também quero mais — sussurro, e repito as palavras para ele, para os deuses que me concederam este momento de felicidade. — Se esta noite é tudo que eu tenho, eu aceito.

Deslizo as mãos pelo cabelo dele e sustento seu olhar, mudando a posição do quadril para guiá-lo para dentro de mim. Meu corpo se contrai, e ele para de respirar por um instante. As mãos emolduram meu rosto, e ele começa a se mover lentamente, mas posso sentir que está se contendo, e preciso de mais que esses toques provisórios. Guio sua boca para a minha e o beijo até que ele não consiga fazer mais nada além de soltar e dar a nós dois aquilo de que precisamos. Toda culpa ou tristeza desaparece e nos tornamos nosso prazer, nos tornamos só a conexão entre nós – e um grão de esperança de que esse amor pode ser suficiente.

Não... consigo... respirar.

Abro os olhos, e o espectro de uma mulher está olhando para mim. Abro a boca para gritar, respirar, mas ela está sentada no meu peito, e meus pulmões se recusam a expandir.

Ela se inclina para a frente, como um amante que se inclina para um beijo. Não consigo impedir que ela se aproxime. Meus braços não se movem. Quero virar, bater, chutar e empurrar, mas meu corpo não é meu. Estou paralisada. Encurralada.

— Abriella — ela diz, e sua respiração dança em meu rosto. Meu nome é uma canção brotando de seus lábios, e o cabelo prateado flutua em torno do rosto como se ela estivesse na água. — Abriella, Abriella, Abriella.

A canção do meu nome é assustadora, mas bonita. Estou tão paralisada que esqueço que preciso de ar. Esqueço que não consigo me mover. Observo seus lábios e deixo a melodia encher meus ouvidos.

Sinto que estou perdendo a consciência, e não tento evitar. Ela continua cantando meu nome, e o mundo escurece.

Lark me encara com seus grandes olhos prateados. Estamos debaixo d'água em um abismo profundo e escuro, e o cabelo dela flutua ao redor de sua cabeça, como o da Banshee. A única luz emana de seus olhos prateados e brilhantes, e ela acaricia meu rosto. Ainda não estou respirando, mas não tenho certeza de que preciso. Alguém em outro mundo está chamando meu nome. Não é a Banshee. Sebastian. Chamando meu nome acima deste abismo, implorando. Olho para cima, mas a superfície está longe demais para ser vista.

Os pequenos dedos de Lark traçam um caminho das minhas têmporas ao queixo e de volta. Quando ela olha nos meus olhos, sinto suas palavras mentalmente, mais do que as ouço.

— Vejo três caminhos diante de você. Em cada um deles, o chamado da Banshee é claro. Não tenha medo.

Meu corpo estremece na água como se fosse sacudido por alguma mão invisível. Os olhos de Lark se voltam para a superfície. Agora eu vejo — ondas de luz à medida que a superfície se aproxima.

— Lembre-se do acordo com o falso rei. Ele vai cumprir a palavra dada. Escolha seu caminho com sabedoria, princesa. — Seus olhos brilham de alegria quando ela se inclina para a frente e sussurra em meu ouvido: — Agora respire.

Capítulo 31

— R{ESPIRE}! — M{ÃOS NOS MEUS OMBROS}, me sacudindo, a voz autoritária de Sebastian enchendo a sala. — Isso mesmo, Abriella, respire!

Eu inspiro, e isso queima, como respirar água ou me afogar no ar, mas respiro novamente. E de novo. Cada vez dói um pouco menos.

Ele me abraça e afaga meu cabelo.

— Eu ouvi — diz. Seus braços me apertam com força quase excessiva, mas o medo é palpável, e não posso negar a ele esse abraço. — Ouvi seu nome, ela cantando.

A Banshee. Não era um sonho.

— Sebastian. — Minha voz lembra vidro esmagado.

— *Shh*, estou com você. — Ele me embala, mas sinto que está tremendo. Consigo sentir a dor saindo de seu corpo. Como se ele já tivesse me perdido. — Estou com você. Não vou deixar a morte ser o fim. Prometo.

— O quê? — Apoio a mão aberta em seu peito e o empurro para trás. — Como assim?

— Você a viu?

Assinto.

— Isso significa mesmo... Às vezes ela está errada. — Nós salvamos Jalek. Ele não morreu.

Sebastian balança a cabeça.

— Não sei. Eu só... — Ele hesita, e seus olhos transbordam angústia. — Não sei.

— Você disse que não deixaria a morte ser o fim. O que isso quer dizer?

Ele desvia o olhar.

— Sebastian?

Quando ele me encara, seus ombros caem.

— Nunca imaginei o quanto me sentiria impotente amando uma mortal. Mas isso me dilacera, Brie. Toda vez que não sei onde você está, toda vez que não sei se está segura. Eu poderia te perder com enorme facilidade. E então acordei com ela cantando seu nome e... — Ele fecha os olhos com força. — Se você morrer, não posso trazê-la de volta. Depois que você se for, não posso mais te dar a Poção da Vida.

— Você quer dizer que não pode me transformar em feérica. — Minha voz está cansada e entrecortada.

Ele segura meu rosto entre as mãos.

— Eu ouvi quando ela cantou seu nome — ele sussurra. — E tudo em que eu conseguia pensar era que a poção não funcionaria, porque não estamos vinculados.

Fico tensa.

— Os humanos têm que estar vinculados aos feéricos para usar a Poção da Vida?

Ele suspira.

— Quem criou a poção acreditava que os humanos poderiam roubar a magia se o vínculo não fosse um requisito.

— Eu... — Só quero ser eu. Ser suficiente para ele sem me tornar feérica. Eu nunca quis ser feérica. Nunca pensei que um dia desejaria isso. Mas, com o som da voz da Banshee na minha cabeça, o mundo parece um pouco diferente. — Bash, estou com medo.

— Do vínculo?

Do que eu preciso fazer. De perder você. Do som do meu nome nos lábios da Banshee. De nunca ter a chance de aceitar o vínculo que você tanto deseja.

Ele não espera uma resposta, se acomoda nas almofadas comigo, acaricia meus braços e me puxa cada vez mais para perto. Tranquilizando nós dois.

Quando minha frequência cardíaca volta ao normal, eu me viro em seus braços.

— Me conte como funciona essa cerimônia de vínculo.

Ele sustenta meu olhar por um longo tempo antes de responder, e tenho a impressão de que essa conversa é um pouco mais pesada para ele depois de ouvir a Banshee.

— A cerimônia é elegante — ele fala finalmente —, de um jeito que só algo puro pode ser. Começa com nós dois selecionando a runa que vai simbolizar nosso vínculo, e então eu diria algumas palavras, e você as repetiria.

— Tem plateia?

— Normalmente não, embora meus pais tenham escolhido fazer a cerimônia deles diante de uma multidão, junto com seus votos de casamento. — Ele sorri. — Eu tinha cinco anos e me lembro de ficar muito envergonhado enquanto eles se beijavam e se beijavam, esperando o vínculo se solidificar.

— Você tinha cinco anos quando seus pais se casaram e se vincularam?

O sorriso dele desaparece.

— Meu pai sempre disse que levou anos para convencer minha mãe de que era digno dela. Ultimamente comecei a me identificar com a situação dele.

Bato com o cotovelo nele de leve e quase sorrio.

— *Você* ia querer uma plateia?

— Não. Eu gostaria que fôssemos só nós, até porque temos que manter um... uma conexão física até o vínculo se encaixar no lugar.

Mordo o lábio.

— Sexo, você quer dizer?

Ele sorri e belisca minha cintura.

— Não necessariamente. A magia exige uma representação física do vínculo empático. Alguns pares vinculados simplesmente dão as mãos, mas, quando a conexão é romântica, a maioria dos casais se deixa guiar pela intimidade do momento. A magia é... intensa. Poderosa.

— Espero um dia poder experimentar isso. — Estou surpresa com quanto meus sentimentos mudaram em relação ao vínculo, mas estou falando sério. Só quero estar lá com ele, ultrapassar todo o resto para que isso seja possível. Talvez nunca tivesse isso. Quando disse que aceitaria esta noite, se fosse tudo que pudesse ter, foi isso que quis dizer.

— É meu maior desejo. — Ele beija o alto da minha cabeça. — Até lá... fique por perto. Vou te proteger.

Ele me abraça com mais força, e percebo que acha que minha preocupação é que a morte fique entre nós. Em breve ele vai entender que meus segredos vão nos separar mais rápido do que a ameaça de um chamado da Banshee jamais poderia.

Não volto a fechar os olhos. Quando tenho certeza de que Sebastian está dormindo profundamente, escapo de seu abraço e saio da cama.

Visto o conjunto de calça de pijama de seda e blusa que minhas criadas puseram na mala. Todo o resto que elas enviaram tem saia como conjunto, e eu preciso poder me mover com toda a liberdade possível.

Toda vez que fecho os olhos, vejo aquela mulher fantasmagórica com seu vestido branco esfarrapado, o cabelo flutuando em torno dela. Mesmo de olhos abertos, eu a ouço. O som do meu nome na voz dela é uma música macabra presa em minha cabeça.

Sebastian adormeceu me abraçando. Ele quer me proteger, mas não posso permitir que ele fique perto o suficiente para tentar. Um tique-taque ecoa em minha mente ao lado da música da Banshee.

Sei o que preciso fazer, e nunca estive mais apavorada. Agora, mais do que nunca, é tentador colocar o destino de Jas nas mãos de Sebastian. Se ele conseguisse alguém para matar Mordeus, seus homens seriam capazes de recuperar Jas. Quero acreditar que ele pode fazer isso, mas agora sei que os Seelie não podem prejudicar os Unseelie, e muito tempo passou para eu não entrar em ação.

Odeio pensar que minhas atitudes podem tirar de Sebastian a mãe dele e fazê-lo sofrer, mas não sinto remorso pelo que meus atos farão com a rainha. Ela tortura e escraviza uma raça inteira de feéricos. Sua maldição é a causa da venda e do assassinato de inúmeros humanos, tudo porque um homem partiu seu coração. Sebastian vai sofrer, e sinto muito por isso, mas sei o que tenho que fazer.

Liberto o espelho das minhas sombras, devolvendo-o à forma sólida, e o seguro.

— Mostre Jasalyn. — Preciso vê-la. Preciso lembrar por que estou traindo Sebastian. Por que estou me dirigindo à minha morte certa.

Vejo minha irmã deitada no chão de pedra, a cabeça pendendo para o lado no sono, os lábios rachados. Agarro o espelho com mais força, e a imagem ondula como um reflexo em um lago. Quando recupera a nitidez, mostra Jas acomodada em uma cama grande. Ela está dormindo de lado, embaixo de cobertores fofos, os braços em volta de um travesseiro, enquanto a cabeça descansa sobre outro.

Qual imagem é real? Em qual posso confiar?

De qualquer forma, preciso desse livro. Guardo o espelho e me cerco de sombras para ir à biblioteca. Se eu tiver sorte, estarei de volta antes de Sebastian acordar e vou poder fingir que não tive nada a ver com o desaparecimento do livro. Se eu não tiver sorte, entenderei o chamado da Banshee em breve.

Saio furtivamente do quarto e passo pelos sentinelas que guardam o fim do corredor. Minha mente repassa o plano de novo e de novo. *Por favor, não desconfie de mim, Sebastian. E, quando descobrir a verdade, por favor, me perdoe.*

A porta da biblioteca está fechada, trancada e, sem dúvida, protegida, mas passo por ela como sombra e entro. Sebastian sabe que sou capaz disso? Será que ele vai perceber que só pode ter sido eu quando descobrir que o livro sumiu e a porta ainda está trancada?

O luar projeta um brilho frio no espaço bonito. Não consigo ouvir as pixies cantando aqui, mas, se fechar os olhos, sei que vou conseguir me lembrar do som das pixies da biblioteca no Palácio Dourado, e como foi dançar nos braços de Sebastian ao som da melodia angelical.

Não fecho os olhos.

Não me permito lembrar.

Sigo diretamente para o livro.

Antes que eu possa duvidar da minha decisão, estendo as mãos e as coloco sobre as páginas abertas, ciente do aviso de Sebastian. Não sinto nada. Nenhuma corrente mágica no sangue e nenhum perigo. Com cuidado, fecho o livro com um *paft* suave. Vou cercá-lo de sombra e procurar Mordeus.

No entanto, no momento em que levanto o livro do pedestal, ele se move em minhas mãos – se contorce e se retorce. Quase o solto por instinto.

O livro na minha mão se transforma em uma enorme serpente sibilante, tão grande que mal consigo manter as mãos em volta dele. Estou desesperada para me livrar daquelas presas e da língua que se projeta da boca, mas penso em Jas e a seguro com mais força. Eu sabia que o livro poderia mudar de forma. Devia ter pensado em que forma poderia tomar quando tentasse roubá-lo.

Ele tenta morder meu rosto, mas me recuso a reduzir a força com que o seguro. *É um livro. Apenas um livro. Um livro não pode te machucar.*

Então ele ataca. A dor é como um gongo ecoando dentro de mim quando os dentes afundam em meu ombro. Cada veia do meu braço queima enquanto o veneno pulsa em mim.

A porta da biblioteca se abre e a luz se derrama do teto, enquanto meia dúzia de sentinelas correm em minha direção. Devo ter acionado um alarme silencioso.

— Largue o livro! — um sentinela grita, já desembainhando a espada.

A serpente retira as presas enormes do meu ombro, e, se isso é possível, a pele lateja mais que antes. Bloqueio a dor e enrolo a criatura em volta do pescoço, avançando para as sombras, desejando desaparecer, mas, mesmo nas fileiras escuras entre as pilhas de livros, minha magia falha.

Eu me viro pronta para correr, e me vejo cara a cara com a ponta de uma espada.

— Largue o livro agora, milady.

Vejo a confusão no rosto do sentinela. Ele recebeu ordens de seu príncipe para me proteger, sem dúvida, e recebeu ordens de sua rainha para proteger o livro.

— Não posso. — Lembro como foi envolver um quarto em escuridão com Finn ao meu lado, e conjuro esse sentimento. Ignoro a dor dilacerante em meu ombro e me concentro na escuridão. No frescor relaxante da noite escura como breu.

A sala fica escura e os guardas gritam, confusos. Nem mesmo o luar que entra pelas claraboias passa pelo meu escudo de escuridão.

Corro em direção às janelas e de repente estou em queda livre. Tudo que posso fazer é manter as mãos em volta da serpente e deixar os joelhos relaxados. Meu maxilar estala e a cabeça é projetada para trás quando aterrisso na areia, mas ignoro a dor e fujo do palácio o mais depressa que posso, deixando para trás o caos no castelo.

Assim que o oceano toca meus pés, a serpente se move em minhas mãos. Eu a seguro com mais força, mas ela não está mais em volta do meu pescoço.

Um garotinho puxa minha mão. Ele tem olhos prateados e cabelos escuros – um filho da corte das sombras. Lágrimas escorrem pelo seu rosto, e sinto a compulsão de me ajoelhar diante dele e abraçar sua tristeza.

— Me leve para casa, Menina de Fogo. Por favor, me leve para casa. — Ele aperta o peito com a mão livre, e o sangue escorre entre os dedos. — Você está me matando.

O livro. Isso é o livro. Não deixe te manipular.

Falar é fácil, mas fazer é complicado quando o latejar no meu ombro prova que isso *não é* qualquer coisa. Quebro um fio no meu bracelete goblin. Falo antes de Bakken assumir totalmente sua forma física.

— Leve-me para a Corte Unseelie.

— Eu falei que não posso te salvar de perigo mortal.

Sentinelas invadem a praia, vindo diretamente para mim, e vejo Sebastian entre eles. Liberto meu poder dentro de mim e projeto um cobertor de escuridão sobre eles, imobilizando-os.

— Que perigo mortal?

O goblin sorri.

— Pagamento, Menina de Fogo.

O menino está ensanguentado e fica mais pálido a cada minuto.

— Ela está me matando — soluça.

Não me atrevo a soltá-lo, mas sei que Bakken não vai fazer nada sem pagamento, então seguro uma mecha de cabelo com a mão livre.

— Corte.

Com um sorriso, ele faz o que digo. Os sentinelas estão se libertando da minha escuridão, mas partimos e estou diante do rei. Em minhas mãos não há mais a mão de um garotinho, mas um livro pesado e antigo.

Os olhos prateados do rei se arregalam de espanto e prazer, e eu ofereço o livro.

— Pegue.

Ele o resgata em uma brisa mágica e acaricia a capa. Seus olhos se fecham devagar, e ele inspira profundamente. Sua pele brilha, e posso sentir o poder reverberando nele. Fiquei assim quando o toquei?

— Vamos beber — diz o rei. Ele estala os dedos, o livro desaparece e, de repente, ele está segurando uma garrafa de vinho, e tem um copo na minha mão. Ele sorri para mim enquanto enche os dois copos, e levanta o dele. — À minha bela ladra.

Com as mãos trêmulas e o ombro latejando, bato de leve meu copo no dele, mas não bebo. A adrenalina está diminuindo.

— Ah, por favor. Você sabe que não vou revelar qual é a próxima relíquia enquanto não beber comigo. É a nossa tradição.

Sem vontade de jogar, esvazio metade do copo de uma só vez.

— Fale qual é o terceiro item que você quer. Preciso voltar para Sebastian.

— Voltar... e o quê? Os sentinelas do Palácio da Serenidade me viram com o livro. Mesmo que não fosse Sebastian que vi correndo em minha direção na praia, tenho certeza de que um guarda já levou a informação para ele. Abaixo a cabeça, lembrando como ele olhou para mim enquanto me amava na noite passada. A dor em seu rosto depois que ouviu a Banshee cantar meu nome. A sinceridade em seus olhos quando falou da mãe.

Ela se sacrificou tanto pela nossa corte... talvez ainda mais por mim.

Meu ombro lateja, e essa coisa quebrada e inútil no meu peito me faz sentir como se estivesse a momentos de desabar. Termino de beber o vinho, mas ele não anestesia em nada minha dor.

— Você está tão perto de terminar suas tarefas — diz o rei. — Por que esse ar de quem tem o coração partido?

Levanto a cabeça. Deixei que ele visse demais.

— O príncipe pode não permitir que eu volte ao castelo. Farei o melhor que puder para pegar a terceira relíquia, mas...

Seu sorriso ilumina todo o rosto e os olhos brilham.

— Você não vai precisar voltar ao castelo, minha menina. A terceira relíquia de que preciso é a coroa do Rei Oberon. Sem ela, nunca poderei reparar o dano que a rainha Arya causou à minha corte.

Quase dou risada. Isso é o que todo mundo quer, o que todo mundo precisa desesperadamente. Como ele espera que eu consiga, se nem mesmo Finn – o príncipe Unseelie e legítimo rei – consegue encontrá-la? Mas perdi tanta coisa a esta altura que me sinto meio maluca.

— Tudo bem. Diga onde está a coroa, e eu vou pegá-la imediatamente. — *Só acabe com isso. Só devolva minha irmã e mande a gente para casa.*

— Essa é uma coisa que você não vai precisar roubar. Você já tem. De onde você acha que vem seu poder?

Dessa vez eu rio. *Eu* tenho a coroa? Que ridículo. A risada transborda de mim. Continua transbordando, até eu me dobrar ao meio de tanto rir, imaginando Mordeus e Finn tendo a coroa ao seu alcance todo esse tempo.

— Se Finn soubesse — falo, ainda rindo.

— Ah, mas ele sabe. E o Príncipe Ronan também. Por que você acha que os dois se preocupam tanto com seu bem-estar? Por que você acha que se esforçam tanto para roubar seu coração?

Levanto os braços.

— Muito bem. Cadê? — Cansei disso tudo. Meu coração se parte quando imagino Sebastian no Palácio Dourado com a mãe moribunda, ou talvez ela já esteja morta. Com que rapidez roubar aquele livro mataria a rainha? Eu nunca matei ninguém. Agora sou uma assassina?

Não quero mais pensar em nada disso. Só quero que *acabe*.

Os olhos do rei brilham.

— Onde mais você carregaria uma coroa senão na cabeça?

Rio mais ainda, e a gargalhada escapa barulhenta.

— Bom, nesse caso — finjo tirar a coroa invisível da minha cabeça e entregá-la —, pode pegar.

— Se fosse assim tão simples... — Ele estala os dedos, e minha risada fica presa na garganta quando a sala do trono escurece. — Olhe para o Espelho da Descoberta.

— No escuro? — Ele não responde, mas obedeço, pego o espelho e espero ver um quarto escuro como breu. No entanto, quando olho para meu reflexo, fico com os braços arrepiados com o que vejo. Ali, na minha cabeça, há um fio de luz das estrelas que se entrelaçam em meu cabelo para formar uma cintilante... uma cintilante *coroa*.

Capítulo 32

A COROA ESTÁ SOBRE MINHA CABEÇA, brilhando em tons de roxo e azul e todas as nuances entre um tom e outro.

Levanto a mão trêmula para tocar minha cabeça — tentar agarrar a coroa que vejo no espelho –, mas não consigo. Observo meu reflexo enquanto tento empurrar a coroa, mas ela continua no lugar.

— É uma coroa mágica — diz o Rei Mordeus. — Este reino está morrendo enquanto ela é usada por uma humana. Só alguém com sangue Unseelie pode governar aqui.

— Eu... — Olho transfixada para o que vejo no espelho. A coroa não é apenas bonita. É fascinante. — Como?

— Meu irmão, Oberon, amava sua mãe.

Quase derrubo o espelho.

— O quê? — Está tão escuro que tenho dificuldade para ver a expressão de Mordeus, mas isso deve ser algum tipo de piada. Tudo isso.

Mordeus estala os dedos, e as velas nas arandelas da parede piscam e acendem, projetando longas sombras na sala e mudando meu reflexo. Não vejo a coroa agora.

— Ele ficou preso no reino mortal uma vez e se apaixonou pela sua mãe — diz o rei. — Mas, quando finalmente pôde voltar a Faerie, ela se recusou a acompanhá-lo. Enquanto ele tentava recuperar o trono, ocupado por mim, ela continuou no reino mortal, conheceu seu pai e se apaixonou. Quando Oberon fortaleceu os portais e pôde voltar para ela com segurança, sua mãe já era casada e tinha duas filhas, você e sua irmã.

Era uma vez o rei dos feéricos da sombra, que ficou preso no mundo mortal, e uma mulher se apaixonou profundamente por ele...

Minha mãe não estava apenas contando histórias na hora de dormir. Ela estava contando sua história para nós.

— Oberon deu a ela um mensageiro do vento — Mordeus continua. — E disse a ela que, se precisasse dele, tudo o que ela teria que fazer era pendurá-lo à brisa da meia-noite, e a música o chamaria. Ela nunca esqueceu Oberon, mas estava feliz com sua vida no reino mortal, com o marido e as filhas. Então, uma noite, quando todos dormiam, sua casa foi consumida por um terrível incêndio.

Fecho os olhos e me lembro. O calor. O crepitar da madeira das paredes queimando. O jeito como meus pulmões ardiam quando eu tentava inspirar ar suficiente. A sensação de Jasalyn nos meus braços. Meu pai morreu naquele incêndio, e nós quase morremos também.

— Vocês, meninas, sofreram graves queimaduras no incêndio, mas você sofreu o pior ferimento enquanto protegia sua irmã, e mal estava conseguindo sobreviver. Sua mãe pendurou o mensageiro do vento e implorou pela ajuda do antigo amante. Foi Oberon quem curou sua irmã e a deixou sem nenhuma cicatriz. Mas suas feridas eram tão profundas que era tarde demais até mesmo para o maior curandeiro. Meu irmão estava cego de amor pela sua mãe. — A voz de Mordeus é carregada de nojo. — Ele não queria que ela sofresse o desgosto de perder a filha, então salvou você com a única opção disponível.

Olho para o local onde o glamour de Sebastian ainda cobre a cicatriz no meu pulso. Era a única marca deixada por um incêndio que eu sempre soube que devia ter me matado.

— Como ele fez isso? — pergunto.

— No momento de sua morte, ele entregou a própria vida para salvar a sua.

Lembro-me da voz profunda da minha mãe suplicando ao curandeiro. *Por favor, salve-a.*

Como ela ficou desesperada, como sofreu quando, aparentemente, entendeu que havia um preço. *Faço isso por você.*

Durante todos esses anos, odiei os feéricos sem nunca saber que a magia deles era a única razão para eu estar viva.

— O que isso tem a ver com a coroa dele?

— Quando um rei feérico morre, ele escolhe qual de seus descendentes vai assumir o trono. Quando ele faz essa escolha, seu poder passa para o herdeiro, e é somente com esse poder que a terra reconhece verdadeiramente o novo rei ou rainha. Mas Oberon não passou seu poder para um filho ou filha. Ele o passou para você. Foi a única maneira de te salvar, curar e proteger o coração mortal de sua mãe.

Passo a ponta dos dedos pelo couro cabeludo e dessa vez consigo senti-la, não um objeto físico, mas um zumbido de poder, a vibração da própria coroa. É informação demais para assimilar. Não consigo entender a realidade disso ou a ideia de que um feérico – um homem que eu achava ser egoísta e cruel – amava tanto minha mãe que morreu para me salvar.

Mas com o espanto de saber a verdade vem a dor do que ele não está verbalizando. Mordeus está me dizendo que precisa da coroa. Pedindo que eu entregue a coroa. O que significa que, durante todo esse tempo que Finn fingiu me ajudar, fingiu ser meu *amigo*, seu verdadeiro objetivo era se aproximar da coroa.

— Se todos vocês querem tanto essa coroa, por que ninguém a pegou antes? — Fiquei hospedada na casa de Finn, fui ferida e fiquei inconsciente, fui até drogada. Ele teve muitas oportunidades. — Por que simplesmente não me mataram para pegá-la?

— Os antigos reis que forjaram a Coroa da Luz Estelar determinaram que seus descendentes não poderiam se matar pelo poder dela. A coroa só pode ser dada, nunca tomada, como meu irmão a deu a você. Não posso te matar por isso, ou a coroa me rejeitará. Mas você pode *escolher* entregar isso a mim, sua coroa, seu poder. Entenda quando digo que você nunca vai ter paz se continuar usando a coroa. Mas, se me entregar a coroa por intermédio de uma cerimônia de vinculação, a coroa vem para mim, e você salva sua irmã no processo.

— Só... um vínculo com você e acabou? — Um vínculo vitalício com a alma mais sombria e feia que já encontrei. Nunca.

— Sim, minha querida.

A cerimônia de vinculação – Sebastian me avisou sobre isso ontem à noite ao tentar me convencer de que Finn queria se vincular a mim. *Uma simples cerimônia de vínculo e ele pode tirar você de mim para sempre.* Ele sabia. Sabia que Finn estava realmente atrás da coroa. Não é à toa que insistiu em me avisar que Finn não era meu amigo.

Mas Sebastian não foi o único que me alertou contra o vínculo com um membro da Corte Unseelie. Finn me alertou contra o vínculo com Mordeus. *Lembre-se, o vínculo só é possível se você permitir. Se dá valor à sua vida mortal, não aceite... nunca.*

Não era uma ameaça, mas um *aviso*. Um alerta sobre o qual nenhum dos príncipes podia falar diretamente por causa da maldição. Mas Finn também me avisou para não me vincular a Sebastian. Porque isso arruinaria as chances de Finn se vincular a mim... ou porque Sebastian poderia roubar a coroa? Mas não, Mordeus disse que só alguém com sangue Unseelie pode governar aqui.

— Convoque seu goblin — digo ao rei.

Ele olha para mim desconfiado.

— Por quê?

— Você quer esta coroa? Quer que eu considere o vínculo com você? Convoque seu goblin.

Mordeus estala os dedos e o goblin aparece na minha frente, farejando discretamente.

— Você tem o cheiro do meu povo — ele murmura.

— Os humanos morrem quando se vinculam aos feéricos? — pergunto à criatura.

O goblin olha para seu mestre, cuja mandíbula está contraída.

— Responda a pergunta da menina — diz Mordeus.

— Nem sempre — o goblin fala, acariciando o cabelo branco irregular. — Mas às vezes.

Nem sempre, porque nem todos os feéricos são amaldiçoados.

— Quando um humano se vincula a um Seelie, ele morre?

O goblin me encara.

— Não.

— E quando um humano se vincula a um feérico Unseelie?

O goblin olha para Mordeus novamente, mas não preciso da resposta. Agora entendo a verdade. Essa é a pura maldade da maldição. Para evitar que Oberon se unisse ao seu amor humano, a rainha amaldiçoou os Unseelie para que a união com um humano matasse o humano.

Olho para Mordeus.

— Você diz que devo me vincular a você, mas o que realmente está dizendo é que devo *morrer*.

O goblin ri baixinho, e Mordeus o encara carrancudo até ele desaparecer em um flash de luz.

— A coroa de Oberon salvou sua vida — diz Mordeus. — Isso lhe *deu* a vida quando a sua acabou. Então, não, você não pode continuar sua vida mortal sem a coroa. Através do vínculo, você transferiria a coroa para mim da mesma forma que os humanos transferiram sua força vital para os Unseelie nos últimos vinte anos.

Era isso que Finn queria de mim – o que Sebastian estava me avisando, a razão para ele ter dito que Finn poderia me tirar dele para sempre se eu me vinculasse a ele. Porque um vínculo com Finn significaria minha morte. Balanço a cabeça e a sala gira.

— Mesmo que eu estivesse disposta a morrer para cumprir minha parte do acordo, como saberia que você libertou minha irmã?

O Rei Mordeus sorri.

— Fiz essa promessa por minha magia, então pode ter certeza de que não vou quebrá-la.

Olho para o chão. Preciso *pensar,* mas, entre a dor no ombro e as inúmeras implicações dessa nova informação, minha mente está confusa.

— Já que é tão inteligente — Mordeus fala devagar —, eu poderia lhe oferecer uma alternativa. Um presente.

Levanto a cabeça. Temo que o desespero por outra solução esteja estampado em meu rosto.

— Se é a morte que te incomoda, mas você planeja cumprir a promessa de devolver a coroa... E se não tivesse que acabar com sua existência, só com sua vida humana?

— O quê?

— Entregue sua vida a mim, e com ela a coroa, e eu a reviverei com a Poção da Vida. — Ele desce da plataforma e segura minha mão. Estou tão atordoada com todas essas informações que não resisto. — Isso não precisa ser o fim para você. Pode ser o começo. — Uma pilha de pedras marcadas por runas aparece em sua mão aberta. — Tudo que precisa fazer é se vincular a mim.

Minha cabeça gira, a sala fica turva ao meu redor. Mordeus sorri, e eu cambaleio na direção dele.

— Escolha a pedra que vai representar nosso vínculo e aceite seu destino, minha menina.

É tão simples. *Escolher uma pedra. Aceitar meu destino.*

Estendo a mão para tocar as runas na mão dele e me sinto flutuar. É um sentimento muito familiar. Já senti isso antes...

No Palácio Dourado. Quando estava drogada.

— Preciso ir ao banheiro — aviso.

A irritação brilha nos olhos do rei, mas ele a controla rapidamente.

— Claro. Minha criada vai ajudar você.

Balanço a cabeça para aceitar a oferta, tomando cuidado para não deixar transparecer que sei que fui drogada.

Uma jovem criada humana com o rosto marcado por cicatrizes aparece e me leva para fora da sala do trono sob o olhar atento de uma dúzia de sentinelas de Mordeus. Ela mantém a cabeça baixa enquanto abre a porta e entra no banheiro atrás de mim.

— Posso ficar sozinha, por favor? — peço.

A menina olha para trás, hesitante.

— Eu não deveria... Quero dizer, o rei não gostaria se...

— Só preciso de um momento — prometo, lutando para me manter firme sobre os pés.

— Está bem. — A garota recua de cabeça baixa.

Quando a porta se fecha, tiro o elixir de Finn da minha escuridão. Depois de olhar rapidamente para a porta, bebo o elixir. Bebo, depois sento no chão e tento pensar em como consertar essa bagunça em que me meti.

Não posso dar a coroa a Mordeus. Não posso fazer isso com Finn ou Sebastian. Se os dois têm alguma coisa em comum, é a certeza de que Mordeus não vai trazer nada além de destruição para Faerie. Mas também não posso abandonar Jas. Ainda que... mesmo que ela tenha estado segura até agora. Talvez ela possa esperar um pouco mais. Se eu tivesse mais *tempo*, poderia descobrir uma solução que não terminasse com esta coroa na cabeça de Mordeus. Afinal, as condições que vi no espelho mostraram Jas...

O *espelho*.

Passei todo esse tempo acreditando que minha irmã está segura e feliz sob seus cuidados, mas acreditei nisso por causa das cenas que vi no espelho. Mas uma vez, em um único flash, vi Jas naquela masmorra. Depois a imagem mudou e me mostrou aquilo em que eu queria desesperadamente acreditar. E então, quando desejei com desespero não estar passando por isso sozinha, o espelho me mostrou minha mãe – não porque ela estava lá, mas porque eu *queria* que ela estivesse.

Finn não me disse para não confiar no espelho? Ele falou que era perigoso para alguém que tinha tanta esperança no coração, e eu desconsiderei o aviso. Mas o espelho não me mostrou o que eu esperava ver mais do que qualquer outra coisa?

Eu acreditei quando ele me mostrou que Jas estava segura e feliz, porque *queria* acreditar. Mas, por um instante esta noite, a imagem que vi da minha irmã foi terrível, não alegre.

Pensei que Finn não me conhecesse para pensar que eu tinha esperança, mas ele estava certo. Por minha irmã, mesmo por minha mãe, eu *tinha* esperança. Mas agora ela havia desaparecido.

Antes, eu precisava ver que minha irmã estava segura, e o espelho me deu exatamente isso. Com as mãos trêmulas, levanto o espelho, olho para meu reflexo, limpo a mente de expectativas e me concentro no meu desejo pela *verdade*.

— Mostre Jasalyn.

Não há quarto luxuoso com roupas de cama exuberantes. Nada de criadas risonhas. Não tem bandejas de comida e janelas panorâmicas com vista para belas paisagens. Tudo que vejo agora é Jas acorrentada em uma masmorra, um estrado de feno no chão e um balde no canto. Ela está magra, pálida, e bebe um copo de água com os lábios rachados.

Cubro a boca com a mão para não deixar escapar um grito. Sentada no chão, passo os dedos pela imagem até que ela se apague. Tenho comido como uma rainha e feito amigos. Estive dançando, rindo e me apaixonando. E nesse tempo todo minha irmã...

Mordeus sabia que eu queria acreditar que ela estava em melhores condições. Ele sabia que o espelho me mostraria o que eu esperava ver.

Outro soluço escapa do meu peito.

— Sinto muito, Jasalyn. Desculpa.

O espelho me ajudou a encontrar Sebastian uma vez quando não era importante. Ele me mostrou Sebastian diante de sua mesa e depois me mostrou o livro. Mas eu não sabia o suficiente sobre o livro ou mesmo sobre a vida de Sebastian para ter alguma esperança em relação a essas coisas, diferente das esperanças que tinha em relação à minha família. Até mesmo quanto a minha mãe, que eu acreditava ter me abandonado, eu tinha esperanças até por ela.

— Mostre minha mãe — sussurro. Quando vejo a tumba com um cadáver dentro, não tenho certeza do que sinto se desfazer em meu peito, mas temo... Temo que seja a pouca esperança que me resta.

Respiro devagar, de um jeito controlado, e espero o elixir fazer efeito, mas minha mente não para de girar. *Eu uso a coroa.*

Levanto do chão e endireito os ombros. Não precisava da visita de Banshee ontem à noite. Não precisava de Lark visitando meu sonho e me dizendo que sua visita era inevitável. Eu sabia como isso terminaria quando entrei no portal. Parte de mim... parte de mim sabia que eu não voltaria para casa.

A mulher que me escoltou até o banheiro fica aliviada quando volto ao corredor. Quero perguntar por que ela trabalha para o rei. Quero perguntar se ela conta os dias até se tornar seu próximo tributo e se o preço pelo qual se vendeu tinha valido a pena.

Como era ridículo eu ter acreditado um dia que viveria o suficiente para salvar mulheres como ela. Como era ridículo que, quando Lark falou sobre eu ser uma rainha, pensei que isso poderia significar que eu teria a chance de fazer a diferença.

Entorpecida, sigo a garota de volta à sala do trono, mas não é o vinho drogado que me atordoa. Não. Devo ter tomado o elixir a tempo, porque não sinto mais os efeitos da droga. Esse torpor é outra coisa.

Resignação.

Decepção.

Um coração sem esperança.

Os olhos do rei são cautelosos quando ele me vê caminhando para o trono. Ele percebe a sobriedade nos meus movimentos? Na minha expressão?

Oscilo um pouco, tentando não o deixar perceber que não tem mais a vantagem.

— Se eu fizer o que tenho que fazer para cumprir minha parte do nosso acordo, você vai ser fiel à sua parte? — pergunto.

Seus olhos brilham tanto que a prata parece quase branca. *Ambicioso*.

— Sim.

Meus olhos se voltam para o trono em que ele nunca se senta. O trono que nega a ele seu poder enquanto ele não usar a coroa.

— Isso tudo pode ter acabado ao nascer do sol — ele me promete. — A cerimônia é simples. Escolhemos uma runa, dizemos algumas palavras e eu tenho a Poção da Vida esperando.

No meu sonho, Lark disse para eu me lembrar do nosso acordo. Ela disse que Mordeus seria fiel a ele. Quais foram as palavras do nosso acordo, precisamente? Devolva os artefatos para ele e... não. Não *para ele*. Distorci especificamente sua oferta original por conta de um palpite de que sua corte era mais digna do que ele.

Assim que os três artefatos forem devolvidos à minha corte, que é o lugar deles, eu mando sua irmã de volta e em segurança para o lugar que você escolher no reino humano.

Que é o lugar deles.

Dou um passo na direção da plataforma, depois outro.

— O Grimoricon foi devolvido ao lugar dele na Corte Unseelie — anuncio.

Os olhos gananciosos de Mordeus se dilatam com a empolgação.

— Sim.

Eu mostro o espelho.

— E isto? Qual é o lugar dele?

Ele estala os dedos, e o espelho flutua da minha mão para uma caixa de vidro atrás do trono.

— Agora, tudo que precisa ser devolvido à corte é a coroa de Oberon — digo, e meu coração acelera. — Mas eu não vou morrer hoje.

Ele abre a palma da mão, me oferecendo aquela pilha de runas novamente.

— Você vai ser uma bela feérica, mas antes temos que completar a cerimônia de vinculação. Caso contrário a poção não vai funcionar.

Levanto um pouco a saia e subo os três degraus da plataforma. Mordeus sorri para mim.

— Boa menina.

Respirando fundo, faço uma prece a todos os deuses para estar certa sobre isso. Então giro um quarto de volta para o lado oposto ao do falso rei e me sento no Trono das Sombras.

Capítulo 33

PODER DO TRONO, da coroa e da corte pulsa dentro de mim. A coroa foi devolvida ao seu lugar de direito na Corte da Lua.

Mordeus arregala os olhos. Dá um passo para trás e desce a escada aos tropeços.

— O que foi que você fez?

— Sua vez — falo, reunindo toda a minha coragem. Ainda não sei se isso vai funcionar. — Devolva minha irmã viva e em segurança para o reino mortal e mande-a para a casa do Mago Trifen para que ele possa cuidar dela.

Sua boca se contorce de raiva, mas ele estala os dedos sem deixar de me encarar.

— Feito. — Ele dá um passo em minha direção, mas ainda estou muito entorpecida para protestar contra a aproximação. — Você se acha muito inteligente — diz. — Mas nunca disse que eu tinha que devolver *você* ao reino mortal, e agora assinou sua sentença de morte. Prefiro ver meu sobrinho defensor de camponeses nesse trono a deixar uma *humana* tomar conta da minha corte.

— Não tenho medo de você.

Mordeus endireita os ombros e abre uma das mãos grandes. De repente a criada com o rosto marcado por cicatrizes, a que me levou ao banheiro, está entre nós. Ele segura uma lâmina contra a garganta dela.

— Você não. Mas *ela* tem — ele sussurra. — E ouvi dizer que você é como meu sobrinho nessa predileção por proteger os fracos.

Uma fina linha de sangue aparece na lâmina que corta a pele, e seu gemido baixinho é mais doloroso que qualquer grito por socorro.

Ele continua.

— Você acha que pode me enganar, mas sua magia inexperiente não é páreo para o meu poder. Mortalidade e empatia a tornam fraca. Vincule-se a mim e ela será poupada. Recuse minha proposta e vai ver inúmeras outras como ela perderem a vida por sua causa.

Mais sangue escorre pela lâmina.

— Solte-a — exijo com a voz entrecortada. Estou ficando confusa. A sala do trono está lotada de sentinelas de Mordeus, todos prontos para acabar comigo à primeira ordem dele. Se isso deu certo, talvez Jas esteja segura agora, mas posso ser o motivo da morte dessa garota inocente. — Por favor.

— Vai aceitar o vínculo?

Não posso morrer sem saber que Jas está bem, e não posso permitir o vínculo e dar a alguém tão cruel o controle desse poder. Não posso abandonar os inocentes Unseelie que já sofreram tanto com seu governo.

— Aceite o vínculo comigo — ele rosna. — E isso acaba.

— Não. — Minha voz treme três vezes nessa única sílaba, mas o queixo permanece erguido.

Mordeus desliza a lâmina pela garganta da menina, e o sangue jorra da boca e do pescoço, cobrindo a mão dele antes de o corpo cair no chão.

Quando ele abre a mão novamente, sua magia traz outra garota ao lugar da primeira. Uma menina que não pode ter mais de doze anos. Ela se debate contra a mão que a imobiliza, e a faca começa a abrir a pele de seu pescoço, enquanto os olhos se movem desesperados pela sala do trono.

— Tenho dezenas e dezenas de humanos à minha disposição, todos comprados e pagos graças à ganância de sua espécie — declara ele. — Quantos você está disposta a sacrificar por seus motivos egoístas? Quantas vidas valem seu orgulho teimoso?

Os olhos azuis da garota estão transtornados antes de pousarem em mim. Vejo o momento em que ela me percebe ali. E vejo naqueles olhos um lampejo: esperança.

Esperança.

Mesmo com outra garota morta no chão diante dela e uma lâmina pressionada contra a garganta, ela tem esperança.

Recorro a esse sentimento e cubro a sala de escuridão. É o elemento de Mordeus, mas é o meu também, e estou mais forte que antes. Ramos invisíveis de poder me prendem ao trono e à corte. Aproveito tudo isso enquanto, mentalmente, uso a noite como um manto para envolver cada guarda, trancando-os em pequenas caixas de sombra ao mesmo tempo que desapareço na minha. O rei perde o controle sobre a garota quando avança para tentar me deter, mas reapareço atrás dele empunhando a faca inflexível que Sebastian me deu. No momento em que ele gira para me encarar, eu a enterro em seu coração.

Mordeus ruge de dor, e tudo se move em câmera lenta – o rosnado quando ele agarra um punhado do meu cabelo, o sangue quente e pegajoso de seu peito escorrendo pelos meus dedos e o grito agudo da jovem que caiu de joelhos atrás dele.

Mordeus ataca com sua lâmina ensanguentada, tentando atingir meu ventre e acertando o alvo, mas cai no chão antes de conseguir concluir o golpe.

Com as mãos trêmulas e ensanguentadas, ajudo a garota a se levantar.

— Tem um lugar seguro para ir até eu poder ir te ajudar? — *Incontáveis humanos*, ele disse. Todos à disposição de Mordeus para alimentar seu poder e prolongar sua vida amaldiçoada.

Ela assente. Lágrimas escorrem pelo seu rosto.

— Minha irmã — ela fala como se estivesse engasgada, e percebo que está olhando para o corpo da primeira garota no chão. A que não pensei rápido o suficiente para salvar.

— Sinto muito — sussurro. Sacrifiquei tantas coisas para salvar minha irmã, mas deixei a dela morrer. — Sinto muito.

Ela se abaixa para afastar o cabelo do rosto da irmã morta, e a visão ameaça eliminar meu torpor. Não tenho o luxo de me entregar à dor ou ao terror que querem me dominar. Tenho que ir.

Quebro um fio do meu bracelete goblin.

Bakken arregala os olhos ao examinar a cena diante dele, e seu olhar para no falso rei morto, caído no chão em uma poça do próprio sangue.

— Me leve para as catacumbas de Finn. — Limpo as mãos na saia, e meu estômago revira com o cheiro de sangue e a sensação dele embaixo das unhas, encharcando as roupas de seda que grudam na pele.

Bakken dá um passo para trás e balança a cabeça.

— Você pede demais.

— E sempre pago — retruco por entre os dentes cerrados. Seguro o cabo da adaga com tanta força que os fios do relevo machucam minha mão. — Me leve às catacumbas do príncipe da sombra.

— A localização é um segredo altamente protegido. Essa não é uma informação comum, como as que costuma pedir.

Sem pensar, junto todo o meu cabelo com uma das mãos e uso a faca ensanguentada para cortar tudo. Ofereço a ele o punhado.

— Pegue.

Seus olhos se abrem ainda mais, e um fio de saliva escorre do canto da boca quando ele pega minha oferta.

— Sim, Menina de Fogo.

Fecho os olhos, preparada para a náusea que acompanha o movimento pelo mundo com um goblin, mas não adianta. Quando o mundo para de girar sob meus pés e abro os olhos, estou cercada por uma escuridão tão profunda que nem consigo distinguir onde estamos.

— Deixo você agora, Menina de Fogo.

Sinto mais do que vejo Bakken desaparecer, e não tento detê-lo. O ar é frio e cheira a terra úmida. Devemos estar nas profundezas da terra.

Mordeus pensou que poderia me drogar para me convencer a aceitar o vínculo com ele. Depois pensou que poderia usar inocentes para me forçar a aceitá-lo. O que significa que Mordeus é tão indigno de confiança quanto todos disseram que era e tão diabólico quanto eu temia. Mas eu estava preparada para a maldade de Mordeus.

Não estava preparada para ver a mesma coisa em Finn.

Todo esse tempo, foi por isso que Finn me ajudou. Esperava que eu me apaixonasse por ele e, em algum momento, confiasse nele o suficiente para aceitar o vínculo. Planejava se apoderar da minha força vital e, com ela, da coroa mágica que eu nem sabia que carregava.

Eu acreditava que tinha amigos aqui, me sentia menos solitária que em Fairscape, na verdade. Mas Sebastian é o único amigo de verdade que tenho, e fui indigna de sua confiança tantas vezes que nem posso contar.

Lentamente, meus olhos se ajustam e tenho que sufocar um soluço. Não sei o que esperava ver. São as *catacumbas* dele. É claro que os mortos são mantidos aqui. Mesmo assim, nunca esperei nada disso.

As catacumbas guardam fileiras e mais fileiras de caixões de vidro. Corro na direção deles. A mulher no primeiro caixão é jovem, da minha idade, provavelmente, e o longo cabelo loiro repousa sobre um ombro, os olhos estão fechados. As mãos estão unidas sobre o estômago.

Ela usa um vestido branco de renda e parece uma noiva pronta para o casamento. Toco o vidro para removê-lo, acordá-la, para... salvá-la? Ele não se mexe.

Pressiono a mão contra o vidro. *Não*.

Passo para o caixão seguinte e vejo um jovem. Ele tem as faces fundas e a pele pálida. Provavelmente estava morrendo de fome quando se ofereceu a Finn. Talvez fosse como eu e tivesse uma irmã mais nova dependendo dele. Talvez tenha entregado a vida para que alguém que ele amava pudesse sobreviver.

Caixão após caixão, humano após humano, essas catacumbas contam a história de um monstro que estava disposto a tirar a vida de homens e mulheres para proteger a dele. Quando me deparo com um caixão que contém um rosto familiar, me inclino sobre ele e sufoco um soluço.

Kyla. Eu *vi* enquanto ela se oferecia a ele. Sacrificou-se porque a vida que ela estava vivendo era pior que esse destino – a eternidade em um caixão de vidro.

Eu quis acreditar que Finn era bom. Quando Bakken me contou sobre a maldição, eu quis acreditar que Finn nunca tiraria uma vida humana, que abandonaria sua magia e sacrificaria a própria imortalidade antes de ser vítima da terrível escolha proposta pela maldição. Parte de mim sabia – parte de mim sabe há muito tempo – exatamente o que significa ser um tributo.

Eu quis acreditar que éramos amigos e que a conexão que senti quando nos tocamos *significava* alguma coisa. Em vez disso, a conexão não era nada mais que uma coroa que eu não quero. Uma coroa de que ele precisa. Uma coroa que ele planejava tomar, me matando para isso.

— Eu os mantenho aqui para honrá-los.

Eu giro na escuridão. Finn está atrás de mim, e um globo de luz flutua a seu lado, iluminando aquele rosto criminosamente lindo. Aquela boca mentirosa. Aqueles olhos de prata enganadores.

— Vai finalmente me pedir para aceitar o vínculo com você? Ou talvez seja covarde demais para pegar a coroa que você e seus amigos estão me preparando para entregar?

Ele encosta um ombro na parede de pedra e fecha os olhos como se estivesse muito, muito cansado.

— Então, você agora sabe de tudo?

— Eu sei que você planejou me matar desde que dançamos pela primeira vez. — Não consigo esconder a dor na minha voz. — Tudo que fez para me conquistar foi pela coroa, para me vincular a você e poder ter *certeza* de que a coroa seria sua.

Ele endireita o corpo e passa a mão no cabelo, frustrado.

— Não posso resolver os problemas da minha corte estando no exílio.

Minhas mãos tremem, mas não estou com medo. Estou... magoada. Meus olhos percorrem a fileira de caixões, e a sala gira à minha volta. Levo a mão ao ventre e sinto o calor pegajoso do sangue de Mordeus. Do meu sangue, que ainda brota onde a adaga me tocou superficialmente.

— E, enquanto trabalhava para me manipular, você matava todas essas pessoas inocentes porque acreditava que *sua* vida era mais importante que a delas.

Quando me viro para ele, ele não nega. Uma máscara de resignação cobre seu rosto, e a tristeza brilha naqueles olhos prateados. Não, *não é tristeza*. Isso é o que ele quer que eu veja, e não serei manipulada. Não mais.

Engulo em seco, mas não adianta: nada diminui a dor no meu peito.

— Você matou todos eles?

— Não, mas o suficiente. — Ele caminha até o primeiro caixão e toca o vidro com as pontas dos dedos, estudando a mulher lá dentro. — Muitos.

— Pelo menos sabe o nome deles?

— De cada um.

Aponto o caixão em que as mãos dele descansam, o que contém a noiva.

— Quem é essa?

— O nome dela era Isabel. — Sua voz treme, e ele levanta a cabeça para me encarar.

Lembro de perguntar a ele sobre Isabel – quem era, o que aconteceu com ela. Lembro da angústia em seus olhos quando ele respondeu: *Ela era mortal*.

— Você a matou — sussurro. — Matou sua noiva.

— Sim.

É difícil odiá-lo quando ele parece tão arrasado, mas os fatos me ajudam. Ele *não é* quem eu estava começando a acreditar que era.

— O rei está morto — revelo. Quero que ele saiba do que sou capaz, que não sou tão fácil de manipular ou derrotar. Eu mesma quero saber.

— Eu sei.

Tiro a adaga da minha panturrilha, mas a mantenho envolta em sombra na palma da mão.

— Eu o matei.

— Eu sei. Ele te subestimou desde o início. Mas sua mãe não.

Uma imagem do sorriso dela passa pela minha cabeça.

— Não fale da minha mãe.

Meus olhos ardem. Não posso pensar nisso. Não quando passei os últimos nove anos com tanta raiva dela por nos abandonar. Não consigo pensar em toda a raiva que senti e que ela não merecia. Não consigo pensar no quanto ela se sacrificou por mim. *Ainda não.*

— Eu poderia te perdoar pela mentira, mas isso? — Aceno em direção aos caixões. — Passei minha vida inteira em um mundo que acreditava que os humanos podiam ser comprados e usados. *Nunca* vou entregar a coroa para alguém que faz parte desse problema.

A mandíbula dele se enrijece quando os olhos encontram os meus.

— Devia usar a adaga que está escondendo na mão e me matar, então. Porque, enquanto eu viver, vou ter uma obrigação com meu povo. Então, enquanto eu viver, vou lutar por essa coroa que você usa.

Minha mão treme quando ajusto a pressão no cabo da adaga. Matá-lo não traria de volta todos esses humanos, mas seria menos um feérico da sombra tirando vidas inocentes.

Dou um passo à frente e ele não se move.

Ele vai lutar comigo ou vai simplesmente me deixar acabar com ele?

Confiei nele.

Traí Sebastian. Por minha irmã, sim, mas por Finn também. Por seu reino. Para ele ter uma chance de recuperar o trono.

Tento segurar a adaga para dar um golpe certeiro, mas não consigo. Meus dedos se recusam a obedecer. Então eu corro. Encontro a escada e subo correndo, subo e subo. Sinto que ele me observa, mas não me segue. Meus pulmões e pernas queimam enquanto subo, mas sou movida por algo mais que oxigênio, e continuo até sentir o cheiro do ar fresco e ver a luz do sol espreitando de uma porta ainda distante.

Eu corro para a luz do sol e desabo no tapete de pinhas na clareira. Não consigo recuperar o fôlego, e não é só porque meu coração bate depressa demais, ou porque a dor da mordida da serpente e o corte em meu ventre finalmente estão me vencendo.

Finn me traiu, eu traí Sebastian, e tudo isso dói mais do que posso suportar.

Capítulo 34

— **Lady Abriella** — Emmaline fala em voz baixa. — Perdão, milady, mas precisa acordar.

Tento abrir os olhos, mas é muito difícil. Eu me viro e puxo o travesseiro sobre a cabeça.

— Não. Preciso dormir.

Emmaline faz um ruído agudo, e tenho uma vaga noção dela e Tess conversando baixinho, enquanto o sono me domina novamente.

— Acabei de encontrá-la aqui.

— Sangrando muito.

— Vá buscar o príncipe.

— Brie? — A voz de Sebastian. O cheiro de couro, sal e mar.

Luz do sol na grama verde.

— Brie, acorde.

Não quero abrir os olhos. Estou em uma cama macia, embaixo de cobertores. Sinto o cheiro dele à minha volta, e não me lembro por quê, mas sei que não quero deixar este lugar seguro.

— O curandeiro precisa te examinar — Sebastian explica.

As palavras dele trazem a clareza de quando se abre uma cortina para revelar um dia ensolarado. Não quero encarar a realidade do que fiz. Não consigo lidar com a ideia de Sebastian me odiando.

— Abriella, abra os olhos. — Por que a voz dele é tão gentil? Ele não sabe? Sua mão é quente e áspera em meu rosto, e me inclino para ela quando ele desliza o polegar pelo meu queixo. — Você quase me matou de susto. Sabe disso, não sabe? Por favor, só abra os olhos para eu saber que você está bem.

Mas eu não quero abrir os olhos. Não quero acabar com esse sonho em que ele ainda se importa comigo.

Sua respiração suave vibra em meus lábios, e em seguida a boca toca a minha, gentil e persuasiva. Meu coração aperta. *Sebastian*.

— Desculpa — sussurro contra os lábios dele, finalmente abrindo os olhos.

— Desculpa? — Seu rosto é dominado pela preocupação, mas ele ainda está debruçado sobre mim, examinando meu rosto de novo e de novo.

— Por roubar o livro. Por te enganar. Eu não podia te contar sobre o acordo com Mordeus. Tinha que salvar a Jas. — Fecho os olhos antes de acrescentar: — Lamento ter confiado em Finn, quando você me avisou que eu não deveria. Desculpa. Sinto muito.

O colchão se move quando ele se senta na cama ao meu lado. Ele me abraça, e o toque e seu calor são um alívio tão grande que as lágrimas escorrem pelo meu rosto.

— Deixe o curandeiro te examinar, depois você vai poder me contar tudo.

Faço como ele diz.

Passamos a maior parte da noite conversando. Conto a ele sobre o acordo com Mordeus, sobre o espelho e o livro. Conto sobre o treinamento com Finn e sobre a noite em que fui drogada, e Pretha me levou para longe do castelo. Conto a ele sobre a coroa e como descobri uma brecha no acordo. Conto sobre as catacumbas de Finn e como fui tola por acreditar que ele queria me ajudar.

Sebastian ouve cada palavra sem me julgar, sem demonstrar a raiva que mereço. E quando estou esgotada, quando a história foi contada e minhas palavras chegam ao fim, quando meu corpo fica fraco de alívio e exaustão, deixo que ele me abrace e adormeço.

Quando acordo novamente, a luz está invadindo o quarto. Sebastian continua na cama comigo, ainda me abraçando, me observando.

— Você dormiu? — pergunto.

Ele assente.

— Um pouco. Como está se sentindo?

Eu me sento na cama e esfrego os olhos.

— Melhor. — Inclino a cabeça e olho para ele. — Ainda um pouco surpresa por você continuar olhando para a minha cara.

— Você estava em uma situação muito difícil e fez o que tinha que fazer. — Ele afaga meu rosto com as costas da mão. — Meu amor não é inconstante a ponto de desaparecer sob pressão.

Eu me aconchego contra ele.

— O que teria acontecido com a coroa se eu tivesse morrido sem saber que ela estava comigo? Quem teria ficado com ela se eu me vinculasse a um feérico?

— A gente não sabe, na verdade. Meu reino nunca viveu essa situação, mas qualquer Unseelie que te enganasse para tirar de você essa coroa poderia tomar o Trono da Sombra.

— E se eu me vinculasse a um membro da Corte do Sol e passasse a coroa para ele ao morrer?

Sebastian respira fundo e seus olhos brilham com esperança. Meu Bash de alguma forma ainda quer uma vida comigo depois de tudo o que fiz.

— Apenas alguém com sangue Unseelie pode governar no Trono da Sombra, mas qualquer feérico da sombra só precisaria ter a coroa para se apoderar do trono. Espero que agora você entenda por que eu não queria que você viesse para cá.

Ele me *avisou*. Sebastian me avisou sobre este mundo, sobre Finn, e eu não escutei.

— Passei muitos anos com raiva da minha mãe — digo, cansada novamente —, e estou começando a acreditar que ela sacrificou tudo por mim. — Mesmo depois de dormir, minha voz ainda está rouca e a garganta dói. — Foi por isso que ela nos deixou, não foi? Para me proteger?

Sebastian ajeita meu cabelo atrás da orelha.

— Depois que Oberon te salvou e passou a coroa para você, ela percebeu muito rapidamente que sempre haveria um feérico te perseguindo, procurando a coroa e tentando te enganar.

— Existe algum jeito de... me livrar disso? Se eu não quiser nada disso, eu poderia de alguma forma...

— Isso está ligado à sua vida e segue sendo parte de você até o momento da sua morte. — Ele se cala, e lembro de Mordeus dizendo a mesma coisa. A coroa me deu vida e está ligada à minha vida. — Sua mãe fez a única coisa que podia e se vendeu para te proteger. Ao preço da própria vida, ela conseguiu te esconder deles durante sete anos. Foi por isso que ela te deixou com seu tio Devlin. Ela acreditava que, depois de sete anos, você seria esperta o suficiente para enganar qualquer um que tentasse roubar a coroa de você.

— E eu passei nove anos sentindo raiva.

— Você não sabia. — Ele passa os dedos pelo meu cabelo, examinando as pontas irregulares. — Não consigo acreditar que deu todo o seu cabelo àquele goblin.

Encabulada, deslizo os dedos pelo cabelo curto e rebelde. Nunca fui particularmente vaidosa, mas meu cabelo era uma característica de que sempre gostei.

— Agora não posso mais competir com essas garotas.

Ele segura minha mão e afaga os dedos.

— Mandei todas para casa.

— O quê? Mas eu pensei...

— Passei semanas tentando me convencer de que conseguiria. Conversei com elas, dancei com elas e... — Ele suspira, como se relutasse em continuar.

— O quê?

— Elas não são você. Nunca vão ser você. E eu cansei de fingir que posso viver com isso.

O calor me invade, e me recosto em seu peito.

— Bash...

— E, se você não estiver pronta para o casamento, minha mãe vai ter que aceitar.

Paro de respirar quando ele menciona a rainha.

— Como ela está?

— Minha mãe? Mais forte do que qualquer um imagina. Ninguém na corte da sombra sabe que o livro está ligado à vida dela, por isso não o usaram contra ela.

— O que vai acontecer se descobrirem?

Ele enlaça minha cintura e aproxima o nariz do meu cabelo, respirando fundo.

— Ela tem os melhores curandeiros do reino. Eles vão encontrar um jeito de fortalecer seus poderes, e, se não encontrarem... — Ele fica quieto por tanto tempo que me afasto do calor de seu peito para poder ver o rosto. O que vejo não é tristeza, mas reflexão.

— Se não encontrarem? — pergunto.

— Minha mãe fez escolhas sabendo quais eram as consequências.

— Mas e você? Ela ainda é sua mãe.

Mais um longo suspiro.

— Tive anos para me preparar para isso. Tudo que posso fazer é tomar providências para cuidar do reino dela da melhor maneira possível.

— Você é muito mais sábio do que se espera para a idade que tem, Príncipe Ronan Sebastian. Imagino que vai ser um rei incrível, quando chegar a hora.

Ele sorri para mim com tristeza, e quase posso ver a pergunta em seus olhos: ele vai ser rei, mas eu serei sua rainha? Não sei o que o futuro reserva para mim, e não tenho mais tempo para deliberar. No entanto, quando abre a boca, a pergunta que faz é outra.

— Quer ir ver sua irmã?

Respiro fundo.

— Sim. Podemos ir? Isso é possível?

— Vou mandar meu pessoal preparar um portal, e amanhã cedo vamos à casa da Nik.

— Pedi para Mordeus mandá-la para a casa do Mago Trifen.

— Tive que providenciar outro lugar para ela ficar — explica Sebastian. — O Mago Trifen não faz caridade.

Não brinca.

— Tenho certeza de que Nik vai ter um cantinho para ela, até Jas conseguir sustentar um lugar para morar.

Ele fica em silêncio por um bom tempo.

— Você falou como se não pretendesse ficar com ela.

Abro a boca para protestar, mas não tenho nenhum protesto a fazer. Seguro o rosto dele entre as mãos.

— Me desculpe por todas as coisas terríveis que eu disse sobre você e seu povo. — Respiro. — Eu te amo, Sebastian. Não posso viver em Fairscape. Não é mais minha casa.

Ele estuda meu rosto com uma expressão cautelosa.

— E onde é sua casa?

— Não sei se tenho uma.

Ele abaixa a cabeça e beija minha boca de leve.

— Eu te dou uma... se você deixar.

Eu me aninho junto dele, saboreando seu calor, sua força protetora, e acho que poderia aceitar essa oferta.

Capítulo 35

Tudo em Fairscape parece cinzento depois de semanas em Faerie. Do céu às casas, da grama às árvores, tudo é menos vibrante, como se uma película de tristeza tivesse sido lançada sobre o reino humano.

O prédio de Nik é exatamente como me lembro, e Sebastian aperta minha mão quando nos aproximamos do apartamento. Ele sabe o quanto essas condições me fazem mal?

Nik nos recebe na porta. Ela segura minha mão e me puxa para dentro, fechando imediatamente a porta quando entramos.

— Eles ainda estão procurando você, Brie.

— Quem... — *Gorst*. Parece que foi em outra vida que invadi o cofre dele para roubar dinheiro e pagar Madame Vivias.

— Eu estava muito preocupada com você. Se os homens de Gorst não estivessem procurando até agora, eu ia achar que eles te pegaram. — Ela me puxa para um abraço apertado. Nik cheira a sabonete e pétalas de rosa, exatamente como eu me lembro. Não sei se percebi o quanto senti a falta dela até esse momento. Quando ela se afasta, continua segurando meus ombros e me olha de cima a baixo. — Você está maravilhosa. Eu disse que havia coisas boas em Faerie. — Ela olha para Sebastian e franze a testa, antes de olhar para mim de novo. A pergunta está estampada em seu rosto: *O que ele sabe?*

Quase dou risada. Sebastian se encantou para parecer humano em nossa visita ao reino mortal, e Nik não sabe que ele é feérico, muito menos que é o príncipe Seelie.

— Eu sei de tudo — ele diz em um tom suave, e eu balanço a cabeça para confirmar.

— Como ela está? — pergunto.

— Bem. Estava muito desidratada e confusa, mas melhorou. O Mago Trifen ajudou enquanto ela estava na casa dele.

— Muito obrigada.

Ela olha para o quarto.

— Ela está dormindo, mas tenho certeza de que vai querer acordar para ver você. — Antes que eu possa me opor, ela abre a porta e deixa a luz da sala entrar no quarto minúsculo. — Jas? Sua irmã chegou.

Minha garganta está apertada quando dou alguns passos à frente. Quantas vezes nas últimas semanas pedi ao espelho para mostrar minha irmã, só para me sentir menos sozinha? Quantas vezes quis desistir, mas continuei por ela? Corro quando ela salta da cama, e nos encontramos no meio do quarto.

Jas treme quando se aninha em meu peito, soluçando baixinho.

— Eu sabia que você viria. Eu sabia que me encontraria.

— Sinto muito por ter demorado tanto. — Recuo para ver como ela está. Parece diferente, ainda uma garota, mas que já viu coisas demais. As olheiras escuras estão ali, embaixo dos olhos, mas, diferente da última vez que a vi no espelho, as faces têm cor. — Tenho tanta coisa para te contar...

Jas olha por cima do meu ombro.

— Sebastian — diz com um sorriso. — Você também ajudou?

— Sua irmã fez tudo sozinha. — A voz dele é carregada de emoção. — Ela teria feito qualquer coisa para te salvar. Teria dado qualquer coisa. — Essas palavras são temperadas por um pouco de pesar e tristeza.

Sebastian fica ao meu lado enquanto conto tudo para Jas. Digo quem ele é e como eu descobri. Conto sobre o acordo com Mordeus e minha amizade equivocada com o príncipe exilado e seu bando de feéricos desajustados. Conto sobre nossa mãe, e Sebastian aperta minha mão um pouco mais forte quando falo da maldição.

Se tudo isso é demais para ela, quando ainda está se recuperando de semanas como prisioneira de Mordeus, minha irmã não demonstra. Quando termino a história, Sebastian beija minha testa e solta minha mão.

— Vou deixar vocês duas conversarem.

Ele sai do quarto e fecha a porta. Levo a mão à pressão que sinto no peito quando o vejo sair.

— Você já contou para ele? — Jas pergunta.

Olho para minha irmã.

— Contei o quê?

Seu sorriso é pálido, mas vejo um resquício da minha irmãzinha esperançosa na curva de seus lábios.

— Que está apaixonada por ele?

— Ele sabe.

Ela inclina a cabeça para o lado.

— Então por que essa cara triste?

Porque nunca acreditei que confiaria em um príncipe feérico, muito menos em dois. Porque finalmente fiz alguns amigos e descobri que eles estavam me usando. Porque magoei Sebastian e vai ser difícil me perdoar por isso.

— Brie — diz ela, apertando minha mão. — O que foi?

— Acho que não vou ficar em Elora.

— O quê? Por quê? Com certeza, se a gente sair de Fairscape, Gorst não...

— Nunca vou estar segura aqui, não enquanto usar esta coroa.

— Vai voltar para Faerie?

Semanas atrás era eu quem dizia o nome do reino mágico com desprezo, e era Jas quem queria ir para lá. Hoje nossos papéis se inverteram.

— Vou ficar com Sebastian — revelo, tentando fazer parecer que não estou só me escondendo. — Quero fazer o que eu puder para... ajudar a melhorar as coisas lá. — Abaixo a cabeça, antes de me arriscar a olhar para ela. — Você iria com a gente?

Seus olhos se abrem. O medo é tão palpável que quase posso sentir o cheiro dele. Não posso criticá-la. Tudo o que ela sabe sobre Faerie se resume à experiência como prisioneira da Corte Unseelie.

— Brie...

— Para a Corte do Sol. Nós manteríamos você segura.

Suas mãos tremem cada vez mais, até que todo o seu corpo vibra de medo.

— As coisas que eu vi nas masmorras... as coisas horríveis que ouvi...

— Não precisa ir — falo depressa. Odeio ser a causa do sofrimento estampado em seu rosto. — Te amo muito — sussurro. — Se precisar de mim aqui, eu fico.

— Eu também te amo. — Ela enlaça minha cintura com os braços. — Você merece ser feliz, Brie. Trabalhou muito, por muito tempo. Você fez de tudo para me proteger, e não aguento ver você se sacrificar mais uma vez por mim.

— Mas eu não quero te deixar.

— Me dê um tempo, só isso. Preciso ficar aqui por um tempo, e quando estiver melhor eu vou te encontrar. — Ela tenta sorrir, mas a curva trêmula dos lábios não esconde a mentira de nenhuma de nós duas.

— Venho te visitar sempre que puder — digo, mas já sei que não será tão frequente quanto qualquer uma de nós gostaria. As lágrimas quentes em meu rosto são só um indício da dor que sinto ao dizer adeus para ela.

Alguém bate na porta, e Nik abre uma fresta e passa a cabeça por ela para olhar dentro do quarto.

— Brie, está na hora. Sinto muito, querida, mas não posso correr o risco de Gorst encontrar você aqui.

Concordo com um movimento de cabeça, mas não tiro os olhos de Jas.

— Vai — ela diz. — Eu vou ficar bem.

— Vou sentir sua falta todos os dias.

— Venha me visitar nos sonhos, como você fazia quando a gente era criança. — Ela sorri e acena se despedindo, mas, quando Sebastian me apressa em direção ao portal, eu me lembro da antiga brincadeira. Depois que fomos morar com o tio Devlin, em alguns dias Jas acordava e me agradecia pela aventura em que eu a tinha levado em um sonho. Eram apenas sonhos ou eu tinha acesso a essa parte do meu poder mesmo quando criança, no reino humano?

Capítulo 36

QUANDO VOLTAMOS PARA O PALÁCIO DOURADO, minha cabeça ainda está em Fairscape com Jas.

Sebastian me acompanha até meu quarto, e, quando paro na porta e olho para ele, ele me estuda.

— Logo eu te levo de volta para ver a Jas — ele diz.

— Obrigada, Sebastian.

— Por nada.

— Não, obrigada por... tudo. Por ficar ao meu lado durante tudo isso, quando qualquer outra pessoa teria me mandado embora. — Fecho os olhos. — Por me perdoar por pegar o livro e por... compreender as escolhas que fiz.

Sinto os dedos dele em meu queixo, deslizando até o cabelo, e, quando abro os olhos, os dele estão cheios de aflição.

— Eu te amo, Abriella. Tudo o que importa para mim é que você está aqui comigo agora. O resto nós vamos descobrir. Juntos.

Olho seus olhos lindos, suas feições fortes, mas elegantes.

— Quero me vincular a você.

Sebastian engole em seco e arregala os olhos.

— Tem certeza?

Assinto. Não consigo parar de pensar na Banshee – na morte sentada em meu peito. Ou na coroa que está sobre minha cabeça, no falso rei e no príncipe Unseelie que tentou me enganar. O príncipe que estava disposto a me deixar morrer para poder reivindicar esse trono.

— Mordeus estava certo sobre uma coisa. Enquanto a coroa estiver sobre minha cabeça, minha vida não será minha. Se Finn não vier atrás da coroa, vai ser outro Unseelie. Até que a gente consiga descobrir como vai se livrar deles com segurança, preciso do vínculo para que você possa me proteger.

— Pensei que você fosse contra a ligação de humanos e feéricos.

Seguro as mãos dele.

— Eu confio em você.

Ele leva minhas mãos aos lábios e as beija duas vezes.

— Prometo fazer tudo que puder para te dar uma vida boa. Para te fazer feliz e te proteger.

Sebastian escolheu fazer a cerimônia de vinculação nos aposentos dele ao anoitecer, e minhas criadas estão eufóricas me preparando para a ocasião, arrumando meu cabelo curto da melhor maneira possível e demorando um pouco mais na maquiagem.

Quando elas trazem o vestido, o ar fica preso em minha garganta por um instante.

— Sebastian trouxe para nós o molde de musselina da sua irmã, e fizemos o melhor possível a partir dele. Era isso que você queria?

— Sim. — Observo o veludo fino cor de esmeralda, e minha visão fica embaçada com as lágrimas. Só Sebastian teria pensado em me deixar usar algo desenhado por minha irmã nesta noite especial. Não é um vestido, mas o traje que Jas desenhou para eu usar em Faerie. O que ela não conseguiu terminar, porque Madame V a vendeu.

— Não vai chorar agora — diz Tess, enxugando os próprios olhos. — Você vai me fazer chorar também.

Visto a calça ampla, e o veludo é delicioso sobre a pele. Emmaline me ajuda a vestir o top justo com o decote em V profundo.

Ela põe em meu pescoço um colar de esmeraldas no tom do traje.

— Também foi trazido pelo príncipe — diz.

Fecho os olhos. Ele guardou o molde de musselina desse traje por todo esse tempo? Esperando a ocasião?

— Por que está tão triste? — Emmaline pergunta. — Você está deslumbrante.

— Não estou triste. — Inspiro com alguma dificuldade. — Estou pronta.

A vista do pôr do sol da varanda de Sebastian é de tirar o fôlego, mas nada se compara ao homem que está diante dela.

Sebastian está resplandecente em uma túnica branca e calça do mais fino linho. Esta noite não há armas presas ao corpo dele, só um lírio-do-dia em sua mão. Seus olhos se enchem de ternura quando ele prende a flor atrás da minha orelha.

— Você está linda.

Abaixo a cabeça, me sentindo inexplicavelmente tímida, e olho para ele através dos cílios.

— Obrigada pela roupa. E pelo colar.

Ele me oferece uma taça de vinho de uma mesa próxima, e eu aceito, grata por ter alguma coisa com que aliviar o nervosismo.

— Pedi aos criados para guardarem uma garrafa de vinho do solstício. Normalmente ele é servido apenas no Litha, mas, já que gostou tanto... — Ele levanta o copo e bate no meu. — Um brinde a você, Abriella. O vínculo com uma mulher tão incrível era algo que eu só esperava viver em sonhos.

Lágrimas surgem em meus olhos novamente.

— E a você — sussurro. — E a um novo começo para nós dois.

Esvaziamos nossos copos, mas minhas mãos ainda tremem quando os devolvemos à mesa.

Sebastian conjura uma pilha de pedras rúnicas na mão aberta e estende a mão para mim.

Hesito antes de pegar uma, ciente da magnitude do que estamos prestes a fazer. Estou pronta para esse vínculo até o fim da vida, e ainda assim...

Não. Sem mais dúvidas e sem mais segredos. Confio em Sebastian, e preciso permitir esse vínculo para que ele possa me proteger de qualquer coisa que venha a seguir.

Antes que eu possa mudar de ideia, alcanço uma pedra oval de alabastro. No momento em que meus dedos a tocam, as outras desaparecem. Eu a viro na palma da mão para estudar o símbolo. Uma linha longa e grossa se estende de cima para baixo no lado mais longo da pedra, outra linha faz um ângulo para a direita e um redemoinho cruza o meio.

— É linda — sussurro, passando o polegar pelo símbolo. Olho para Sebastian. Seus olhos estão cravados na pedra, e o rosto é a imagem do desânimo. — Que foi?

Ele engole em seco e balança a cabeça.

— Nada. Tudo bem.

— O que isso significa?

— Esse símbolo pode significar tristeza e perda. — Ele põe a mão sobre a minha, apertando a pedra entre as duas. — Mas também pode significar renascimento depois dessas coisas. Novos começos, como você disse. — E toca meus lábios com os dele, mantendo nossas mãos unidas. — Está pronta?

Olho para o rosto dele. Amo que não esteja precipitando nada, que entenda o que isso significa para mim.

— Estou pronta.

— Abriella Kincaid, eu vinculo minha vida à sua. Sentirei sua alegria e conhecerei sua dor. Perto ou longe, estaremos sempre próximos de coração, conectados em espírito.

— Príncipe Ronan Sebastian — digo, repetindo os votos conforme fui instruída. — Eu vinculo minha vida à sua. Sentirei sua alegria e conhecerei sua dor. Perto ou longe, estaremos sempre próximos de coração, conectados em espírito.

Ele abaixa a cabeça, roçando o sorriso no meu, a mão ainda segurando a minha, quase como se tivesse medo de eu me afastar.

— É isso? — pergunto. Achei que poderia me sentir diferente de alguma forma, mas não sinto nada.

— Leva um momento — ele responde. Espalha beijos suaves no meu pescoço e me puxa para perto. Prazer e expectativa se misturam em mim. Nós nos beijamos e beijamos até que o ar da noite nos envolve, nos mantém unidos como uma faixa.

Então acontece – uma conexão entre nós, alguma coisa faiscante e elétrica, um poder que pulsa de mim para ele em um círculo infinito.

— Sebastian — sussurro. A runa não está mais entre nossas mãos. — Para onde foi a pedra?

Ele afasta para o lado o veludo verde do meu decote e sorri. Ali, tatuada em minha pele, está a runa que desapareceu de nossas mãos entrelaçadas.

A imagem me lembra o peito de Finn e todas aquelas runas desenhadas nele. Cada uma representa um vínculo, alguém a quem ele se ligou? Uma vida que ele roubou?

Empurro o pensamento para fora da minha cabeça. Esta noite tem a ver comigo e Sebastian. *Nós dois.*

— Você também tem?

Ele balança a cabeça e vira nossas mãos unidas para me mostrar o símbolo tatuado na parte interna de seu pulso.

— Estamos vinculados.

Minha visão fica embaçada e os joelhos tremem.

— Acho que preciso sentar.

O rosto de Sebastian empalidece, mas ele segura meu braço e me leva até uma cadeira dentro de seus aposentos.

— Você precisa beber isto — diz, tirando um frasco de uma bolsinha que leva junto ao corpo.

A dor é como uma faca em meu peito, e meus pulmões se contraem.

— Sebastian... — Arfo e puxo meus joelhos contra o peito, enquanto a dor me rasga novamente. — Acho que alguém envenenou o vinho.

— Você precisa beber. — Ele continua segurando meu braço. Quando consigo abrir os olhos, ele está me observando preocupado. — Estou aqui, Abriella. Estou bem aqui.

— O que está acontecendo comigo?

— É uma reação ao vínculo. *Agora beba.*

A dor me rasga por dentro. Os lábios de Sebastian estão se movendo, mas as palavras são pouco mais que uma trilha sonora para minha tortura. Tento ouvir, tento me concentrar em qualquer coisa, exceto essa dor excruciante me dilacerando, mas não consigo. Só quero dormir até a dor passar.

O mundo pisca – brilhante com o pôr do sol além da sacada, depois a escuridão reconfortante da inconsciência. Claro, escuro, claro, escuro. É como se me pedissem para escolher – vida e dor ou alívio e nada.

— Brie.

Abro os olhos com esforço.

Sebastian pressiona o frasco contra minha boca.

— Você está morrendo. Esta é nossa única opção.

— Morrendo? — Sempre imaginei que a morte me agarraria e me puxaria para baixo. Nunca pensei que ela enterraria garras irregulares no meu peito e lutaria comigo. Nunca imaginei que teria uma chance de resistir.

— Por favor, beba. A Poção da Vida é a única maneira de te salvar. — Ouço suas lágrimas antes de conseguir forçar meus olhos a se abrirem o suficiente para vê-las. — Uma vez na vida, pare de ser tão teimosa.

A Poção da Vida.

A sala gira. Minhas pálpebras estão pesadas e é difícil ficar aqui, quando quero escapar. Claro ou escuro. Escuro ou claro. As palavras de Lark ecoam por trás da dor.

Da próxima vez que ela morrer, tem que ser durante uma cerimônia de vinculação.

Vejo três caminhos diante de você. Em cada um deles, o chamado da Banshee é claro.

O frasco é frio nos meus lábios. Se eu beber, essa dor acaba? Se eu não beber, a morte me espera?

— Por favor. — A voz de Sebastian é um soluço. — Esse é o único caminho. — Ele está sofrendo, e isso é pior que essas garras me rasgando. Faria qualquer coisa para aliviar sua dor, por isso abro a boca. Eu bebo.

A poção é sedosa na língua e parece me fazer voar. Cada gole expulsa outra garra do meu peito, me tira dessa dor.

— Boa menina — ele sussurra. — Você tem que beber tudo. Essa é minha garota.

Com o último gole, as garras desaparecem, e o calor corre por minhas veias, e mais calor, e...

— Sebastian!

Minhas veias estão cheias de fogo, e me contorço em seus braços. Por favor, deuses, fogo não. *Qualquer coisa, menos fogo.*

— O que está acontecendo? — ele pergunta.

— É a transformação — diz uma voz feminina desconhecida. — Não é possível se tornar feérico sem alguma dor.

— Dê um jeito nisso — ele rosna. — Faça alguma coisa para acabar com essa agonia.

— A magia tem um preço — diz a fêmea. — E a imortalidade também. Ela precisa resistir, ou a poção não vai fazer efeito. Ela precisa resistir ou você a perderá para sempre.

— Estou aqui — ele sussurra. — Estou com você.

Mas não está. Nada pode me salvar dessa dor. O tempo avança e depois para. Vejo minha infância em um flash, revivo o fogo em câmera lenta. O tempo me provoca enquanto os segundos passam, voam, depois me mantém cativa enquanto para novamente.

O mundo escurece outra vez. Eu me afasto da consciência e dou as boas-vindas à escuridão, que me envolve como um cobertor macio.

Capítulo 37

AS ESTRELAS NUNCA PARECERAM tão brilhantes, o céu noturno nunca foi tão preto e aveludado. O ar frio da noite chicoteia minha pele, roçando minhas orelhas e bochechas como os beijos mais leves e doces.

Um homem alto, de ombros largos e cachos escuros está de costas para mim, com o rosto voltado para cima, estudando as estrelas, como se ele também dependesse delas para ter respostas.

— Finn?

Quando ele olha para mim, me impressiono mais uma vez com sua beleza. Ele está vestindo uma camisa preta, cujos dois primeiros botões deixou abertos, e a calça de couro macio é tão escura quanto a noite. Algum pensamento distante me incomoda. Eu não deveria estar aqui com ele, mas não consigo lembrar por quê...

— Acho que... — Olho em volta. Não tem paisagem. Só um céu noturno. — Isso é real?

Levanto uma das mãos, passo os dedos pela ponta alongada das minhas novas orelhas de elfo.

— Eu morri — sussurro, e agora me lembro.

— Morreu e nasceu de novo. Você está dormindo. A metamorfose... nunca é fácil, mas seu corpo mortal lutou mais que a maioria.

Porque eu nunca quis ser feérica.

Uma reação ao vínculo. Sebastian estava preparado com a Poção da Vida, preparado para me salvar quando o vínculo acabasse com minha existência mortal. Nada na maldição incluía perigo para os mortais que se ligavam aos Seelie. Mas como ele poderia saber? Tento concentrar a mente nesse pensamento, mas ele desaparece, se perde na escuridão sem fim.

Olho para mim mesma. Estou com o traje verde que Jas desenhou, mas com os pés descalços. Estamos flutuando com as estrelas.

— Isto é um sonho. — Mesmo que a falta de paisagem não denunciasse, eu saberia, porque não sinto nenhuma raiva ou frustração que sei que deveria sentir por Finn. Eu me sinto... *em paz.*

Ele balança a cabeça e gira os ombros para trás enquanto observa o céu.

— Um sonho. Um dos melhores que tive em anos.

— Não quero voltar. — Mordo o lábio inferior. — Muita dor.

— A dor vai embora quando você acordar. — Seus olhos prateados parecem mais tristes do que jamais os vi. — Está feliz?

— Não sei se sei ser feliz. Faz tanto tempo que não tenho esse luxo.

— Agora vai ter toda a sua vida imortal para descobrir.

Olho para o céu estrelado que parece nos isolar aqui, fora da realidade, fora do tempo. Até meus pensamentos parecem suspensos neste momento.

— O que aconteceu?

— Depois que você saiu das minhas catacumbas, pedi para Pretha te levar de volta ao Palácio Dourado. Eu sabia que você não iria conosco, mas não podia te deixar sozinha e sangrando nas Terras da Floresta Selvagem.

Finn. Foi ele quem me mandou de volta à segurança. A notícia não me causa nenhuma surpresa.

— Quero dizer, o que aconteceu depois disso?

— Você vai entender o resto em breve.

— Mais segredos — digo, mas estou relaxada demais para as palavras soarem raivosas.

— Desculpe... se é que adianta pedir. Nunca esperei... — Ele aperta a nuca. — Tentei encontrar um jeito de não te envolver. Mesmo depois que a proteção da sua mãe acabou e eu sabia onde te encontrar, procurei um jeito. Vi você em um porão, vi você trabalhar até seus dedos sangrarem, pagando dívidas e cuidando da sua irmã. Procurei e procurei outro caminho. Meu pai me colocou em uma posição muito complicada quando deu sua coroa para uma mortal.

Reflito sobre isso. Nunca pensei na situação por esse ângulo. Finn tinha um reino inteiro em que pensar... todos aqueles refugiados. *As crianças.*

— Você odeia ele por isso?

Seus lábios se distendem em um arremedo de sorriso.

— Já odiei. — Seu olhar procura o meu. — Antes de conhecer você.

Estudo as estrelas novamente.

— Eu achava que não tinha esperança, que não havia mais nada em que acreditar, mas, quando penso no seu povo e nos campos... A esperança aparece. E ainda acredito que você pode ajudá-los.

Ele fecha aqueles olhos prateados, hipnóticos, e abaixa a cabeça.

— Apesar de tudo que eu fiz para você? Antes de você?

— Apesar disso. — Suspirando, deixo as estrelas cantarem para mim. — Gosto daqui. Isso me faz lembrar uma coisa que minha mãe dizia quando me levava para passear à noite. — Algo que eu tinha esquecido até agora.

— O quê? — ele pergunta. — O que ela dizia?

— Que, não importa quanto eu me sinta sem esperança, sempre tem um pouco mais de esperança dentro de mim. Que, não importa quanto eu pense não acreditar em nada, sempre tem alguma coisa em que acreditar. — Quando olho para ele, Finn está olhando para mim, os olhos suaves, a mandíbula relaxada. — Talvez pareça uma coisa boba, para um imortal.

— De jeito nenhum. — Ele faz uma pausa breve. — Que você tenha sempre uma estrela para fazer um pedido, Abriella, e uma razão para acreditar. — Ele começa a desaparecer na escuridão.

— Finn, espere. — Ele se materializa diante de mim e espera em silêncio. — Por que está usando sua magia para visitar meus sonhos? E o custo disso?

— Ah, para que servem os feéricos da sombra senão para os sonhos bobos e pesadelos macabros? — Seu olhar se move por mim, dos meus olhos até os ombros, descem pela roupa até os pés descalços, antes de voltar e parar no meu pulso. Sigo aquele olhar. Minha cicatriz desapareceu. Não é mais o glamour, ela *desapareceu*. Sua ausência é um eco em minha mente. Porque não era uma cicatriz, mas a marca daquele que usa a coroa Unseelie. — Não tem custo agora que a maldição foi quebrada, mas não foi meu poder que nos trouxe aqui. Não estou usando minha magia.

— Então como...?

— Você está usando a sua. — Então ele desaparece, e o sonho se desmancha em nada.

— O curandeiro disse que ela precisa dormir.

Peças do quebra-cabeça giram na minha cabeça, dançando e mudando de forma. Respostas fora do meu alcance.

— Bom, é claro, mas ela pode dormir depois da coroação.

— O príncipe vai querer que ela esteja lá.

O príncipe. *Sebastian*. A aparição repentina de Sebastian na minha vida há dois anos. Ele se mudou para a casa vizinha e me encantou desde o primeiro sorriso. Sete anos depois que minha mãe partiu. Quase no mesmo dia.

— Estes são os primeiros dias desses novos tempos. Se ela vai ser sua rainha, deve estar ao lado dele.

— Ela passou por muita coisa. Não acho que está pronta para acordar. A poção causa um desgaste.

A poção. A poção que Sebastian tinha com ele. A que ele sabia, de alguma forma, que seria necessária.

Sinto algo importante ali. Como uma palavra na ponta da língua. Mas a consciência escorre por entre meus dedos junto com a resposta que está além do meu alcance.

— Ela está voltando a si. Olhe só os olhos.

— Princesa Abriella? — Sinto uma leve sacudida no braço. — Princesa, precisa acordar. Temos que arrumá-la para a coroação.

Abro os olhos, sento e olho em volta. Ainda estou nos aposentos de Sebastian, mas tudo é um pouco diferente. Mais brilhante? Mais... definido?

— Ah, o Príncipe Ronan vai odiar perder seu primeiro olhar para o mundo com olhos de feérica. — Emmaline praticamente grita. — Alguém mande chamá-lo.

— Você é uma bela feérica, milady — Tess comenta. — É como se tivesse nascido assim.

Feérica. Eu sou... feérica? Tudo volta em um flash.

A escolha da runa, os votos do vínculo com Sebastian, a dor da morte cada vez mais fraca... *A Poção da Vida.*

— Lamento apressá-la, Alteza, mas, se quer chegar à coroação do Príncipe Ronan, precisa entrar no banho agora, depressa.

Morri. Eu morri. Mas por quê? Como Sebastian sabia que eu teria essa reação ao vínculo? Ele *sabia* que o vínculo me mataria. *Sabia* que teria que me fazer feérica ou me perder para sempre.

Uma das criadas segura minha mão e me tira da cama. Tento me equilibrar sobre pernas que nem parecem ser minhas.

Outra criada segura um vestido.

— Você vai ficar linda ao lado do novo rei.

Ainda estou tonta de sono. Do efeito da poção. O que elas estão dizendo não faz sentido.

— Novo rei?

As duas riem.

— Príncipe Ronan, o seu Sebastian, vai assumir o trono hoje com a nossa senhora ao seu lado. São muitos motivos para comemorar.

Fecho os olhos para assimilar o golpe. No meu sonho, Finn disse que a maldição foi quebrada. *A rainha morreu e a culpa é minha.*

Tenho muito que absorver.

Abro os olhos novamente e me assusto. Emmaline e Tess não são as mulheres que eu conhecia. São feéricas, com orelhas pontudas, pele brilhante, vinhas verdes tatuadas em seus braços.

— Vocês não são humanas?

— O príncipe nos mantinha glamourizadas — diz Emmaline. — Para deixá-la mais confortável.

— Mas agora podemos ser nós mesmas em sua presença — diz Tess. — Por que está tão triste? Você vai ser uma rainha maravilhosa.

— E linda — Emmaline acrescenta.

Por que eu pareço tão triste? Por que eles estão tão alegres?

— Rainha Arya — falo, engolindo em seco. — Ela faleceu enquanto eu dormia?

Emmaline arregala os olhos, e ela e Tess se entreolham por um longo instante, antes de ela me encarar outra vez.

— Não, não, milady. A rainha está bem. O Príncipe Ronan vai assumir o Trono da Sombra.

Vou cambaleando para trás até minhas pernas encontrarem a cama. Caio sentada no colchão, balançando a cabeça. A coroa de Oberon teria sido passada para Sebastian quando eu morresse, mas...

— Não entendo. Pensei que só um feérico com sangue real Unseelie pudesse tomar o Trono da Sombra.

— Sim, milady — diz Tess. — E Sebastian faz parte da realeza Seelie e da Unseelie.

Emmaline assente.

— Não podíamos falar sobre isso até que ele usasse a coroa do pai e a maldição fosse quebrada, mas agora podemos celebrar quem ele é.

— Um dia cheio de alegria — Emmaline diz, e todas as outras criadas na sala concordam em coro.

A coroa do pai? A raiva me invade enquanto ainda estou tentando lidar com essa informação, reordenar as peças do quebra-cabeça, entendê-las.

— Pensei que o pai do príncipe fosse o Rei Castan.

— Rei Castan, que sua alma tenha descanso, criou o menino — diz uma criada atrás de Tess. Ela tem chifres, e seus grandes olhos azuis brilham como um céu de verão. — Mas o Príncipe Ronan tem o sangue de Oberon. Concebido no mundo mortal durante o eclipse, nosso príncipe une dia e noite. Claro e escuro. Ele é o novo rei que foi criado para unir nossos reinos.

Sebastian é Unseelie.

Ele é Unseelie, e sabia que eu morreria quando me vinculasse a ele. Sabia que eu não teria escolha a não ser tomar a Poção da Vida, mesmo que nunca quisesse ser feérica.

— Uma prece atendida — diz outra criada. — Ele e a mãe procuraram muito pela coroa do pai dele. Então, ele encontrou você.

— Ele... — Eu engulo em seco, lembrando das promessas que Sebastian sussurrou para mim.

Prometo fazer tudo que puder para te dar uma vida boa. Para te fazer feliz e te proteger.

Ele mentiu para mim. *Ele me manipulou.* Ele me fez acreditar que Finn era o único que tentava me enganar para me convencer a aceitar um vínculo, me fez acreditar que ele só queria me *amar*, me *proteger*.

— Ele sabia. — Minhas palavras são cortantes e duras, mas não transmitem nem uma fração da raiva que ferve em meu sangue.

— Ninguém podia falar sobre isso até que a coroa do pai dele fosse recuperada — diz Tess. Sua expressão alegre dá lugar à preocupação. — Devo... mandar chamá-lo?

— Agora é hora de se vestir — intervém Emmaline. Ela se aproxima de mim lentamente, estendendo a mão como faria com um animal assustado. — Depois da coroação, você e o novo rei vão se casar. Você vai ser uma linda noiva e uma rainha muito respeitada.

Rainha de um ser que apareceu na minha vida logo depois que a proteção da minha mãe acabou. De um ser que tem planejado há anos me enganar para tirar de mim a coroa Unseelie. Um ser que roubou meu poder e mentiu para mim sobre o dele.

Algo em meu peito se abre, e as criadas gritam quando a escuridão inunda a sala. *Minha* escuridão.

Sebastian pode ter a coroa, mas de alguma forma esse poder, o poder que veio com a vida de Oberon, com sua coroa, continua sendo meu. *Magia é vida. Vida é magia.* Quando escolheu me dar a Poção da Vida, Sebastian, sem saber, talvez tenha fixado esses poderes em mim.

As criadas tentam recuperar a luz. Alguém chama os sentinelas no corredor, mas silencio seus gritos, envolvendo-as em sombras.

Todos esperam que eu me vista bem bonita e apareça para ser sua rainha.

Não sou uma coisa bonita para ser manipulada. Eu sou a escuridão, e o poder correndo em minhas veias é mais forte que nunca. *Isso* é ser feérica e ter magia. *Magia é vida.*

E, com a escuridão girando pelo quarto e minhas sombras se unindo a ela, eu me sinto mais viva que nunca.

Passo por criadas em pânico, por guardas tentando invocar a luz feérica. Passo por Riaan e a guarda real quando eles ordenam que a luz inunde os corredores. Vou andando e vendo a magia deles falhar subjugada ao poder da minha. A raiva pulsa em meu sangue, exige vingança, retaliação.

Mas... *é isso*. Por trás dessa raiva tem outra coisa. Uma emoção que não é minha. Um fio de pânico, um vínculo cada vez mais forte que me diz que Sebastian vai virar a esquina um segundo antes de ele aparecer. Sebastian se aproxima pelo corredor, corre em minha direção. Na escuridão que lancei sobre o palácio, a coroa de luz estelar cintilante é visível sobre seu cabelo louro-prateado. Eu agora o vejo mais claramente que nunca, e olho para as tatuagens em seu peito e no pescoço. *Dezenas* de tatuagens de runas que nunca vi antes. *Outro glamour. Outro jeito de enganar a humana.*

Ele para perto de mim e gira na escuridão.

— Abriella. — Seu pânico vibra em meu sangue. Ele me *sente*, mas não me vê. Mas eu o vejo. Eu o vejo e o *sinto*. Eu sou sombra e escuridão e sou mais forte que a garota que ele sacrificou por aquela coroa.

— Pare com isso, Brie. Remova a escuridão. Precisamos conversar.

Mas ele não pode me fazer parar. E não pode me impedir de sair do Palácio Dourado levando nada mais que minha escuridão e a traição que envolveu meu coração imortal.

Conheça os livros
da Planeta Minotauro!

**Acreditamos
nos livros**

Este livro foi composto em Arno Pro e
impresso pela Gráfica Santa Marta para a
Editora Planeta do Brasil em setembro de 2022.